译文纪实

The Price of Justice
A True Story of Greed and Corruption

Laurence Leamer

[美]劳伦斯·李默尔 著　　张晓林 乔雁 译

正义的代价

上海译文出版社

将军，如果你活着离开了这恐怖和痛苦之地，我要你为这些山区的民众做些事情。这么多年，他们与世隔绝。我了解他们。而如果我活着，我一定尽我所能施以援手。我们两人做个约定，或许我们能够给予他们应得的公平正义。

——亚伯拉罕·林肯致 O. O. 霍华德将军，1863 年

The Price of Justice

目 录

各章提要

第一章
丛林法则(1—3)

在资本主义社会中,你必须接受丛林法则……

如果法官都能够被收买,就没有什么公正可言了。

第二章
经济命脉(4—6)

超过十万名矿工在开采煤炭过程中丧生,这一数字超过了朝鲜战争和越南战争美国死亡人数的总和……那时,煤炭行业是西弗吉尼亚州的经济支柱……煤炭控制了所有的政治和经济命脉……从这些大山中开采出来的煤炭价值亿万美元,可是这里的人民除了碎石又得到了什么?

第三章
腐败(7—10)

矿工们生活在这些狭小阴暗的煤矿营地里,遭受着老板们随心所欲的压榨和工业化的残酷盘剥……

第四章
一次无效的审判(11—16)

当今美国生活的另外一个层面……丑陋与真实并存。

第五章
难逃厄运(17—21)

你可以避免雇用矿工达到三年,因为一旦雇用矿工满三年,你就得承担黑肺病的治疗责任。

第六章
收购之谜(22—30)

这里是美利坚合众国……没有人能够凌驾于法律之上。

第七章
政治博弈(31—35)

在同一部门中权力的集聚……正是“对专制的绝佳诠释”。

第八章
改组法院(36—37)

这场竞选不是思想的交锋,不是善与恶的对决,不是自由主义与保守主义的对决,而是金钱与权力的对决。

第九章
煤矿火灾(38—40)

这一系列事件体现了对个体生命令人震惊的漠视,以及不惜一切代价觊觎和攫取利润的贪婪。

第十章
操纵煤炭市场(41—43)

没有什么能将他从位高权重的宝座上推下来。

第十一章
撤销原判(44—46)

共和政府真正的基础是每位公民在人身、财产及其管理方面都拥有平等的权利。

第十二章
幕后交易(47—50)

一起异乎寻常的事件改变了整个案件诉讼的进展轨迹。

第十三章
安全生产是个幌子(51—54)

首席执行官言不由衷地喊着安全生产的空话，实际上却在无情地驱使着矿工们拼命劳作，根本无暇遵守联邦政府强制执行的安全规程。

第十四章
黎明前的黑暗(55—56)

在这个世界上，金钱压倒了司法选举，挑战整个制度的诚实和完整。

第十五章
一切都是幌子(57)

它俨然一条防疫警戒线，一切都被阻拦在这条警戒线之外。

第十六章
又一次矿难(58—60)

三条最疯狂的辩护格言：拖延、转移公众注意力以及使案情复杂化。

第十七章
大厦将倾(61—66)

坚持下去，继续为正义而战，让这个世界更好、更安全！

主要人物

塔雷克·F.阿布达拉：匹兹堡律师，参与办理卡珀顿诉梅西公司案，与布鲁斯·斯坦利和戴维·福西特合作办理此案。

小托尼·D.阿博：一个陷入困境中的年轻人，被卷入布兰肯希普旨在改变西弗吉尼亚州最高上诉法院格局的政治斗争中。

布伦特·D.本杰明：西弗吉尼亚州最高上诉法院法官。

小罗伯特·V.伯特霍尔德：在卡珀顿诉梅西公司案中，西弗吉尼亚州查尔斯顿原告方律师。

唐纳德·布兰肯希普：阿巴拉契亚地区最大的煤炭公司——梅西能源公司主席兼首席执行官。

詹姆斯·G.布拉德利：东北部地区最后几家较大的钢铁制造公司之一，惠灵-匹兹堡钢铁公司前任首席执行官。

德洛里斯·布拉格：在梅西子公司经营的阿拉科马煤矿火灾中丧生的唐·“里兹尔”·布拉格的遗孀。

休·梅森·卡珀顿：哈曼采矿公司所有人，他起诉梅西能源公司，从而开始了与梅西公司及其首席执行官唐·布兰肯希普长达十年之久的斗争。

罗宾·琼·戴维斯：西弗吉尼亚州最高上诉法院法官。

戴维·B.福西特：匹兹堡律师世家第三代律师，他与布鲁斯·斯坦利一道，与唐·布兰肯希普和梅西能源公司打官司长达十年之久。

托马斯·V.弗莱厄蒂：西弗吉尼亚州查尔斯顿律师，曾经试图调解卡珀顿诉梅西公司案；在布拉格和哈特菲尔德诉阿拉科马煤矿、梅西公司和布兰肯希普案中担任唐·布兰肯希普的辩护律师。

弗蕾达·哈特菲尔德：在梅西子公司经营的阿拉科马煤矿火灾中丧生的埃勒里·"埃尔维斯"·哈特菲尔德的遗孀。

托尼娅·哈特菲尔德：西弗吉尼亚州律师，担任弗蕾达·哈特菲尔德的辩护律师。

杰伊·M.霍克：西弗吉尼亚州巡回法庭法官，曾监督审理过在布恩县法院进行的卡珀顿诉梅西公司案民事审判；在梅西公司煤浆案中被任命为三人法官小组成员之一。

安东尼·肯尼迪：美国最高法院法官。

埃利奥特·"斯派克"·梅纳德：西弗吉尼亚州最高上诉法院法官。

沃伦·麦格劳：西弗吉尼亚州最高上诉法院法官。

西奥多·B.奥尔森：美国主要的保守派辩护律师。

安西尔·G.雷米：西弗吉尼亚州查尔斯顿辩护律师，担任卡珀顿诉梅西公司案的原告辩护律师。

约翰·罗伯茨：美国最高法院首席法官。

詹姆斯·桑普尔：霍夫斯特拉大学教授，纽约大学法学院布伦南司法中心律师。

安东尼·斯卡利亚：美国最高法院法官。

斯科特·西格尔：著名辩护律师，西弗吉尼亚州最高上诉法院法官罗宾·琼·戴维斯的丈夫。

布鲁斯·E.斯坦利：在西弗吉尼亚州南部长大，现为匹兹堡律师，与戴维·福西特一道与唐·布兰肯希普和梅西能源公司打官司长达十年之久。

拉里·V.斯塔切尔：西弗吉尼亚州最高上诉法院法官。

阿米尔·C.泰拉尼：在华盛顿吉布森—邓恩—克拉切尔律师事务

所所担任西奥多·奥尔森的助手。

凯文·汤普森：梅西公司煤浆案中担任原告方律师。

杰夫·A. 伍兹：在卡珀顿诉梅西公司案中担任梅西公司辩护律师。

玛格丽特·L. 沃克曼：西弗吉尼亚州最高上诉法院法官。

序

若真想了解这个世界，最好的办法就是去当煤矿工人。

矿工们生命中最大的麻烦，就是他们的宿命思想。

我年轻的时候，曾经在西弗吉尼亚州南部的煤矿工作过一段时间。那是在1971年，当时我读了哈里·考迪尔（Harry Caudill）的《夜幕降临坎伯兰》一书。在他的笔下，对肯塔基州东部阿巴拉契亚高原的民众遭受剥削、贫困潦倒生活的描写堪称经典。他们的人生中，贫穷和苦难随处可见，然而细细品味，却也不乏某种坚毅和真实的特质蕴含其中。我知道，这些特质在我自己的人生中是缺失的，于是，我放弃了自己位于曼哈顿西区的寓所，驱车南下，前往西弗吉尼亚州，希望创作出以那个地区和人民为主题的作品。

当时，煤炭行业正值多事之秋，乱象纷呈。1969年，改革派候选人约瑟夫·"乔克"·雅布隆斯基（Joseph "Jock" Yablonski）竞选矿工联合会主席失利，在自家床上被枪杀，同时遇害的还有他的妻子玛格丽特和他们二十五岁的女儿夏洛特。这次谋杀给煤炭行业留下了恐惧和猜疑的阴影。直到四年后，矿工联合会主席安东尼·"托尼"·博伊尔（Anthony "Tony" Boyle）因雇凶谋杀雅布隆斯基被定罪，这种情况才有所好转。

我来到西弗吉尼亚州南部的时候，主张改革的"民主矿工"组织正在开展运动，意在接管贪污腐败的工会。同时，煤炭公司也在紧张地提防着所谓的外来煽动者挑动矿工闹事。在那里，我唯一的社会关系是一位朋友的朋友，他在贝克利经营一家家具店。贝克利人口一万六千人，是西弗吉尼亚州中南部最大的城镇。这位朋友告诉我，若真想了解这个世界，最好的办法就是去当煤矿工人。

矿工联合会和威斯特摩兰煤炭公司同意我到矿井工作，前提是，我不能告诉任何人自己是记者，而且我的写作内容只能涉及矿工工作本身，不能涉及工会政治。第二天，我来到贝克利城外被称为埃克尔斯六号的矿井上班，我的班次是大夜班，时间从午夜到次日早晨八点。

当上矿工的第一天夜里，我按时赶到更衣室。矿工们上班前在那里换上工作服，下班后在那里冲洗掉身上的煤尘。我到那儿的时候，正赶上第二班矿工离开矿井。身穿崭新的工作裤和绿色长袖衬衫，头戴崭新的黑色头盔，我看上去就是个不折不扣的新手。当我和同班次的其他矿工乘电梯下降到一百五十英尺深的竖井中时，心里非常紧张。1914 年，从我工作的矿层下行三百英尺处，曾经发生过一次爆炸，一百八十六名矿工在那次事故中丧生，那是西弗吉尼亚州采矿史上第二大矿难。十年后，又发生了一次爆炸，这次十九人遇难。

那之后这个矿井没有再发生过如此严重的事故。不过，矿工们在每次下井之前，都会把写有自己名字的锡制标签挂到更衣室的布告板上；当他上完班回到地面上，再把自己的标签摘下来。如果矿工被困井下或是死于事故中，这块八角形的金属片就能够告诉人们，井下被困和遇难的都有谁了。

矿工在井下工作一辈子，平均能赶上三到四次重大事故，事故有时会严重到矿工必须休养一段时间。当矿工退休时，他们往往会罹患黑肺病而咳喘不已。这种病就是由于长期大量吸入煤尘所致，病人往往身体虚弱，痛苦不堪。即使没有患上黑肺病，矿工也会患上其他疾病而缩减寿命。

尽管面临种种风险，对于没有受过太多教育的普通人来说，煤矿的工作仍然可以让他过上体面的生活。此外，当时男人们赚大钱的途径还有一种，那就是离开他们热爱的山地，到底特律的汽车装配线上找份工作。

我告诉大家，我之前是纽约北部汽车修理厂的机修工，来到此地是因为我需要工作养家糊口。而大家对我的解释深信不疑，原因就在于此。一个男人丢下他看重的一切，去陌生的地方谋生，他们认为这样的做法合乎情理，不足为奇。可以这样说，几乎从我在煤矿的第一个夜班开始，矿工们就接纳了我，成为他们中的一员。这很重要，因为如果人们不喜欢你，那么你很可能就呆不长。

如今，矿工初次下井之前必须接受为期一周的安全教育。但是，在20世纪70年代，可没有为矿工上岗提供这样的准备工作。新来的矿工要依赖同班组的前辈传授自我保护的办法。比如，如何避开头顶上悬着的明线以免触电；再比如，如何系紧鞋带以免鞋带卷进传送带把人也绊倒在传送带上，轻则皮肉受伤，重则丢掉性命。

起初的几个夜班，我的任务是负责为白班补充所需物品和给养。后来，我成为一个八人采矿小组的成员。在我们小组中，一名矿工负责操作连续采掘机，旋转的锯齿状刀片不断掏挖出煤块；两名梭式矿车司机每次铲起五吨新开采的煤，把这些煤运送到传送带上。梭式矿车司机干活很熟练，但难免会将一些煤洒落在传送带旁边的地面上。我负责站在传送带旁边，把洒落的煤再铲到传送带上。如果我不能及时把煤铲起来，传送带会暂停作业，梭式矿车也无法正常传送煤炭。我必须时刻留心梭式矿车的到来。这些梭式矿车就像一只体型巨大的蜈蚣，照明前灯穿越重重黑暗，从坑道尽头闷声闷气地开了过来。最初的一个夜班中，我的手指头就被磕破了两处。

午餐时间或者设备停止作业时，我们都有大量的时间来交谈。很快我就了解到，大部分矿工，除非曾经去军队服役，否则终其一生离开贝克利的最远距离也不会超过五十英里。他们谈论的话题只有煤矿和山脉，此外就没有什么可说的了。从某些方面来看，这些人与世隔绝的程度与一百年前他们的祖先相比别无二致，当年他们的祖先生活在山谷中，靠山吃山，靠水吃水。他们中的有些人已经在矿井下工作了三十年，他们甚至对煤炭行业实现机械化之前的采煤岁月还记忆犹新，那时他们使用的采煤工具是镐头和铁铲。

上完夜班，我们向外走去，从一辆又一辆矿车边上挤过去，车上满载着我们刚刚采掘的煤炭。一个夜班如果顺利的话，我们能够采掘出八十车或者更多的煤。许多人认为煤矿工人很不幸，可是我共事过的矿工却对他们的工作感到骄傲和自豪。理由很充分，他们觉得自己干的是可以计量出价值的工作。每天早晨，他们都能够一目了然地看到自己完成的工作量。矿工们不会讨论那些煤车象征着什么，不过，如果没有煤也就不会有工业革命了。我们现在都知道燃煤发电厂会污染空气，所以正在慢慢减少煤炭的使用量，但是那时，即便是工业时代末期，假如没有煤的话，美国的照明将会黯淡无光，制造钢材的焦炭同样无从谈起，城镇的楼房自然也无法建造。

我在煤矿也就工作了几个月。离开那里时，我写了一篇文章，以第三人称的方式描述了矿工的生活，1971 年 12 月发表在《哈珀斯》杂志上。文章讲述的故事在西弗吉尼亚引起了轰动，好几家报纸以专题文章的方式刊登，其中包括贝克利的《注册先驱报》。

一年之后，我回到贝克利，为《纽约时报》撰文记述煤矿工会内部的冲突。一天晚上，我参加工会集会，遇到了两位以前曾经共事过的矿工。“伙计，你去哪儿了?”其中一位工友问道。“你只说离开一天，可是你离开我们再不回来了。”他们对我发表的文章一无所知。我感觉自己在某种程度上背叛了他们。来到他们身边时，我编了谎话；离开他们时，我还是没有告诉他们我是谁以及我为什么要来到他们身边工作。

在随后的岁月中，我多次回忆起自己在煤矿的那段人生经历。2010年11月，我看到《纽约时报》一篇文章的新闻标题中有“贝克利”的字眼。文章讲述的是1998年阿巴拉契亚地区最大的煤炭生产商梅西能源公司主席唐纳德·利昂·布兰肯希普(Donald Leon Blankenship)如何迫使一家小煤矿破产的故事。这家煤矿的业主休·梅森·卡珀顿(Hugh Mason Caperton)在起诉梅西能源公司的官司中胜诉，赢得了五千万美元的赔偿金，然而随后布兰肯希普就发起了反击。这篇长文俨然带有巴洛克风格，内中弥漫着嫉妒、复仇和腐败的气息。故事开始于西弗吉尼亚州遥远的群山之中，途中经历着种种迂回曲折，直至美国最高法院。时至今日，这故事仍在发展演变中。

对于这起旷日持久的司法纠纷，《时代》杂志这样评论道：“卡珀顿先生案子里的那些阴谋诡计，与约翰·格里沙姆(John Grisham)的法庭剧《上诉》中的故事情节颇为相似。”而在我看来，这个故事足以架构起一部叙事性纪实文学力作。我离开位于华盛顿特区的家，坐上火车，前往西弗吉尼亚州南部。沿途尽管西弗吉尼亚州群山起伏，风景秀美，但我没有心思欣赏美景，过目即忘。山脉将这一地区分割为众多的小城镇和小村庄，人们生活在偏远狭小的山谷中，处于相互隔离的状态。火车驶过众多半废弃的煤矿营地、移动住所和简朴的小屋，最后到达了距贝克利十一英里的普林斯车站。

卡珀顿来到车站接上了我。他的家族经营着贝克利城外的斯莱布福克煤矿，已历经四代。他要带我去看看他生于斯长于斯的煤矿营地。我们驱车行驶在蜿蜒的山路上。我告诉他，离开埃克尔斯六号煤矿后，我曾有幸结识了过去的时代中最后一位资深煤炭巨头，他就是已经九十岁高龄的小梅杰·W. P. 塔姆斯（Major W. P. Tams Jr.），后来我还曾为《花花公子》杂志撰文讲述他的故事。塔姆斯曾经生活在一个半废弃的煤矿营地里，这个营地以他的名字命名，与斯莱布福克煤矿仅一山之隔。他住在1909年运上山的一座小木屋里，也就是在那一年，他开办了属于自己的煤矿。卡珀顿也说，自己小的时候就常常坐在塔姆斯的大腿上，听他讲述拓荒岁月中的故事。与塔姆斯一样，当年卡珀顿家族将煤矿打理得非常出色，在西弗吉尼亚州数一数二。那时候矿工们居住的小木屋油漆一新，整洁有序。不过，斯莱布福克煤矿破产以后，那里的煤矿营地全然败落不堪，钉上木板封条的楼房和无人打理的房子随处可见。

在美国各州的贫困度排名中，西弗吉尼亚州位居第二。但是，我在那儿居住的时候，当地人对自己所在的这个州和它的文化充满着自豪。他们都认为，一切都是在向好的方向发展着。那时的贝克利的确充满活力，我也特别喜欢到市中心去逛街。然而，四十年后，我重游故地，看到的却是另外一番景象，市中心商业区就如同大多数的产煤区一样，到处都是空荡荡的商店和脏兮兮的橱窗。

我以前认为，工会作为一个重要组织将会持续到永远，却不曾想到，它现在已经沦落成为无人问津的机构，主要的任务只是为退休工人和伤残人员提供服务。早在20世纪70年代，针对露天煤矿的开采问题，曾经引发过一场激烈争论。当时，很少有人能够预料到事态发展的结果居然是，反对露天开采的一方不仅输了，大规模的山顶削除行动还随之成为现实。山顶被削平后，整个工地就如同一个高海拔的停车场。

布兰肯希普四处活动，施加自己的影响力。他曾经削弱了美国最激进的一个工会组织。他主张终止或者限制社会福利计划，而这些社会福利计划可以帮助许多西弗吉尼亚人摆脱生活困境。但在布兰肯希普看来，这样的福利计划会使民众丧失勇气和信念。不仅如此，他还强力支持西弗吉尼亚州的山顶削除行动。

离开贝克利后，我随即前往匹兹堡，与卡珀顿的两位律师——布鲁斯·斯坦利（Bruce Stanley）和戴维·福西特三世（David Fawcett Ⅲ）会面。这两个人是本书的核心人物，他们都是里德-史密斯法律事务所的合伙人。这家事务所是世界上最大的法律事务所之一，总部位于匹兹堡一座雄伟的大楼里。两位律师的办公室位于大楼七层，我们在那里见面。

我首先与斯坦利律师会面。斯坦利身材矮胖，举止热情，平易近人，从表面上看，他为人谦逊，给人的感觉是他从事法律工作似乎是入错了行当。然而，在那天的交谈中，斯坦利自信而又强势的谈吐，又让人产生另外的感觉，即谁如果低估他，就可能犯下致命的错误。斯坦利成长于西弗吉尼亚州南部极端贫困的地区，那里距贝克利西北有一个半小时车程。尽管在匹兹堡已经生活了二十年，他却从未试图遮掩自己的根是在阿巴拉契亚山区。

斯坦利还办理着其他一些起诉梅西能源公司和布兰肯希普的重要案件，其中包括非法致死、污染数以百计平民用水等案件。斯坦利对我说，布兰肯希普的公司对工人安全的漠视达到了骇人听闻的程度，因此他认为，梅西公司应该对几十名矿工的死亡负责。而事实上，任何人胆敢挑战布兰肯希普在煤炭行业里的绝对权威，就等于同他结下了宿仇。

此时此刻，我已经感觉到，与最初了解到的情况相比，这个故事的牵涉面要大得很多，其社会意义也更加深远。它并非仅仅涉及一桩诉讼案件，而是牵涉着六七桩案件之多；它也并非仅仅涉及西弗吉尼亚州，而是事关对于美国正义本质的诠释。

与斯坦利会面结束之后，我来到戴维·福西特律师的办公室。福西特出身匹兹堡律师世家，是其家族中的第三代律师。他身材高大，穿着考究，为人谨慎，说话做事严谨周密。从这一点看来，福西特原本最不可能成为斯坦利的合作伙伴，与布兰肯希普和梅西公司进行长达十年的斗争。我用了好长时间才赢得他的信任。对于布兰肯希普的恶行以及由此带来的危害，福西特并非如西弗吉尼亚州出生的斯坦利那样感同身受，并且发自肺腑地深恶痛绝。不过，他从小受到的教育也是要敢于伸张正义，并且，他也接手办理着其他一些起诉梅西公司的案件，因此，他同样下定决心，要竭尽全力将布兰肯希普拉下马。

布兰肯希普是美国煤炭行业历史上最具影响力的巨头。他是在阿巴拉契亚地区煤炭行业每况愈下、一蹶不振的背景下开始起家的。当时的西弗吉尼亚州迫切需要出现新的领导者，来帮助该州实现新的转型。煤炭行业未来的预期越糟糕，布兰肯希普的权势反而越加牢固。十多年来，似乎只有这两位匹兹堡的律师做了些有实际意义的事情，对布兰肯希普控制西弗吉尼亚州和煤炭行业的局面起到了阻碍作用。为了把公平正义带进美国的这个角落，两位律师进行了坚持不懈的司法诉求。

在美国，许多人都认为西弗吉尼亚人属于另类民族，他们地处偏远，不值得给予关注。斯派克电视台曾经制作过一套关于西弗吉尼亚煤矿的电视系列节目，节目编辑在影像下方增加了字幕，让人感觉矿工们讲的都是晦涩难懂的外语。

但是，我在理解他们的语言方面从来没有感到困难。因此，我驱车前往西弗吉尼亚州，重新踏入那个多年前我就曾了解过的世界。行驶在山路上，我不停地回忆起那些多年前与我共事过的矿工。在我看来，矿工们生命中最大的麻烦就是他们的宿命思想。他们经常会怀着碰运气的念头去做那些不安全的事情，其实他们知道不应该这样做。他们认为，假如糟糕的事情终将发生，那么无论你做什么或者你采取什么样的预防措施，这些事情还是会发生；既如此，那就不妨按照自己的意愿想怎样做就怎样做。

斯坦利的父兄都曾经是矿工。与我曾经共事过的每一个矿工一样，他也是地道的西弗吉尼亚的儿子。但是，斯坦利却丝毫不为山区的宿命论所累，福西特也是如此。两位律师竭尽自己的全部精力和能力，与布兰肯希普进行斗争。不论处于多么绝望、多么孤立无助的境地，他们都拒绝放弃。在这里，我要讲的就是他们的故事。

第一部分　丛林法则

2009 年 3 月 3 日

在资本主义社会中，你必须接受丛林法则。

第一章　丛林法则

在资本主义社会中，你必须接受丛林法则……

如果法官都能够被收买，就没有什么公正可言了。

1

2009年3月3日，在黎明前的几个小时里，正值晚冬时节，天气寒冷逼人，托尼娅·哈特菲尔德（Tonya Hatfield）蜷缩着身子站在黑魆魆的美国最高法院大楼外面。往年的这个时候在华盛顿特区，樱桃花都该要开放了。可是今年，这座城市却迎来了一场八英寸的降雪。工作人员已将法院周围的积雪铲除干净。哈特菲尔德爬上四十四级台阶，来到了法院正门，那里已经有三个人在排队等候参加上午的开庭。

年过四十的哈特菲尔德身上穿着厚重的大衣，手上戴着皮手套，但脚上的鞋子无法抵御近乎零度的严寒。因为着急赶在大雪封路之前到达华盛顿特区，结果从西弗吉尼亚州南部的家中出发时，她匆忙间忘记穿上冬季御寒的靴子。现在，鞋子里的脚趾已经冻得麻木了。

哈特菲尔德以前只来过一次华盛顿。当时，她还是十一年级的学生，满怀兴奋之情，憧憬着美国民主精神的圣地。她是矿工的女儿，从小接受的教育使她相信，当其他所有的办法都行不通时，法庭还可以帮助穷人在有钱有势阶层面前伸张正义。心中怀着这样的信念和理想，哈特菲尔德离开了位于西弗吉尼亚州吉尔伯特（人口只有四百一十七人）的家，前往肯塔基大学法学院求学。拿到学位后，她回到家乡吉尔伯特，开设了自己的律师事务所。然而多数时候，她办理的都是些人身伤害之类的小案件、房地产决算案件、遗嘱赠予类案件以及其他的法律事务。

哈特菲尔德的初衷，是想要运用法律手段来为那些最需要帮助的人伸张正义。然而，她办理的案件每次只会与那些高官显贵不痛不痒地擦身而过。她认识到，在明戈县，煤炭公司已经有效地控制了政治体系，因此，存在种种严重贪腐和不公正的乱象也就不可避免了。对于像她这样的年轻律师来说，受理这样的诉讼案件无外乎是一次又一次的徒劳抗争而已，所以哈特菲尔德曾经一度考虑离开这个行业。也就是在这个时期，她遇见了匹兹堡律师布鲁斯·E. 斯坦利。当时，她正在办理一起牵涉到两名矿工在煤矿死亡的案件，斯坦利是她的合伙律师，而涉事煤矿就隶属于阿巴拉契亚最大最有实力的梅西能源公司。

斯坦利鼓励哈特菲尔德一定要坚定从业信心。此后，她一直坚守在律师这个行业里，没有再产生退出的念头。今天早晨，她顶风冒雪驱车三百六十英里，赶来旁听斯坦利接手的另外一起涉及梅西公司的案件。对于斯坦利来说，这也是他首次进入最高法院。斯坦利作为记录律师可以轻而易举地踏进最高法院的大门，但是哈特菲尔德并不想麻烦他去帮自己弄一张参加上午十点庭审的通行证，她打算同其他人一起排队碰碰运气。

此刻已是黎明时分，哈特菲尔德抬头仰望四层楼高的法院大楼，镌刻在佛蒙特大理石外墙面上的“法律面前人人平等”几个大字映入眼帘。即便有幸进入法庭参加庭审，她也不敢相信，自己能够目睹最高法院的法官将那句话践行到她朋友的案件审理中，因为，果真如此的话，司法行为将得到重新定义，其影响范围不只是西弗吉尼亚州受制于煤炭资源的法律体系，而且也将波及整个美国的每一个法庭。

等候在最高法院外面的哈特菲尔德冻得瑟瑟发抖。两英里外，西奥多·B. 奥尔森（Theodore B. Olson）正驾车穿行在城市中空无一人的街道上。这位六十八岁的律师身穿厚实的羊毛外套，一边开车驶过这权力走廊，一边在头脑中思考着几个小时后他将在最高法院进行辩论的案件。

奥尔森浓密的栗色头发颇有里根的风范，看不到其中哪怕半点花白的痕迹，脸部具有典型的男性特征。在陪审团面前，他的这张面孔可能很有男性魅力。但是今天上午，这样的魅力却不会对他有什么帮助，因为他要面对的陪审员是最高法院的九位法官。奥尔森的公众形象非常谦逊内敛，可作为律师，他需要处理最为棘手的法律问题，因此他的内心深处是极其自尊和自负的。在最高法院，律师们只有半个小时时间来进行案情陈述，官司的输赢就在区区几分钟里见出分晓。

在最高法院的出庭律师中，西奥多·奥尔森可以跻身资历最高的六名顶尖律师之列，而且他接手的五十四件案子中的四十三件都以胜利告终。奥尔森属于保守派阵营。凭借 2000 年总统大选结果裁决中的出色表现，奥尔森在法律史上占据了一席之地。在布什与戈尔竞选总统的对垒中，这位伯克利大学法律专业毕业生代表布什在最高法院进行辩护，最终布什当选美国总统。这个判决结果令奥尔森名声大噪，共和党对其赞誉有加，而民主党则嗤之以鼻。作为褒奖，布什任命奥尔森为司法部副部长和政府首席律师。随后，奥尔森连续八次在最高法院为政府打赢官司。若不是奥尔森在民主党那里不得人心，布什很可能会提名他为最高法院法官。

奥尔森的妻子芭芭拉·奥尔森（Barbara Olson）也是一名律师，同时还是福克斯新闻频道著名的保守派评论员。2001年9月11日上午，她从华盛顿杜勒斯机场登上美国航空公司七十七号航班飞往洛杉矶。飞机起飞不久，奥尔森的妻子就给他打电话，说劫机者劫持并控制了飞机。几分钟后，这架喷气式飞机撞上了五角大楼，包括她在内的机上所有乘客全部遇难，同时遇难的还有地面的一百二十五人。在许多厌恶奥尔森政治观点的人看来，妻子的离世使他变得似乎脆弱和有人情味了，甚至成了一位悲剧人物。

现在，再过六个月奥尔森就要过六十九岁生日了。在许多律师事务所，这个年龄的人物或许已经成为头发花白、受人尊敬的资深合伙人，照片会陈列在董事会会议室里，职责也转向发展新业务或者安抚悲伤的委托人。然而，奥尔森仍然是其律师事务所运转的核心人物，而且在很多官司中，那些比他小上二十五岁或者更年轻的律师也常常成为他的手下败将。

汽车拐上雄伟壮观的康涅狄格大道，奥尔森脑子里还在思考着上午在法庭上即将面对的种种问题。今天，奥尔森要进行辩护的案件是卡珀顿与梅西公司之间的一场诉讼官司。两位匹兹堡的律师戴维·福西特三世和布鲁斯·斯坦利请到了奥尔森。当奥尔森在法庭上向法官做陈述时，他们将坐在他旁边。对于奥尔森来说，他也更喜欢接手那些具有历史意义的案件，而这个案件恰恰提供了一种潜在的判例设定结果。在此前的十一年中，这场官司历尽波折，先后在两个州的三个法庭进行了审理，其中包括西弗吉尼亚州最高上诉法院。经过如此的周折，这个案子已经彻底毁掉了原告的生活，同时也助长了被告的胆气。作为当地一百三十年采矿史上实力最强的煤炭巨头，梅西公司更加有恃无恐。

原告休·梅森·卡珀顿在弗吉尼亚州西南部经营一家小煤

矿，由于受到梅西公司主席唐纳德·利昂·布兰肯希普排挤，这家小煤矿被迫宣布破产。而梅西公司是美国第四大煤炭公司，2008年其煤炭收入达到二十亿美元。

在煤炭这个行业里，梅西公司主席拥有绝对的权威。对于布兰肯希普来说，简直没有什么地方的煤炭能逃过他的觊觎。他的公司拥有近六千名矿工，他们开着挖掘机啃噬着煤层，每年出产约四千万吨煤炭；而他则啃噬着竞争对手，收购他们已然破产的公司，以低廉的甩卖价格买下煤矿，解散矿工联合会，开办大量不设工会组织的地下和露天煤矿。布兰肯希普在梅西公司任职已有二十八年，从一名业务经理一路升迁至公司的独裁统治者，建立了阿巴拉契亚地区有史以来实力最为强大的煤炭王国，控制着这个地区超过三分之一的剩余矿层。在梅西公司，布兰肯希普曾经说过，他“非常了解矿工联合会、媒体、绿色组织以及许多美利坚公司的无知和邪恶，并同它们进行着斗争”。

1984年到1985年，矿工联合会举行过一次反对公司的罢工。在那次罢工中，布兰肯希普曾宣称：“在资本主义社会中，你必须接受丛林法则，也就是适者生存的法则……从企业的角度来看，最终得以生存的必将是生产力最强的企业。从长远来看，获利的终将是那些最具生产力的人。”

休·卡珀顿的小煤矿位于弗吉尼亚州的哈曼。在布兰肯希普看来，卡珀顿的煤矿就是那种债台高筑、工会横行的企业，它需要转而按照梅西公司的模式发展，否则只有死路一条。众所周知，梅西公司为提升自己的地位、达到自己的目的，经常不择手段，比如利用财务杠杆对付客户、刻意阻碍竞争对手、打击工会，等等。

梅西公司新近收购了联合煤炭公司，其下属韦尔莫尔公司曾经与卡珀顿签订了长期合同，购买哈曼公司的煤炭。但是，布兰肯希普认为收购价格太高，于是，他找机会出手中止了这个收购合同。他的无理干涉彻底摧毁了卡珀顿的公司。在资本主义自由市场经济中，任何经济优势都会得到充分利用。卡珀顿的公司只不过是梅西公司不可阻挡的前进道路上一个小小的牺牲品而已。

布兰肯希普曾经警告卡珀顿，如果他愚蠢至极竟敢起诉梅西公司，梅西公司会依仗足够的财力和权势彻底击败他。尽管如此，卡珀顿仍然提起了诉讼，请福西特和斯坦利担任律师，在西弗吉尼亚州布恩县由陪审团裁决打赢了官司，获赔五千万美元。

布兰肯希普认为陪审团的裁决是一个"可怕的结果"，随即向西弗吉尼亚州最高上诉法院提起上诉。西弗吉尼亚州最高法院的五名法官中有三名公开宣称为进步的改革派，而布兰肯希普是保守的共和党人，因此他有理由相信他和他的公司几乎没有可能打赢这场官司。美国有三十九个州的法官是通过选举产生的，西弗吉尼亚州正是其中之一。在梅西公司上诉卡珀顿的案件正式审理之前，布兰肯希普认为，民主党法官很可能会做出对自己不利的裁决，所以，他花费三百万美元，帮助共和党人布伦特·D.本杰明（Brent D. Benjamin）在选举中击败了西弗吉尼亚州最高法院的一位民主党在职法官，使布伦特成为七十六年来首位进入州最高法院的共和党人。

尽管布兰肯希普在法官选举中的巨额捐款暗示其背后存在某种利益诉求，但是新当选的法官并没有回避卡珀顿案件的审理。本杰明参加了庭审，审理结果是以三比二的多数，同意推翻卡珀顿在下一级法院的胜诉裁决，取消陪审团裁定的连本带息七千五百万美元赔偿。本杰明选择支持这个判决结果。

世界上只有日本、瑞士、美国等极少数国家的法官是通过选举产生的。在这次最高法院诉讼程序开始之前的八年中，美国全国范围内用于司法选举的捐款已经翻了一番。捐款金额增长速度如此之快、数量如此之大，以至于有些专家认为，整个美国司法系统的完整性已经处于令人堪忧的危险边缘，批评者们甚至认为这破坏了1789年詹姆斯·麦迪逊（James Madison）在国会《权利法案》中阐述的“司法体系是无法穿越的堡垒”原则，使得美国的独立司法制度面临着巨大风险。

美国司法选举捐款一直是由进步的非盈利组织“司法存在风险”（Justice at Stake）进行监督，以确保司法体系的公平公正。在21世纪的第一个十年中，该组织跟踪调查了二十九次竞选活动。在这些竞选活动中，一百四十四个机构为每次竞选平均捐款四十七万三千美元。而这十年间，大额捐款所占比重超过了百分之四十。其中，布兰肯希普的捐款数额超出任何组织和任何个人在任何一次司法竞选中的捐款数额，他以个人名义为司法竞选活动拿出如此巨额捐款，这在美国司法史上是无人能比拟的。

批评者们认为，捐款人自掏腰包并非为了选举出思维缜密、行事独立的法官，也并非希望那些当选法官深思熟虑地做出判决。相反，他们花钱助选，是为了选出能够按照他们的想法思考问题、按照他们的金钱指引的方向去进行表决的法官。而布兰肯希普有自己的看法，他认为，自己的所作所为无非是用金钱来做信念的后盾，所有美国公民都会这样做。

在诉讼案件的审理中，如果其中某一方向负责裁断案件的法官提供了大额捐款，那么公民所应享有的法律正当程序和公正审判的宪法权利是否会遭到侵犯？普通公民是否有权利要求竞选中接受过大额捐款的法官回避案件审理？因为如果不回避的话，明眼人都会认为接受捐款的法官有可能会偏袒诉讼中的一方。在卡珀顿案审理中，这些问题其实已经有了清晰明确的界定。今天上午法庭将就这个案件进行激烈辩论。

美国宪法第五条和第十四条修正案所规定的法律正当程序是每位美国人享有的基本权利。具体地说就是，不论公民多么富有或者多么贫穷，不论他们的种族和宗教信仰如何，不论他们被控所犯罪行多么邪恶，也不论他们向法官竞选提供捐款的能力大小，政府都有责任使每位公民享有应有的法律权利。

对于法官竞选活动中无限制捐款行为持批评意见者指出，如果美国最高法院裁定容许布兰肯希普的所作所为，那么在那些没有制定竞选资金法的州里，就没有什么力量能够阻止布兰肯希普和其他富有的个人、组织和协会去进行实质性的贿选；如果美国最高法院裁定布兰肯希普在法官竞选活动中捐款太多，那么，与他行为类似的人虽然仍有发言权，但也无法完全压制别人的声音；如果美国最高法院同时指责西弗吉尼亚州最高上诉法院和阿巴拉契亚地区最有权势的公民布兰肯希普，那么在西弗吉尼亚州，其影响将会是空前巨大的。

奥尔森很清楚，他这次要进行的法庭辩论在自己的职业生涯中是前所未有的。他的一位保守派挚友明确告诉他，一个人不能控制自由言论；如果试图通过财政捐助方式来影响民众表达个人观点的权利，那一定会碰壁的。

今天，奥尔森的对手将是来自纽约、曾在最高法院有过上佳表现的安德鲁·L. 弗雷（Andrew L. Frey）律师。这位为梅西公司进行辩护的律师辩称，尽管那位西弗吉尼亚法官的诚实和正直正在受到质疑，可是他未曾向布兰肯希普索要金钱。他还进一步谈到，如果认同上诉人“模糊且易变的标准”，这将很可能会导致诉讼官司如洪水般接踵而至。然而，根据布兰肯希普接受《纽约时报》访谈时的情况以及对另一位证人的采访，这位法官很可能曾经向布兰肯希普索要过金钱。

在最高法院法庭上，奥尔森最亲密的朋友安东尼·斯卡利亚（Antonin Scalia）和首席大法官约翰·罗伯茨（John Roberts），十有八九会秉持一致的意见，并且可能投票反对他。三十年来，他们三人在政治上、才智上始终向着相同的方向并驾齐驱，而现在奥尔森偏离了原来的道路，向左倾奔去。

奥尔森仅仅是出于法律价值的考虑就决定为卡珀顿案辩护，这在华盛顿的许多人士看来真的是令人难以置信。有些人认为，奥尔森的妻子去世后，他在意识形态方面开始趋于温和，这也许就是他之所以考虑赞同这个诉讼案件中的进步性论据的原因；有的人把奥尔森接手这个案子的原因归结于其第四任妻子布思女士(Lady Booth)，一位税务律师和自由派民主党人；还有一些人认为奥尔森非常擅长发挥媒体的作用，他之所以同意为卡珀顿案辩护，是想用一个全新的、更加温和的形象来包装自己。

然而，从布兰肯希普和其他渠道向法官候选人所提供的过于巨大的、带有特殊利益诉求的捐款中，奥尔森确实发现，这其中存在着对美国司法公正理念的挑战。在这种情况下，奥尔森认为仅仅依赖法官个人的判断力和正义感来要求他做出回避庭审的决定，已经是远远站不住脚了。

当然，奥尔森也清醒地认识到，自己今天在法庭上的胜算概率不会像往常那样乐观。多数法官是勉强来参与审理这个案件的。奥尔森担心，不论自己的论据推敲得多么无懈可击，也不论自己的法庭陈述多么流利完美，他都可能以败诉的结果走出法庭。

一路上，奥尔森还在不停地思考着法庭辩论策略。早晨五点刚过，他到达位于康涅狄格大道上的吉布森—邓恩—克拉切尔律师事务所（Gibson, Dunn & Crutcher）所在的大楼。奥尔森乘电梯上楼，来到了他在华盛顿的办公室。

奥尔森有位年轻的合伙人阿米尔·C. 泰拉尼（Amir C. Tayrani），他不是个习惯早起的人，经常是七点钟才赶到办公室。泰拉尼对奥尔森同意在最高法院出庭为卡珀顿案辩护起着至关重要的作用。在过去几个月的准备过程中，他一直在与奥尔森共同工作。泰拉尼知道，这个时候奥尔森满脑子想的都是卡珀顿案，他也做不了别的什么，只能在接下来的几个小时里不去打扰奥尔森，让他在开庭前的最后时段再重温一遍辩护词。

奥尔森就像一个小说家，苦思冥想着法庭上的开场白。他反复斟酌，仔细推敲，揣摩着新的思路。“在公正的法庭进行公正审理是基本的宪法权利。”——他决定将这句话作为开场白。“那意味着不仅不存在实质偏见，而且保证不存在不公正法庭的可能。”在他看来，这两句言简意赅、干净利落的话中，蕴含着一切成败难料、生死攸关的感受——为他自己，为休·卡珀顿，为唐·布兰肯希普，为西弗吉尼亚州的公民，也为全美国人民。

2

布鲁斯·斯坦利和戴夫·福西特带上他们的家人，一起从匹兹堡开车出发来参加今天上午的庭审。从外表上看去，两位律师俨然就是法律版的《天生冤家》中的主角，五十岁的福西特扮演有洁癖的费利克斯，四十九岁的斯坦利扮演懒散随意的奥斯卡。今天上午，斯坦利身着深色西装、打着领带。不过与福西特相比，他的穿着还是显得相当逊色。福西特身穿剪裁讲究的蓝色西装和笔挺长裤，有如西点军校学员的军服，白色衬衫鲜亮得有如优质的白纸，与之相配的是式样保守的名牌领带。

在针对梅西公司的一系列诉讼案中，这两位律师团结一心，支撑他们的就是将布兰肯希普绳之以法的坚定信念，他们就像是胶合板中黏合起来的两层木板，合力并非来自单独某一方，而是来自双方的共同努力。他们受理了卡珀顿的案子，按照约定是在胜诉后才能拿到酬金，可他们的律师事务所从最初五千万美元的判决中没有拿到一分钱报酬，因为西弗吉尼亚州最高法院又撤销了判决。同时，在旷日持久的诉讼过程中，他们还损失了其他能使自己赚到大钱的案子，但是，他们仍然一如既往地坚持不懈，着了魔般地一头扎进案子里，不惜失去内心仅存的安宁，不惜牺牲自己的健康。

两年前，两人坐在酒吧里，斯坦利对福西特说：“布兰肯希普也许腰缠万贯，可是他并不幸福，他不可能幸福，你知道为什么吗？”

“为什么？”福西特问道。

“因为他屁股上长着流脓的恶疮，他无论如何都摆脱不掉，那恶疮就是我们。”

斯坦利就是这样认为的。但是，每次他和福西特在录取证言或者法庭审理中来到布兰肯希普面前时，这位梅西公司主席几乎没有理会过他们，在他眼里，这两个律师只不过是两个令人讨厌、无足轻重、贬低损毁自己的小人物而已。

五十八岁的布兰肯希普与向北行驶的货运列车中装载着的煤块一样，是地地道道的西弗吉尼亚州西南地区人。斯坦利比他年轻九岁，两人是同时代的人；他们两家相距三十英里，两人都在西弗吉尼亚州条件艰苦的社区长大，他们的家里连室内卫生设施都没有；他们甚至看上去像一对兄弟，都具有勇于冒险的品质。然而，贫穷的童年生活带给他们的却是迥然不同的人生历练。

阿巴拉契亚山区的煤炭产值已经达到数十亿美元，可这一地区却没有从中分享到应得的利益。布兰肯希普把本地区民众贫困的原因归咎于民众缺乏魄力、政府和工会腐败严重，这些都压制了个人的积极性。布兰肯希普认为，自己的这些认识并非通过读书获得，他几乎从未读过一本书，他的书就是他所了解的这个世界。

斯坦利认为，人们之间必须相互帮助，团结起来共同对抗经济和政治领域中的权势集团，因为正是这些权势集团控制了整个州，使民众受到压制。而在布兰肯希普看来，这种想法简直就是一派多愁善感的胡言乱语。布兰肯希普认为，他自己才是同不公正现象斗争的战士，只不过斗争的对象是矿工联合会的专横、政府的官僚政治和政客们卑鄙的妥协；一旦这些束缚手脚的枷锁被摘除，他确信阿巴拉契亚地区在他这样的人的治理下，最终必将成为一个自由而真实的世界。

与布兰肯希普一样，斯坦利从未忘记自己的根是在西弗吉尼亚州。有些北方人认为带有西弗吉尼亚口音是无知的表现，但斯坦利从不掩饰自己的西弗吉尼亚口音。他身高五英尺半，体格健壮敦实，经常说自己的主要运动就是开割草机干活。他那富有弹性、表情丰富的面孔让人感觉他更适合喜剧角色而非悲剧，嘴唇上面的小胡子看起来似乎是对虚荣的漫不经心的尝试。即使身穿昂贵的律师服，给人的感觉也往往是，他可能穿牛仔裤更舒服些。

斯坦利事先为妻子黛比弄到了最高法院通行证，但无法确定能否为两个女儿也弄到通行证，于是，他决定让二十一岁的劳拉和十五岁的埃米莉早点去排队。法院距离他们住宿的酒店虽然只有三个街区，但是在寒冷的街道上快步走了五分钟，斯坦利就感到要是坐出租车去法院就好了。

在最高法院外排队等候的人都站到了台阶下面。天气太冷了，斯坦利可不想让女儿在外面站着。突然，他发现托尼娅·哈特菲尔德站在队列接近排头的地方，这让他惊讶不已。托尼娅曾经说过想来参加庭审，但那是暴风雪来临之前说的。

“托尼娅！真没想到这该死的天气里你还是来了，”斯坦利热烈地拥抱着她。

“没什么，布鲁斯，”哈特菲尔德说着，耸了耸肩膀。哈特菲尔德身高五点九英尺，站在斯坦利面前有一种居高临下的感觉。两人身上都不乏坚忍的特质，那是西弗吉尼亚人天性中共有的品质。不管处境多么糟糕，他们绝不抱怨，而是泰然处之，努力奋斗。

这时，最高法院的一名警卫对那些排着队，冻得发抖的人们动了恻隐之心，他发放了号码牌，允许他们先进入最高法院大楼的入口大厅暖和暖和，过一会儿再让他们出去排队依次进入最高法院。

哈特菲尔德带着斯坦利的两个女儿通过安全检查进入了大楼，在自助餐厅同布鲁斯和黛比会合，坐在那儿先喝点热巧克力和热咖啡。

“你能来我太高兴了，托尼娅，”斯坦利说道。“这对我非常重要。”

“啊，快别这么说，布鲁斯，”哈特菲尔德说道。“我本来就打算开车过来看你，西弗吉尼亚州布雷登家的布鲁斯·斯坦利，就要在最高法院出庭辩论。”

“可是我什么都不用说，”斯坦利说。“我们找了一位一流的华盛顿律师，所有的辩论都由他来进行。”

“真没想到，怎么会这样，”哈特菲尔德说。

“我也没想到，”斯坦利说道。他和福西特都认为，他们比奥尔森更了解案情，希望能够亲自向九位大法官做陈述。可是，如果卡珀顿的法律团队不聘请某位与最高法院关系密切、像奥尔森那样具备专业知识和良好记录的资深律师，最高法院很可能不受理这个案子。

“啊，没关系，下次你会有机会的。”哈特菲尔德说道。她是个热情的女人，说起话来连珠炮似的滔滔不绝。

“你们要明白，姑娘们，”哈特菲尔德对劳拉和埃米莉说道。“你们的爸爸正在做的这件事对我们州非常重要，甚至对那些不知情或者对此事不理解的人们也非常重要，明白吗？”

“如果你们的爸爸还在学校上学，”哈特菲尔德笑着继续说道，“他肯定会在操场上勇敢地对抗那些横行霸道的学生，不管他们长得多高有多厉害。”

斯坦利曾经代理过起诉梅西公司的另外一起诉讼案件，当时哈特菲尔德担任了他的协理律师。那是2006年，哈特菲尔德同意与斯坦利共同代理弗雷达·哈特菲尔德（Freda Hatfield）的诉讼官司，弗雷达的丈夫埃勒里·“埃尔维斯”·哈特菲尔德（Ellery “Elvis” Hatfield）死于梅西公司经营的阿拉科马煤矿火灾事故。后来，在哈特菲尔德的帮助下，斯坦利又代理了德洛里斯·布拉格（Delorice Bragg）的诉讼官司，德洛里斯的丈夫唐·“里兹尔”·布拉格（Don “Rizzle” Bragg）也在那场大火中丧生。

斯坦利注视着托尼娅，他分明感觉到了那两名寡妇的存在，尽管她们此时远在西弗吉尼亚州南部的家中。

“你知道，托尼娅，这是同样的战斗，”斯坦利说道。

“我知道，”托尼娅说。

该去律师休息室了。于是，斯坦利同妻子吻别，匆忙走进走廊，他的协理律师福西特正在那里等着他。尽管福西特自己并不愿意被别人视为匹兹堡律师世家第三代传人，但事实确实如此。福西特高大瘦削的身材如斗牛士般精干，偏分的棕色头发经过精心修剪，锐利的眼睛注视着外面的世界，然而目之所及却处处令他不满。早年，福西特进入一所一流的预备学校学习，而斯坦利则乘坐公共汽车到一所小镇高中上学，而且在学校总是调皮捣蛋，麻烦不断；福西特毕业于口碑很好的匹兹堡大学法学院，他父亲和祖父也是那里毕业的，而斯坦利就读的则是二流的西弗吉尼亚大学法学院。

1989年8月，斯坦利来到了匹兹堡。之后的两年半里，斯坦利在布坎南-英格索尔（Buchanan Ingersoll）律师事务所跟随福西特工作。当两人走过这家令人仰慕的律师事务所的走廊时，身高六点一英尺的福西特总是迈着长腿，沿着走廊中央稳步前行，似乎他是律师事务所的管理合伙人，而斯坦利则总是急急忙忙跟在后面，溜着走廊的一边走，看上去不像个初级律师，倒像个修电脑的小伙计。

斯坦利是民主党人，他认为共和党表面上文雅体面，实则热衷于帮助富人维护其财富。福西特是温和的共和党人，在宾夕法尼亚州，这样的人物就如同濒临灭绝的物种古柏丰底蚌一样少见。

两人在工作中也展现出不同的职业风格。福西特办事有条不紊，而斯坦利则喜欢凭直觉行事；福西特为人冷静克制，善于掌控局面，而斯坦利则需要竭力抑制着自己近乎狂热的活力；福西特要求每个行动、每份文件都周密安排、井然有序；而斯坦利则习惯按照自己的节奏行动，而且经常在夜深人静时分工作，有时表面看来杂乱无章，浪费了时间和良机，可又往往会在不经意间发挥出独门秘笈般的作用。

福西特做任何事情都是不慌不忙。在匹兹堡大学求学时，一位法学教授曾经向他指出，他的思考方式“与其说像海豚，不如说更像鲸鱼”。鲸鱼行动缓慢，但在深海中它们是无与伦比的庞然大物。福西特喜欢这样的形容，他习惯于慢条斯理，不会经常出现灵机一动计上心头的情况，他更愿意深思熟虑后做出正确决定，而不愿意匆忙间做出错误决定。

福西特以近乎狂热的勤勉来对待工作。他对诚实极为看重，很难相信人们站在证人席上作证时会不诚实。所以，当他面对证人席上那些善于伪装的证人时，有时会被这种突如其来的意外弄得呆若木鸡。

福西特偶尔也会表现得非常专横，以至于卡珀顿送给他绰号“戴夫王”（King Dave）。福西特本来可以表现得非常自信、非常优秀，但他总是担心自己做得还不够、表现得还不够好，内心深处对不完美的恐惧成为其人生的巨大推动力。如果认为自己代理的官司裁决结果不够公平公正，他往往会自责不已。

而斯坦利则会表现出缺乏安全感等诸如此类的负面情绪，掩盖了他充满自信，有时甚至是过分自信的心理。这种过分自信的心理有时也会让他深陷困扰，认为自己永远不会输。

对于福西特来说，他最高的职业理想就是追求公平公正。无论强者还是弱者，只要他认为他们受到了不公正对待，他都会乐于为他们辩护。而当斯坦利看到不公正现象时，他通常会发现不公正往往裹挟着某种不平等，他相信法律意义上的公正必须与经济和社会意义上的公正同在。

与斯坦利这位更加感性的合作伙伴相比，福西特致力于在诉讼中击败布兰肯希普的时间要长些。十多年前他就投入到这场战斗中来了。很长时间以来，他的脸上总是一副不可战胜的表情，即使当生活中的一切都不如意的时候也是如此。

与斯坦利一样，福西特自己也独立接手过起诉梅西公司的官司。2004 年，梅西公司违约没有给惠灵-匹兹堡钢铁公司运送冶金用煤，导致该公司濒于崩溃，数千名加入工会的炼钢工人面临着失业威胁。

今天，福西特八十一岁高龄的父亲小戴维·B. 福西特（David B. Fawcett Jr.）与他一起从匹兹堡驱车南下，来参加最高法院法庭辩论。这位老人是匹兹堡最负盛名、口碑最好的辩护律师之一。在他看来，律师要面对现实，顺其自然，对当事人和对手都要一视同仁坦诚相待。律师要公平合理地提起诉讼，工作要竭尽全力，而后不论官司输赢，只管继续前行，翻开生活中新的一页就可以了。可是他的儿子却不是这样，他养育了一个“为诉讼而生”的儿子，只要“戴夫王”认定他的当事人是正确的，他就会执着于打赢官司，所以他现在还不太确定该如何评价“戴夫王”。

在福西特的职业生涯中，他从未像这场起诉梅西公司和布兰肯希普的官司这样如此看重自己的努力。一想到历时十年代理卡珀顿的诉讼官司付出的努力有可能在今天上午付诸东流，他的内心简直无法忍受。假如真是那样的结果，他肯定会从自身找原因从而自责不已。福西特外表上给人沉稳的印象，但其实几乎无人知晓他内心的焦虑是多么强烈，他是多么脆弱不堪。几年来，他总是在夜深人静时借助威士忌来缓解内心的痛苦。现在，他基本上不再借助酒精的力量了，而是通过长跑来放松身心。然而，他内心深处的焦虑仍然挥之不去，当他站在法庭上处境糟糕至极时，这种焦虑情绪便会油然而生。

在最高法院庭审的前夜，福西特带着他的父亲、妻子凯瑟琳和十九岁的女儿克莱尔住进了华盛顿的一家酒店。那天，他从酒店前台拿起一份《华盛顿邮报》，赫然发现头版头条关于最高法院庭审的大字标题："诉讼官司可能定义法官何时必须回避自己：西弗吉尼亚州法官为那个花费数百万美元助其当选的人做出裁决。"

"休·卡珀顿出生于煤炭世家，然而十多年间，他在法院大楼度过的时间比在煤矿度过的时间还要多，"罗伯特·巴恩斯（Robert Barnes）在他的文章中是这样开始的。"他本周将向最高法院陈述的法律故事错综复杂，阴谋丛生，足以衍生出一部悬疑小说。故事情节引人入胜，扣人心弦，约翰·格里沙姆（John Grisham）在他的畅销书《上诉》中就借用这个故事来作为书中的基本情节。"

福西特现在已经成为品味本案新闻报道的行家，这篇文章是他所看到的非常不错的一篇。其中最好的环节，很可能就是每天早晨一份《华盛顿邮报》被送到每位最高法院法官家门前的台阶上。

3

上午八点半，奥尔森和泰拉尼从办公室乘电梯下楼，步行来到停车处，随即开车前往国会山。尽管奥尔森曾经多次踏入最高法院，然而每次到来都会令他兴奋不已。“而如果有幸被允许进入最高法院办理案件，”那兴奋程度就会翻上一番。“那种感觉真是无与伦比、无法言传，但的确是一种极其有意义的重要经历。”

奥尔森和泰拉尼从侧门进入最高法院大楼，保安核对了他们的名字。两人来到律师休息室，福西特、斯坦利以及今天上午要审理的第二件案子的律师都在那里等候着。

不多时，另一辆车也到了，车里坐着五十三岁的休·卡珀顿、他四十八岁的妻子凯茜，还有他们十一岁的女儿普雷斯顿。卡珀顿身高六点二英尺，长着浓密的眼睫毛和硕大的鹰钩鼻，紧紧地抿着嘴唇。凯茜身穿蓝色长裤套装，戴着珍珠项链，看上去很像是事业有成的公司主管的妻子。

卡珀顿一家走进法庭时，里面已经座无虚席。在庭审开始前的半个小时里，法庭中弥漫着教堂般安静肃穆的气氛。卡珀顿与坐在他旁边的女士低声耳语，这是一位华盛顿联邦法官，今天特地来旁听卡珀顿案的法庭辩论。

与此同时，奥尔森同他的协理律师泰拉尼、福西特和斯坦利一起走过法庭过道来到律师席位就座。他们的座位正对着高大的法官席，九位大法官端坐在那里，监督着法庭内的庭审情况。哈特菲尔德在黎明之前赶到法院等候，此时也终于获得了回报，得到了一个座位，尽管这个座位位于听众席后部比较偏远的位置。福西特的父亲和女儿坐在法庭的另一边。

九点五十分，大批记者鱼贯而入，坐在法庭靠边的一排座位上。斯坦利认出了几位新闻界最有名的人物，他拿出黄色信件簿写道：“卡珀顿诉梅西公司案，美国最高法院，2009 年 3 月 3 日。”然后侧过身去，指着信件簿，向福西特眨眼示意。“可不是每天都得写这个哟，”他说道。

福西特看上去有些不可思议地无动于衷。尽管他此前从未踏入美国最高法院，可是这里的一切却那么熟悉。这座美国最高法院大楼，是由建筑师卡斯·吉尔伯（Cass Gilbert）特仿照自己曾经设计建造的西弗吉尼亚州最高上诉法院大楼设计的。对福西特来说，他在西弗吉尼亚州最高上诉法院度过的那几天，可以说是理想破灭、精神受挫。今天上午来到最高法院的大部分人都心怀敬畏之情，在他们看来，最高法院就如同大教堂。然而，福西特来到这里却并非为了顶礼膜拜。

“我之前曾在这种有着大理石墙壁的法院大楼里被欺骗过，”福西特想道。在他看来，今天来到这里做案件陈述还不算是胜利，他并不在乎今天来到这里会给自己的经历加分，他所看重的是，错误必须得到纠正，罪恶必须受到惩罚，如果实现不了这个目标，那么其他的一切都没有什么意义。在他就学的那所昂贵的预备学校，还有他就职的那间规模可观的律师事务所，那里的人们受周围环境的熏陶，往往认为自己应该具备较高的道德标准，而很容易忽视与权力和金钱相伴而生的责任和义务。

福西特知道，他们能把官司打到最高法院，主要归功于奥尔森和泰拉尼的申诉书。这两位华盛顿律师在申诉书中精心准备了专业和严谨的辩护方案，把辩护重点集中在如果法官接受了来自诉讼案件当事人的大笔捐款，那么他在案件审理中是否应该主动回避。福西特认为，这个论题意义更为重大，用他的话讲就是，“司法体系终结的开端就意味着国家正义支柱的坍塌。”他曾经非常纠结，不知道是否应该告诉奥尔森自己对如何陈述案情的看法。福西特认为，奥尔森应该站在法官面前用最明确最坦率的方式进行辩护，应该揭露布兰肯希普的卑劣阴谋，揭露他曾经如何妨碍司法公正；如果今天上午自己亲自辩护的话，一定会采取这种方式。

庭审开始前，斯坦利再次转头向法庭后面看去。很多人都认为布兰肯希普将会出庭，然而斯坦利坚信他不会露面。在斯坦利看来，布兰肯希普花数百万美元选出他中意的法官，并不意味着他尊重法庭，也不意味着他认为此举是对美国自由和个人生活的侵扰。

很多时候，斯坦利不用看到布兰肯希普就能感觉到这个人的存在，他会以自己的方式和角度来认识布兰肯希普，这是卡珀顿和福西特无法做到的；要是在其他时候，布兰肯希普也许会是他的朋友而不是他极端鄙视的人。斯坦利不断地扫视着听众座席，但是布兰肯希普和随从的影子都没有出现。斯坦利又转过头，他看到了自己的妻子和女儿，她们正带着前所未有的自豪感注视着他。

这时，观众席响起一阵低语声，原来退休法官桑德拉·戴·奥康纳（Sandra Day O'Connor）走进法庭在前排就座。奥康纳正致力于推进司法改革，她在公共论坛和著作中不断阐述自己的这些观点。尽管已经七十八岁高龄，但奥康纳说话很有魄力，她写道："在太多的州里，司法选举正在成为政治上的职业拳击赛，坚定支持者和特殊利益集团寻求的是，支持那些能够对他们负责而不是对法律和宪法负责的法官就职。"今天上午奥康纳的到来表明，她认为这场官司的审理结果对于美国民主的未来非常重要。

九位法官从深红色的高大帷幕后面来到法庭。上午十点整，木槌声响起，书记官喊道："肃静！肃静！肃静！"

那天晚上，最高法院庭审结束后，福西特和他的父亲、妻子拦了辆出租车，赶去参加斯坦利做东的晚宴。在出租车上，司机正在收听全国公共广播电台的新闻节目《总而言之》。当福西特听到法律事务记者尼娜·托滕伯格（Nina Totenberg）在评论上午的庭审，他兴奋地大叫："把音量开大些！"这位记者正在就几小时前刚刚结束的庭审做扼要概述，并对案件背景情况进行了介绍。

“当本杰明成功当选法官后，他曾三次拒绝对自己回避审理案件的要求。”托滕伯格说道。“今天，在美国最高法院的台阶上，休·卡珀顿回忆了当时的情况和感受。”

听到当事人的声音从出租车收音机中传出来，福西特被深深打动了。

“哦，你知道，当我看到一个法官收取了三百万美元，我当然就开始琢磨，这样审理案件的话如何能够保持公正。”卡珀顿说道。

新闻报道结束时，出租车司机把收音机音量调小，说道：“告诉你们吧，我来自尼日利亚，八年前来到美国。我很爱这个国家。”

出租车司机略停了一会儿，又提高嗓门说道：“我一直在关注这个案子。你知道，这种事情不应该在美国发生！如果法官都能够被收买，那么就没有什么公正可言了。在美国，事情不应该这样！”

福西特慷慨地付给了出租车司机更多的小费，然后走进酒店，斯坦利全家和卡珀顿全家已经在那里等候多时。福西特让自己放松下来，喝酒，拥抱，欢笑。他和朋友布鲁斯在此之前曾经进行了长期艰难的战斗，可这么长时间以来，只有这一次，他从战斗中感受到了欣喜。

福西特拥抱了黛比·斯坦利，告诉斯坦利的女儿们他很爱她们的爸爸。他从没有说过这样的话，然而今天晚上他说了。福西特举杯向休敬酒，“要不是休·卡珀顿的勇气和乐观，我们就不会在这里喝酒庆贺了，”他说道，“为敢于直面强权和不公干杯！”

到现在为止，福西特和斯坦利投身于同布兰肯希普和梅西公司的斗争已经持续了十年。他们相信这场充满挑战、激动人心的斗争行将结束。但是，他们或许无法想象，未来的道路将如同他们来时一样艰难曲折。

第二部分　无法想象的世界

1998 年 4 月 7 日

超过十万名矿工在开采煤炭过程中丧生，这一数字超过了朝鲜战争和越南战争美国死亡人数的总和……那时，煤炭行业是西弗吉尼亚州的经济支柱……煤炭控制了所有的政治和经济命脉……腐败在生活中随处可见。

第二章 经济命脉

超过十万名矿工在开采煤炭过程中丧生，这一数字超过了朝鲜战争和越南战争美国死亡人数的总和……那时，煤炭行业是西弗吉尼亚州的经济支柱……煤炭控制了所有的政治和经济命脉……从这些大山中开采出来的煤炭价值亿万美元，可是这里的人民除了碎石又得到了什么？

4

1998年4月初，戴维·福西特开始参与卡珀顿诉讼案，从那时起他就殚精竭虑地为这个案子奔忙。那天，福西特接到布坎南-英格索尔律师事务所的同事布鲁斯·阿梅里卡斯（Bruce Americus）的电话，要与他讨论一位新委托人的情况。委托人名叫休·卡珀顿，他是一位西弗吉尼亚州实业家，请律师进行代理的理由是A. T. 梅西煤炭公司导致他在弗吉尼亚的小煤矿破产。彼时，卡珀顿的财力已经消耗殆尽，他拿不出钱来支付布坎南-英格索尔律师事务所按小时收取的高昂费用，因此他正在寻找另外一家律师事务所，希望能够按照胜诉后收取酬金的方式代理自己的诉讼案。

布坎南-英格索尔律师事务所一般是按小时收取费用，而且必须预付律师聘请费，否则很少代理商业诉讼案件。令福西特感到惊奇的是，在这样的情况下阿梅里卡斯居然还会与卡珀顿继续接洽。福西特所在事务所的律师同事多半瞧不上那些为原告出庭辩护的律师，在他们看来，这种类型的律师只会在电视上或者广告牌上兜售自己，不管是何种案子，他们只想从最后的和解或者裁决中分得一杯羹来谋求自己的生计。一般这样的律师事务所很少会有超过二十个律师，他们如饥似渴，四处奔忙，把大部分时间花在与保险公司辩护律师喋喋不休的争辩上。而在福西特的律师事务所中，大部分律师更愿意代理那些于神闲气定、风度翩翩中就可以搞定的案子，他们不光可以收取委托人支付的百万美元律师聘请费，而且不论胜诉、败诉还是平局委托人都会支付每小时五百美元的费用。但是，阿梅里卡斯还是认为，卡珀顿案具有充分的潜在价值，值得他们驱车七十英里前往西弗吉尼亚州摩根敦与卡珀顿和他的律师面谈。

作为布坎南-英格索尔律师事务所的资深合伙人，阿梅里卡斯是个能够呼风唤雨的重要人物。他身材圆胖，善于交际，甚至能够把谈天说地升华到炉火纯青的艺术境界。福西特不擅长与人沟通交流，而阿梅里卡斯不擅长案件处理业务，他只需物色搞定委托人就算大功告成了，至于律师事务所是否要接手案件，则由福西特来做出决定。

福西特家位于宾夕法尼亚州古朴典雅的小镇奥克蒙特。1998年4月7日清晨，他从家中出发，开车前往摩根敦，在那里他将与阿梅里卡斯会合，然后一起去见那位潜在的委托人和他的律师。

福西特此行前去讨论的案件涉及两家发生纷争的煤炭公司。同匹兹堡大部分居民一样，他之前很少想到他所居住的城市是多么依赖那些在深深的地下挖掘煤炭的矿工，正是他们挖出的煤炭为工业革命的发展提供了动力。19世纪20年代起，大量的黑色烟尘就升腾在这个发展中城市上空，而当时东海岸的其他城市仍然依靠木柴取暖、利用水能运转推动机械设备。也正因为如此，作为美国钢铁之都的匹兹堡成为西半球被煤烟熏得最黑、烟雾污染最严重的城市。

20 世纪 20 年代中后期，福西特的先辈们在这座城市站稳了脚跟。那个时期，由于烟雾笼罩，经常是下午三点的时候，城市里就像是夜幕降临一般漆黑一片，居民走在街上要借助电灯照明。由于缺乏光照，贫民区的很多孩子得了佝偻病，双腿畸形，脆弱纤细。1913 年，一位心理学家在调查烟雾对人体的影响时，使用了"慢性倦怠症"一词。不过，卡内基家族和梅隆家族不会受到这种心理疾病的困扰，他们居住在这座黑暗城市所在的河谷上游，在匹兹堡城中建造了为数众多的华美豪宅。

福西特长大成人的同时，匹兹堡也在不断地关闭城内的炼钢炉。太阳终于再次出现在这座城市上空，远眺地平线，那高远壮观的景象足以匹配一座数倍于人口日益缩减的匹兹堡的城市。黄昏时分，河谷里仍然会散发出二氧化硫橘红色的光。保留下来的为数不多的几家钢厂要么规模日渐削减，要么正在被卫生保健、法律、保险、科技之类的企业所取代。尽管如此，煤炭在城市电能所需燃料中仍然占据最大比重，而这些煤炭主要来自西弗吉尼亚州。匹兹堡不断瘦身，城市中大部分值得纪念的有价值的东西得以保存，并且还修建了许多新颖的鼓舞人心的建筑，新生的匹兹堡正在散发出旧式工业城市所不具备的迷人气质。

西弗吉尼亚州位于匹兹堡的南部，距离匹兹堡不到一个小时的车程，但福西特很少去那里，他在自己熟悉了解的地方感觉很舒服，所以对于他乃至于大多数美国人来说，进入西弗吉尼亚州相当于进入一个陌生的世界，那是一个如同不丹或者伯利兹一般陌生的世界。

20 世纪初，当工业革命的先驱们来到阿巴拉契亚高地开采黑色宝藏的时候，这里还是美国最为偏远的地区之一。居住在山谷中的山地人，本来最不可能适应煤矿营地的秩序和生活，然而，他们居然还是从山上下来，加入到贫困的欧洲移民行列中，到黑暗的矿井中去闯生活。

到20世纪20年代，大约百分之八十的西弗吉尼亚矿工住在煤矿营地里，那里是受到严格管制的生活区，他们的家人在那里艰难度日，他们的幸与不幸完全取决于煤矿主的意志和心血来潮。1922年，美国煤炭委员会调查了七百零八个煤炭公司生活区，发现其中大部分状况惨淡，调查报告中曾经指出："在煤炭公司管理的最糟糕的生活区中，语言和图片都无法体现出那种被遗弃的沮丧气氛，无法重现那里难闻的气味，那种年久失修的破落状况用语言和图片真的无法展现出来。"

西弗吉尼亚州南部城镇其实是煤矿生活区的延伸，是由那些受惠于煤炭行业，并且心存感激的政治领导人监督建造而成。在那十年中，煤炭公司将他们的控制力推而广之，甚至发展到了受其影响的法庭上。他们促使法庭下达强制令，阻止矿工走上街头游行抗议，阻止矿工到公共议政厅或教堂集会发表自由言论。

超过十万名矿工在开采煤炭过程中丧生，这一数字超过了朝鲜战争和越南战争美国死亡人数的总和。1940年，煤炭行业正处于巅峰时期，煤矿营地里住满了人。当时，西弗吉尼亚州有十三万四百五十七名矿工，生产煤炭一亿两千六百六十一万九千八百二十五吨。到了1997年，煤炭行业实现了高度机械化，仅剩下两万五百四十二名矿工，却生产出了创纪录的一亿八千一百九十一万四千吨煤炭。那时，煤炭行业仍然是西弗吉尼亚州的经济支柱，在这个全美国第二贫穷的州中，煤炭控制了所有的政治和经济命脉。对一个人的评判，不论他是政治家、律师，还是部长、教师，都是根据他对煤炭行业的忠诚度来进行的。

1998年，煤炭发电在美国发电总量中占到一半的比重，而在西弗吉尼亚州，这一比重则高达百分之九十八。西弗吉尼亚州工业和政治领域的领导者如此强势地保卫煤炭在经济发展中的重要作用，使之免受他们一贯不屑一顾的自由主义慈善家、环境保护精英、“误入歧途”的联邦官员的攻击，其中缘由可见一斑。煤炭是西弗吉尼亚州经济的重要基石，因此，保护煤炭行业已然成为该州的一项专门工作。

福西特驾车一路南行，这一路上，他能够感受到西弗吉尼亚州不像他的家乡宾夕法尼亚州那样富有经济活力。所到之处，随处可见的是小镇和乡村生活场景（1998 年人口：一百八十一万一千六百八十八）。20 世纪四五十年代，美国的小镇还具有一定的商业活力，到处风光如画，景色迷人。然而，在过去的半个世纪中，西弗吉尼亚州人口大幅缩减，平均每年有一万五千九百四十人离开家乡。许多坐落在山谷中的小镇已是人烟稀少，民生凋敝，商业萧条。

摩根敦，西弗吉尼亚大学所在地，占地很广，但却没有确切的城中心，两条州际公路将小城一分为二，在这里，只有当地人或者至少是西弗吉尼亚大学二年级学生才能弄清地理方位。因此，难怪福西特错过了一个路口。等他赶到摩根敦品质酒店餐厅时，很少迟到的他这次却来晚了，福西特的同事、卡珀顿以及他的当地律师已经等候多时了。

卡珀顿向两位匹兹堡律师问候致意，然后就把注意力几乎全部放到了阿梅里卡斯身上。这位资深律师一直受到人们广泛好评。卡珀顿以为阿梅里卡斯将负责此案，福西特不过是个拎包的助手而已。福西特也不知道自己为什么会被刻意冷落。不过，他并没有因此恼怒，他还有自己的工作，他安稳地坐在旁边，反而能更好地观察和判断。

五年前，也就是 1993 年，卡珀顿买下了已经倒闭的哈曼煤矿。这座煤矿位于弗吉尼亚州格兰迪城外一条蜿蜒的小路边，从 20 世纪 30 年代就开始运营，当时有一千名矿工在这里采煤，他们住在沿山谷建造的公司家属区里。煤矿旁边是先前的公司商店，卡珀顿把它改造成了办公室，用于公司办公和为一百二十五名加入工会的矿工提供相关服务。

卡珀顿有个远房表兄名叫加斯顿（Gaston），1989 年到 1997 年间他出任西弗吉尼亚州州长。尽管人们纷纷揣测，凭着卡珀顿的姓氏，休一定很有钱。然而他实际上没有什么钱，买下这座倒闭煤矿时没有用自己的积蓄，而是以二百五十万美元个人抵押担保买下煤矿。他还同意哈曼采矿公司将历时数年，分期还清先前的公司所有人身上背负的长期债务。这位前所有人很高兴能够将煤矿转让给他人，从而不但煤矿得以正常运营，而且还能够减少公司因支付矿工医疗保险和养老保险以及煤矿土地开垦而背负的数百万美元债务。

卡珀顿请来一位名叫小亨利·尤金·库克（Henry Eugene Cook Jr.）的采矿工程师负责管理公司。在卡珀顿的许多决策中，事实证明这是最正确明智的一个选择。库克是矿工的儿子，不仅身材高大健壮，而且头脑机敏睿智。他先前曾在哈曼公司工作，制订了一项改进旧有煤矿从而大幅提升煤矿开采年限、煤炭产量和公司利润的计划。但是，当时的哈曼公司高层认为，这个计划实施起来成本过高。于是，库克提出辞职，带走了自己制订的计划。而现在，这项计划成了卡珀顿的煤矿发展蓝图。

卡珀顿将煤矿收入进行了再投资，全部投入到了公司各项运营中。但是，按照库克的计划，哈曼公司还需要更多的资金。于是，卡珀顿把煤矿交给库克全权管理，自己则四处奔走寻找资金支持。现在回想起来，卡珀顿当时似乎非常盲目，开办了很多其他的小公司，在各种稀奇古怪的商业计划上投钱，而自己其实已经陷入可怕的困境。卡珀顿已经没有多少资金了，要完成库克认为必须要做的事情，他必须竭尽所能筹措资金。

曾经一度，卡珀顿想到的不是从银行借钱的点子，而是一个大胆并且富有创造性的想法，就是将地下的煤卖给土地公司，然后将这些煤租赁回来，为每吨开采出来的煤支付附加费。最初几年，哈曼公司处于亏损状态，但是卡珀顿和库克坚信这项投资终将获得回报。他们相信一旦代价高昂的重新整修和改进工作全部完成，公司将于 1998 年开始赚取高额利润，继而走上良性运转轨道。

1997 年夏季，梅西公司收购了联合煤炭公司。之前，卡珀顿已经与联合煤炭公司的子公司韦尔莫尔公司签订了长期合同，将所有开采出来的煤炭卖给这家公司。韦尔莫尔公司再转而将这些煤炭卖给匹兹堡的一家焦炭厂。“我们每年开采大约七十万吨煤，我们把所有的煤都卖给了韦尔莫尔公司，”卡珀顿对他的律师说。“我们签订了一份十年期合同，我们开采煤炭，他们同意买下这些煤——所有的煤。我们是完全依赖于他们，但是当时我的确没有意识到这一点。”

卡珀顿当时认为，同本地最大的煤炭公司搭上关系对哈曼公司肯定是有好处的。“当我们获悉梅西公司正在收购韦尔莫尔公司的时候，我们简直高兴极了，”卡珀顿说道。“我们已经全力投入到长期的煤炭开采计划中，我们知道梅西是家大公司，认为以后肯定能够及时付款，而且肯定也能够支付得起。”

然而 1997 年 8 月初，就在韦尔莫尔被收购几天后，梅西公司新任命的韦尔莫尔总经理告诉卡珀顿，那家老朽不堪的焦炭厂可能会倒闭，这样的话，韦尔莫尔从 1998 年开始只能从哈曼购买合同中三分之一的煤炭，也就是说从先前的最少五十七万三千吨减少到只有二十万吨。

梅西公司为了达到这个目的，指示韦尔莫尔公司启动合同中的不可抗力条款。这是商业合同中普遍存在的策略，当不可预见的灾难性事件发生时，就会启动这项条款。比如，大火烧毁了汽车零件制造厂，厂家无法把关键部件运送到底特律；霜冻冻坏了南佛罗里达州果园里的橘子，农场主无法将水果运送给橘汁制造商；罢工导致钢厂停工，厂方无法及时为旧金山的大桥生产出大梁。

不可抗力条款的规定必须慎重严谨，否则，每当一方想要逃避协议规定，哪怕只是为了逃避自己感到不方便的协议规定，也会贸然使用这种条款。哈曼公司与韦尔莫尔公司的合同中对不可抗力是这样界定的："上帝的行为、民众公敌的行为、流行病、其他完全超出签约双方可控范围的原因。"

卡珀顿认为，焦炭厂可能倒闭不足以构成启动不可抗力条款的理由，哈曼公司的合同是与韦尔莫尔公司签订的，而不是与那家焦炭厂签订的，因此，焦炭厂的倒闭声明原本就与卡珀顿的公司没有关系；而且，夏季正是煤炭公司签订下一年销售合同的时候，也可以说正是梅西公司为哈曼公司的煤炭寻找买家的最佳时机。

卡珀顿向韦尔莫尔公司管理层询问梅西公司要求启动不可抗力条款的可能性，韦尔莫尔公司总经理告诉他不要担心，那个文件只是"保护己方权益的备忘录"。

卡珀顿总是以积极态度来面对生活，他不会为那些别人告诉他不会发生的事而杞人忧天，于是就回去继续经营他的煤矿了。但是到了秋天，卡珀顿开始听到一些传闻，说梅西公司失去了钢铁公司的生意，而匹兹堡的焦炭厂正属于这家钢铁公司。这些传闻开始让卡珀顿紧张起来。

卡珀顿决定最好还是与梅西公司主席布兰肯希普见个面，谈谈这个问题。1997 年感恩节前一天，他们在西弗吉尼亚州贝克利的哈曼公司办公室会面。布兰肯希普说他已经失去了钢铁公司的生意，而且匹兹堡的焦炭厂也倒闭了，梅西公司准备要求启动不可抗力条款。

此时，对于卡珀顿来说，为公司明年的煤炭寻找买家为时已晚。卡珀顿说，要是这样的话，他可能不得不提起诉讼。布兰肯希普回答说，如果卡珀顿做出这样的蠢事，他布兰肯希普定会让他死无葬身之地。“你不要起诉梅西公司，”布兰肯希普说道。“我们每个月花在律师身上的钱都有一百万。”然后，布兰肯希普又说，事到如今，也许最好的解决办法是由梅西公司来收购哈曼煤矿。

卡珀顿已经别无选择。那天下午，他就向布兰肯希普吐露了相关商业机密。他告诉对方，哈曼煤矿旁边存在着储量巨大的煤层，他打算买下来或者租下来，这将极大地提高哈曼公司煤炭产量。

卡珀顿认为，即使背负着长期债务，哈曼公司也值一千七百万美元。几天后，他把报价提交给布兰肯希普。然而，布兰肯希普不接受这个报价，在随后的谈判中一直在压低价格。直到最后，所有都算上收购价格为六百万美元，其中包括偿清一些债务和二百五十万美元现金。卡珀顿感到，他除了接受这个结果，已经没有别的选择了。然而，在拖着卡珀顿经历了数月冗长的谈判后，布兰肯希普却一走了之，再也不提收购的事了，这逼得卡珀顿无路可走，只能宣告破产。这样一来，梅西公司就有可能几乎不付出任何代价就把哈曼公司收入囊中，而且还不用再雇用那些已经加入工会的矿工。

受到伤害的并非只是卡珀顿，还有一百二十五名哈曼公司矿工和二十五名后勤保障人员都失去了工作，他们中许多人手里还拿着尚未报销的医疗账单，并且他们的医疗保险和养老保险先前还都没有拿到。另外，哈曼公司还欠着几十万美元的债务，债权方基本上都是些脆弱的小微企业，它们也无法承受这样的损失。

卡珀顿终于认识到他被布兰肯希普欺骗了，他不仅无法面对哈曼公司矿工和供货商，而且还面临着企业破产。然而，这些还不是最坏的，还有比这更为糟糕的事情，而最糟糕的莫过于哈曼公司还拖欠着开垦债券的支付资金。这种开垦债券是联邦政府强制发行的，用于将矿业地产恢复到未开发时的状态。拖欠开垦债券支付资金意味着将被记录进联邦政府申请人/违犯人名单，将被禁止继续经营煤矿或是担任高层主管。

如果说1998年5月宣告公司破产将会抹杀卡珀顿以往的全部努力和成就，那么联邦政府的名单则将会抹杀卡珀顿的未来，他将再也不能成为令人骄傲的煤矿所有人，再也不能与那些煤炭行业管理者同行。与布兰肯希普一样，卡珀顿最了解的东西只有煤炭，他唯一感兴趣的东西也只有煤炭。卡珀顿外表文质彬彬，但实际上他是个敢于冒险、能够孤注一掷的人。事到如今，他认为自己已经不用担心还会再失去什么了，他要对布兰肯希普提起诉讼，哪怕是法院裁定的赔偿金额大部分归矿工和债权方所有。

时间回到4月份的那一天，在摩根敦，卡珀顿讲述了他的情况，期待获得支持，而福西特大部分时间都在倾听和观察，他在努力判断布坎南-英格索尔律师事务所是否应该冒险代理这桩只有胜诉才能得到酬金的案子，酬金是和解或裁决金额的百分之四十外加律师费。这件事由他来做出判断非常合适，因为尽管他相对年轻一些，但他在违反合同法诉讼方面拥有深厚的功底，而且法庭实践经验非常丰富。

福西特天生习惯对周围的事物持怀疑态度，他走进这个房间就是来寻找拒绝的理由。他已经听过各种各样的人讲述他们的案情，那些讲述手法基本上大同小异，比如，他们受到了如此不公正的对待、他们的案件简直骇人听闻、福西特如果代理他们的诉讼不可能会败诉等。

然而，卡珀顿的讲述方式与众不同，他并不把事情说透说尽，而是有所收敛，有意让布坎南-英格索尔的律师们感到，是他们自己把整件事情的来龙去脉了解清楚的。卡珀顿用一种简单直接的方式来讲述自己的故事，他会看着律师的眼睛与之进行感情沟通，完全是在发自内心地讲述，毫无矫揉造作之嫌。

福西特对卡珀顿很有好感，不过他来这里并非为了寻找大学联谊会的兄弟。此事涉及的利害关系非同小可，他需要对卡珀顿的故事做出评估。事情真相也许很复杂，不过为了赢得陪审团的支持，案情叙述需要以契合传统主题的方式来进行。当福西特听着卡珀顿描述斯普拉昔达姆冶金用煤煤层的优异品质时，讲述最终布兰肯希普如何指使梅西公司使用威胁手段和阴谋诡计，既得到了哈曼的客户又得到了哈曼的煤炭时，一个主题闪现到他的脑海中，这是一个关于贪婪、傲慢、滥用职权的故事。

福西特只有短短几个小时的时间来确定卡珀顿是否具备某些应有的特质。他一边聚精会神地打量着这位潜在的委托人，内心一边如变焦镜头般不断地从谈话中拉近推远。福西特向自己提出一连串关键问题：这个人我能信任吗？陪审团能信任他吗？在案件审理过程中，他将如何对待那些残酷的问题？如果情况非常棘手，这个人会不会选择逃避一走了之？

如果卡珀顿能够按小时支付酬金的话，福西特立刻就会决定代理这个案件。可是卡珀顿提出只能胜诉后支付酬金，那他就不得不慎重地评估其中的风险。他不能接手一位满足于蝇头小利、可能半路选择放弃的委托人，那样布坎南-英格索尔律师事务所可就落得两手空空、一无所获了。最终，福西特断定这个人不会轻易半途而废，他感到卡珀顿还是有勇气把官司打到底，争出个最终结果来。

福西特听着卡珀顿的讲述，他知道卡珀顿和他的当地律师都没有意识到这里其实存在着两种不同的民事诉讼请求。针对对方违约的行为，有一种诉讼请求。如果卡珀顿所说的一切属实，那么韦尔莫尔公司可以因违约造成有限损害而被诉讼。可是如果布兰肯希普从开始就步步为营、处心积虑地着手搞垮哈曼公司，使梅西公司从中获取经济利益，那么梅西公司侵权行为成立，卡珀顿可以进一步向梅西公司提出更高数额的损害赔偿请求。假使这样的话，索赔金额的大部分将不会归公司所有，而是直接归卡珀顿个人所有。

福西特听着卡珀顿的讲述，感到越来越兴奋。他感觉阿梅里卡斯尚未意识到碰到了什么样的官司，也没有想到这两起诉讼官司价值几何。实际上，这里的索赔金额可能高达数千万美元。

福西特反复考虑如何向布坎南-英格索尔律师事务所提议受理这个官司。他以前遇见过棘手的对手，但是没有哪次是像梅西公司这样强大的对手。梅西公司的律师必将穷尽可能制造麻烦，从对审判地的争议，到通过披露内幕和提出要求来不断地攻击原告，等等，诸如此类，不一而足。梅西公司控制着产煤区，一旦官司打到法院，福西特将不得不去那里，在对方的地盘上向他们发出挑战。他们面对的陪审团也可能会将这个煤炭巨头当作家乡的赞助人而有失公允。

福西特估计他的法律团队打这场官司会花费两百万美元，没人能保证律师事务所能把这笔钱挣回来。但是，这个案子中的确存在着不公之处，他接到请求要去纠正这种不公正。福西特相信，卡珀顿案是他可以为之奋斗的事业，是可以付出全部精力和能力为之奋斗的事业。休·卡珀顿遇到了难题，需要他的帮助。福西特相信，自己能够解决这个难题，而解决这个难题就相当于解开了自己内心的一个心结。律师始终是他心仪的职业，解决这个难题也就是坚持了自己作为律师的职业操守。

回到匹兹堡，福西特一直在思考卡珀顿的案子，权衡将要面临的挑战，考虑解决问题的方法。卡珀顿给他寄来满满一箱哈曼公司的文件，他认真细致地逐份研究了这些文件，所有这些文件信息都证实了卡珀顿对整个事件的讲述是真实的。最终，福西特确定这个案子值得布坎南-英格索尔律师事务所冒险一搏。

在布坎南-英格索尔律师事务所，福西特是位很有前途的律师。因此，当他走进律师事务所大股东的办公室，把这位潜在委托人的情况向他们汇报后，他们同意福西特接手这个案子。同意的原因，既是因为他们相信这个案子本身，也是因为他们相信福西特。

福西特把这个消息打电话告诉了卡珀顿。

“好吧，戴夫。那你认为这官司会打多长时间？”卡珀顿问道，竭力掩饰自己对是福西特而不是阿梅里卡斯担任本案辩护律师的失望之情。

“我不想言过其实地给你承诺，休，”福西特说。“这场官司可能得打两年。”

“两年？”卡珀顿问道。

“有时讨回公道就得需要这么长时间，”福西特说。

哈曼同韦尔莫尔签订的合同明确规定了任何合同纠纷必须经由弗吉尼亚州法院审理解决，因为哈曼煤矿位于弗吉尼亚州，这是一个至关重要的法律现实。于是，1998 年 5 月，福西特在弗吉尼亚州格兰迪提交了合同诉讼，这里距离倒闭的哈曼煤矿只有几英里。

随着福西特对案子进行更加深入的研究，随着反复审阅梅西公司提交的文件，他更加确信，这个案子绝不仅仅缘起于梅西公司子公司违反合同那么简单。他断定，布兰肯希普是经过精心策划后蓄意对哈曼公司施加压力，甚至不惜迫使它破产，丝毫没有顾虑到那些矿工和他们家人的悲惨境遇。匹兹堡焦炭厂倒闭只是梅西公司为达到自己目的而伪造的借口。

经过深入研究，福西特确信，哈曼公司可以在西弗吉尼亚州对梅西公司提起更高级别的独立诉讼。这一诉讼不涉及韦尔莫尔公司，而是要证实梅西公司首席执行官唐·布兰肯希普指示策划了针对哈曼公司的一系列欺诈行为，这些行为意在破坏和搞乱哈曼公司的财务状况，最终迫使其别无选择，只能屈从梅西公司的意志。福西特将拿出确凿的、有说服力的证据，证实卡珀顿案并非仅仅违反商业合同这么简单，而是梅西公司为了达到自身目的，蓄意干扰哈曼公司并使之遭受了严重损害。

根据法律规定，福西特认为，第二起诉讼可以单独进行，可以独立于之前在弗吉尼亚州提起的违反合同诉讼而另起炉灶，因为后面这起诉讼涉及不同的当事人、不同的损害程度和不同的大量证据。

因此，福西特一方面抓紧在弗吉尼亚州以违反合同的理由起诉韦尔莫尔公司，一方面于 1998 年 10 月又一次提起诉讼，指控梅西公司非法干涉并欺诈哈曼公司，从而导致其宣告破产。他之所以在西弗吉尼亚州提起诉讼，是因为梅西公司所拥有的百分之八十二的煤炭资源都位于西弗吉尼亚州，而且卡珀顿也生活在这里，哈曼公司的办公室也在这里，布兰肯希普也是在这里恶意胁迫卡珀顿。

福西特主要是从梅西公司内部文件中收集证据，这些证据表明，卡珀顿案不单涉及哈曼公司和韦尔莫尔公司之间的合同纠纷，而且还涉及以唐·布兰肯希普为代表的梅西公司为达到破坏哈曼公司和伤害卡珀顿本人的目的，从外部插手，对哈曼公司横加干涉。

在生活中，福西特喜欢保持整洁、清晰和确定性，可是这个案件的特点却是散乱、复杂和不确定。他必须准备在同一时间提起两起诉讼，一旦在弗吉尼亚州的第一起诉讼败诉，他可能没有资金也没有动力去继续进行西弗吉尼亚州的诉讼；而即使他在弗吉尼亚州胜诉，那也只是小胜，以后总有一天他会在西弗吉尼亚州的某个法庭面对梅西公司和布兰肯希普。

福西特头顶着优越的光环，他被人们称为“戴维·B. 福西特三世，匹兹堡律师世家第三代”，就如同他是含着金汤勺出生长大似的。然而，福西特本人对这一光环却耿耿于怀。他很少使用名字中的那个“三世”，这个词给他的感觉是自命不凡和虚伪造作。福西特给自己儿子起名字时拒绝了把这个名字再传给儿子的建议，他认为每个人只能由自己去定义，他不是那些加官封爵的律师家族的子孙。福西特没有在贫穷中长大，但是成长之路上仍然不乏奋斗打拼的艰辛。

福西特的父亲为儿子设定了很高的标准。每当他认为福西特表现得不够优异或是有损家族声望时，他就会保持沉默，对儿子避而不见，这种惩罚比用语言谴责更令福西特难受。当年，戴夫的祖父也是这样对待他父亲的，这是福西特家族的传统，十足的白种盎格鲁-撒克逊新教徒做派。

年轻时，所有陈腐的事务都会令戴夫恼怒不已，他觉得父亲总是念念不忘要给别人留下深刻的好印象。然而，福西特自己却无法完全无视这些标准。他不仅渴望而且迫切需要赢得胜利，不论做什么都希望能够拔得头筹。不仅如此，福西特在努力追求成功的同时，还展现出极高的道德标准，并为此深感自豪。

福西特曾经是个很不错的运动员。在战无不胜的预备学校足球队里，当他给出一记妙传时，人们都在欢呼喝彩，而父亲却不为他欢呼喝彩，他担心这样做会让这个年轻人自视甚高，从而飘飘然不能自已。比赛结束后，父亲会拦住他，盘问他为什么要对裁判的判决提出争辩。“你永远不要那样做，”他父亲说道，似乎争辩这事比比赛结果还重要。

除此之外，戴夫的父亲认为，儿子还没有认识到，比赛的意义并非足球本身。戴夫与那些有钱人家的孩子一起去上学，将来会对他有好处。但是，戴夫并不把他们当作朋友看待，他很不合群。

当福西特的一些高中同学追捧“魔城”和“沙滩男孩”时，福西特却迷上了一支名为“十年之后”的英国乐队。这支乐队的热门单曲中有一首布鲁斯风格的民谣，歌名叫做《我想改变世界》。在这首歌中，歌手表达了内心的苦闷，因为自己很想对周围世界产生影响，但又不知道应该怎么做，于是决定留给别人去做。这种处世态度，在福西特的生活中随处可见。

福西特大学毕业后步入职场，他本来以为自己从事的职业能够改变世界。他在卡内基梅隆大学上学时，班里五名学生中只有一人能够获得教师资格。大学毕业后，福西特最初找到了一份英语教师的工作，在纽约州北部的一所公立高中任教。然而，他很快就感到沮丧和失意，因为学校只关注那些最好的学生，而大部分才智并不出众的学生则被学校认为不是很要紧，因此不会受到重视。在福西特看来，这一现象表明美国的教育理念存在问题。

两年后，福西特放弃了教师工作，转而到法学院学习。后来的结果表明，从事律师职业压力很大，工作很紧张，而且律师也不是能够改变世界的职业。福西特把自己的认识告诉了布坎南-英格索尔律师事务所的同事布鲁斯·斯坦利。在律师事务所里，福西特认为斯坦利是自己的知心朋友，是个可以理解自己内心真实感受的朋友。斯坦利提醒福西特：“如果不工作，你就不会得到报酬。”在福西特看来，那些认为民法比刑法高雅的人很愚蠢很无知。

“那些为钱而战斗的人最令人厌恶，”福西特经常这样说。这一认识已经使得他的奋斗困难重重，两位年轻的律师还感到他们正在两条战线上作战。法庭上激烈的竞争对他们来说不是问题，真正使他们感到烦恼的是律师事务所内部的竞争。当他们坐在酒吧里边喝酒边谈论书籍和政治方面的话题时，他们的同龄人有很大一部分还坐在办公室里争分夺秒地加班工作，没有什么别的兴趣爱好能使这些人分心。

当他们两人还是布坎南-英格索尔律师事务所里年轻的合伙人的时候，福西特与布鲁斯·斯坦利就相处得不错。两人都想在事务所里寻觅某种特别的、之前未曾感受到的氛围。福西特曾经想象着律师们会聚到一处，就法律问题进行严肃的、哲学式的探讨。然而，他所看到的现实却是许多黄蜂似的生物，在电脑前埋头苦干。斯坦利也很渴望能有这样的讨论，与他的朋友一样，斯坦利步入这个行业也是希望能够做一些有益的事情。

福西特和斯坦利两人对彼此的工作都很欣赏，都认为对方有着正直诚实的品质。他们有时会以对方作为衡量自己的标准，有时他们之间也存在某种微妙的竞争关系。当他们一起工作时，福西特认为自己是资深合伙人，会适当地对略微年轻的斯坦利加以指导；而斯坦利则认为他们俩地位应该不相上下，不肯听从福西特的教导。

福西特很少谈论自己的婚姻和家庭生活。还在卡内基梅隆大学毕业班读书时，福西特遇见了他的妻子。她来自中西部，是一位皮肤白皙、金发碧眼、有着雕塑般清晰轮廓的美人，人称“完美佳人”。福西特做任何事都竭尽全力追求完美，人送绰号“完美戴夫”。两人俨然佳偶天成。结婚后，戴夫经营着他的事业，妻子照料着他们的孩子，两个女儿克莱尔和阿梅莉亚相隔两年相继出生，六年后小丹尼尔又降生了。福西特认为他和妻子很好地分担了家庭的责任。他每次集中精力做一件事情时，都会付出全部热情，全身心地投入进去。尽管如此，福西特仍然认为自己是一个体贴的丈夫，每当重要时刻需要他陪伴的时候，他总会陪在妻子身边。

在随后的岁月里，福西特和斯坦利发展成为亲密的朋友。后来，斯坦利离开布坎南-英格索尔律师事务所，到匹兹堡的另一家律师事务所就职，但他们仍然保持着友谊。1996年，福西特作为共和党人在匹兹堡郊区竞选国会议员，作为民主党人的斯坦利夫妇几乎成了福西特竞选团队的成员。虽然这次竞选以失败告终，但斯坦利夫妇对福西特的帮助却是真诚的和全心全意的。

尽管是关系这样好的朋友，福西特仍然会把某些心事深藏心底。他不打算向斯坦利或者其他任何人吐露这心事，告诉他们自己看似完美的婚姻其实不甚完美。当他回到家里，来到妻子和三个孩子身边时，等待他的经常是心情郁闷和气氛紧张。

由于工作中承受着方方面面的巨大压力，福西特和斯坦利会偶尔出去聊聊天，即兴谈论一些有趣的话题，无所顾忌地发表对法律行业的看法，以缓解工作中的巨大压力。福西特通常会随口抛出各种话题，然后饶有兴味地听斯坦利信口开河，从联邦储备政策一直扯到他最喜欢的第一次世界大战中的诗人。斯坦利慢条斯理地拖着腔调，鼓着双眼，洋洋洒洒地发表各种奇谈怪论，着实令人忍俊不禁。斯坦利就如同信息源，无论什么样的话题，他都能够滔滔不绝、兴致勃勃地阐述一番，而福西特则需要对事情深思熟虑、仔细研究后才会得出结论。

福西特和斯坦利每个赛季都会到匹兹堡破旧的三河体育场观看几场棒球赛。三河体育场看上去如同一辆巨大的混凝土搅拌机，在那位匹兹堡出生的流行艺术偶像安迪·沃霍尔（Andy Warhol）眼中肯定是绝佳的绘画题材。

1998年9月，两位好友开车前往体育场观看那个赛季最后一场棒球赛。大学时代的福西特就在卡内基梅隆大学的花格图案队担任游击手；毕业后又在亚利桑那州的墨西哥裔美国人棒球队里打球，参加过冬季联赛。斯坦利年轻时候体弱多病，打不了棒球，他是跟着爸爸一起收听收音机里辛辛那提红人队的比赛，燃起对体育运动的热爱。

当他们看着匹兹堡海盗队同快速飞奔的芝加哥小熊队在场上较量时，福西特说起他曾经读过一本书，是关于西弗吉尼亚州工作和工会组织历史方面的书。早些年，矿工们对工会组织深感厌恶，在他们看来，匹兹堡和底特律之类的城市不过是奴役工人的工厂而已。对于这种观念，福西特表示惊奇。可是，对于那些生活在西弗吉尼亚州山区的民众来说，他们首先想要的就是独立自主。

"一个男人就得想要谋生，"斯坦利说道。"黑人和白人肩并肩共同劳动。没人会认为自己比别人强，或者应该得到有别于其他人的报酬。一个人的价值以每天从煤层里掏出的煤来衡量，除此之外别无他法。"

当两人不再谈论采矿的历史，或者是不幸的海盗队正从八连败的惨痛中慢慢恢复，他们就会花时间来讨论法律实践问题。福西特同斯坦利谈起了他的新委托人卡珀顿的情况。当福西特一提到布兰肯希普，斯坦利就难以置信地摇了摇头，福西特与之较量的这个人早已是美国历史上最有权势的煤炭巨头。当福西特说起，也许有一天，斯坦利也可能上手处理这个案件，斯坦利对此却不以为然。他了解布兰肯希普，也了解西弗吉尼亚州，所以他不想与他们中的任何一方产生瓜葛。除此之外，尽管斯坦利很欣赏福西特，但他也想象不出再次与之共事将会是一种什么局面。

福西特居然会在自己的家乡西弗吉尼亚州接手这样一桩非常重要但也困难重重的案子，这让斯坦利非常震惊。斯坦利是那种几乎总能施以援手或者提供建议的人，不论在法律方面还是在其他任何方面。然而这次，他感到还是什么都不说为好，他不准备鼓动福西特振奋精神，然后告诉他可能需要付出一生的奋斗来完成此事。但令斯坦利难以置信的是，他那位志向高远的匹兹堡朋友居然会驱车南下来到西弗吉尼亚州法院，来了解一个他几乎无法想象的世界。

“这回你可是选对了，”斯坦利说道。

5

1998年9月30日，在与斯坦利一同观看棒球比赛几周后，福西特乘飞机前往里士满，约见布兰肯希普录取证词。福西特担任卡珀顿案的律师已经有六个月了，这是他首次与对方主要当事人会面。与斯坦利不同的是，福西特不喜欢激烈的对峙和冲突。他坐在律师事务所的会议室里，双手紧握着公文包，包里面装有打算在录取证词过程中使用的文件。福西特心里还是非常紧张，以至于布兰肯希普和律师走进房间时，他禁不住出了一身汗。

布兰肯希普身高六点三英尺，但他看上去却其貌不扬，给人的感觉比真实身高要矮一些；他超出标准体重足足三十磅，一眼看上去更像一个屋顶材料推销员，而不像《财富》杂志中世界一千强公司的董事会主席；他脸上没有什么表情，说起话来声音很低，嘴唇几乎不动，似乎是要对方竖起耳朵努力去听他在说什么；他长着一双褐色的小眼睛，眼窝深陷，眼皮耷拉着，看上去双眼像是隐藏在阴影中；他面色黝黑，恰似一只老旧的棒球手套，嘴唇上面的小胡子修成三角形，更加衬托出那长着双下巴的脸孔；他的嘴唇非常薄，说像一条直线也不为过，每当他紧张不安的时候，他那蛇信似的长舌头就会在嘴里来回伸吐，舔湿自己的嘴唇。

布兰肯希普瞧不起大部分的美国公司高层主管，认为他们只不过是“参与公司外围业务的傀儡”。他骄傲地自诩为“精打细算的账房先生”，“愿意关注细节”。在梅西公司，布兰肯希普采取了削减开支的众多措施，后来，这些措施成为美国公司面对世界经济残酷竞争时普遍采取的应对手段。1991 年，布兰肯希普接任梅西公司首席执行官，解雇了百分之十二点八的员工，削减了公司资助的医药计划福利，终止了新员工退休后的医疗保健待遇；他把公司办公场所设在一座拖车式活动板房内，从那里发号施令，管理公司。这座板房邻近西弗吉尼亚州州界的肯塔基州贝尔弗里，外观给人的感觉是一家汽车配件商店，或者是一个普通的房地产公司办公室，而很难令人相信这是阿巴拉契亚地区最大的煤炭公司总部之一。

梅西公司的大部分煤矿位于西弗吉尼亚州南部，不过它在弗吉尼亚州西南部和肯塔基州东部也经营着一些煤矿。这三个地区共同构成了阿巴拉契亚高地中心地带，同样具有独特的山区文化，同样具有依赖于煤炭工业的经济特点。

在这些地区，其他煤炭公司的高层主管并不居住在西弗吉尼亚州，尽管他们大部分的财富都来自这个州，而布兰肯希普则一直自豪地居住在这个他成长的地方。1950 年，这位梅西公司董事会主席出生于肯塔基州的斯托普奥沃，在距此不远的西弗吉尼亚州德洛姆村长大，从小就过着贫穷的生活。德洛姆村位于蜿蜒流淌的塔格佛克河沿岸，这条河流正是两州的分界线。

布兰肯希普的母亲名叫南希，丈夫在军队服役期间，南希有了外遇。丈夫退役回家后，发现她已经生下了一个孩子，名叫唐纳德，但这孩子不是他自己的儿子。从那以后，他就不想与这母子两人有任何关系。南希·布兰肯希普本来可以靠领取政府救济金养育三个儿子和一个女儿，而且接受福利救济并非什么耻辱的事情，但她没有这样做，而是在德洛姆经营了一家有两个加油泵的小店，以此养家糊口。她的小店，同沿路六七家其他的小店一样，出售旺德面包、五香火腿、博洛尼亚大红肠、特温奇面包等诸如此类的小商品。这个骄傲、坚毅的女人每天工作十六个小时，赚回的钱刚够维持全家人的温饱。

从母亲身上，唐耳濡目染，学会了严厉刚强的处世原则，对别人的人品和动机持怀疑态度，并且谨慎地加以判断。南希这样的小店经常会给那些兜里没有现金的顾客赊账，她知道哪些人她可以信任，一旦拿到煤炭公司的薪水或者每月的福利支票，他们一定会来支付油钱；她也能分辨出什么样的人会欺骗她，之后还会顺着公路向前开车，又去欺骗别人；她也知道哪个少年会在给家里买面包的时候顺手偷走一块好时巧克力；她会告诉自己的孩子们哪些顾客还不错，哪些孩子他们可以一起玩，哪些则不能一起玩。

火车铁轨从他们的房子后面经过，每当从诺福克和西部开来的运煤火车隆隆驶过，脚下的土地都在颤动，要大声喊叫才能听见对方说话。在还没有完工的焦渣石垒砌的房子后面有一个厕所，数年后布兰肯希普回想起来，“每人只能用两张厕纸”。还有一次，冬季风暴到来时布兰肯希普进行了一次短途旅行，回家后他用井水洗手，井水中含有过多的铁质，以至于水的颜色都是红色的，看上去像是血水。

公路边上开着一些小酒店，里面总是挤满了喝酒的人。他们中有些人从干旱的肯塔基州骑马赶来。布兰肯希普最喜欢的消遣，就是在他本应早已入睡的深夜时分，爬到邻近理发店的房顶上，等着看那些喝得烂醉的矿工踉踉跄跄地走出酒馆，来到街上打架闹事。

布兰肯希普有三个同母异父的哥哥和姐姐，他们经常去看他们的父亲，也就是那个朝鲜战争老兵。对于年轻的他们来说，这是难得的消遣。但是，唐却不在被邀请之列。在那个年代，布兰肯希普背负着私生子的骂名，仿佛是社会的弃儿。

南希·布兰肯希普在唐的生活中担负着母亲和父亲的双重身份。像她儿子一样，南希也是寡言少语，似乎话语是珍贵的宝藏，不应被随意浪费掉。她总是在心里把顾客的账单加起来算出总数，而且几乎从来没有出错。唐也学会了心算，后来当他擅长数学时，他在加法和减法中体味出了道德层面的感悟。

上中学的时候，身材高大强健的布兰肯希普并没有羞涩到沉默寡言的程度。那时，大家都叫他唐尼。他是个很受欢迎的年轻人，当选为高年级的学生会主席。他对政治、经济或者家乡明戈县之外的世界都不太感兴趣，除非涉及美国职业棒球大联盟以及他心目中的英雄，旧金山巨人队的威利·梅斯（Willie Mays）。梅斯身体强壮，奔跑快速，他所拥有的技能令唐尼赞赏不已。

唐尼喜欢做的另一件乐事是开快车。一个孩子夏天可以赚足够的钱买一辆车，许多中学学生都有自己的车。布兰肯希普会开着车越过肯塔基州州界，来到一条不足二十五英里的笔直柏油碎石路路段，把车速提升到每小时一百一十英里。

1968年，布兰肯希普被马歇尔大学录取。这所大学位于西弗吉尼亚州亨廷顿，是该州最好的大学之一。那年夏天他回到家乡，当了一名加入工会组织的矿工。他的工头名叫达雷尔·拉特利夫（Darrell Ratliff），派他去引爆爆破雷管把煤层炸松。对于新来的工人，这是很危险的活儿。

布兰肯希普没有钱，也没有时间去过大学生舒适安逸的生活。他休学了一年，来到煤矿工作赚钱。之后，他返回学校努力学习，成绩非常优异，最后仅用三年时间就获得了会计学位，1972年大学毕业。布兰肯希普第一次参加注册会计师考试就顺利通过。为了找到一份体面的工作，他去过田纳西州查塔努加；从那里又来到佐治亚州梅肯，进入饼干业巨头奇宝公司工作；随后又去过芝加哥和丹佛。在科罗拉多州，他与一个喜欢呆在家里的漂亮女人玛丽·甘特（Mary Gant）结了婚，不久有了两个孩子詹妮弗和约翰。布兰肯希普继续过着四处奔波、不断更换工作的生活。他在佐治亚州的另外一家烘焙食品公司花朵实业公司

(Flowers Industries）找到了工作。但是，作为土生土长的西弗吉尼亚州的儿子，布兰肯希普只有走在家乡的乡间道路上才会感到舒适安心。1980年，他得到了一个机会，回到了西弗吉尼亚州，那里距离他生长的乡村只有几英里远。他成为隶属于A. T. 梅西能源公司的罗尔销售子公司的业务经理。

1984年，布兰肯希普就任罗尔销售公司总经理，搬进了前任煤矿负责人的住所。这座建造于1904年的房子，是他从少年时代起就开始觊觎的地方。

房子高踞于斯普里格的一座山上。斯普里格是一个令人沮丧的小地方，到处都是肮脏的拖车式活动房屋、塞满破旧物品的商店、低档的组合式房屋。布兰肯希普从他自己的家里望出去，就能俯瞰那个悲剧的主要发生地。那是出弥漫着血腥气的历史悲剧。从他居住的地方向东不到六英里就是梅特万小镇，他在那里上的中学。也就是在那个地方，1920年5月，突然爆发了一场枪战。交火一方是支持工会的小镇民众，一方是煤炭公司雇用的私人民兵组织，他们是来自鲍德温-费尔茨侦探事务所的十几个代理人。交火停息后，七名代理人和三名包括镇长在内的小镇民众，横尸街头。这起恶性事件就是后来广为人知的“梅特万大屠杀”。第二年，一百多名矿工又死在布莱尔山上，这起事件经常被描述为美国内战以来规模最大的国内暴乱。

斯普里格北部两英里处坐落着另外一个小村庄，名叫洛巴塔，那里有梅西公司的一个子公司。1984年至1985年间，这家子公司成为现代罢工风潮的中心。塔格佛克河沿岸的当地工会成员是全美最富有战斗精神的组织。然而，布兰肯希普，这位罗尔销售公司年轻的新任总经理，在罢工期间与工会的周旋中占了上风，从那以后矿工联合会的影响日渐削弱，直至今日。

自1981年以来，福陆公司一直拥有先前的家族企业。2000年，福陆公司从梅西公司中脱离出来，成为一家独立公司，并更名为梅西能源公司。这次变更导致的结果就是，除了志得意满的董事会，再也没人能够监督布兰肯希普了。

“我不知道还有谁更招人憎恨，”1984年到1985年的罢工期间，布兰肯希普曾经这样说道。“你是否招人恨这不重要，重要的是你做的事情是正确的。”这是他最喜爱的谈话主题之一。布兰肯希普认为，他通过光明正大的斗争，改变了腐败的社会和政治体制，从而战胜了敌人。他的观点就是，人们必须勇敢地面对敌人，同他们抗争，而不能任由敌人包围过来辱骂和奚落；永远不要屈服，永远不要妥协，永远不要和解，只要面对面地与敌人对峙，他们迟早会感到畏惧从而退缩。

布兰肯希普在梅西公司的每一天都是这样做的。现在，在里士满，这个在他看来没有必要的、繁琐的录取证词的过程中，他也打算使用同样的策略对付戴夫·福西特。

福西特原以为梅西公司的律师无论如何不可能允许他用五个小时的时间来质询布兰肯希普，并录取证词，但事实上他们似乎并不那么在意。他们似乎在告诉福西特，你可以用你们掌握的随便什么东西攻击他们，挥起重拳大力打击他们，不过最后受伤的必将是你们自己紧握的拳头。

录取书面证词是福西特最喜欢的法律程序。这个程序一般是在庭审之前进行，由原告被告双方律师对潜在的证人或者其他人员进行质询。大多数情况下，这又是一项冗长而又耗神的工作。而要想舒适自然地进行录取证词的工作，前期准备工作就更需要全面彻底和一丝不苟。

这里没有陪审团、没有法官，福西特也无意寻求令人震惊的真相揭秘，而只是巧妙地让对方承认某个事实的存在，追求的是明确具体的事实表述。福西特后来对此这样解释，录取书面证言就好比是“关闭上一扇扇的门，这样在法庭审理过程中，证人就不能说一些诸如‘我不清楚或者我真的不理解你的问题’之类的话从而搪塞过去”。

布兰肯希普话音很低，比耳语声也高不了几个分贝，不过他的低语声中仍然隐含着掌控局面的威严和要求对方服从的意味。有时，人们必须探过身去努力倾听他说的话，这使得他的低语既令人讨厌又使人印象深刻。

然而，这种会谈毕竟不同于公司内部会议。在内部会议上，布兰肯希普可以因下属的过失批评指责他们，甚至解雇他们，但这种会谈中显然不能。福西特手里掌握着梅西公司的内部文件，文件显示梅西公司经过精心策划，蓄意将哈曼公司置于破产境地。福西特逐份文件、逐字逐句地询问布兰肯希普，决心要让布兰肯希普承认文件中的内容。

梅西公司的律师允许对方这样长时间地录取证词，不管他们背后打算实施怎样的策略，几个小时过去后，形势开始渐趋明朗，布兰肯希普和福西特已成为势均力敌的对手。他们都很小心谨慎，都非常注重细节，并且都非常执着，认准的事情难以轻易屈服。福西特巧妙地、有条不紊地追问着布兰肯希普，没有人能够这样反反复复地，坚持不懈地向布兰肯希普提出问题。

“你提出的某个问题肯定会令我烦恼不安，因为在我看来，我所做的事情都是适当地并且尽最大可能保持公平合理，”布兰肯希普曾经一度这样说道。这话使得福西特明白了真正困扰这位梅西公司主席的是什么。然而，福西特也知道这不过是个开始。有一天，他将很可能在法庭上面对布兰肯希普。那时，这位梅西公司主席必将是一位最难对付、最固执、最不会轻易屈服的证人。

6

1999年2月4日，福西特和助手罗布·迪瓦恩（Rob Devine）从匹兹堡出发，驱车前往西弗吉尼亚州哈姆林，与巡回审判法官杰伊·M. 霍克（Jay M. Hoke）会面。福西特花费了大量时间来筹备在弗吉尼亚州进行的合同诉讼审理，与此同时，他还必须努力推进西弗吉尼亚州的诉讼审理进程。如果梅西公司的律师得势，那么西弗吉尼亚州的诉讼审理就将永远无法进行。福西特正是想通过这次在林肯县法院法官办公室的会面，一次性彻底解决这件事。

州际公路上时常有卡车运载超大号货物，其中有的卡车上还装载着部分双单元移动式组合房屋。一路上，福西特好几次因为遇上这些卡车而减速慢行。西弗吉尼亚州的居民过去常常雇用本地建筑工人建造房屋。但是，现在许多人购买由预制构件组装的房屋，这些组合式房屋散布于狭窄的公路边和山谷中。这种在西弗吉尼亚州之外的任何地方建造的房屋很廉价，不过从某种意义上说又很昂贵，因为这里的人们通常是以赊账方式购买，需要支付高额利息，而且这些房屋没有累积起多少资产净值，也使用不了多长时间。

福西特开车拐上一条州际公路，公路两侧茂密的枝叶形成了一条隧道，绿色的山峦在公路两边绵延起伏。到达哈姆林后，福西特把车停在新建的法院大楼旁边的停车场上。法院看上去更像个发电厂，而不像人们寻求伸张正义的场所。

霍克走了出来，他有些秃顶，耳朵上边留着几绺长头发，嘴唇上面留着海象似的小胡子。他热情地迎接从匹兹堡赶来的两位律师和梅西公司的辩护律师杰夫·A. 伍兹（Jeff A. Woods）。福西特很快发现自己面临着不利的局面，他天性中的矜持与阿巴拉契亚山区热情友好的民风形成了鲜明的对比。伍兹所在的律师事务所名为怀亚特、塔兰特和库姆斯事务所，位于肯塔基州的列克星敦。这位辩护律师对这个地区的风俗习惯非常熟悉，还能够滔滔不绝地讲当地的方言土语。

伍兹和霍克热络地寒暄着，像是一对关系很熟的老朋友。许久之后，福西特才搞明白，衣着讲究的伍兹来自密歇根州，与福西特一样，他也不是阿巴拉契亚山区的后代。但是当时，福西特并不知道。看着这两个人随意地闲谈着，就像一起去打猎的老伙计似的，福西特很担心霍克会把自己当成虚有其表的城市律师，在法庭上要求他长话短说。福西特好像总是比别的律师需要更多的时间来适应周围环境，而在这里，他的这个习惯可能会带来灾难性的后果。

霍克在很大程度上能决定陪审团审理是否继续进行，双方律师都明白这次会面有可能会永久性地终止他们在西弗吉尼亚州的诉讼审理。不过，要想与霍克开始正式会谈，必须首先听他讲几个令人捧腹的段子。

“那么，你们几个人都通过那个金属探测器的检测了，对不?”霍克说着，向后仰靠到椅子上。“那上面本来应该写上我的名字。我在这儿是从检察官开始干起。刚从公共服务委员会来到这里时，我就像个初来乍到的白痴。受理的第一起谋杀案是强奸杀人案，女儿被强奸了，母亲被谋杀了，这样祖母就来作证。当我说我没有进一步的问题了，辩护律师说他也没有问题了，于是这位祖母俯身从她的小提包里抽出一把三八式短管左轮手枪。”

霍克熟练地讲述着这个故事，虽然已经讲了一遍又一遍，但还是像第一次讲似的，绘声绘色。他的身体不断地晃动，就像在躲避子弹，嘴唇上面的胡须异常浓密，让人感到他似乎要被压弯了腰。

福西特简直难以相信眼前这个场景，尽管斯坦利曾经告诫过他，这里是一个与众不同的世界，但在他的职业生涯中还从未见过这样的法官。霍克就像人们在酒吧里会遇见的某个家伙，随着夜色渐深，他的脱口秀也开始越来越放肆。福西特笑了出来，他的笑声更多是因为感慨自己所处的情境是如此怪诞，而不是被霍克不断讲述的故事逗笑的。

“那时，被告人就坐在几本法律书籍后面，一颗子弹正好击中两大本法律论著中的一本，然后又反弹出去，嵌进了门里。那本书是富兰克林·D. 克莱克利（Franklin D. Cleckley）撰写的著名的《西弗吉尼亚州律师证据手册》，”霍克说。“当时法庭里所有人都趴到了地板上，只有我还站在那儿。法官大声呼叫法警把枪从那女人手里夺下来。法警高喊着，‘珀尔，把枪给我。珀尔，把枪给我。’珀尔是那女人的名字。”

霍克的眼睛笑得变了形。“后来有一次，我看到克莱克利法官，他问我，‘你是林肯县来的吗?’我说，‘是的。’他说，‘那次枪击发生时你在法庭吗?’‘是的。’他又问道，‘哦，你对那件事怎么看?’我说道，‘克莱克利法官，那是唯一的一次你那本该死的书救了别人的命。’”

福西特看到，伍兹竭力地让自己大声笑出来，可是霍克似乎没有注意到或者根本不在乎，福西特感受到了一种啼笑皆非的微妙的幽默感。可是讽刺的是，他的助理居然罕见地手拍膝盖，清脆地笑出声来。那倒也不要紧，因为霍克正在行使他作为法官的特权，对自己说的笑话报以最响亮的笑声，他的开怀大笑足以淹没一切声音。而且，霍克张着嘴狂笑不已的时候，由于他嘴唇上面硕大胡子的缘故，嘴里的牙也若隐若现地让人看不清。霍克用这种慢悠悠的有趣方式开始了他们的初次会面，这使得福西特不再紧张拘束，感到这个法官会给他时间去适应，一切都会好起来的。

“把那个可怜的家伙送进监狱度过余生，对此我并不感到遗憾，”霍克说。“只不过我不是块检察官的料。”于是他决定，如果一定要在司法系统里面干下去，那就宁愿做个法官，高高地坐在法庭上面，主持公道，让其他人去花大把的时间把被告人送进监狱或者为他们辩护。

霍克感到自己跟走进他的法庭的每个人都有点这样或者那样的联系。他父亲是浸礼会牧师，靠教徒在礼拜日微薄的供奉为生，他母亲经营一家小邮政所，也能贴补些家庭收入。他十二岁的时候，全家才搬进有室内卫生间的房子，他才平生第一次在真正的浴缸里洗了个澡。

霍克从西弗吉尼亚大学法学院拿到学位，本来可以去别的任何地方争取不错的前程，可是他选择留在林肯县，这是该州最贫穷的地区之一。他告诫年轻人应该去接受教育，然后回到县里帮助其他人发展。霍克认为，他能够做到的最有益的事情，就是确保林肯县和布恩县的民众获得公正的庭审结果。

霍克又讲了几个故事，然后才结束了这次长时间的会谈。福西特很快意识到，他面对的是一位见多识广、严谨认真的法官。很显然，霍克热爱法律的敏锐微妙，理解遍布其中的细微差别；他赞成陪审团制度，不会轻易受制于人。随着时间的推移，福西特还认识到，霍克的幽默感不仅仅是天性使然，而且在推进审理程序的同时，能够有效引导针锋相对的控辩双方平静下来，同时也可以有效调节法庭中单调乏味的气氛。

福西特知道，华盛顿和纽约的律师在提及西弗吉尼亚州时，经常称之为“狂野的西部”，他们认为那里是个危险的地方。在那里，行为古怪的法官践行着具有边疆特色的公平正义，企业承受着面临合法私刑惩罚的危险。实际上他们谴责的是那里沿用的一套司法审判理论，这套理论主要是由自由派的州最高法院历经数年，以零敲碎打的方式，将不同的意见和观点逐条拼接，如此发展而成，这套理论赋予法官个人和陪审团以极大的权力。

霍克更倾向于认为，在西弗吉尼亚州，陪审团掌握着不加限制的自由裁量权的背后存在着深刻的历史渊源。“在英国，继《大宪章》颁布后一直采用这样的制度，”他说。“一个人被带到陪审团面前，原告方做陈述，被告方也做陈述，然后由陪审团来决定谁在说谎、谁说的是实话。西弗吉尼亚州仍然认定那是解决问题的最佳方式。”

霍克非常清楚，卡珀顿案的重要性和复杂性都超出了他以往审理的任何商业案件。被告方梅西公司在布恩县是最大的雇主，也是西弗吉尼亚州最有实力的政治势力；原告方来自西弗吉尼亚州最有名望的家族之一。双方都从其他州的著名律师事务所聘请了律师，这就意味着，不论最后的裁决结果如何，输掉官司的一方都会不可避免地向西弗吉尼亚州最高法院提起上诉，这样之前法官对案件的处理过程将受到前所未有的认真审查。

霍克的工作时间要么在林肯县哈姆林法庭度过，要么在布恩县麦迪逊法庭度过，卡珀顿案就安排在这里进行审理。他在林肯县长大，大部分案件的监督审理都是在那里进行的。林肯县只有三座煤矿，不像邻近的布恩县有九十二座煤矿。在霍克担任法官的职业生涯中，他以前从未监督审理过涉及煤炭公司的案件，除了在法学院上学时学了几课这方面的知识之外，他对煤炭行业知之甚少。同时，霍克对商业侵权案件也不熟悉，对其中涉及的证据披露和调查取证程序也不甚了解。而在这个阶段的审理程序中，原告和被告双方都将要求对方提供数千页的文件和其他材料。

上述这些困难可能会使许多法官紧张不安，不过，霍克却乐于接受这样的挑战。他期待着对这件或许是其职业生涯中最棘手的案件进行审理和裁决。

在法官室里同霍克会谈时，伍兹花了将近一个小时冷静地提出大量理由阻止该案件被立案审理。他强调说，起诉书上的审判地点就是错误的。哈曼煤矿在弗吉尼亚州，两个公司的合同中也明确说明了任何司法程序都必须在弗吉尼亚州进行。伍兹说，如果霍克错误地坚持将该案立案审理，他将要求限制陪审团核定和裁决损失赔偿金额。

霍克仔细地听着对方讲话，一会儿把眼镜推到额头上面去，一会儿又拉下来戴到眼睛上。会谈结束时，福西特形成了这样的认识，霍克以正确的方式提出了正确的问题，他会做出公平合理的裁决。

福西特有自己特定的习惯，其中之一就是，在正式开庭审理前的几个月，事先要对法庭进行实地考察，这样他能先见到法院的工作人员，也能明确地知道他将在哪里质询证人。福西特会提前数月思考庭审时自己会问哪些问题，会把整个过程都想象一遍，证人说什么、他怎样应对、他站在什么地方等。他非常明白这个道理，要想在法庭上思维敏捷、反应迅速，就需要尽可能多地掌握各种信息，尽量避免出现任何意想不到的情况。

尽管霍克要在几个月后才能决定是否审理该案，福西特和迪瓦恩还是驱车三十英里前往麦迪逊，去实地感受一下那个小镇和那里的法院。法院大楼是一座建于 1921 年的新古典主义风格的石灰石建筑，远远望去，金色的穹顶宛如大教堂的尖顶，高高地耸立在麦迪逊小镇上空。大楼的前面矗立着一座旧时代煤矿工人的雕像，头上戴着头盔，手里握着尖嘴镐。站在这座雕像面前可以说是福西特与矿工最近距离的接触了。

福西特和迪瓦恩走进位于法院大楼二层的法庭，装饰漂亮的礼堂非常宽大，对法庭审理而言显得环境太过精美。福西特努力设想霍克高高坐在上面，主持整个庭审，陪审团坐在陪审席上，梅西公司的辩护律师在礼堂一侧的桌旁坐成一排，他和同事则在礼堂的另一侧就坐。

尽管麦迪逊小镇没有什么可看的，福西特和迪瓦恩还是在那里稍微转了转。又短又窄的主街上只有几家商铺，剩下的就是一些门窗用木板封住、已经被遗弃的商店。福西特能够看到的唯一充满生机的事物，就是停在铁路侧线上满载煤炭的火车车厢。

福西特思忖着，匹兹堡的那些钢铁巨头，不论你如何看待他们，至少他们修建了博物馆和图书馆，用来纪念他们自己和他们曾经创造的繁荣。但是在这个小镇里，停车场是用碎石铺就的，几条人行道已经破损不堪。

福西特是共和党人，在他看来，人天生就不平等的观念无可厚非。可是在这里就得另当别论了，从这些大山中开采出来的煤炭价值亿万美元，可是这里的人民除了碎石又得到了什么？当他走在粗糙的街道上，他认识到卡珀顿案并非仅仅与休·卡珀顿和哈曼煤矿有关，它还事关这个地区以及在这里曾经存在的问题和错误。

第三章　腐　败

矿工们生活在这些狭小阴暗的煤矿营地里，遭受着老板们随心所欲的压榨和工业化的残酷盘剥……

7

一年后，也就是2000年3月，福西特打电话给斯坦利，想请他一起吃顿午饭。福西特提议到市集广场去，那里有家一百三十年历史的创意牡蛎屋。牡蛎三明治是福西特最喜爱的美味，他小心翼翼、细嚼慢咽地享用着这份美食，就好像面前放着的是一盘鲟鱼鱼子酱。斯坦利则兴致十足，狼吞虎咽地吃掉了他的那份午餐，在他看来。食物就是生活赐予的乐趣。他认为如果用手指捏着吃薯条，那味道会更美妙。

福西特告诉斯坦利，在弗吉尼亚州的合同违约诉讼审理中，他已经取得了责任认定阶段的胜利；第二阶段将确定损失赔偿金额，这个阶段等到2000年8月才开始进行。尽管福西特首战告捷，斯坦利还是感觉他哪个地方有点不对劲儿。虽然他的朋友并没有说起什么，但斯坦利就是有种不好的感觉。

可是，福西特自己却没有这样的感觉。之前，他和妻子要是准备去参加宴会，妻子总是说她身体不舒服，这种时候他也就会耸耸肩，不予理睬罢了。后来，也就是在福西特和斯坦利共进午餐大约一个月后，家里的一个亲戚找到福西特，对他说事情不能再这样下去了。

福西特不能继续再置身事外了，他只能面对一个现实，那就是妻子的健康出现了严重问题。福西特一直认为自己是个体贴的丈夫，当家里有重要事情需要他陪在家人身边时，他总是会陪在他们身边。现在，他非常震惊地意识到，自己竟然如此专注于个人事业，以至于妻子的身体状况出现了这样严重的问题都没有觉察到。这样的变故颠覆了他原本看重的生活理念。一直以来，福西特总是追随着事业和梦想的脚步，为案件诉讼和审理奔走于全国各地，还抽出时间参加政治竞选，与他的朋友布鲁斯饮酒聊天，却唯独忽略了自己家庭中日益严重的问题。等到他不能再无视这些问题而必须去面对时，妻子的健康已经恶化到了照料自己都有困难的程度，更不用说去照顾孩子们了。

福西特的父亲曾经说过，福西特和妻子就“如同黑夜中擦身而过的两艘船”。福西特一直不理解父亲话中的含义，现在他终于恍然大悟。当妻子忙于出入各种治疗中心的时候，福西特只得找了一个兼职管家帮助照看他们十岁、十二岁的女儿和四岁的儿子。然而，这样做并没有减轻他心中的愧疚，也没有缓解没完没了的家务压力，他还需要送孩子们上学，帮助他们做作业，安慰他们幼小的心灵。

福西特一直认为，那些从宗教和心灵愉悦心理学中寻求慰藉的人是软弱、自我放纵和以自我为中心的。而现在，他发现，自己也开始把时间花在巴恩斯与诺布尔书店的自助区内。在福西特的生活中，以前他从未对自己做过的任何事情感到羞愧，但是现在他却羞愧难当。福西特处理这次家庭危机，就像处理一个案子，自认为只要付出足够努力，就能够使家庭生活步入正轨。他阅读有关书籍，带着年幼的女儿们去参加咨询活动和家庭治疗，但是，女儿们还是很生他的气，为她们不再拥有正常的生活而愤愤不平。痛苦的滋味渗透在他的生活中，如影随形。在随后的十八个月中，妻子很多时候都不在家里。

在家庭中担当的新角色，使福西特平生第一次体会到了女人和单亲家庭所面临的生活困境。他学会了要对生活怀有感恩之心，感恩生活中有那么多乐于助人、甘于奉献的人，比如幼儿园老师、家庭顾问、社会工作者、护士、治疗专家等。这些人赚钱比他少，可是他们干的工作却比他重要得多。福西特决心努力成为更体贴、更谦逊的人。他每天上班之前把儿子送到日间托儿所，下班后再把他接回家；他带着女儿们去买衣服，安慰她们说一切都会好起来的；他到超市去购买食品和杂货。与此同时，他还要坚持全天都投入到律师事务所的工作中。他已经深切地感受到，由于妻子健康状况恶化，家庭生活支离破碎，痛苦不堪，自己身在其中，更是不可幸免。他理想的婚姻已经沦落到如此令人痛惜的地步，以至于无法挽救了。

2000 年 7 月，福西特打电话给斯坦利，说有位法官告诫他，如果同时担任哈曼公司和卡珀顿个人的代理律师，这中间存在着利益冲突。这对弗吉尼亚州的诉讼审理影响不大，但是从霍克对案件审理的要求来看，似乎西弗吉尼亚州的诉讼审理将会受到影响。福西特问斯坦利，他或者他所在的里德-史密斯律师事务所是否有兴趣参与这个案件的诉讼审理，担任卡珀顿的律师。

斯坦利一时间不知道该如何答复福西特。通常情况下，他会根据直觉来做出决定，但这次，他决定好好考虑一下。布鲁斯对戴夫的挚爱如同对自己的兄长一样，他对戴夫的了解甚至甚于自己的兄长。斯坦利知道，福西特一直想全权代理卡珀顿案，他要掌控案件审理的每一步进展，若不是法官坚持这样安排，福西特肯定不会允许别的律师参与进来。

成功的辩护律师大都有着强烈的自尊心，斯坦利也不例外，尽管他总是用和蔼可亲的表象将这自尊深深地隐藏起来。如果他不能下定决心遵从戴夫的意志，最后的结果可能就是官司胜诉，但朋友失去了。

更重要的是，斯坦利不知道自己是否还想回到西弗吉尼亚州去。“我还想再跳回到那个该死的污水坑似的明戈县吗?”他扪心自问。“我是想去蹚那坑浑水吗?”

斯坦利现在毕竟是匹兹堡的律师了。对于一个来自西弗吉尼亚州南部的穷小子来说，这是一个自豪光荣的称号。当他思量着要不要加入到这场战斗中去的时候，所有过往的记忆都浮现在眼前，那么多他曾经憎恨的往事，那么多他曾经逃避的往事，霎时间令他心潮起伏。

斯坦利出生于1959年，在西弗吉尼亚州明戈县地处偏远、面积狭小的布雷登社区长大，那里离肯塔基州更近些。布雷登社区其实只是一些散布于山谷中的房屋，这些房屋建造于一条狭窄的公路两侧，这条公路正位于古老的诺福克西方铁路路基上，而西弗吉尼亚州南部大开发最初就是从那里兴起的。这个地区因缺乏法律约束、无法无天而声名远播。20世纪最初的二十年间，共有十七名警官因前往那里搜寻藏匿于大山中的逃避兵役者、逃犯和走私犯而死于非命。

布鲁斯是家中七个孩子中最小的，他最小的哥哥都比他大五岁。他很小的时候就被诊断患有先天性缺陷导致的肺病，几乎每年都要住院治疗。所以，无论从年龄还是健康状况上看，他都像家中唯一的宝贝疙瘩。学龄前的布鲁斯每天会有好几个小时跟父亲在一起，在父亲经营的那个四级小邮电所的帆布邮袋上睡觉，学习认字是通过琢磨联邦调查局的头号通缉犯公告开始的。布鲁斯的母亲是学校的厨师，上小学时的他都是由母亲带着一同乘坐公共汽车上学。

直到布鲁斯八岁那年，斯坦利一家才有了室内卫生间。全家的食物很多都是靠他们自己在低洼的农田里种植作物获得，比如土豆、番茄、南瓜、青豆等。他们还喂养鹅、火鸡、小鸡，家里的牛有十二头，其中奶牛就有两头。他们还去打猎，获取野兔和松鼠。斯坦利一家对那些不像他们这样辛勤劳动而忍饥挨饿的人总是很慷慨大方。

布鲁斯的两个哥哥经常沿着低洼地上方陡峭的山路，长途跋涉到山上的树林里去，那里枝叶茂密，阳光几乎无法穿透。兄弟俩到那里搜寻黑莓、越橘和西洋参，然后卖掉赚些零用钱。布鲁斯体弱多病，不能跟他们一起去。温柔的母亲看护着他，不过她也能开枪打掉响尾蛇的头部；要是有人惹恼了她，她还会用猎枪指着他们，告诉他们滚开。

斯坦利上三年级那年，在肯塔基州南威廉森矿工纪念医院连续住了三十二天院。医生给他注射青霉素，直到他的臀部都长了硬皮，可病情却仍未好转。

那次住院期间，有两件事让斯坦利记忆深刻，甚至影响了他道德观的塑造和形成。一件事是，他无意中看见一个与他年龄相仿的小男孩，全身大部分三度烧伤。那悲惨的一幕和痛彻心扉的尖叫声，时至今日他都无法忘却。斯坦利一直想把这一幕从心头抹去，可是从未做到过。“不论生活多么糟糕，总是有人过得更糟糕。”他这样想。另一件事是，小马丁·路德·金（Martin Luther King Jr.）被暗杀了。斯坦利的母亲租了一台黑白小电视机来陪伴他。那天，护士们聚集到他的房间里，收看新闻快报和相关报道。斯坦利也就知道了这个事件，他努力去理解，这个男人是谁，为什么他的死如此重要。

斯坦利十四岁那年，查尔斯顿的外科医生给他做了左肺下叶切除手术。在医院里，他的伤口感染了，差点死掉。伤口痊愈后他回到了家里。从那时起，他生平第一次品尝到了真正健康的感觉。

那之后，斯坦利到勒诺中学就读。在那里，来自布雷登的学生被打上了愚蠢粗人的烙印。在人们看来，他们没有什么能力，只会坐在教室后排日复一日三心二意地打发日子，一直混到中学毕业。这种偏见使斯坦利非常生气，他认为自己的朋友和邻居与勒诺的学生一样有能力。事实上，斯坦利不仅是班里最聪明而且也成为最受欢迎的学生之一，后来还当选了学生会主席。

斯坦利与学校管理者进行过斗争，对校方根据学生家庭背景来评判学生是否优秀表示不满。校方采用不正当手段阻止一位学生当选学校女王，理由是其家境不够显赫，斯坦利为她打抱不平。尽管事实表明他是正确的，但这事惹怒了学校当局。他们试图报复斯坦利，而这种行为更加彰显了校方的狭隘卑鄙。斯坦利临近毕业时，校方通过广播告知全校师生，由于布鲁斯的“不当行为”，取消1977年毕业生的年级旅行。最后，在斯坦利同意不参加毕业旅行后，其他毕业生才获准动身前往南卡罗来纳州墨特尔海滩。

中学四年中，斯坦利最美好的收获就是与黛比·巴特拉姆（Debbie Bartram）的爱情。他们从七年级时就相识了。与斯坦利一样，她天资聪颖，洒脱不羁，内心充满了对人生的各种可能性进行探究的热情。在阿巴拉契亚山区，人们很年轻的时候就结婚了。因此，当十八岁的斯坦利北上前往西弗吉尼亚州大学读二年级时，与他同行的十六岁的黛比已经是他的新娘了。那年，她在摩根敦读完中学，进入西弗吉尼亚州大学就读。

那时的布鲁斯与黛比在一起，品尝着青春的美好和幸福，他们无暇顾及处境是多么艰难。他是全家第一个上大学的孩子，父母没有钱供他读大学，但是联邦政府佩尔资助计划和学校工读计划都可以帮助他支付大学开支；他经营着学生会的普尔球台，到心理学系去清理鸽子的秽物；另外还出去打工给人油漆房屋来挣点钱。

不论在学业上还是在工作上，布鲁斯都做得很成功。由此他认识到，一无所有的穷孩子丝毫不比拥有一切的富孩子逊色，甚至比他们更为出色。这个认识对他的人生产生了深远影响。当人们获得机会后，一切皆有可能，斯坦利成了这方面的典范。

布兰肯希普也是两手空空地去上大学，他凭借卓越的勤奋和自制力，打拼出了自己的天地。然而，他却从奋斗中得出了迥然不同的人生信条，那就是，人可以从原始困境中脱颖而出，但也只是少数人才能做到这一点，绝大部分受压迫者就应该呆在属于他们的位置上。

斯坦利想要从事写作，他希望自己的作品能够产生影响。1984年下半年，在研究生院学习了几年文学后，斯坦利和年轻的妻子回到明戈县，在那里找到了工作，担任《威廉森每日新闻》的记者。他很快发现，自己已经置身于美国劳工史上最重要的罢工浪潮之中。

20世纪80年代初期，美国新任矿工联合会主席理查德·特拉姆卡（Richard Trumka）声称，要创建一个适应新时代要求的崭新的工会组织。在新的工会组织中，未经工会批准的突然罢工、投掷石块的罢工纠察员、暴力抢劫者、暴力对抗等都将没有容身之地。特拉姆卡拥有法学学位，是个接受过高等教育的人。1984年，矿工联合会没有发动全国性的大罢工，而是通过谈判达成了一个有影响力的新合约，这是几十年来首次只通过谈判就达成的合约。唯一的问题是，当时美国第六大煤炭公司A. T. 梅西公司拒绝在合约上签字。当时唐·布兰肯希普在梅西公司的罗尔销售子公司担任董事长。这位年轻无畏的董事长发誓，不论耗费多长时间，也不论付出多么高昂的代价，一定要击败工会组织。

斯坦利前往肯塔基州派克县担任《威廉森每日新闻》的外派记者。他不光负责报道青草之州肯塔基州的新闻事件，还负责报道与西弗吉尼亚州接壤地区的新闻。青少年时代，斯坦利经常听到那首由弗洛伦丝·里斯（Florence Reece）创作的《你站在哪一边?》的著名抗议歌曲。这首歌写于1931年，当时肯塔基州哈伦县爆发了矿工联合会组织的激烈罢工，歌中描述的场景正是威廉森当时的真实写照。要么支持工会，要么支持公司，但是作为记者，斯坦利应当保持中立。因此，当他开车行驶在蜿蜒崎岖的山路上时，往往并不知道危险会从哪个方向不期而至。

斯坦利的报道经常会导致两边都不满意。梅西公司认为他支持工会，罢工工人则认为他与工贼没什么两样，不论他到哪边儿去，他都是不受欢迎的人。于是，他决定多花点时间呆在家人身边。可是，他也有亲戚因罢工归属到两个阵营中，他们自己甚至都互不理睬。

斯坦利曾接到恐吓，让他当心自己写的那些新闻报道。一天晚上，黛比接到一个高中同学的电话，这位同学嫁给了一个加入工会的矿工。她告诉黛比，罢工纠察员已经在商量着要杀掉斯坦利，她丈夫想先给他个警告。还有一次，一个不属于工会组织的煤矿经理走进位于派克维尔的报社办公室，把随身携带的武器放到桌子上，对斯坦利说："我们谈谈你的新闻报道吧。"

在历时数月的罢工期间，布兰肯希普成为各方关注的焦点。当时，布兰肯希普在梅西公司只工作了四年，先担任罗尔销售公司业务经理，三十四岁那年被任命为罗尔销售公司总经理。与实力最强大的工会组织之一进行较量，并且就在工会势力范围的中心与之较量，即使是最老练的煤炭公司高管也会有所顾虑甚至感到恐惧，但布兰肯希普却欣然接受挑战，甚至很享受面临的危险和论战。

矿工联合会主席特拉姆卡也很年轻，但他已经看到，八十多年来，罢工已经形成了一种无法抵制的模式，即罢工总是以和平示威和纠察封锁开始，之后暴力活动迟早会出现。他着手采取措施，避免罢工落入这种模式中去，参加罢工的矿工每周可以从矿工联合会的援助罢工基金中领取最多两百美元，这样的情况持续了好几周。不过，总有一些不服管束、难以驾驭的人，他们已经为打斗做好了准备。布兰肯希普很清楚，一旦发生暴力，罢工就很难停止；如果工会为此受到指责，那么矿工联合会毫无疑问将输掉罢工。

罗尔销售公司总部设在洛巴塔，距离位于斯普里格的布兰肯希普的住所两英里。罢工开始后的一天晚上，有人用杀伤力很强的步枪向布兰肯希普办公室开了十七枪。随后的几年里，布兰肯希普一直将那台被子弹打烂了的真力时牌电视机保存在他的办公室里。

1985 年 2 月的一天，一千多名抗议者行进到罗尔销售公司门前。他们举着标语牌，呼喊着布兰肯希普的名字。布兰肯希普从办公室里听到了呼喊声。他的办公室外面设有层层防护措施，高高的铁丝网围栏、手持步枪的警卫、一辆防水油布遮盖着炮塔的装甲车，还安装了摄像机来记录罢工工人的每个举动。

抗议人群的呼喊声越来越大。最后，布兰肯希普若无其事地走出来，告诉警卫打开大门。他问那些抗议者："你们想干什么?"布兰肯希普本来可能会受到攻击，但他绝对不是肉体上的懦夫。当时的那个时刻对他影响至深，以至于他在未公开出版的自传里开篇就写下了当时的感受，"让那些人见鬼去吧。"

罢工期间，布兰肯希普告诉记者，矿工联合会的势力"已经太强大了，现在到了矿工不再做工会奴隶的时候了"。为命运所遣，布兰肯希普开始采取行动，削弱工会的力量和影响。他曾经在煤矿干过，很清楚矿工联合会其实非常脆弱，脆弱程度远甚于那些工会领导者的预期。对于年轻一代矿工来说，他们对工会的发展历史和斗争历程只能说有些模糊了解，他们中的很多人认为，矿工联合会比价格昂贵的俱乐部好不到哪儿去，他们加入工会也是迫不得已。

布兰肯希普怀有掌控周围世界的强烈欲望，而且他为人狡黠，很了解弱势阶层的弱点。不过，他的思想和情感似乎互不相干。在阿巴拉契亚地区，在这个斯坦利和布兰肯希普成长的地方，这种思想和情感上的背离会使他成为被社会排斥的另类。然而，那个地区已经进入垂死状态，布兰肯希普相信，是上天授意，由他来引领山区的乡亲进入一个全新社会。在这个全新的社会里，强势阶层必须以激烈坚定的手段实施统治，而像矿工联合会这样危险的、不合时宜的组织就应该湮灭在尘埃中。

斯坦利曾经为报纸撰写了关于埃利奥特·“斯派克”·梅纳德（Elliot “Spike” Maynard）的报道。梅纳德是明戈县一名年轻的巡回法官。西弗吉尼亚州几乎所有就职于权威司法部门的人物都毕业于西弗吉尼亚大学法学院，梅纳德也不例外。他担任过5年检察官，1981年参加了法官竞选。梅纳德有着检察官的激情，尽管他是民主党人，却比许多自许支持共和党的人士还要保守。担任法官时，年轻的梅纳德做出了一些极为重要的裁决，使得他在破坏罢工的过程中成为布兰肯希普实际上的同伙，两个男人由此建立了终身友谊。在布兰肯希普成为本地区最有权势的商界人物过程中，在1996年梅纳德当选任期十二年的西弗吉尼亚州最高上诉法院法官的过程中，他们始终互相支持。

担任明戈县巡回法官期间，梅纳德针对工会实行了高额罚款和法院禁止令，用布兰肯希普无法实施的方式打击矿工联合会。自从梅纳德限制游行示威和罢工纠察后，矿工们无法通过合法手段进行抗议，这最终导致暴力活动频发，一些罢工工人还拿起了枪支和火把。然而，他们造成的破坏多半并未危及对手，相反却给工会自身带来了麻烦。尽管矿工联合会拒绝对此类行动承担责任，但没有人能听进去。后来，一个顶替罢工工人工作的年轻卡车司机被开枪打死，另一个司机被打伤。

十五个月后，不断升级的暴力活动最终迫使工会以和解方式结束了历史上为期最长的罢工。矿工联合会假称他们取得了胜利，但实际结果却是梅西公司和布兰肯希普个人取得了巨大胜利，这次罢工标志着矿工联合会作为矿工喉舌的稳固地位开始走向终结。布兰肯希普用事实证明了自己很有先见之明，作为这次胜利的回报，他在五年后被任命为梅西公司总裁，这是公司首次任命非家族成员担任该职位。

在此期间，斯坦利没有能够凭借新闻报道改变世界，他只是以编年史形式成功地记录了悲剧故事中的零星事件。另外，他生于斯长于斯的明戈县越发空落和冷清，几乎所有富有进取心和冒险精神的人都选择了离开，留下来的都是些年老体弱的人。

斯坦利想要离开明戈县，永远不再回来。他希望自己前往一个不仅能够做好事并且能够看到实际效果的地方，在他看来，达到那个目的的办法就是去当律师。他曾经以优异成绩毕业于西弗吉尼亚大学法学院，当过《西弗吉尼亚州法学评论》编辑。然而，尽管斯坦利是个能力很强的学生，他的一位名叫帕特里克·C. 麦金利（Patrick C. McGinley）的教授，几年后曾经这样表达自己的看法："我从未预料到布鲁斯会有这样的能力和骨气，在起诉权势人物的过程中与国内顶级律师针锋相对。"

斯坦利后来被匹兹堡最著名的布坎南-英格索尔律师事务所聘用。一个世纪以来，西弗吉尼亚人一直在跋涉北上，来到这座位于宾夕法尼亚州的城市，他们主要到钢厂找工作，而斯坦利正是这人口迁移大潮中的一员。

斯坦利很高兴自己逃离了明戈县。每次回到布雷登，他都发现路况越发糟糕；运煤卡车缓慢笨重地驶过狭窄的小路，路面已经被破坏殆尽；农田上方陡峭的山坡上，他的哥哥们曾经在那里采摘浆果和胡桃，现在，露天煤矿的矿工们在那里作业，他们移除了整座山顶。少年时期漫山遍野的树木早已不复存在了。

煤炭公司把山顶的煤层开采完毕后，就把种子和化肥混合起来播撒下去，这些种子会在岩石上长出青草。他们还会种植来自异国他乡的树木，这些树木在改变了性质的土壤中也能茁壮成长。雨季来临时，洪水也会随之而来。斯坦利的父母亲很爱他们的家，很爱他们的邻居，可是孩子们帮助他们离开了家园，搬到了别的地方。斯坦利知道，父母在普理查德可以过上更好的生活，那里距离他们住了一辈子的家园有一个半小时车程。

斯坦利很鄙视这个地区，在他看来，这个地区公平正义并不常见，但腐败则随处可见。他认为这里的人们应该得到更好的生活。当记者的时候他没有能够帮助人们伸张正义，他也不清楚当了律师是否能够为人们伸张正义，但是，他的灵魂深处有种渴求，渴望去做一些有价值的事情，而不只是为公司客户的利益去争斗，把更多的金钱送到他们的保险柜里。

斯坦利不同于他的大多数同事。他了解情况，经历过别人无法想象的生活。他已经逃离了布雷登，然而他灵魂的一部分仍然滞留萦绕在那些大山中。他知道，自己可能会有机会做些事情，为生他养他的那片土地带去变化。也许，介入这场诉讼去挑战布兰肯希普和梅西公司简直疯狂至极。但是，也许就得是疯狂一些的人才敢于去对抗他们，或者像福西特那样的人才敢于去对抗他们，因为他根本不知道自己要对付的是怎样的对手。

8

2000 年 8 月，斯坦利考虑先与卡珀顿会面，然后再决定是否接受福西特的邀请，参与办理卡珀顿案，以及是否将这个案子提交给里德-史密斯律师事务所的合伙人。两年前，福西特初次到摩根敦与卡珀顿会面时，曾对案件的影响力以及潜在委托人在后续诉讼过程中的承受力感到忧虑，斯坦利也将关注这个问题。除此之外，他还有其他一些问题需要与之商议。

尽管之前从福西特那里听过关于案件情况的介绍，斯坦利还是很担心，卡珀顿这位破产的煤矿主不过又是一个富有的经营者，案件也无非是富人甲与富人乙之间打个官司而已。而且，斯坦利很清楚，被告方的辩护律师将会搜寻所有能够找到的关于对手的个人弱点，其中多半会涉及卡珀顿的生活方式、家庭背景以及所谓的财富情况。在同意参与这个案件之前，斯坦利需要对所有这些问题进行了解和分析，并在内心做出判断。于是，他驱车南下，前往查尔斯顿去面见这位潜在的委托人。

查尔斯顿（人口五万）是西弗吉尼亚州最大的城市。不过，除了那座辉煌的意大利文艺复兴风格的议会大厦之外，查尔斯顿给人的感觉更像一座省级城镇，而不像该州首府。斯坦利和卡珀顿在查尔斯顿商业中心见面，两人共进午餐。查尔斯顿的商业活动主要为那些不太有钱的人服务，城市商业中心没有什么像赛克斯或者尼曼马库斯之类的高端零售店（这些高端奢侈品零售店为多数富裕的城郊地区锦上添花），甚至全城也没有一家星巴克或者苹果连锁店。

斯坦利并不仰慕富人和特权阶层。卡珀顿家族经营斯莱布福克煤矿已历经四代，从某种意义上讲，这个家族的四代人可能会有些自负或者妄自尊大的观念。在西弗吉尼亚州南部，恐怕没有比装模作样更糟糕的恶行了，而最为人所不齿的则莫过于炫耀和卖弄。每个人都要学会让自己的行为处事与他人相差无几。“不要自以为了不起，”弗拉特和斯克鲁格斯在他们蓝草音乐的经典名曲中这样唱着。斯坦利原本认为卡珀顿只不过是个“以自我为中心的产煤区的笨蛋”。可是，后来他发现，自己非常喜欢这个友好谦逊的男人。

两个男人各自讲述着自己童年的故事。作为匹兹堡的律师，斯坦利曾经与形形色色的杰出人物交谈过，但是他从未接触过来自产煤区的贵族阶层人物。卡珀顿这个姓氏在西弗吉尼亚州几乎无人不知，并且深受人们尊敬爱戴。

“我从小生活在斯莱布福克煤矿矿区里，我们的房子建在山坡上，我父亲经营着那座煤矿，”卡珀顿回忆起往昔岁月，他很喜欢讲述那些往事。“我的祖父和曾祖父当年经营煤矿时，都曾经住在那所房子里。房子下方是呈网格状排列的矿工们的小木屋，以及拥有四个砖木结构教室的学校，我也在那个学校上学。那里边还有煤矿入口和井口，开采出来的煤炭从那里装上运煤列车。过了桥是‘彩色小镇’，非洲裔美国矿工和他们的家人住在那里。他们住着同样的小木屋，一个学校，还有教堂。”

斯坦利从未去过斯莱布福克煤矿。不过，由于当前许多西弗吉尼亚人面临的形势都不甚乐观，所以他确信他们以往的处境一定更为糟糕。当时矿工们生活在这些狭小阴暗的煤矿营地里，遭受着老板们随心所欲的压榨和工业化的残酷盘剥。

“我知道人们都是怎样看待这些煤矿营地的，”卡珀顿说，好像看透了斯坦利的心思。“不过，在斯莱布福克，我父亲以父亲对待儿子的方式对待那里所有的人，正直、公平而又慷慨。人们世代留在煤矿里，有时他们会得到升迁，被提拔到管理层工作，或者去公司商店上班。我在那里得到的待遇与其他人没有什么不同。我和矿工的儿子一起玩耍，和他们上同样的学校，那里是孩子们成长最棒的地方。”

斯坦利知道，卡珀顿的回忆是诚实可信的。但是，在斯莱布福克煤矿，休是董事长的儿子，他的待遇不可能与其他孩子完全相同。当休的朋友们去上高中时，他上的则是绿蔷薇军事学院。毕业后，休的大部分朋友来到矿井上班，而他则去了西弗吉尼亚州卫斯理学院并拿到了商业学位。

休为他的家族感到骄傲，也为他们经营斯莱布福克煤矿的模式感到骄傲。他们本来可以当个在外业主[①]，可是他们没有那样做，而是世代居住在那里。他们付出了勤勉而坚定的努力，使得斯莱布福克煤矿始终保持整齐有序、干净淳朴的小镇风貌。卡珀顿家族照管着那个地方和那里的居民，将那里打理成为一个安全的、爱意融融的社区，即使不姓卡珀顿的人也能在那里安然生活。休也继承了这样的家族传统，努力用同样的方式经营着哈曼煤矿。

卡珀顿讲述了把哈曼煤矿建设成为有价值的公司过程中所经历的种种快乐和兴奋，讲述了他多么关心矿工，讲述了如果没有布兰肯希普横空介入，他肯定已经成功地将哈曼煤矿改造成能够长期运行的高盈利企业。卡珀顿还讲到，他和负责煤矿经营的采矿工程师小亨利·尤金·库克在矿区建造了一套公寓房，亨利大部分时间都住在那里。他们两人共同努力，要将哈曼公司打造成可以为矿工提供远超他们工作年限的工作机会和收入的公司。卡珀顿还将布兰肯希普如何毁掉他的公司和生活的过程娓娓道来，其中的情节的确骇人听闻。斯坦利感到，卡珀顿的陈述会给法庭陪审团带来强烈的冲击效果。

斯坦利知道，如果在他眼里卡珀顿是个享受过多特权、已经被宠坏了的贵族公子，那么陪审团很可能也会有同样的看法，这样梅西公司的律师对卡珀顿和他的损失施以冷嘲热讽也很可能会得逞。虽然同样在产煤区长大，但是卡珀顿家族这样的上层人士通常与斯坦利家这样的普通人不会发生什么关联。斯坦利扪心自问，他是否愿意花费时间和精力，去帮助眼前这个人寻求公平正义；他是否能够像支持那些受到布兰肯希普伤害的穷苦矿工那样，去信任休·卡珀顿和他的案件。

---

① absentee landlord：在外业主，或者叫做在外地主，指业主将其地产租给别人，不在产业内居住也很少来看管。——译者

斯坦利知道，当卡珀顿走进法庭时，陪审团听到他的名字会认为，他是遗产继承人，他非常富有。而实际上，他开办哈曼煤矿时没有从家里拿一分钱。这一点斯坦利将向陪审团解释清楚。不过，福西特曾经对斯坦利提起另外一个敏感问题，那就是卡珀顿住在一处价值百万美元的豪宅中，他妻子按照《南方生活》杂志的风格装修了房子。休非常喜爱这处房子，喜爱的程度无法用理性表达，这处豪宅俨然成为他身份的象征。他不会情愿离开这处房子，当然更不会因为梅西公司介入他的世界而离开。

卡珀顿被禁止担任煤炭行业的高层管理职务。然而，他并不打算离开自己热爱的家园，离开这唯一熟知的世界，去到其他地方或其他行业找个工作。若不是因为唐·布兰肯希普，他永远也不会做这样的事情，现在也不打算开始去尝试。

斯坦利意识到，尽管卡珀顿的想法很不切实际，而且还固执己见，但这一点倒是恰恰给了他持久战斗的耐力。没有什么人在被布兰肯希普推进破产深渊后还能有勇气与他和他的公司进行抗争，很多人连莽撞行事都没有胆量去尝试一下。然而，卡珀顿有勇气去反抗。你不能把他分成几部分，选择你欣赏的部分留下来，而把你不欣赏的部分丢弃掉。卡珀顿必将倾其所有，致力于将布兰肯希普绳之以法。

斯坦利知道，在证人席上，有关卡珀顿的信息，只有那些对原告和被告方有用的零星片段才会被提及。斯坦利也在提醒自己，卡珀斯顿案并非只涉及卡珀顿本人以及他对住所和工作的选择；而是还会涉及梅西公司和布兰肯希普为了毁掉卡珀顿的煤矿及其生活的种种行为。只要福西特和斯坦利始终把握住本案的焦点所在，卡珀顿案的办理肯定能够按部就班地进行下去。

“你知道，我和唐之间还打过一次交道，那是很奇怪的经历，”休苦笑着说道。“当时，哈曼公司宣布破产没多久，我正在伯克利的办公室里收拾东西。这时来了个不速之客，原来是布兰肯希普。他一屁股坐到沙发上，就开始说起话来。”

“没有律师跟着他?”斯坦利问道。

“没有。当然，戴夫不在场的情况下，我本来也不应该与他交谈。不过，我想说不定他这次来会带来好消息，也许他想要和解呢。可是，他开始跟我说话，就像我是他的心理咨询师似的。他说道，‘我再也不会结婚了。结婚这事儿是我一生中最大的错误。’”

“嗯，很多人都这样说过，”斯坦利说道。

“是的，”卡珀顿轻声笑了笑。“不过随后他继续说，‘我过去也有朋友，休；我上中学的时候，有各种各样的朋友。’说到那儿，他看着我，就像要哭出来了。”

布兰肯希普和卡珀顿之间存在着明显的差异。休非常敬重他的父亲，敬爱他的母亲，爱恋他的妻子，他的小女儿总是给他带来快乐。而布兰肯希普根本不认识他的父亲，与他的妻子离了婚，女儿与他很疏远，周围的人们也都很怕他。

“我本来可以给唐列出一长串他遭到很多人鄙视的原因，不过我不会那样做，”卡珀顿说。“我正要说点什么宽慰他一下，但就在那时，就像突然来到这里一样，他突然地站起身来，走出了办公室。那是我最后一次见到他。”

听到卡珀顿讲述这段故事，斯坦利终于认识到，这个案件并非关乎权力和金钱，而是关乎阶级。这个案件缘起于唐·布兰肯希普在成长过程中，对特权阶层的子弟满怀仇恨。斯坦利能够理解这种感受，因为他在成长过程中也感同深受。

布兰肯希普初次结识卡珀顿家族是在20世纪80年代。当时，休的哥哥奥斯汀（Austin）在梅西公司任职，谋求竞争公司总经理的位子。奥斯汀来自有名望的家族，拿到了法学学士学位，举止谦和有礼，在政治和商业领域拥有无人可比的人脉关系。所有这一切布兰肯希普都没有，然而他却赢得了总经理的位子，奥斯汀离开了梅西公司。现在，布兰肯希普又战胜了卡珀顿。不过，使得布兰肯希普极为恼怒的是，尽管丢掉了煤矿，失去了工作，卡珀顿仍然住着豪宅，同时还在指责布兰肯希普用刻薄残忍的手段坑害他。

在返回匹兹堡的路上，斯坦利认真回顾着与卡珀顿会谈的过程。他本来以为自己不会喜欢卡珀顿，但没想到两人还很投缘，有一些共同语言。斯坦利开始认识到福西特是对的，这是一起极为恶劣的犯罪行为，卡珀顿应该像其他人一样得到公平和正义，而且他确实也有获胜的可能性；如果官司胜诉，布兰肯希普将会因此得到教训，他不能像梅西公司那些超重的运煤卡车那样，隆隆驶过乡间道路，任意冲撞碾轧西弗吉尼亚人的生命。斯坦利最后确信，卡珀顿案正是他想要受理的案件。现在，他要做的是，去说服他的律师事务所接手这个案件。

里德-史密斯律师事务所位于宾夕法尼亚州西部经济和政治权力中心，曾经为梅隆公司提供过服务。事务所位于匹兹堡的办公室有两百二十名律师，他们大部分时间都在为美国最富有、最有权势阶层提供服务，为他们争取经济利益。事务所全权负责处理事务的合伙人是格雷戈里·乔丹（Gregory Jordan），他正致力于将里德-史密斯事务所发展成为国际顶级律师事务所。

斯坦利知道，与阿巴拉契亚地区最有实力、最咄咄逼人的煤炭公司打这场官司并不会有助于乔丹实现他的奋斗目标。然而，他到乔丹那里汇报卡珀顿案，希望得到乔丹的支持，内心没有丝毫的惶恐和不安。斯坦利是个理想主义者，他在这个精于算计的行业之所以能够获得成功，在里德-史密斯律师事务所之所以能够获得很高的评价，其中部分原因就在于，他总能准确判断和评估别人的动机，总是非常清楚要达成某个目标需要采取哪些相应的策略。

斯坦利向乔丹说明他们在这起诉讼案中的胜算有多大，还说明了打赢这场官司将会为公司打牢根基。不过，他的汇报并没有到此为止。乔丹也是西弗吉尼亚人，斯坦利确信他对布兰肯希普和梅西公司给他们的家乡西弗吉尼亚州造成的破坏不会不知情。乔丹听着斯坦利的陈述，不过，正如他经常对同事们讲的那样，他不会被事务所的律师们推动着去做出什么决定，他们提交的案件得引发他的好奇心、激起他的兴趣才行。而斯坦利讲述完毕时，乔丹已经对这个案子非常感兴趣了，他同意受理这个案件。

2000 年 8 月底，在弗吉尼亚州法院针对卡珀顿案损害赔偿金问题进行审理时，陪审团认定韦尔莫尔公司违反了合同，给哈曼公司造成了无法挽回的损害。陪审团裁定韦尔莫尔公司应支付哈曼公司损害赔偿金六百万美元，这个裁定已经达到了赔偿金数额的上限。

梅西公司当然要向弗吉尼亚州最高法院提起上诉。卡珀顿业已破产的公司也许要等到一年或者更长时间以后才能见到这笔赔偿金，同时布坎南-英格索尔律师事务所还要从中抽取百分之四十的费用外加律师费。目前当务之急是，卡珀顿和他的律师们需要说服债权方，等到弗吉尼亚州法庭裁定的赔偿金额到账时，债权方不要急于拿走他们的那份赔偿金，尽管那笔赔偿金在哈曼公司所欠的债务中只占很少一部分。卡珀顿希望能争取他们同意，先用这笔钱支付在西弗吉尼亚州法庭二次审理时的专家证人酬金以及其他费用。他寄希望于在二次审理时，法院能够裁定足够多的赔偿金额，从而解决公司的全部债务问题。

几乎所有的债权方对这项提议都表示同意，只有弗吉尼亚州的格兰迪国家银行不同意这样做。这些年来，格兰迪国家银行是哈曼公司最重要的业务伙伴，通过给哈曼公司提供贷款获取了高额利润。格兰迪国家银行要求卡珀顿在达成和解或是陪审团裁定赔偿金额后，将他们给哈曼公司提供的两百万美元贷款中尚未偿还的一百二十万美元的债务优先清偿。除此之外，这家银行还要求卡珀顿给他们签署一份高达四十多万美元的包括诉讼费、滞纳金和利息在内的个人借据。

“你看，休，你签了这个，你就永远别想再安生了，”斯坦利说，他知道卡珀顿已经欠了美国国内税务局四十万美元的税款。“你没法摆脱这些债务。”

“是的，可如果我不签字，结果会怎么样呢？”卡珀顿问道，其实答案他早就心知肚明了。

“案件诉讼停止进行，一切都将结束。”

很简单，如果卡珀顿签了字，结果原告方在布恩县法院的审理中没有获得高额赔偿，他就完蛋了。可是，如果他不签字，他对梅西公司和布兰肯希普提起的诉讼也就无法进行下去了。于是，卡珀顿还是签了字。

9

对于卡珀顿来说，开庭前的漫长等待无异于精神上的痛苦煎熬。福西特曾经说过需要两年时间法律才能还他公道，可是现在已经是2001年12月，距离福西特说这话的时间已经过去了三年半，而他们还得再等上几个月，西弗吉尼亚州法庭才会传唤第一位证人。梅西公司的律师穷尽各种手段来阻挠诉讼的进展。他们曾经试图申请将诉讼提交到联邦法院审理；他们插手公司破产事务，要求处理破产案件的法官将该案移交布恩县以外的法院审理，解除卡珀顿作为处理哈曼公司事务托管人的职责；他们采取花钱收买的方式来拖延时间，制造障碍，让原告方在走进法庭之前额外支出各种法律费用。然而，所有这些都没有让梅西公司得逞，法庭审理最终安排在2002年3月进行。

卡珀顿发誓，2001年他要让凯茜和四岁的普雷斯顿过一个难忘的圣诞节，希望节日的快乐能让妻子暂时忘却日益临近的诉讼审理。然而，圣诞节前的一周，他们的房子着火了。火苗从房子下面的管线槽隙里着了起来，然后向上蔓延，一直烧到了二楼的房间里。义务消防员们用了五个小时才扑灭这场大火。大火过后，整个房子烧得只剩下空壳，已经不能住人了。卡珀顿忙于用保险金重建房屋，来不及做开庭前的准备工作，因此，开庭日期被推迟到了 2002 年 5 月。

距离开庭还有几周时间，卡珀顿一家搬回了他们重新整修后的房子。之后，卡珀顿驱车北上，前往匹兹堡去做开庭前的准备工作。里德-史密斯律师事务所合伙人塔雷克·F. 阿布达拉（Tarek F. Abdalla）新近加入了他们的法律小组，负责帮助卡珀顿做开庭准备。阿布达拉的父亲出生于埃及，是位放射科医生，曾经在西弗吉尼亚州埃尔金斯开设诊所。阿布达拉比斯坦利到法学院就读晚一年，两个人是亲密的朋友。

对于这个案子，阿布达拉报以超然的心态。而福西特和斯坦利则早就无法保持这样的心态了，两人满怀激情，几乎要把阿布达拉这种冷静的态度视为不忠不义。不过他们也知道，阿布达拉保持这样的心态，可以更加客观地看待问题，这样才会更好地注意到他们忽视的漏洞。

在这个案件中，最容易遭到对手攻击的地方就是卡珀顿的财务状况。虽然卡珀顿的财务状况与梅西公司采取种种行动搞垮哈曼公司并不相干，然而，在庭审过程中，他的财务状况势必将受到质疑。

卡珀顿经营哈曼公司的五年时间里，曾经创建了许多小公司，但其中一些小公司与采矿行业毫不相干。他从哈曼公司借出了几十万美元为其他经营项目提供资金，包括收购一家广播电台。这些投资项目中有的以失败告终。卷入到这些商业活动中去可能很愚蠢，但并不违法，而且卡珀顿能够对他借出的每分钱做出解释。尽管如此，在法庭上，精明的律师能够使这些事听上去像是卡珀顿不断地从哈曼公司偷钱。

1997年，在卡珀顿宣布破产之前，他在其父创建的一处名为格莱德温泉社区的高档封闭式社区中建造了自己的房子。卡珀顿曾预计他的煤矿第二年就能够赚取丰厚利润，因此他要为自己的新娘和孩子建造梦寐以求的房子。他给这套八十五万美元的房子办理了四十万美元的施工贷款。可当他的房子即将竣工时，哈曼公司也被推向了破产的深渊，没有银行会再给他贷款，他不得不动用自己的积蓄来完成建房的最后扫尾工作。而这也就意味着他已经没钱纳税了。

五年后，也就是2002年的春天，卡珀顿陷入极端严重的财务困境中。他应该每年赚取六万美元来处理棘手烦人的哈曼公司破产事宜。但是，梅西公司不断地推迟支付弗吉尼亚州法庭已判决的六百万美元赔偿金，所以卡珀顿始终没有拿到那笔钱。曾经负责经营哈曼公司的库克又找到了其他工作，并且干得非常成功。库克聘请了卡珀顿担任顾问，卡珀顿把赚取的顾问酬金也用光了。事到如今，卡珀顿已经无力支付众多的账单。电话铃声响起时，对方可能是一个又一个的催账员，或者是国内税务局打来的电话。

几个星期以后，卡珀顿将要出庭，站在由西弗吉尼亚人组成的陪审团面前。届时他可能会声称自己很贫穷，可是却住在格拉德温泉社区这种高档社区里，这样的生活水准远远超出大部分陪审团成员的理解，他们甚至可能从未到过那样的地方。从纯粹的法律角度来看，这些都无关紧要。但是，有些陪审团成员会不理解为什么卡珀顿的生活与收入如此不符，对于他们来说，这很要紧。

阿布达拉开始就有些财务方面的问题向卡珀顿提出质询，被告方的辩护律师很可能也会提出此类问题。阿布达拉凭借追根究底的职业精神，不断地向卡珀顿提出深刻尖锐的问题。这些问题主要涉及卡珀顿的豪宅和公司经营的失败，不留情面，还有威胁的成分。休的脸色铁青，愤怒不已，他当时的心情远非困窘和难堪所能形容。

即使只是模拟庭审，卡珀顿也无法允许他人如此滑稽地描绘自己，说自己是因消费无度从而陷入财务灾难之中。他怒气冲冲地冲出了办公室。等他返回办公室，阿布达拉居然又问了几个更加粗鲁无礼的问题。卡珀顿再次跳起来，奔出门去。过了一会儿，卡珀顿又回来接受了更多的质询。

就在这时，一个包裹盒被送到了办公室，里面是被告方打算在庭审过程中使用的证物和证据。阿布达拉和卡珀顿一起，一一查看那些材料。卡珀顿吃惊地发现里面居然有他家房子的照片，那张照片是从车库的角度拍摄的。不管是谁，要想拍下这些照片，首先必须通过格拉德温泉社区的保安那一关，然后才能非法进入卡珀顿家的房子进行拍摄。

卡珀顿震怒于他的隐私受到了侵犯，而阿布达拉看到的则是另外一面。这些照片证明他做出了正确的判断，幸好他向卡珀顿提出了关于他的房子和商业经营方面的问题。看来，被告方不但准备质询卡珀顿住宅方面的问题，而且十有八九会在法庭的屏幕上展示其住宅照片。

斯坦利本来也要帮助卡珀顿做开庭准备。然而，像往常一样，他又来晚了。当他走进办公室的时候，卡珀顿猛地把照片推到他面前。“我现在就要给法官打电话！我不能容忍这个！你懂吗，布鲁斯？”

斯坦利见过卡珀顿生气的样子，却从没见过他愤怒至此。休气得脸色苍白。斯坦利一张一张地慢慢翻看这些照片，然后令人费解地笑了起来。“我们就用这个事狠狠地反击他们，休。”斯坦利说道。“你就等着瞧吧。”

斯坦利把那些照片看作是对方送来的礼物，他需要某些证据表明卡珀顿是个鲜血淋漓的受害者。这个案件不仅仅涉及卡珀顿金钱方面的损失，而且还涉及其个人所遭受的人身攻击，而眼前这些非法侵入其住宅拍摄的照片正是侵犯卡珀顿个人隐私的证据。等到斯坦利在法庭上就这些照片进行全面阐述后，陪审团将会真切地认识到，梅西公司、布兰肯希普和他们的律师为了搞垮休·卡珀顿，已经不择手段地进行了多少这样的勾当。

10

梅西公司旨在阻碍卡珀顿案开庭审理的企图都没有得逞，以失败告终。此后，也就是 2002 年 5 月，在开庭审理即将到来之时，双方同意接受调解以达成和解。其实，法官们都愿意通过和解的方式来解决问题，因为这是成本最为低廉的权宜之计，可以把庭审从他们的日程安排上快速划去。被告方通常也喜欢达成和解，他们起初会尽可能延长原告方在开庭审理前的准备时间，然后在即将开庭时宣布接受调解，因为庭审不仅使他们成本更高，而且结果也具有很多不确定性。就拿卡珀顿案来说，梅西公司的律师需要应对两次庭审，一次是即将到来的西弗吉尼亚州庭审，另一次是之前的弗吉尼亚州庭审，那次庭审已经裁定了六百万美元的赔偿金额，尽管梅西公司一直在上诉，始终没有支付这六百万美元，这笔钱也终将会列入双方签订的任何协议中去。

2002 年 4 月，福西特和斯坦利前往查尔斯顿参加调解会。在此之前，他们已经做好了充分的准备。两人花费了数百小时进行调查取证，要求对方提供关键文件，而每次在收到一盒文件后，他们都会根据发现的线索要求对方提供更多的材料；同时，他们还花费了数百小时安排具有专业水准的证人，并且做好准备工作。他们的诉讼方案已经完全准备就绪。如果今天没有得到公平合理的调解结果，双方未能达成和解，那么他们必定会满怀信心地寻求开庭审理卡珀顿案。

福西特、斯坦利和卡珀顿一行三人走进位于查尔斯顿的弗莱厄蒂、森萨鲍和博纳索律师事务所参加调解。查尔斯顿律师小罗伯特·V. 伯特霍尔德（Robert V. Berthold）来到会议室，在他们旁边就座。福西特邀请伯特霍尔德参加原告方法律小组，因为伯特霍尔德在当地拥有强大的政治和法律人脉。调解人是查尔斯顿商业辩护律师托马斯·V. 弗莱厄蒂（Thomas V. Flaherty），他将诉讼双方召集到一起。伯特霍尔德非常欣赏弗莱厄蒂的工作，他认为双方达成和解还是大有希望的。

尽管如此，当福西特和斯坦利走进会议室的那一瞬间，他们就确信这次调解不会得到什么好的结果。被告方只有首席辩护律师伍兹和他的协理律师来参加调解，梅西公司高层领导悉数缺席。布兰肯希普没有前来，他手下的高管们也无一人到场，这表明梅西公司并不准备达成任何交易。不过，卡珀顿内心多少还抱有一线希望。在这个房间里，四年来他的个人诉求也许会首次得到解决，等到下午走出这个房间的时候，他很可能已然成为一个完整的人了，他的生活和命运很可能得以重新开始。

弗莱厄蒂非常擅长主持调解。他一开始并没有直奔主题，直接讨论钱的问题，而是安排双方先进行战前的热身表述；然后再安排律师们就座开始谈判。一会儿是大家一起讨论，一会儿是双方在不同的房间单独讨论；最后，弗莱厄蒂单独与原告方讨论，询问福西特他们要求的赔偿金额是多少，福西特回答说五千万美元。弗莱厄蒂走出房间，与梅西公司的律师单独讨论。弗莱厄蒂事先用了几个小时审核本案的法律文件，他告诉被告方律师团队，他认为这个案件的和解金额定在两千五百万美元比较合理。

当谈判双方都回到会议室后，尽管大家都没有提及确切的和解金额，不过从梅西公司的律师们跑进跑出进行单独讨论的阵势来看，似乎让人有理由相信他们会给出一个比较不错的报价。福西特和斯坦利虽然是首次共同参加针对本案的法律会议，不过他们就像一对结婚多年的老夫妇，只需一个眼神或者点个头，自己的心思对方便能心领神会。

福西特和斯坦利并没有幻想着出现唐·培里侬香槟和神户牛肉般的庆祝场面，他们始终有种不祥的预感。福西特担心的是，卡珀顿目前身陷严重的财务困境，这会导致他轻易地做出让步。他们与调解人讨论和解金额时，斯坦利不断地提到两千万美元这个数字，弗莱厄蒂没有让步，看上去梅西公司的条件似乎比较接近那个数字。而在福西特看来，两千万美元还远远不够。假使梅西公司没有迫使哈曼公司宣布破产，哈曼公司的生意肯定会兴盛很多年。

如果福西特和斯坦利只考虑他们各自律师事务所的收入，那么，接近两千万美元的任何和解结果都会十分诱人，这意味着他们将获得八百万美元的胜诉酬金，外加两家事务所在诉讼过程中的全部花费。在福西特看来，两千万美元并不足以代表诉讼结果应有的价值。只是，他能感觉得到卡珀顿的情绪已经脆弱不堪，而且哈曼公司的债权方很可能已经注销了自己的损失，现在只需一千万美元的债务赔偿他们就可能两清了。

卡珀顿坐在那里，心里想的是另外一回事。他已经花了几个小时在心里盘算需要多少钱来偿还哈曼公司债权方的欠款以及他个人的债务，他很想把这些烦恼置之于脑后，因为他已经厌倦了拿起电话听到的却是收账员用鄙夷口吻催账的声音，希望自己的生活能回归到正常状态。卡珀顿现在就想过一种正常的生活。

那天下午晚些时候，谈判陷入了僵局，双方僵持不下。这时，梅西公司律师伍兹透露他正在与布兰肯希普单独讨论和解方案。直到那一刻，卡珀顿、福西特和斯坦利才第一次感到有些兴奋，以为今天双方很可能达成和解。

然而，梅西公司的律师们再次回到会议室，宣布他们最终的报价是一百万美元，并且这个数字还是两次诉讼结果的总和。而根据弗吉尼亚州法庭的裁决结果，梅西公司已经欠哈曼公司六百万美元外加利息，很明显，他们现在宣布的这个数字表明他们没有诚意与对方达成任何庭外和解，而只是在宣泄对敢于走上法庭的卡珀顿的一种积蓄已久的仇恨。

卡珀顿和他的律师们根本没有时间表达心中的愤慨，因为梅西公司的律师还在不断地跑进跑出，说他们正在就二次报价同布兰肯希普进行讨论。三十分钟后，梅西公司的律师回到会议室，不过这次他们带来的不是什么新的报价，而是一项附加要求，那就是一百万美元中不能有一分钱归休·卡珀顿个人所有。

当斯坦利听到这项限制条款的时候，他知道自己之前的感觉是正确无误的，布兰肯希普对卡珀顿怀有个人宿怨。在布兰肯希普眼里，卡珀顿只不过是有钱有势的豪门中恃宠而骄的公子哥，就应该给他点教训。

卡珀顿和他的律师团队极为震惊，他们默默地收好文件，走出办公室。

“我真不明白这是什么意思，”他们离开那里的时候，卡珀顿说。“他们为什么这样做?”

“他们这样做只是在向我们传递一个信息，休。”斯坦利说。“这个信息就是：‘去你妈的，休·卡珀顿。’”

“你看，休，我以往参与过很多次调解，”福西特说。“可是我从来没有见过这样的事情。他们的所作所为是对整个法律体系的侮辱，这是法律界的耻辱。他们的律师本应该有勇气对布兰肯希普说，‘案情对我们还是有利，你不能像这样耍花招。’”

“可我真是不明白，他们为什么要这样做，”卡珀顿说。“这对他们有什么好处?”

“他们这样做会增加我们的成本，使我们心烦意乱。”福西特说。“他们还以为可以随意对我们粗暴无礼。”

“他们这样做还有别的作用，”斯坦利说。“这个案件不再只是涉及法庭，或者只是涉及金钱，它还跟唐·布兰肯希普看到了他一贯憎恨的人有关。他不只是想要赢了这场官司。他想要毁灭你，休。他想要搞垮你的根基。”

“你知道我们是战士，休。”福西特说，他看出了卡珀顿的痛苦。“我和布鲁斯，我们不会半途而废的。”

当天晚上，福西特和斯坦利一起开车返回匹兹堡。他们都很沉默，其实不必要再说什么。可他们心里的想法是一致的，使他们烦恼不安的不是和解失败，而是布兰肯希普对他们的愚弄以及企图浪费他们的时间。他们确信，梅西公司的律师们本意是真的想提出报价，但是，他们不敢偏离布兰肯希普指定的方向。梅西公司主席已经把法律变成了他个人用于施加影响和进行复仇的工具。

“你知道，布鲁斯，这些家伙真是混蛋，”福西特最后说。“他们的目的就是要弄我们。”

“是的，不过他们再也别想对我们胡说八道了，”斯坦利说。福西特之前对这位朋友的脾气有所耳闻，当他满腔正义的怒火爆发出来的时候，那是很可怕的。

福西特很高兴能把斯坦利拉进这个团队。在最初的几个月里，他的朋友已经做了大量案头工作，不过现在，与福西特一样，他已经全身心地投入到卡珀顿案中去了。

“我真希望我他妈的有一把刀，”福西特说。

“哦，还没到那个份儿上，”斯坦利笑着说道，随后把车速提到每小时八十英里，开上了I-79号州际公路。

“不是的，布鲁斯，我们需要歃血盟誓。我是认真的，我们要的就是公正。”

公正，对于他们两人来说，相比之前已经有了不同的含义。梅西公司的名字写入了各种法律文件中，而布兰肯希普却隐身于这一切的背后。他们认为，梅西公司主席必须受到谴责，他们所目睹的这个人对产煤地区的恶意控制必须终止。他们没有什么手段做到这些，但是布兰肯希普必须受到公正的鞭挞。

“直到我们获得公正，否则绝不和解、绝不放弃。”福西特说，把手伸到同伴身边。

“歃血盟誓，”斯坦利说道。他们没有刀子，但是斯坦利握住福西特伸过来的手，重复着他的话。“我们绝不和解、绝不放弃，直到获得公正。我们绝不放弃。”

第三部分　收购风波

2002年5月30日

当今美国生活的另外一面……丑陋与真实并存……他在意的只有一件事，那就是利润。

第四章　一次无效的审判

当今美国生活的另外一个层面……丑陋与真实并存。

11

庭审日期最终确定在 2002 年 5 月 30 日。福西特、斯坦利带领他们的法律团队驱车南下，前往西弗吉尼亚州麦迪逊参加庭审。他们的心中满怀着战斗的激情。两位律师之前办理过很多重要案件，其中多数都以胜诉告终。但是，他们从未像今天这样，满怀坚定的信念和必胜的决心走进法庭。现在关键在于，不能一味地沉浸在澎湃的激情中，不能在法官和陪审团面前迷失了自己，而是要始终保持清醒的头脑。

在西弗吉尼亚州南部，太多人的生活与梅西公司之间存在着千丝万缕的联系，以至于布恩县法庭选拔卡珀顿案陪审团成员时，很多潜在的陪审员都因不符要求而被否决。霍克亲自负责陪审团成员的甄选工作。他知道在卡珀顿案的审理过程中，自己将面临着前所未有的监督和审查。他准备了形形色色的问题，准备询问那些陪审团的候选人们。同时，他也会尽情表现自己的幽默感，并且大量运用自己最擅长的类比手法。

“现在这个环节就是我们所谓的个人预先审核，”面试开始时，霍克对一众陪审团候选人说道。“预先审核这个词来自法语，它的意思是说实话。我们使用这个词已经有大约……哦，自从那伙法国白痴过来接管英国，到现在快有一千年了。从那时起，我们就开始使用法语词汇，包括小陪审团（petit juries）和大陪审团（grand juries）之类的词语。”

接着，霍克开始盘问这些候选人。其中一名候选人名叫丹佛·雷米（Denver Ramey）。“现在，被告方有位律师名叫安西尔·雷米（Ancil Ramey），”霍克说。“他是你认识的亲戚吗？”

“我所有的亲戚都在肯塔基州那边，”雷米答道。

“我所有的亲戚都在监狱里，”霍克说道。“所以我和他们也不在一处。”

有很多人，尤其是梅西公司的雇员和他们的家人，都把布兰肯希普奉为出手大方的西弗吉尼亚人的赞助者。在他们看来，布兰肯希普运用手中的权力，为西弗吉尼亚人创造了工作机会，改善了他们的生活。霍克用了三天的时间找到了六名陪审员和两名候补陪审员，他们对布兰肯希普既没有强烈的好感也没有强烈的厌恶感，在随后两周的庭审中会做出公正的裁决。

福西特和斯坦利都认为这个陪审团相当不错，陪审团成员来自各行各业，选拔方式不拘一格，其中包括四名女性（一名医生助理、一名退休人员、一名建筑经理和一名政府雇员），两名男性（一名西弗吉尼亚州矿工健康安全和培训办公室视察员，一名失业人员，自称“万事通”）。在他们被选为陪审员两周半之后，卡珀顿案将正式开庭，到时他们将出庭参与审理。

2002 年 6 月 17 日，霍克坐在高大的法官席上，注视着镶有黑木饰片的观众席和幽深的大厅，期待着庭审的开始，尽管他知道庭审一旦开始，这个法庭所有的客观缺陷将会暴露无遗。今年夏天的天气可能会极端酷热，破旧的空调很不给力，法庭里挤满了观众时，将会热得像个桑拿浴室。现在才 6 月份，天气就开始热起来了，法庭里观众为数众多，大家都在等待开庭，有些人已经在给自己扇着扇子。这样的场景，让霍克不由得想起小时候旧式复兴布道会中那熟悉的一幕。除了酷热的天气，还有运煤火车驶过街道时的隆隆轰鸣。每次庭审过程中，火车轰然驶过，霍克说他总会想起“陈查理（Charlie Chan）的电影，电影中查理走着，‘杀手正在……’那时，你所能听见的就只有‘哇哇哇哇伍嘎嘎嘎呵呵呵’”。

霍克乐于在这样装饰豪华的法庭中忍受酷热和噪声，这样的法庭会使人想起《杀死一只知更鸟》中的法庭。法庭二楼有一个阳台，就像小说和电影中的“彩色区域”；诉讼程序通常也不像小说和电影中那么富有戏剧性。霍克受理的案件主要是人身伤害诉讼和其他例行性民事诉讼，同时他与之打交道的还有那些生活中常会遇见的小毒贩、三流罪犯、福利诈骗犯以及其他生活在社会底层从不干好事的人。在法庭上，只有律师和亲属才会关注这些人的命运。

霍克放眼注视着陪审团，他相信这六名西弗吉尼亚州普通公民最终会做出公正的裁决，在这方面，他们甚至不会逊色于学识最渊博、经验最丰富的法官。霍克相信，如果他能正确地履行自己的职责，那么正义必将得到伸张。因此，庭审开始后，他就在法官席上，留神观察着陪审团成员，看看他们是否流露出厌烦或者沮丧的表情。他希望陪审团在做出最后裁决之前，能够全面地了解所有相关情况。

原告方这边，霍克与查尔斯顿律师伯特霍尔德相识，他已经与来自布坎南-英格索尔律师事务所的福西特和他的法律助手迪瓦恩进行过会谈，与来自里德-史密斯律师事务所的斯坦利和阿布达拉也见过面。在原告席就座的休·卡珀顿是原告方的中心人物，他那平静中略带羞怯的神态显得与众不同。霍克之所以对他有所了解，是因为他的堂兄加斯顿·卡珀顿在20世纪90年代曾经担任过该州州长。霍克原本预计庭审结束之前，这位前州长会来到法庭，在陪审团的眼皮子底下坐上几个小时，然而他却始终没有出现。

在被告方的律师团队中，霍克与麦迪逊的执业律师乔治·丹尼尔·布利泽德（George Daniel Blizzard）很熟悉。霍克还认识查尔斯顿法律顾问、西弗吉尼亚州最负盛名的律师安西尔·G. 雷米，他们两人当年一起去上大学，一起就读于法学院。霍克曾经就卡珀顿案与伍兹在庭审前广泛地交换过意见，但是没有与年纪较大的理查德·沃德（Richard Ward）和他们的合伙人彭尼·R. 沃伦（Penny R. Warren）交换意见，沃德在这个团队中也是一位资深成员。

霍克很少看到这么多人来旁听庭审。其中一位观众站在那里最引人注目，他身高足足有六英尺，从头到脚一身黑色装束：黑头发、黑眼睛、黑胡子、黑夹克、黑针织衫、黑腰带、黑裤子、黑袜子、黑皮鞋。当这个黑衣人穿过法庭，来到被告席落座时，人群瞬时安静了下来。当他从法官席前面走过时，法院的书记员把手弯成杯子形状，惟妙惟肖地模仿着电影《星球大战》中黑骑士达思·韦德的样子，放到嘴边说道，“哇呜”。

“你怎么了?”霍克有些不悦，当那个一身黑色装束的人离开他的视线后，他问道。

“你不知道那是谁吗?”书记员问。

“不知道，”法官说。

“那是唐·布兰肯希普。”

12

当福西特身穿名贵的西装，站在法庭上做原告开场陈述时，法庭里所有的人都能够看出他是个外来者。在出庭的所有高级律师中，福西特是唯一不会刻意表现自己与阿巴拉契亚地区存在着千丝万缕关联的律师，不论这种关联是真实的还是伪造的，他都不会去刻意表现。他本身就是一个大城市来的见多识广的律师，人们从其外表和言谈举止中看到的也正是这样的一个人。

福西特和斯坦利根据各自的个性和风格进行了庭审分工。福西特为人坚强、坦诚，习惯与所有的人和事保持一定距离，在法庭上也是如此。通常情况下，他很少尝试与陪审团进行沟通和交流。他把自己当作老师，同时他相信在庭审中只要认真细致地展示出证据，证据的力量终将取得胜利。“一旦你理解了这个道理，即使最复杂的案件处理起来也是简单的，”他经常爱这样说。

在接手卡珀顿案并担任哈曼公司律师后，福西特研究了大量的文件和事实。他并不太关注陪审团的感受，他更关注的是案件诉讼流程在技术上是否无懈可击，案件判决结果是否会被西弗吉尼亚州最高上诉法院推翻。

斯坦利关注的焦点则集中在卡珀顿的个人损失上。他很看重与陪审团保持密切交流的作用。当然，他也很关注案件的事实真相。不过，他认为仅仅逐一列举事实真相会显得苍白无力，并不足以说服陪审团。斯坦利来自西弗吉尼亚州南部，操着与陪审员们一致的口音，因此可能会很容易引起双方情感上的共鸣。陪审员们既需要理性的思考也需要感性的感受，两者同样重要。在本案庭审中，如果感情和思想能够并驾齐驱，相得益彰，他相信原告方将会胜诉，他们将赢得公正的判决。斯坦利希望陪审团不仅仅了解这个案件，还希望他们理解并同情卡珀顿目前的困境。

这次庭审，福西特和斯坦利首次面对同一个陪审团。他们将向陪审团阐述自己的观点和想法，表达自己的情感和感受。福西特将帮助陪审团了解卡珀顿失去了什么，而斯坦利则会引导他们去感受卡珀顿遭受了怎样的痛苦。

在开场陈述中，福西特开篇就明确指出，这个案件不只是大公司和小公司之间的商业纠纷，其本质是关于企业贪婪的故事，这一点正是他初次与卡珀顿会面时针对案件性质形成的基本看法。在福西特看来，布兰肯希普的行为集中体现了存在于美国企业界的普遍性错误和不道德的思想，他在法庭上直言不讳地阐明了这一观点。这是一步险棋，因为有些陪审员可能会认为，他的这种观点是对美国企业和本地就业机会的攻击，他们更愿意根据案件本身的具体特点做出判断。

福西特继续进行开场陈述，他阐述了梅西公司针对休·卡珀顿和哈曼公司的种种不当行为，同时还揭露了梅西公司种种极端不公正的所做所为。“我们这个故事的第一部分讲述的是人们来到一起努力进行某些建设，”他面向陪审团说。“故事的第二部分涉及了当今美国生活的另外一个层面，在这个层面里，美国的丑陋与真实并存，这是个关于企业贪婪的故事。”

陪审团聚精会神地听着福西特的开场陈述。通常情况下，斯坦利总能根据某种无以言表的先见之明揣摩出陪审团的心思，可是这次，那些正在凝神倾听的面孔中，他却看不到任何可以暗示其内心想法的表情。“女士们，先生们，”福西特说道，“所谓企业的贪婪，就是指那些大公司的经营者们，那些赚了大钱的人们，开始认为他们可以利用手中掌握的巨大权力和资源，随心所欲地去压制他人，或者去威胁他人。而有证据表明，本案涉及的正是此类恶行。”

在福西特讲述哈曼公司如何被搞垮的过程中，他不断地提到布兰肯希普的名字。每次提到这位梅西公司主席的名字时，福西特都会看着对方，而一身黑色装束的布兰肯希普则像雕像似的坐在那里一动不动。福西特记得，将近四年前，他到里士满录取证词时，布兰肯希普就曾经这样说过，“你并不能把我怎么样。”现在，福西特想要布兰肯希普明白，他那样的想法是大错特错的。

福西特认为，这个案子实际上是卡珀顿针对布兰肯希普提起的诉讼。在庭审首日，福西特说出的每句话，都意在使陪审团了解到，梅西公司的每项决定都有布兰肯希普在背后指使。

为了说明这一点，福西特引用了梅西公司收购韦尔莫尔公司和联合煤炭公司之前布兰肯希普写下的备忘录，“这里的煤是我们觊觎已久的。”布兰肯希普对他尚未拥有的任何东西都怀有觊觎之心。福西特相信，布兰肯希普肯定会不择手段地停止收购哈曼公司，转而谋求控制哈曼公司储量丰富的斯普拉昔达姆煤层。

福西特之前曾与梅西公司的律师们打过很多次交道，知道他们肯定会抨击卡珀顿的名誉和诚实正直的人品，对此他已经做好了思想准备。为了把这种人身攻击造成的损害降低到最低程度，正如福西特后来说的那样，他着手“给陪审团打预防针”，轻描淡写地把梅西公司即将展开的说辞先行灌输给陪审团，这样，如果陪审员们随后目睹被告方辩护律师对卡珀顿展开全方位的抨击，他们心里已经预先有了铺垫，或许能有所抵制。

“梅西公司用了四年时间，到处去深挖细查哈曼公司和休·卡珀顿的所谓的隐私和丑闻，”福西特说道，目光直视陪审团。“梅西公司将会尽其所能来告诉诸位，让大家认为哈曼公司和卡珀顿是不道德的、不值得尊重的。”

斯坦利代表卡珀顿个人做开场陈述。在他的律师生涯中，这是他首次在西弗吉尼亚州陪审团面前陈述案情。为了这次出庭，他专门穿上了自己最好的蓝色西装。但是，法庭里面太热了，长裤上的裤线已经快看不出来了，再过一两个小时他就会恢复平日皱皱巴巴、随意不羁的原形。

斯坦利站在家乡的陪审团面前，似乎在讲述着某件隐秘的事情，发言的声调近乎低声细语。陪审员们能够听懂他说的话，然而听众们，包括其他律师在内，就只好竖起耳朵，努力去倾听他在说什么。法庭里故障频发的空调会发出嘎吱声，长龙般的运煤列车驶过时偶尔会传来哐啷声，这些噪声使得人们要费更大的劲才能听清楚他说的话。而这些正切合了斯坦利的需要。他想象自己是在与西弗吉尼亚同乡亲密交谈，他正在引领陪审团听他讲述某个私密的故事，他试图表现得像个向导而不是辩护律师。

“那么，卡珀顿先生的案件是怎么回事呢?”斯坦利用富有亲和力和感染力的语气开始做法庭陈述。“休在努力奋斗着，为他自己、也为他的家人和他的妻子凯茜营造美好未来。凯茜，站起来一下好吗?”

凯茜·卡珀顿从原告席后面的座位上站起身来。她身着昂贵高档的服饰，之所以这样穿着，不是因为她想要炫耀，而是想向外界传递一个信息，那就是布兰肯希普无法强迫她身穿意味着失败的粗布衣衫。斯坦利和福西特理解凯茜想要表达的心声，但是他们有所顾虑的是，她衣着如此考究，陪审团会怀疑她丈夫身陷财务困境是否属实。

斯坦利向陪审团讲述了梅西公司如何迫使哈曼公司倒闭，以及那之后布兰肯希普又如何指示梅西公司终止收购哈曼公司。“梅西公司破坏了协议，”斯坦利在开场陈述的结束语中这样说道。“结果哈曼公司宣布破产，当然休·卡珀顿也破产了。而梅西公司则一走了之。在哈曼公司走向毁灭的过程中，每个阶段都会出现一个共同的分母、一个共同的事实、一个共同的参与者在背后起作用，那就是梅西公司。”

斯坦利说的是“梅西公司”，但是法庭里的每个人都知道他指的是“布兰肯希普”。而梅西公司主席平静地坐在那里，脸上没有任何表情。

安西尔·雷米走上前，代表被告方做开场陈述。他是查尔斯顿著名的受理上诉的律师，曾经在西弗吉尼亚州最高上诉法院担任书记官十多年之久。雷米在州最高法院用专业的法律术语做过大量陈述和辩论，所以普通的陪审团理解他的陈述会很困难。他不像沃德那样有着祖父般慈祥的外表，也不像密歇根出生的伍兹那样紧张急躁。雷米的出庭表明，无论法院作出怎样的裁决，无论被告方承受怎样的损失，他们都将向州最高法院提起上诉。为了达到那个目的，他们努力争取在布恩法院获得胜诉的同时，还在准备将相关法律文件递交到查尔斯顿法院。他们将会搜集到所有可能体现庭审存在瑕疵的细节，尤其是雷米的私人朋友霍克的行为，并且记录在这份文件当中。

弗吉尼亚州陪审团曾经认定梅西公司违反了与哈曼公司签订的合约，并裁定原告方应获得法官权限范围内的最高赔偿金额。这个裁决结果本应该让被告方律师稍加收敛，让他们考虑谋求与原告方达成和解，或者至少在庭审中采取不同于以往的策略。他们本来可以运用更加冷静达观的哲学思维来指导法庭辩论，比如，指出哈曼公司是资本主义自然发展规律的牺牲品，或者指出卡珀顿尽了自己最大努力经营他的煤矿，无奈投资失误本人无力回天等。上述辩论手法可能不会胜诉，但至少会把损失降到最低。然而，布兰肯希普对卡珀顿怀有宿怨，律师们只是他的傀儡，实际上只是按照他的想法行事而已。

“在本案诉讼中，我代表梅西公司以及位于西弗吉尼亚州的梅西公司各分公司这个大家庭出庭辩护，”雷米开始说道。“今天我想先介绍来自梅西公司的诸位伙伴，在本案审理过程中他们将会出庭。”

雷米立刻展现出满身乡土气息的山区律师的做派。他没有把梅西公司称为《财富》杂志一千强的大公司，而是称之为“家庭”，是你可以邀请来吃饭的邻居；也没有把公司领导称为自命不凡、拒人千里之外的企业高管，而是“诸位伙伴”。很显然，雷米想通过这样的表达方式来表明，他们与那位精瘦刻板、头发很长的匹兹堡律师完全是两码事。

“唐·布兰肯希普先生，梅西公司总经理兼首席执行官，”雷米说道，向布兰肯希普示意，而布兰肯希普连头都没有点一下。“他今天来到了法庭。斯坦·萨博莱斯基（Stan Suboleski），梅西公司首席运营官，他今天来到了法庭。”

雷米这番话不单单是说给陪审团听的，还是说给布兰肯希普本人听的。梅西公司主席本身就是个一人组成的陪审团，坐在那里监督着被告方的辩护律师们如何在庭审中展示自己的能力，如何为他打赢这场官司。布兰肯希普坚信，在与卡珀顿打交道的过程中，他没有做错什么。他只是运用资本主义的净化力量，整治了一个软弱、任性的财产继承人，表达了对特权阶层公子哥的蔑视，从而使得历史的脚步得以阔步向前迈进。

雷米在开场陈述中，将卡珀顿描绘成有钱人家恃宠而骄、自私自利的公子哥儿，指出他对哈曼公司管理不善，对自己生活中的一切事务都管理不善。“卡珀顿先生曾经拥有和经营的公司无一例外都遭受了失败的命运，”雷米说。“他还从哈曼公司拿钱出来花在自己身上，建造了一座价值百万美元的豪宅。他给自己买了昂贵的跑车，过着美好的生活。现在，为什么这一点很重要呢？因为他的这些所作所为削弱了哈曼公司，导致哈曼公司在其他相关企业倒闭后，比如匹兹堡的那家工厂倒闭后，无法继续生存下去。”

卡珀顿怒视着雷米。他想让陪审团看到他未曾退缩和畏惧，他从小接受的教育就是看着对方的眼睛，从来不会躲闪对方的目光。

“那么，他们希望怎样说服你们，让你们相信他们能够设法扭转目前的局面？”雷米继续说道。“他们想要说服你们，让你们相信他们可以用母猪的耳朵做成丝绸钱包[①]。我称之为‘丝绸钱

① Take a sow's ear and turn it into a silk purse：用母猪耳朵做成丝绸钱包，英语谚语，意为用劣材制精品，化腐朽为神奇。——译者

包有限公司’。现在，即使这个丝绸钱包应该支付他的账单，即使这个丝绸钱包已经把钱都转移到其他公司去了，他还是打算设法扭转乾坤。”

卡珀顿的律师已经让他做好了足够的心理准备来应对对方的人身攻击，可是，即使阿布达拉最刁钻不留情面的问题也无法与这样的迎头痛击相提并论，卡珀顿猝不及防，他的心理还没有坚强到足以应对这样的打击。他不能相信雷米居然说出这样的话来。他曾经非常希望凯茜来到法庭，但是现在，他感到很痛苦，因为他的妻子听到了这些话。他还曾经考虑让他七十四岁高龄的老母亲从里士满的家中前来此地参加庭审，但是现在，他很庆幸母亲没有听到这些侮辱性的恶言。他本来以为，自己已经为庭审做好了准备，准备好去面对可能发生的任何事情，但是现在，这还只是个开始，他就感到一切都太过分了、太痛苦了、太屈辱了。

福西特和斯坦利能够看出，雷米的开场陈述给了他们的委托人以毁灭性打击。他们知道，接下来的庭审还会更残酷，比之前的要残酷得多。他们不能眼看着卡珀顿在被告方的抨击下情绪崩溃，否则他在证人席上将会一败涂地，他们的诉讼也将一败涂地。

13

在开场陈述中，雷米根本不准备讨论案件的关键因素，也就是梅西公司是否曾经付诸行动搞垮哈曼煤矿。雷米更愿意把陈述的焦点集中在卡珀顿的生活方式上，因为从这个角度切入，可以更容易说服陪审团接受他们的立场。福西特和斯坦利听着雷米的陈述，他们知道，被告方一定仍然持有卡珀顿住宅的照片。即使原告方能够做到禁止这些照片在法庭曝光，被告方也会设法把休描绘成阿巴拉契亚的帕夏[①]。

“最初收购哈曼的时候，卡珀顿就知道哈曼是个处于闲置状态的、效率低下的老旧煤矿，”雷米继续说道。“收购以后，他拿走哈曼公司的收入，变更了这些钱的用途；之后，他就拥有了其他的企业；再之后，他就拥有了百万美元的豪宅。”这就是被告方论证焦点所在。

哈曼是个“处于闲置状态的、效率低下的老旧煤矿”，卡珀顿对此并没有异议。而且正是基于这个原因，他才能够在没有先期付款的情况下买下哈曼。对方说他“变更了哈曼公司收入的用途”，听上去好像他是个小偷，不断地从自己的公司里面偷钱。而实际上，他是将哈曼公司经营收入所得以所需资本改善形式重新投入到哈曼公司的运营中，并且还从采矿经营活动中借钱去开办其他的小公司。

“现在我确信，你们都听说过许多成功的企业家，说起他们是如何取得成功的，尤其说到企业起步阶段，”雷米继续说道。“他们会说‘在最初的几年中，我会把所有的钱再投资到公司中；我自己只拿较少的钱’，那才是正常的创办企业的方式。而在本案中，他却是从公司里拿钱出去，投入到其他公司中去，或者装到自己的腰包里。”

“很遗憾，我们相信，拥有卡珀顿这样的姓氏，他认为自己有资格按照某种方式生活，有资格取得成功。可是不幸的是，与其他大多数成功的亲戚不同，他创办的所有企业在经营上都出了问题。”

按照雷米编造的说辞，真正的被告不是梅西公司，而是卡珀顿本人。他的人生在向上攀爬的过程中失败了，他无法继续维持自己过分奢华的生活方式，因此，除了起诉那些比自己优越的

① Pasha：指旧时奥斯曼帝国和北非高级文武官的称号。——译者

人，他已无计可施。最令阿巴拉契亚高地人反感的，莫过于那些明明自己没有那么大本事，却非要佯装成有本事的人。而卡珀顿现在的生活正是这样，他已无力支付高昂的生活费用。

被告方律师把案情描述得越是丑陋，斯坦利反而越不太担心，他认为这是梅西公司送来的礼物。他原先曾经很担心，这场官司最后会沦为几家煤炭公司由于金钱和商业细节的缘故进行的纠纷。斯坦利认为，原告方要想胜诉，案件的处理必须从两个男人之间激烈的个人斗争角度切入进来。他认为，雷米此时正是犯了他后来称之为“根本的战略性错误”，为对方做了嫁衣裳。

对于福西特来说，对方疯狂的、言过其实的抨击令他很不安。他知道，这些陈述中很大部分都没有依据或者根本就是凭空捏造的，他和同事们会让陪审团了解到事情的真相。但是，如果法庭允许梅西公司的律师们提出各种与案件本身风马牛不相及的观点，福西特和斯坦利的工作会陷入困难重重的境地。福西特疾步走上前去，请求与法官进行单方法庭讨论。

“雷米先生的开场陈述中存在许多会引起歧义的说法，他们提出的这些问题与本案完全无关，”双方律师聚集在霍克的法官席下，福西特这样说道。“最能说明问题的例子就是说当事人要建造百万美元的住宅，对方这样说就是为了引起陪审团的反感，而这件事与本案毫不相干。我强烈要求法庭告诫并提请陪审团注意。”

法官席上的霍克关注着法庭内的庭审进展情况。他已经意识到，现在是该由他来教导双方律师在法院里应该如何进行庭审的时候了。他的教导方式不是单独告诫某个律师，而是要求他们退后，允许他来告诉陪审团如何应对上面的这些陈述。“女士们、先生们，有几个问题，”他看着陪审团成员，开始说道。“关于律师们向你们陈述的他们认为的这些事实真相，都是有待于进一步证明的，因为，律师们的陈述并非证据，当案件审理进入尾声时，你们要做的一项工作就是，判断哪些是本案律师们认为你们应该了解的证据，哪些是真正的证据，哪些是已经被证实的证据。”

简而言之，这就是霍克的审判规程理论。陪审团的六名男士和女士自行对律师和证人所做的陈述进行分析，由此判断案情真相。他不打算在法庭上限制某个律师的陈述，从而引导陪审团辨别其陈述的性质。如果霍克能够阻止被告方律师发表各种过分的、与案情本身不相关的言论的话，福西特会感到满意一些。可是，霍克并没有这样做。而这种庭审风格恰恰又是斯坦利所喜爱的。

14

福西特曾经反复考虑过第一证人的人选问题。他决定选择四十七岁的采矿工程师小亨利·库克做第一证人，向陪审团解释案情。库克曾经负责哈曼公司的日常运营工作。可是问题在于，这位工程师对谁都特别亲切友好，坚信自己跟任何人都可以交朋友，而他的这种性格有时非常令人气恼。库克做完证词陈述后，回答了被告方辩护律师的问题。他就像演员在舞台上独白一样娓娓道来，看上去好像他和那位律师正站在后院的门廊里，手里端着一杯杰克丹尼[①]，一边啜饮美酒一边聊着闲天。福西特要求暂停庭审，他把库克拉到法庭外面的大厅里。“你在干什么，亨利?”他问道。“梅西公司的这些律师们可不是你的什么狗屁朋友。你不能一味地赞同他们的观点，要回答是或者不。”

福西特已经用了几个小时帮助库克做好出庭作证的准备。庭审第二天的上午，福西特告诉库克，由他担任原告方第一证人，

① Jack Daniel，美国酒名。——译者

他确信库克能够胜任这项工作。福西特知道，陪审团成员从小就生活在产煤区附近，尽管如此，他还是想让他们对哈曼煤矿遭遇的变故有个详细了解。他相信库克能够把案件的整个经过叙述得生动逼真，牢牢地吸引住陪审团的注意力。库克身着牛仔裤和褐色工作衬衫，就好像刚刚走出煤矿办公室似的，看上去有模有样，很像那么回事。

库克向法庭讲述了他如何实施自己的计划以恢复老煤矿的产煤能力。“关于这个煤矿的运营和发展，我有一个长远的规划，”他说，并且补充说明，他还购买了高质量的设备。“我的意思是，按照我的规划，这个煤矿可以一直运营到我退休。”库克的讲述明确而又生动，福西特觉得还不够满意，又要求他从不同的角度反复阐述同一个观点。

在对第一证人进行询问的最初的几个小时里，福西特已经表明，他可以在整个庭审过程中应对自如。他力图确保庭审每个环节的诉讼记录都非常详细，并且非常具有权威性，这样，上诉法院就能够了解庭审经过，而且不会对庭审产生质疑。从法律角度看，福西特的想法是明智的策略，然而，整个询问过程的对话却没有产生妙趣横生的效果。库克虽然很健谈，然而在询问进行了几个小时后，连他自己都觉得这个过程似乎太漫长了。

坐在律师席上的斯坦利听着证人的陈述时，他觉得福西特居然用不同的方式问了那么多遍同样的问题，真是令人难以置信。如果斯坦利都到了忍不住想尖叫起来的程度，可想而知陪审团会是什么感受。斯坦利看了看陪审团，发现有几个人刚才还很专注，但现在面部表情已然木讷呆板，竭力掩饰自己内心的无聊和厌倦。他恨不得从后面抓着福西特的西装外套，把他拉回到座位上去。

福西特用了一整天的时间询问库克，然而他似乎仍然意犹未尽。第二天上午，库克又回到证人席上。福西特引导他讲述了哈曼煤矿破产前最后几个月的情况。库克是个内心骄傲的人，所以，重温那段漫长屈辱的日子，重温自己离开休和哈曼公司的经过着实令他痛苦万分。

哈曼公司当时已经无力支付养老金债务和土地开垦债务。这种情况下，如果库克继续留在哈曼公司担任高级管理人员，那么他的名字将被列入联邦政府“申请人／违犯人系统名单”。“上了那个名单的人就再也不能在煤炭行业承担责任重大的工作了，”库克说。“不能做企业的所有权人，不能做经营者，基本上就等于被煤炭行业扫地出门了。我的意思是，这是我的专业，我是个专业的工程师，要是不能干这一行，我可怎么办？于是我对休说我想辞职，他同意了。”

福西特问库克最后一个问题。“雷米律师在他的开场陈述中说过，本案中没有什么牺牲可言，”福西特特别指出，按照雷米的说法，当哈曼煤矿慢慢坠入破产深渊时，卡珀顿自己却过着奢侈的生活。

库克对这种说法很是反感。“我没有做出牺牲？”这位采矿工程师说。“我可不同意这样的说法。我的意思是说，我放弃了大公司的优厚待遇，冒着一定的风险选择到哈曼工作。我在这里工作了五年，这是我干过的最艰难的工作。同时，这也是最令我满意的工作。但是，雷米先生的评论让我感到自己受到了侮辱。”

当被告方律师伍兹对库克进行反询问时，他想利用库克对卡珀顿的经营活动加以批评中伤。为了筹集急需的现金，卡珀顿将哈曼公司的煤炭储量卖给了佩恩弗吉尼亚公司。从那时起，哈曼公司就开始按照采煤数量向这家土地所有公司支付矿区土地使用费。

“库克先生，问题是这次交易之后不久，卡珀顿先生是不是就开始动工建造自己的豪宅了?”伍兹问。他在暗示，卡珀顿卖掉哈曼的煤矿储量以便筹钱建造自己的梦幻之屋。

斯坦利立刻表示反对：“这个问题涉嫌指向被告方试图声称的某种阴谋论断。”

“可是，法官大人，我——”伍兹刚要说，霍克打断了他的话。

“我理解你的反对意见，我也理解你的反应，”法官俯视着斯坦利说道。“不过适于此者亦应适于彼，大家应该一视同仁。”

“哦，上帝，又来了，适于此者亦应适于彼[①]，又扯平了。”斯坦利的反对被驳回，他回到原告席落座，低声对福西特这样说。霍克经常援引适于此者亦应适于彼这句格言，两位律师已经发明了专用代号来代替这句格言。用通俗易懂的话说，这句格言的基本含义就是，不论什么事情，一方能够做的，另外一方也能够做，因此，抱怨是幼稚而且徒劳的。这种说法让人想到，如果霍克是个老师的话，有学生向他哭诉休息时候有人拉他的头发，他可能会告诉那个学生，擦干眼泪，走到操场上去，用同样的办法拉对方的头发进行报复就是了。

伍兹继续提出问题，暗示卡珀顿生活中挥霍无度，不断地从自己的公司偷钱。福西特和斯坦利认为，这样的臆测没有任何根据，纯属捏造。然而，伍兹的叙述手法非常引人入胜、令人信服。斯坦利不断地观察着陪审团，揣摩着他们的内心，但却始终没有看出任何端倪。平民情结已经深深地融入到西弗吉尼亚人的灵魂深处，被告方费尽心机正是想利用这样的情结达到自己的目的。他们将卡珀顿描绘成一个卑劣的继承人，为了拥有自己的豪宅和奢华生活，剥削压榨所有的人，甚至那些为他工作的矿工，

---

① SG，这里 SG 是 what's sauce for the goose is sauce for the gander 这句格言的缩写，中文是“适于此者亦应适于彼”或者“一视同仁”的意思。——译者

这样的人在这里的人民看来完全一无是处。

卡珀顿和律师们一起坐在原告席上，他认为被告方对他进行的人身攻击完全是诽谤，而法庭却不允许福西特和斯坦利站起来表示反对，对此他万分恼火。他听着对方抛出的一个又一个在他看来根本没有事实根据的说辞，胸中燃起阵阵怒火，几乎就要爆发出来。他知道，自己终将有机会来陈述事实真相。可是，经过所有这些无端谴责的铺垫后，他反问自己，陪审团会相信谁呢？即使陪审团最终相信了他，在寻求公正的道路上，他还将付出怎样的代价呢？

15

每天庭审结束后，卡珀顿的法律团队会驱车向北行驶三十英里，入住南查尔斯顿的汉普顿酒店。律师们预订了半个楼层的酒店房间，其中包括他们的卧室以及一个会议室，他们称之为“作战室”。

晚上，卡珀顿法律团队一行人来到“作战室”，为第二天的庭审做准备。他们争论的主题是每位律师在法庭上应该发挥什么样的作用。福西特主张，应该采用悉心策划的、百科全书式的面面俱到的诉讼策略，在法庭上出示大量精心准备的证据，使被告方应接不暇，以此先发制人地防止对方提起上诉。斯坦利看上去确实做好了战斗准备，主张采用满怀激情的闪击战将对手一举击垮。伯特霍尔德多数时候希望按照当前庭审的路子继续进行下去，在陪审团精疲力竭倒下之前打完这场官司。至于阿布达拉，则让自己置身局外，从旁观者的角度用智慧和逻辑来检验其他律师的辩论手法是否可行。尽管大家各持己见，一旦整个团队就某个问题达成共识，第二天回到法庭时，他们就会团结一心，共同对外。

大部分的夜晚，卡珀顿都会呆在“作战室”里。有时，他会为即将到来的证词陈述做准备，律师们传唤了大批的其他证人出庭作证，而他出庭作证则不断地向后推迟。尽管他有些紧张过度，他仍然竭力掩饰着自己内心的惶恐不安。卡珀顿有充足的时间去考虑自己站在证人席上会出什么样的岔子，空闲下来他就会想象着各种可能出现的纰漏，于是越发地忧心忡忡、焦虑不安起来。他担心自己可能会记不住关键的事实。他设想着被告方律师会针对他忘记了某个无足轻重的日期或者名字而对他大肆抨击。他感觉律师们对自己出庭作证也不太放心。

他的忧虑是对的。福西特担心，卡珀顿在法庭上会表现得很失态，如同那次阿布达拉盘问他那样。或者更糟糕的，有一次被告方律师到哈曼公司办公室录取证言时，他也是大光其火。那天，伍兹不停地索要某些数据资料，还暗示卡珀顿隐藏了关键文件。卡珀顿勃然大怒，他跑进隔壁房间，回来时手里拿着个硬纸盒，他举起那个硬纸盒，重重地摔在桌子上，嘴里大喊着，“给你这该死的盒子!”

福西特和斯坦利用了几个小时的时间，帮助卡珀顿做好准备，以应对他在庭审中将面临的问题。被告方律师将针对他的能力和名誉提出一连串的质疑。在这个危险重重的舞台上，他应该怎样扮演自己的角色？如果伍兹竭力挑衅想要激怒他，他该怎么做？他能否控制住自己，他是否明白，在证人席上短短的几分钟就可能导致他的诉讼一败涂地？

6 月 24 日，庭审第五天，原告方通知哈曼公司注册会计师威廉・肖特里奇（William Shortridge）出庭作证。威廉・肖特里奇出庭作证时，不仅要盛赞哈曼公司财务状况良好的一面，也要表明其财务状况欠佳的一面。这种策略似乎有些异乎寻常，因为这样做，会过早地将原告方最薄弱的方面暴露出来。不过福西特和斯坦利认为，与其坐等伍兹那伙人添油加醋地将这些情况公之于众，倒不如他们自己公布出来会更好一些。

斯坦利负责引导肖特里奇全面回顾哈曼公司的财务状况。这项工作非常棘手，不是什么好差事。斯坦利对准备向肖特里奇提出的所有问题都进行了深入研究，已经胸有成竹。不过，在开始提问前他还是狡黠地自谦了一下。

"今天我们的话题是英国古老而又重要的话题，"斯坦利说道。"我连支票本都没有管过，所以，今天的谈话我们得慢慢来。"

肖特里奇颇有狄更斯笔下人物的特点，过分琐碎，局促不安。对于他来说，同数字打交道要比关注法庭上的细微变化更舒服些。他详细讲述了哈曼公司从盈利到亏损的过程，1993 年盈利六十万美元，那之后开始连年亏损：1994 年亏损一百万美元，1995 年亏损一百五十万美元，1996 年亏损两百三十万美元，1997 年亏损八百万美元。这位会计师向法庭解释，这些账面亏损主要是出于报税的目的。这些账面亏损并不构成最终的巨额损失。许多公司，包括梅西公司在内，在重建时期都会采取这样的策略。但是，陪审团是由未经培训的非专业人士组成的，他们不明白账面亏损是怎么回事，因此他们很难理解其中的内情。

肖特里奇列举了卡珀顿在经营哈曼公司期间尝试创建的其他各种企业。他证实，尽管哈曼公司亏损日益严重，卡珀顿仍然从煤矿拿钱去创办其他的商业项目。他的这些投资，有的成功了，有的失败了。在提交给法庭的文件以及自己的证词中，肖特里奇解释了每一美元的去向。他说，尽管企业存在着这样那样的问题，但卡珀顿从未谈起过破产的事情，也从未对哈曼公司的未来表达过悲观的情绪。

为确保哈曼公司正常运转，卡珀顿申请了企业银行贷款，并且承诺，如果哈曼公司破产倒闭，他个人将偿还这些贷款。斯坦利请肖特里奇对卡珀顿由此背负的三百万到四百万美元的个人债务加以评估，这样的债务是大多数企业高管绝对不会接受的。

“考虑到那些债务，”斯坦利问道。“卡珀顿先生从公司里拿钱出去，甚至达到了导致公司破产倒闭的地步，在你看来这合乎情理吗？”

“不，先生，这不合乎情理。”肖特里奇说道。

“为什么不合乎情理呢？”

“他从公司拿钱出去，将来他得筹集更多的钱来偿还，”肖特里奇说。他所指出的是个显而易见的道理。除非卡珀顿疯了，否则他绝对不会从哈曼公司偷钱出来，因为如果公司破产，他个人将会陷入几百万美元的债务危机中无法自拔。得出这样的推论后，斯坦利结束了他的询问，走到旁边让福西特继续询问。

福西特很关注一份图表，他认为被告方将利用这份图表来说明，即使梅西公司什么都没有做，哈曼公司也会不可避免地走向破产的命运。

“假定，”福西特举起那份图表，问肖特里奇，“一家注册会计师事务所发表意见，认为这份图表能表明哈曼公司将会倒闭，你怎么想？”

“就我个人而言，我认为那都是些胡言乱语，”肖特里奇说。

“你用的是‘胡言乱语’这个词吗？”福西特问道。

“就我个人而言，我认为那样的观点就是胡言乱语，”肖特里奇说。

“我想知道，如果我们将为被告方‘准备这份图表的注册会计师事务所’称为‘胡言乱语’有限公司，对方律师是否会介意？”福西特问道，注视着梅西公司的律师。

福西特奚落了被告方律师。伍兹站起身来，开始对肖特里奇进行反询问，他快速驳斥了会计师的陈述。被告方律师暗示，卡珀顿没有给肖特里奇提供那些会让哈曼公司季度财务报表更加糟糕的信息。伍兹的威吓使小镇来的会计师败下阵来，他不再说什么，只是苍白无力地对伍兹断言哈曼公司注定倒闭表示了质疑。

就像迪瓦恩曾经为原告方律师查阅了大量文件一样，伍兹和他的同事们也梳理查阅了数千页财务文件。他们找出这位会计师犯过的一些小错误，有些财务文件肖特里奇归错了档或者根本没有归档，有些财务往来他忽略了。肖特里奇脸色苍白地反驳了对方给他指出的一连串错误。伍兹的攻击让肖特里奇不知所措，使之看上去与同样笨拙无能的卡珀顿简直是绝配。

这是卡珀顿案中最脆弱、最容易招致攻击的环节，在这个回合中，伍兹占了上风。肖特里奇一走下证人席，福西特和斯坦利就想抓紧进入下一个环节，希望陪审团忘掉那个跌跌撞撞走开的肖特里奇。

16

卡珀顿觉得他站在证人席上的那一天似乎永远不会到来了。然而，在庭审的第九天，福西特终于告诉他，该他出庭作证了。福西特原本计划安排卡珀顿在 6 月的最后一个星期五出庭作证，这一天他打算用几个小时询问卡珀顿。由于霍克下周一还有其他公务需要处理，因此下周一将不开庭，这样陪审团可以回家度过一个长周末。如此一来，陪审团就能有三天时间去思考梅西公司强加给卡珀顿的悲惨遭遇，而被告方得等到下个星期才能够就原告提出的证据加以辩驳。

那天，卡珀顿和律师们鱼贯走入法庭准备作证，却发现雷米独自一人坐在被告席上，低头啜泣。好一会儿，雷米才平静下来，红着眼圈告诉原告律师，他的协理律师所在的肯塔基州事务所的一名秘书，在与癌症进行了长期抗争后去世了。雷米说伍兹、沃德和沃伦简直悲痛欲绝，已经返回肯塔基州探望，周一将作为扶灵者参加葬礼。雷米说，他在为他们祈祷，就像他们每天晚上都为这位秘书祈祷那样。他与那女人素昧平生，但是他仍然像失去自己的近亲一样悲伤。

在这种时刻，福西特并不愿意表现出职业使然的怀疑一切的个性，可他还是不明白，被告律师为什么不能出于礼节，在前一天晚上给他打个电话，将这位秘书的离世以及他们打算去参加葬礼的决定提前告知自己。如果他们提前通告了这件事，今天的庭审可能就取消了，卡珀顿也不至于受到这样的愚弄。不过，如果提前打来电话，雷米也就没有机会来表现出自己和律师同行的悲痛之情是多么真诚和由衷。

“我真是太生气了，”福西特对他的律师团队说道。“他们昨晚没有打个电话，我们得跟霍克说说这个事，把我们晾在这里，还又一次让休烦恼不已。”

“不，戴夫，你什么都不应该说，”伯特霍尔德告诫他，这位原告方专家非常了解西弗吉尼亚州的各种风俗习惯。“在这里你不能那样做，我的上帝，在这里死亡是神圣的。”

“死亡确实是神圣的；正因为这样，我才要说点什么。”

“告诉你，戴夫，”伯特霍尔德说道，伸手拉住福西特的胳膊，“你必须保持冷静。”

福西特走到雷米身边，雷米已经设法让自己平静下来了。刚才他的心情确实极度难过，他与肯塔基州法律团队共事良久，一段时间以来一直在听他们谈起那女人，他感到她与自己已经是老相识了，她的离世也是他的损失。

两位律师围绕着福西特要向法庭提交的一份证据进行了激烈讨论。福西特认为雷米的反应过于火药味十足，雷米则不断地指责原告律师心怀恶意，指责他们违反职业道德。福西特真是受够了，雷米的话让他怒不可遏，福西特决定要对这位查尔斯顿律师还以颜色。

“你有这位秘书的死亡证明吗?”福西特问道。

雷米把手中黄色的便签本重重地摔到地上，厚重的装订夹在法庭里飞散开来。他冲出门去，跑下楼梯。福西特走到窗边，看着雷米在楼下迈着重重的步子绕着大楼转圈。

最终雷米还是返回了法庭。霍克走了进来，他对刚才发生的争吵毫不知情。雷米本来可以就福西特的批评指责向霍克抱怨，不过，这样做的话可能对他不会有任何好处；而且，他还有很多机会在陪审团面前报复对方，出了这口气。关于这个事件本身，直到数年后，一想到他被人说成利用那个可怜女人的离世在案件审理进程上做手脚，雷米就禁不住怒火中烧。他说他的哭泣只是因为他刚刚得知朋友的离世而内心难过。

霍克和律师们一致同意，在被告方大多数律师缺席的情况下，不应该安排卡珀顿出庭作证，因为卡珀顿和布兰肯希普都是案件审理的主要证人。取而代之的是，原告一方在那天安排了宣读 LTV 钢铁公司前采购主管的书面证词，并且播放了佩恩弗吉尼亚土地公司主管的录像证词。

“我知道，你们已经开始讨论互留姓名互送圣诞贺卡了，因为，你们在这里已经这么长时间了，”霍克对陪审团说。“考虑到现在的具体情况，我希望你们能够理解，律师们都清楚时光在飞逝，因此，我们在努力协调各方利益，希望能够达成妥协。”

原告方原本计划在卡珀顿出庭作证后再出示这两份证言，作为卡珀顿部分证言的佐证。但是，为了庭审进程不至于止步不前，福西特和斯坦利同意今天提前出示这两份证言。如果能再有几天时间，他们可能会对这两份证言做进一步编辑，删除其中冗长而无关紧要的部分。可是现在，他们别无选择，只能让陪审团上午用两个小时、午饭后再用半个小时听取这两份证言。

霍克早早地打发陪审团离开法院回家去过长周末，在大家离开酷热难耐的法庭之前，他问律师们最后还有什么问题。

“法官大人，我们请求法庭认定这次审判为无效审判，”雷米说。“我们了解到，所有涉及［弗吉尼亚州审判］的内容都已被去除。但是今天上午，宣读书面证言抄本时有一处提到了上述内容。我相信原告方并非有意为之，但是很不幸，事实就是证言中涉及了那些内容。”

霍克曾经严厉告诫过律师们，不要在陪审团面前谈及弗吉尼亚州法院对该案的审理。如果陪审团了解到，与他们同为陪审员的其他男士和女士已经认定梅西公司子公司有罪，并且已经裁定哈曼公司应该获得六百万美元赔偿，那么这样的信息会对他们的判断产生巨大影响。之前在诉讼过程中，被告方律师也曾无意中提及弗吉尼亚州的审理，不过那次提及并没有引起多数人注意和察觉，也没人再谈起此事，因此事后也就不了了之。今天，原告方在宣读书面证言时提及的相关内容同样也是微不足道的，同样也省略了裁决结果，但是梅西公司的律师却抓住不放。

“恕我冒昧，法官大人，”福西特说。“这当然是无意的。最重要的是，我认为这并没有引起陪审团的注意。”

“那么，按照法官大人的说法，适于此者亦应适于彼，”斯坦利说道。“被告方先前曾经提及过弗吉尼亚州审理，而且这次也是一个意外，我实在想不出认定无效审判的理由。”

“我不知道在布恩县他们如何看这样的事情，在林肯县我们把这个叫做‘在潘趣酒碗里撒尿’。”霍克说，他认识到这个问题或者将会终止这次审理，或者将会成为提起上诉的有力理由。“我的意思是，我们尽了最大努力防止这样的事情发生，可是它还是发生了。”

霍克说，他将利用这个长周末，考虑一下是否应该认定本次审判为无效审判。福西特和斯坦利一致认为，霍克终止本次审理的可能性极低。然而，他们又都痛苦地认识到，永远无法确切地判断出法官的所思所想，尤其是像霍克这样的法官，只有他那变幻莫测的个性是人们意料之中的。于是，两位律师度过了漫长的三天周末，为下周的审理做着准备。他们心里知道，由于自己没有仔细检查书面证言是否涉及相关内容，这就可能意味着法庭将会重新选择陪审团和重新开庭审理。对于卡珀顿来说，情况尤其糟糕，他得再次准备出庭作证，并且还要担心一切都要重新开始。

星期二早晨，霍克没有马上做出决定，而是在陪审团不在场的情况下，听取了双方的辩论意见。雷米竭尽全力夸大这个问题的严重性，他指着麦迪逊本地律师布利泽德说，“当对方证言涉及相关内容时，我的助理律师一直在注视着陪审团的反应。当我方反对出现的语言和内容在陪审团面前被提及时，他注意到其中一位陪审员迅速瞥了一眼另一位陪审员，他们明显有所反应。”

在宣读长篇证言抄本过程中，大多数陪审员能够保持不昏昏欲睡就已经相当了不起了。这两位陪审员对顺便提及的内容能够有惊讶反应，表明他们对案情审理中的细微变化非常敏感。霍克知道，他的老朋友雷米竭力想让法庭将这次审判认定为无效审判。如果不能如愿，并且被告方败诉，雷米将利用这件事作为借口提起上诉。西弗吉尼亚州司法系统不像大多数州，这里没有中级上诉法院，因此，上诉将被直接提交到州内最高级别法院，也就是西弗吉尼亚州最高上诉法院。

为了安抚被告方律师，霍克让法警把陪审员们的笔记本收上来，看看是否有人在上面记录了哪怕只是弗吉尼亚州几个字眼。霍克没有发现涉及之前大家关注的内容，他随即宣布庭审继续进行。

肯塔基州的律师们去参加葬礼，他们会一连两天缺席庭审，因此，霍克在这天的庭审中安排了他们缺席情况下也能进行的环节。原告律师又播放了几段录像证词，这次他们加倍小心，确保不会再次无意中涉及弗吉尼亚州庭审的内容。整个过程中，卡珀顿坐在那里，努力克制着自己内心的紧张不安。

第五章　难逃厄运

你可以避免雇用矿工达到三年，因为一旦雇用矿工满三年，你就得承担黑肺病的治疗责任。

17

第二天上午，也就是7月3日，当卡珀顿走向证人席的时候，他有种如释重负的感觉，这个时刻终于到来了。被告方团队也已经全部在法庭就座。卡珀顿相信，如果他能够让陪审团了解他的经历，陪审团成员们将会感觉到他讲述的都是实情，将会认识到他受到了极端不公正的对待。他也知道，在反询问过程中，被告方律师将会提出各种没有根据的问题攻击他，而福西特将会引导他去应对这些问题，从而渡过难关。

卡珀顿在证人席上就座，福西特并不知道他会有怎样的表现。几天来，福西特一直在喋喋不休地指出卡珀顿证言中存在着这样那样的不足，并告诫他正确的做法是怎样的："休，你不要着急，慢慢来。你得把具体情况告诉他们。你得把重要的细节告诉陪审团，你得同陪审团谈话，休。你得解释一下，这样他们才能想象出来。"福西特在指导卡珀顿准备的过程中弄得卡珀顿非常紧张，他也担心卡珀顿出庭作证时会语无伦次、失去自制。

福西特用他能想到的最简单的方式开始提问："你能否说出全名以供法庭登记备案？"

"是的，我的名字是休·梅森·卡珀顿。"

听到卡珀顿平静而不失权威的语气，福西特相信，他会有很好的表现。

庭审继续进行，他们没有按照人们惯常的作证程序那样，提出很多问题然后证人回答。福西特为卡珀顿做好了铺垫，引导他说出自己想听到的话。

"法官大人，我开始感到有些不对头了，"福西特渐渐地摸索到了与卡珀顿进行轻松自然交流的节奏，伍兹却开始表示反对。"显然，他事先已经与证人沟通好了，证人的证言都是他在说，看起来我们需要提出一些未经引导的问题。"

"我打算允许他这样做，让我们了解到需要了解的基本情况，"霍克说。然后，他对福西特说："不过我希望，你介绍完情况后，能让证人无拘无束地表述自己的想法。"

"没问题，"福西特回答道。

福西特引导卡珀顿讲述了自己的成长历程，从出生于煤矿营地开始，一直到成为哈曼采矿公司所有权人。卡珀顿的生平故事与庭审中关乎成败的关键问题并没有什么直接关系，但是，这些信息都是陪审团成员乐意了解的，并且可能会对他们的裁决产生影响。在某种程度上，本案庭审过程中双方各执一词，对案情的描述也完全相反。按福西特的说法，卡珀顿人生历程沉稳优秀，积极向上。而被告方则认为，卡珀顿的人生是由一个又一个愚蠢的失败拼接而成的。

"我想要在煤炭行业一展身手，"卡珀顿自豪地说道。"我从小到大都生活在煤炭行业环境中，因此，我的目标就是在煤炭行业中大干一场，最终成为煤矿的经营者。"

福西特从卡珀顿的早年生活和职业生涯开始说起，一直说到卡珀顿开始经营管理哈曼公司。他引导着卡珀顿在陪审团面前讲述了当年收购哈曼采矿公司时自己面临着怎样艰难的处境、背负着怎样沉重的金融债务以及克服了多少困难。

卡珀顿之所以能够实现自己的梦想，拥有了自己的煤矿，主要原因在于，没有别人想要购买哈曼公司。在没有预付定金的情况下，他连一辆车都买不来，可是他却买来了一座煤矿。他在承诺要承担各种金融债务的前提下，才买下了这座煤矿。哈曼煤矿加入了工会组织，卡珀顿需要支付矿工联合会的医疗福利和养老保险。卡珀顿买下哈曼时，这座煤矿就已经背负着数百万美元债务，包括养老保险、医疗保险、土地开垦债务等。这些债务在随后的数年间都将拖累哈曼公司。

福西特希望陪审团认识到，卡珀顿并非那种不讲信用、唯利是图之辈，他并非只想飞快地赚一笔钱就一走了之。他是卡珀顿家族的一员，煤炭就是他的生命。“我们的目标是从这里退休，”卡珀顿说。“我的意思是，很久以来我的梦想就是拥有自己的煤炭企业，一家我亲手创建的煤炭企业，那是我的梦想。”

1997年初，卡珀顿从他主要的业务银行格兰迪国家银行获得了上百万美元贷款，并且与韦尔莫尔公司就哈曼公司煤炭合同进行重新谈判，每吨煤炭可以多赚三美元。所有这些办妥后，卡珀顿深信哈曼公司前景一片光明。

“1997年是否发生了什么事导致你与这笔刚刚谈妥的款项失之交臂？”福西特问道，他指的是格兰迪国家银行的贷款。

“梅西公司要求针对我们的合同执行不可抗力条款，这样，按照合同规定，对方收购哈曼所有煤炭的计划都化为泡影，我们也无法继续经营，”卡珀顿说道。

一天的时间过去了一大半，福西特才刚刚涉及庭审中一个非常重要的问题。他知道，一般情况下，“不可抗力”这样的法律术语只有内行才会了解，陪审团成员很可能对其中含义一无所知。福西特打算一而再、再而三地探讨这个术语。他希望陪审团成员在商议裁决结果的过程中，提及不可抗力时对其含义了然于胸，并且认定是梅西公司和布兰肯希普滥用了该条款。

“什么样情况下可以执行不可抗力?”福西特问道。

“在产业界，不可抗力通常意味着上帝的行为，”卡珀顿说，“它是指某些超出人们控制能力之外的事情或者某些突发事件，从而使得一方或者另一方无法履行合同。”

“给我们举几个例子，”福西特说。“比如就买方而言，什么样的事件属于不可抗力?”

“嗯，就拿韦尔莫尔公司来说，可能它发生了电路故障引发了火灾，有些地方发生了故障，有些地方彻底瘫痪了；比如铁轨被冲垮，或者驳船装载设备在很长时间内停止运行，”卡珀顿说道。“上述事件就超出了人们的控制能力之外。”

福西特报出了一连串各色事件，比如叛乱、流行病、劳资纠纷等，并逐个拿出来问卡珀顿这个是否属于不可抗力范畴，那个是否属于不可抗力范畴。这其中的每个事件，卡珀顿都给出了肯定的答案，表示这些都是不可抗力事件。福西特继续举例提问，罢工、政府关门、抵制、火灾、爆炸、洪水，每次卡珀顿都给出了肯定的答复。

第二天是 7 月 4 日国庆日，与周末连起来有四天休息时间。那天下午晚些时候，法庭里几乎所有的人都想要回家。不过，福西特并不想就此罢休。最后，当他结束了这段询问，陪审团被允许回家时，法庭里的每个人都了解了不可抗力条款是怎么回事，也了解了在什么情况下可以合法合理地执行不可抗力条款。在周末休息期间，这些有关不可抗力条款的概念会清晰地烙印在陪审团成员的头脑中，直到五天后他们回到法庭也丝毫不会模糊和淡忘。

除福西特外，原告方团队所有人都回家度过这个长假，在漫长的庭审期间这是唯一一段比较长的休息时间。只有福西特继续留在汉普顿酒店，他已经抽时间开车回匹兹堡看望了孩子们。接下来的一周将进入到庭审极为关键的阶段，他必须全力以赴，做好准备。他还挤出时间到阿巴拉契亚山间小路去跑步，到附近的小溪里游泳。除此之外，他每天六点起床，然后一直工作到午夜时分。

开发商正在汉普顿酒店后面的空地上施工，他们要在那里建造单排商业区。这家汽车旅馆的旁边是一家名为“虚拟月球表面”的商家，福西特房间的外面就是一家玩具反斗城，那里整夜灯火通明，照亮了整个停车场，因此，福西特总是拉紧房间窗帘。这些商业设施使他想起自己的孩子们，他努力把内心的思念压抑在心底。十三岁的克莱尔、十一岁的阿梅莉亚，还有五岁的丹尼尔，他们就在匹兹堡，离这里只有四个小时的车程，他渴望见到他们。不过，他们现在与他妻子住在一起，他和妻子已经分居了，但他感到孩子们是安全的。

一年前，福西特曾经带克莱尔去参加一个朋友的生日宴会。在那里，他遇见了凯瑟琳·特罗（Kathleen Trow）。她离婚了，是两个孩子的母亲。他们开始约会了。特罗之前从事电视新闻工作，后来转行到企业通信部门工作。她没有一味地沉浸在养育儿女之类的琐事中，而是在很多方面都能够给出有益的忠告和建议。庭审期间，福西特深深地思念着特罗。不过，福西特的个性和风格始终没有改变，他一如既往地专注于干好眼前的事情，不会因为其他事情分心。目前，他面临的挑战就是卡珀顿案。

福西特的焦虑和痛苦反应在身体上就是胃部敏感，甚至严重到有时无法正常吃饭。每当这个时候，他经常会用脱脂牛奶把食物送下去。当他的肚子饿得咕咕叫，想吃饭时，他却只有点凉菜和巧克力牛奶。不过，大部分时候，他都在坚持工作，以确保庭审重新开始时已经做好了继续询问卡珀顿的准备。

18

7月8日，星期一，法庭重新开庭。霍克宣布：“书记员正在外面洗她的车，因此今天上午就不能点名了。不过，等她回到法庭的时候，我会再让她点名。”

卡珀顿多么希望与凯茜和普雷斯顿一起好好享受国庆假日，可是现在，他满脑子想的都是出庭作证，以及梅西公司律师询问他时会出现什么样的情况。他也像福西特那样，吃不下饭，胃里翻腾得难受，这已是慢性胃肠道疾病的先兆。

卡珀顿再次走上证人席，福西特接着国庆假日前的询问继续进行。卡珀顿知道，福西特今天的问题是关于1997年感恩节前一天，布兰肯希普来到哈曼公司伯克利办公室与他商讨采矿公司未来出路的事。那年夏天，梅西公司所属的韦尔莫尔／联合煤炭公司总经理斯坦利·C. 萨博莱斯基告诉卡珀顿，对8月初萨博莱斯基给他的那封信不要有什么顾虑或者担忧。在那封信中，萨博莱斯基表示，韦尔莫尔公司可能会停止收购与哈曼已签合同中的大部分煤炭，韦尔莫尔／联合煤炭公司将会把这些煤炭卖给LTV钢铁公司，而LTV钢铁公司又会将这些煤炭炼成焦炭。萨博莱斯基说那张短笺不过是个“保护自己权益的备忘录”，是没有任何意义的法律上的例行公事。然而，总是有流言传到卡珀顿这里，说梅西公司已经失去了LTV钢铁公司的生意。于是，卡珀顿决定与布兰肯希普见个面，当面谈谈自己的顾虑。基于上述原因，他安排了与梅西公司主席的会谈，梅西公司首席运营官本·哈特菲尔德（Ben Hatfield）陪同布兰肯希普前来参加会谈。

“你知道他们是怎么赶到那里去的？”福西特问道。

“他们乘坐私人飞机过来的，我是到机场去接的他们，”卡珀顿说。

卡珀顿告诉法庭，在会谈开始的几分钟里梅西公司主席滔滔不绝地讲述他公司的好运。“这样听他讲着，后来我看着唐·布兰肯希普说，‘你们已经失去了LTV的生意，’”卡珀顿告诉法庭。“他看着我说，‘是的，我们失去了LTV的生意。’”

“好的，那么继续讲讲会谈的内容，”福西特说。“你说‘你们失去了所有的生意’以后，会谈有了什么变化？”

“哦，你知道，我们已经收到了有关潜在的不可抗力条款的信件，”卡珀顿说。“我看着他说，‘唐，这不是不可抗力。’而他的回答是，‘你看，你可以找到专家说这不是不可抗力，针对他们每个人的说法，我都可以找到三位专家予以反驳，说这是不可抗力。’然后他又说，‘我们每个月在律师身上都要花掉一百万美元。我们可以让法庭给出这样的结论，多少年都不会改变。’”

“现在，布兰肯希普先生对你说出了这一番有威胁意味的话后，他的言行举止是怎样的？”福西特问道。“他恐吓你了吗？他提高嗓门说话了吗？”

“他的言行举止没有丝毫改变，”卡珀顿说。“他很平静，老谋深算的样子，从来没有提高过嗓门，他的表情也始终没有丝毫变化。”

福西特本来还担心他的委托人情绪会异常激动，或者说些不着边际的话，偏离了原来的话题。然而，今天卡珀顿的讲述切中要害，有着如钻石棱角般分明的重点，令人信服，吸引了法庭里所有人的注意。福西特不喜欢被人称作推销员，不过现在他正努力做着一生中最重要的推销活动。

“那么讨论完不可抗力之后，剩余的时间你们都谈了些什么呢？”福西特说。

“会谈其余的时间主要集中讨论了布兰肯希普所说的‘你知道，也许我们应该买下你的公司’，”卡珀顿回忆道。“那个时候，我已经没有很多的选择余地了。我的处境很困难。接下来的一年，我公司只有极少的煤炭销量，而各项开支和费用如巨浪般接踵而至，从背后冲击我，将我吞没。因此，我不得不权且做出眼前最好的选择。”

经营自己的公司是卡珀顿的人生理想，卖掉公司是他最不情愿做出的决定。然而，当时对卡珀顿来说，寻找第二年的煤炭买家已经为时太晚。因此，要想既可以避免破产又能够支付供应商的费用、矿工的医药费以及偿还其他债务，卖掉煤矿可能就是唯一可行的办法。库克、一个朋友兼煤矿合伙人汤姆·德斯金斯（Tom Deskins）和他一起讨论了应该怎么办。

卡珀顿向法庭讲述了他们三人如何整理归拢了采矿地图、财务报表和能收集到的关于公司的所有其他文件，然后带着这些文件回到了与布兰肯希普会谈的房间，给布兰肯希普提供了有助于他评估煤矿的信息。库克对他在过去五年中的工作深感骄傲和自豪。他向梅西公司主席展示了煤矿规划，指出新建的通风系统可以保证煤炭开采更加快速安全。卡珀顿对他的工作同样也很自豪。他指出还有储量丰富的煤层与哈曼煤矿相毗连，他打算等将来哈曼公司开采煤炭到达那片煤层边缘时，再从皮茨顿煤炭公司将那片煤层租赁下来，然后又可以继续开采数百万吨煤炭。

除了对梅西公司收购哈曼公司的报价有所顾虑外，卡珀顿和库克还有另外的担忧。布兰肯希普在反对工会组织方面臭名昭著，两人很担心哈曼公司那一百二十五名矿工将面临的命运，他们是矿工联合会的成员。

“双方是否讨论了哈曼公司对工会应履行的责任和义务？梅西公司打算怎么做呢？”福西特问道。

“布兰肯希普说他们过去曾经针对工会展开过行动，”卡珀顿说。“他稍微停顿了片刻，我还以为我们会接着讨论其他方面的事情，然后他说，‘不过，如果我们买下了这座煤矿，我们会开车来到山谷中，我们会带着三辆莱德物流公司的卡车来到山谷，车上会满载着特警队的警察。他们从车上下来，全副武装，全身都是特警队装备。我们会以那样的方式接管煤矿。’

“并且他还说，‘你知道，如果他们寻衅闹事，要同我们打架，天哪，我们这里有针对他们的强制令或者禁止令，这种禁令在80年代就准备就绪了。如果他们来到这里，挑起任何事端，我们就会用禁令大力还击。那样的话，他们就自行放弃了合约，他们的合约也就作废了。这样煤矿也就没有工会的存在了。’上面就是他对我说的原话。”

午休过后，卡珀顿又回到了证人席上。陪审团已经完全被他吸引住了，自庭审开始至今，还没有哪位证人能让他们如此关注。

“梅西公司收购哈曼公司大体上打算支付给你多少钱?”福西特问。

“哦，他们打算付清我们的银行票据，”卡珀顿说。“他们打算承担我们的债券，然后支付给我们两百五十万美元作为其他所有费用。”

“据你了解，这些总计价值是多少呢?”福西特问。

“哦，大约六百万美元。”

“在你心目中这个价格合理吗?”福西特问。

“嗯，对于一家破产关门的公司来说，这个价格是合理的，”卡珀顿说。“我的意思是，对于哈曼公司来说不，不合理。在我看来，我公司的价值当然要高于这个价位。梅西公司把我逼入困境，我已经走投无路了。”

卡珀顿本以为，1998年1月底他与梅西公司就可以达成这笔交易。几乎每天他都会接到哈曼公司债权方的电话，他想要竭尽所能偿还拖欠他们的债务。然而，布兰肯希普似乎很喜欢拖延交易时间，他们找了一个又一个借口，并以此为乐。卡珀顿告诉法庭，梅西公司一方面拖延着交易，另一方面背着他与皮茨顿公司谈判，买下了哈曼公司周围的储煤带。这个储煤带正是11月份会谈时，卡珀顿和库克透露给布兰肯希普的煤层信息。布兰肯希普通过买下这条狭窄的储煤带，阻止了卡珀顿发展扩张的梦想，甚至将他长期生存的可能化为泡影。

布兰肯希普不断地拖延着时间，直到1998年3月的第二个星期梅西公司才准备就这笔交易达成协议。

“告诉法庭原定达成交易的那天发生了什么事?”福西特说。

“哦，我们在他的办公室里，坐在一个大会议桌旁，我们准备好了所有文件，”卡珀顿说。“每份文件都必须由三方或者四方签字。我们把这些文件一一排好，准备就绪，忙了一整天。当时已经是下午三点钟了，我们接到一个电话，说这笔交易没有获得批准。”

卡珀顿向陪审团讲述着那几个月里他是如何与布兰肯希普谈判，放弃了哈曼公司中他珍爱的一切去挽回损失。然而现在，他一无所获，只有无比震惊地发现，布兰肯希普原来只是把他当成个傻瓜，玩弄于股掌之间。卡珀顿别无选择，只能宣布企业破产。

卡珀顿相信，如果他没有提起诉讼，布兰肯希普可能已经在破产法院几乎不必付出任何代价就将哈曼公司收入囊中，所以他对自己始终坚持偿还公司的债务感到很自豪。他需要面对七十七个债权方，哈曼公司欠他们的债务超过二十五万美元，其中大部分是退休基金和抚恤基金的长期债务。

福西特用了一天半时间询问卡珀顿，最后在移交给斯坦利继续询问之前，又问了最后一个问题：“从他们实施的破产策略以及随后你们提起诉讼的过程来看，你认为布兰肯希普先生是个说话算数的人吗？他说过要用这场官司困住你，拖你几年，他说到做到了吗?”

“他对自己说过的每句话都言出必行，”卡珀顿说。“我们现在已经被困在这场官司里，拖了四年了。”

“在你与布兰肯希普先生打交道的过程中，在你与他的交谈中，他对待你的态度是什么样的?”

“他的态度一如既往。他非常冷漠、平静、镇定，情绪从来没有波动过，嗓音从来没有提高过，也从来没有压低过。每次都是一样的。”

19

等到斯坦利开始询问时，已经是下午三点左右了。他平素为人朴实热情，不事张扬，能够与陪审团进行很好的沟通。然而今天，斯坦利站在那里，却完全判若两人。他没有延续一贯的风格，问一些深刻的人性化的问题，而是用令人难以忍受的追根究底的劲头，向卡珀顿详细询问关于银行贷款、销售协议和租赁协议方面的问题。那样的询问内容本来已经够折磨人的了，加上空调还是不能正常运转，法庭内的温度都快接近八十华氏度了。

这样的询问进行了几个小时后，陪审团当务之急就是让自己保持清醒状态，而斯坦利却还在唠唠叨叨地提出问题。福西特感觉很不舒服。他知道，斯坦利有时会批评他把询问的环节拉得过长，用专业的微小细节让陪审团不胜其烦。在询问卡珀顿时，福西特努力将最深奥难懂的金融问题用引人入胜的方式表达出来。而现在，斯坦利却在毁掉所有这些努力。

福西特非常欣赏他的这位协理律师，并不想去批评他，可是他简直无法相信，斯坦利对卡珀顿的询问居然进行得如此糟糕。霍克已经告诉律师们，由于需要办理其他案件，第二天他们会休息一天。这样一整天的时间里，陪审员们的头脑中会塞满了这些令人麻木的内容。

霍克密切关注着那些精疲力尽的陪审员，当时钟敲了五下，他安排法庭休息一下，这着实令大家欣喜不已。

“好的，证人卡珀顿先生出庭作证尚未结束，我们还没有更换其他证人，”霍克告诫陪审团。“你们还得恪尽职责。因此我希望大家不要与其他任何人谈论证人的证词。”

陪审团离开后，伯特霍尔德转向福西特，对斯坦利的做法表示愤慨，同时又感到迷惑不解。“这家伙清楚不清楚他在做什么？”伯特霍尔德问道。“他弄得陪审团昏昏欲睡。他想怎么样？”

斯坦利无意中听到了这句话，但是没有说什么。后来，回到汉普顿酒店后，福西特有些迟疑地走到斯坦利身边，小心翼翼地碰碰他，问他法庭里是怎么回事，斯坦利还是什么都没说就走开了。

斯坦利不能容忍任何人质疑他在法庭上的敏锐和智慧。他对协理律师们的态度很恼火，于是他决计不与别人交流沟通，不告诉别人他的庭审策略。斯坦利询问卡珀顿的时候，就已经知道第二天休息，不安排庭审。他本来也可以用某些精彩的、引人入胜的询问结束当天的庭审。不过，那样做就意味着休息一天以后，被告方律师将开始对卡珀顿进行反询问，而那时福西特和斯坦利精心设计的证人证言在陪审团头脑中的印象已经趋于模糊。他不打算采取这样的策略，而是计划消耗掉足够的时间，这样当陪审团回到法庭继续庭审时，他们还得再用半天的时间听他询问卡珀顿，然后被告方律师才能开始对证人进行反询问。鉴于此，斯坦利将他能够收集到的所有的冗长乏味的材料都拿出来提问。时间过去了一个小时又一个小时，他还在不断地就这些材料向卡珀顿提出问题，这令陪审团不胜其烦，同时也令他自己不胜其烦。

当庭审重新开始的时候，斯坦利首先对法庭做了类似抱歉的表述，“星期一下午，我们过的真是妙趣横生，把所有这些文件都问了个遍，也许现在我们可以继续向前推进，以便让陪审团了解到更多的情况，”他对卡珀顿说，陪审团也在听着他这番话。“我会努力再问几个总结性的问题，然后我们就继续进行下面的询问。”

斯坦利本来也应该向他的协理律师们致歉。如果他将自己的计划原原本本告诉大家，他们也会理解他为何将询问证人的过程弄得如此沉闷枯燥。不过，斯坦利有时候也会像歌剧团的首席女演员一样妄自尊大，爱闹脾气，他选择不告诉大家自己的计划。当然，当布鲁斯·斯坦利一改前两天的风格，转而以大家所熟知的风格开始询问卡珀顿时，他们马上就明白了其中的原委，恍然大悟。

福西特注视着斯坦利，想道，“感谢上帝，他能有胆量把时间拖延到下午。没有什么比像那样浪费时间更难的了。而我，作为他的亲密朋友，对这种不安全的态势却只起到了推波助澜的作用。”斯坦利对自己的计划秘而不宣，结果给法律团队中的其他人带来了很多不必要的困扰，然而福西特并没有因此责备他。

斯坦利开始询问卡珀顿，他努力引导卡珀顿回忆在梅西公司导致哈曼破产之前，他对自己的未来有着怎样积极的憧憬。“1997 年，在梅西公司介入之前，你个人财务状况的前景是否一片光明?”斯坦利问道。

“1997 年是我一生中到目前为止财务状况最好的一年，”卡珀顿说道，注视着陪审团。“我从来没有料想到财务状况会有那么好。”

“1997 年你为自己的家人展望过什么样的未来和前景?”

“哦，你知道，每个人都想要打下牢固的基础，我努力想要奠定的正是这样牢固的基础，为我的家人以及后代奠定一个牢固的基础。那正是我希望自己能够做到的，为我的家人留下点什么。我们只是想要过上舒适的生活，并希望这样的生活成为常态。”

这些都是简单的问题，这些简单的问题使法庭重新振作起来。今天上午，卡珀顿的证言勾勒了他那戏剧般跌宕起伏的人生，改变了法庭内众人对案情的认识。斯坦利引导着卡珀顿描述了自己人生的巅峰阶段，也就是令他引以为豪的哈曼公司所有人的阶段，继而他又开始引导卡珀顿回忆起痛苦的人生低落阶段。

斯坦利给卡珀顿出示了他在申请人/违犯人系统中得到的严厉的评估结果，上面列出了卡珀顿在申请人/违犯人系统中的二十五项违犯记录。申请人/违犯人系统监督着煤矿主在煤矿开采完毕后如何进行土地开垦和土地修复等诸如此类的工作。

“对这份评估你是怎么理解的?”斯坦利问道。

“我不能再担任官员或者公司经理，”卡珀顿说道。“我不能拥有自己的公司。我平生的全部梦想就是做一个独立的经营者，拥有自己的公司，而我在煤炭行业已经无法实现这些梦想了。我不能再开办煤矿了。”

“你现在还需缴纳收入税吗?”斯坦利问道。

“不，我不缴纳收入税了”卡珀顿说道。

“为什么不呢?”斯坦利问道。

“因为我无法交……”卡珀顿停顿了一下。“因为我的个人现状，我交不起税了。”

斯坦利继续推动卡珀顿将自己脆弱不堪的财务状况公之于众，这令卡珀顿非常忧伤。

“告诉陪审团你为什么交不起税，”斯坦利说道。

“在这期间，我遇到了一件事，我在修建自己的房子，而我已经不能再借钱来建房了，”卡珀顿说道。“该缴税的时候，我去借钱缴税，我不能抵押房产去借钱了，因为所有这些留置权和评价都对我个人不利。现在我还欠着国内税务局的税款没有缴清，他们系统中的置留权和评价对我极为不利。”

“你还有存款吗?”斯坦利问道。

“我没有存款了，”卡珀顿说道。“我现在只是过一个月算一个月。”

斯坦利犹豫了一下。“今天走进你的办公室，那里是什么样子?”他问道。

“哦，同过去相比，它只是个空壳了。我的意思是，现在我的办公室里只有我自己，没有别人了。办公桌还在那里，但是它已经形同虚设。办公室里除了我自己别无长物，四周都是静悄悄的。”

斯坦利让卡珀顿剖析一下过去四年半的遭遇给他的心理带来的伤害。

“梅西公司的律师们，在他们的开场陈述中，把你称为失败者，”斯坦利说道。“你怎么看他们对你的这种描述?”

“哦，首先，那位做开场陈述的人，坐在那边的雷米先生，并不认识我，”卡珀顿说道，眼睛直视着那位律师。“我敢说在他介入办理这个案件的一年里，他对我说过的话不会超过三句。他从来都没有跟我交谈过，他怎么知道我是失败者？他与我的家人交谈过吗？他与我的朋友交谈过吗？关于我的情况，他与这个行业中的人们交谈过、了解过吗？你知道，我不是个失败者。我从来就不是个失败者。你知道，去问问所有那些为我工作过的人们，看看我是不是个失败者。”

“你之前出庭作证时谈起过在这起诉讼案中经历过的许多事情，笔录证言以及其他与本案相关的所有证据。不过还有一件事你没有提及过，”斯坦利说道。“你最近知道梅西公司掌握着你的住宅的照片吗?”

斯坦利先于所有人认识到了这些照片在原告诉讼中的价值。他知道这些照片与卡珀顿案中关乎成败的基本问题没有什么关系，不过它们可以表明梅西公司和布兰肯希普到底是什么样的对手。斯坦利认为连日来陪审团成员听到的都是关于企业和采矿的各种详细阐述，现在谈及的侵犯卡珀顿隐私的行径会使他们感到极端愤怒，这种愤怒的感受势必会影响到他们对本案的其他看法。

“是的，我确实知晓此事，”卡珀顿说道。

“你看到那些照片了吗？”

“是的，我看过了，”卡珀顿说道。“他们未经允许侵入我的房产。他们来到我的住所，拍下了我家的照片。他们站在距离我的房子仅有两英尺远的地方拍下了我家的照片。没有人来征求我的同意，他们就进入我的住所拍下了照片。”

“对于这种侵犯隐私的行为，你的家人怎样应对？”斯坦利问道。

“我的妻子已经有好几天没有到这里来了，”卡珀顿说道，在讲述中提到了凯茜。“我妻子现在不敢把女儿留在家里，交给临时保姆照看，因为她害怕会有人不经允许就进到我们的家里。”

“你同梅西公司的官司持续几年了？”斯坦利问道。

“五年了。”

“在经历过他们给你带来的痛苦，给你家人带来的痛苦之后，你为什么还要继续同梅西战斗下去呢？”斯坦利问道。

“只要我需要同他们战斗，我就将战斗下去。他们曾经对我做过的一切，他们可能还会施加到别人身上，我要阻止他们这样做。他们不能随意对别人再做这样的事情。只要他们要打官司，我就奉陪到底。我将坚持下去，直到耗尽最后的钱财。我将尽我所有的能力战斗下去，只要我还在战斗，他们就不要想对其他人做这样的事情。”

“我的问题问完了，法官大人，”斯坦利结束了询问。

20

斯坦利用了几个小时的时间把卡珀顿描绘成一个善良的、身陷困境的男人，他受到了不公正的对待，并为此长期承受痛苦。伍兹站起身来，对卡珀顿进行反询问，力图破坏之前原告方律师塑造的正面形象。他准备重点就联邦和州审计机构指出的哈曼公司在采矿工作中的违规行为进行询问，其中包括哈曼公司未能支付某些费用。卡珀顿的律师们已经告诫过他，不论对方怎样挑衅，也不论对方的挑衅会如何激怒他，如果他按捺不住大发雷霆或者与被告方律师对峙起来，都可能会对案件审理结果不利。卡珀顿认识到，说教是一回事，而坐在证人席上面对对方的奚落和纠缠则又是另外一回事，反正律师们不用坐在证人席上。

伍兹竭力暗示，卡珀顿不但管理不善，而且公司运营中还存在众多风险。卡珀顿不打算对这样的言辞听之任之和不做回击。“伍兹先生，煤炭行业中的所有人，包括 A. T. 梅西公司，都会出现审计违规现象，”卡珀顿愤怒地说道。“每个人，是不是?”

卡珀顿愤怒地反驳对方，让陪审团看到了他的另一面，这是陪审团之前没有见过的。他想要陪审团知道他是不会退让的。

“我跟你说，我们得按照这样的程序进行，”霍克注视着卡珀顿说。“我们得认真聆听对方提出的问题。听完问题后，如果你能够回答是或者不是，那么就回答；如果你不能回答是或者不是，那么向法庭说明一下，然后我会让你进一步解释其中原委。”

“谢谢你，法官大人，”伍兹说。这时，卡珀顿也领会了法官的指示。

被告方竭力促使案件审理围绕着卡珀顿是不是个成功的管理者来进行。被告方律师对卡珀顿所做的一切无一例外地都会加以诽谤中伤，他们认为，卡珀顿管理不善最终导致了哈曼公司的失败。他们希望凭借这样的诽谤中伤或者能够在诉讼中获胜，或者即使最后败诉，也能使陪审团裁定的赔偿金额减至最低限度。

卡珀顿成年后的生活轨迹，很多方面都是在试图重温斯莱布福克煤矿度过的童年时代中那温暖安全的感受。他把哈曼煤矿的生活看作是自己在煤矿营地童年生活的再现。尽管他在庭审中暗示过这样的心绪，看上去仍然像是在说某个不相干的旁人的事情，与其自身错综复杂的境遇毫无关系。但是，伍兹却在个人品质与职业操守之间混乱芜杂的头绪中觉察到了一丝半缕的联系。“在宣布破产后斯莱布福克煤矿也随之倒闭了，是这样吗?”伍兹问道。

“这个和我没有关系，”卡珀顿说。“他们申请破产后我也不知道斯莱布福克煤矿怎么样了。”

“这可不是梅西公司的过错，对不对?”伍兹说道。

“这也不是我的过错，”卡珀顿回答。“不过你说的对，这不是梅西公司的过错。”

“据我所知，接下来你找到的工作，你对他们说你曾经为梅西公司工作过，”伍兹说。“再然后，你接下来工作的公司是罗利煤炭销售公司，对吗?”

“对，是这样，”卡珀顿说。

“你和你父亲一起在那家公司工作，对吗?”

“对，是那样的。”

“不过罗利煤炭销售公司也宣告破产了，是不是?”伍兹问道。

“是的，罗利煤炭销售公司宣告破产了，”卡珀顿无力地回答道。

“好的，这家公司最终被清盘了?”

“我想是的，”卡珀顿说道。

伍兹不惜对卡珀顿参与的几乎每项金融交易都加以诽谤中伤，言外之意是在暗示大家，这个男人的人生就像小孩玩跳房子游戏，从一场失败跳向另一场失败。

午饭时间到了，霍克对陪审团成员宣布休庭一个半小时。

“我之所以安排休庭，”陪审团离开后霍克告诉律师和旁听的人们，“是因为外面大厅里有一对年轻人准备结婚，欢迎大家来看看。”

从开庭那天后，梅西公司主席就没有再参加过庭审，然而他那压倒一切的影响力仍然笼罩着庭审现场。当他发现，整个庭审无非是走个令人恼火而又无关紧要的过场而已，他的中心工作是领导公司开采更多的煤炭，而庭审只会分散他的时间和精力，他就不准备在这里浪费时间了。不过，梅西公司的律师团队和每天都参加庭审的代理首席运营官萨博莱斯基（Suboleski），会随时向布兰肯希普通报整个庭审的进展。

“现在，我知道，”当他重新开始对卡珀顿反询问后，伍兹说道，“在回答福西特先生和斯坦利先生的问题时，你曾经多次宣称哈曼公司将来会成功，尽管哈曼面临着日益严重的亏损和不断增长的债务，你始终坚信情况会越来越好，是这样吗?”

“哈曼原来就是成功的，”卡珀顿说道。“我不是希望它将来会成功，哈曼原来就是成功的。”

接着伍兹让卡珀顿回顾了1997年感恩节前一天的情况。“事实是在那次会面之前，你就曾经威胁要提起诉讼，不是吗?”伍兹说道。“你说过如果韦尔莫尔公司没有能够接收煤炭或者支付煤炭款项，哈曼就打算针对由此造成的经济损失或者企业倒闭酌情寻求相应的损害赔偿金，是这样吗?”

“是的，我是那样说过，”卡珀顿回答。

2002年7月12日，伍兹反询问的第三天，他开始针对卡珀顿案中另外一个易受攻击的脆弱环节展开询问。1996年，卡珀顿将哈曼公司地下的煤炭储量按照售后回租的交易方式，以七百万美元价格卖给了佩恩弗吉尼亚公司，这家土地公司按开采的每吨煤炭收取矿区土地使用费。卡珀顿从那笔钱中拿出一半交给了他曾经的商业伙伴汤姆·德斯金斯，以此换来德斯金斯接管获利不太丰厚的储煤区。卡珀顿把这笔交易描述为“修剪树木”。第二年，也就是1997年，卡珀顿收到德斯金斯转来的一百万美元支票作为报酬，这笔交易酝酿数年之久，就如同修剪树木时切割掉某段枝干，从而获得相应的酬劳。

“在这场交易中，你私底下获取了一百万美元，这是否属实?”伍兹说道。

“你总想说我在这笔交易中私底下得了什么好处，这真是让我厌烦透顶，”卡珀顿说道。“在这笔交易中我没有任何见不得人的勾当，伍兹先生，你心里很清楚，可是几年来你想尽办法算计着把我说成这样的人。”

“可是文件不会说谎，对不对?”伍兹说道，尽管他无法拿出任何文件来证实自己的说法。

“是的，文件不会说谎，”卡珀顿说道。尽管伍兹的反询问锋芒毕露，咄咄逼人，但是仍然无法逆转斯坦利和会计师肖特里奇在陪审团心目中业已确立的观点。卡珀顿个人背负着哈曼公司数百万美元的债务。如果他真的由于偷窃公司的钱财致使公司破产倒闭，那么他的行为无异于自我毁灭。

“1997年3月，那百万美元从德斯金斯先生的公司转入你的手中一个月以后，你开始着手建造自己的豪宅，对不对?”伍兹问道。

“是的，是那样。我……我是在……我想是在1997年4月开始建造我的梦幻之屋。”

“你建造那座房子花了多少钱?”伍兹问道。

“哦，我想花费了大约八十五万美元，”卡珀顿说道。尽管事先预料到被告方会提出房子的事情，事到如今斯坦利仍然很担心。陪审团成员可能会认为八十五万美元是一笔超乎想象的巨款，关于这笔钱的讨论有可能使卡珀顿失去陪审团的同情。斯坦利担心，即使陪审团相信了卡珀顿的话，他们裁决的损害赔偿金可能只有一百万美元，因为在他们看来那笔巨款足够赔偿卡珀顿的损失。

“这是那座房子吗?”伍兹问道，举起他们偷拍的一张照片。

“当然是，”卡珀顿说道。“你不必把它举起来。我认识我的房子。”

“这座房子是从 1997 年到 1998 年期间建造的?”伍兹问道。“对吗?”

“是的，”卡珀顿说道。

“正是那段时间，在哈曼煤矿，员工们和他们的家人没有拿到保险公司支付的医疗保险，也拿不到治病所需的药物，山脉供应公司等供应商为煤矿提供了各种物品却得不到应得报酬，对不对?”

“不对，”卡珀顿说道。“他们之所以得不到应得报酬，是因为A. T. 梅西公司对我的所作所为造成的，而不是因为我对他们做了什么造成的。”

从哈曼公司破产以来，库克已向他的前任老板支付了约一百万美元的咨询费，伍兹从这笔费用入手，又详细列举了卡珀顿赚取的所有钱款，然后才结束了他的反询问。

1998 年，也就是哈曼公司宣布破产那年，卡珀顿净赚七十八万九千美元，1999 年他赚了三十五万一千美元，2000 年赚了二十一万二千美元，那一年他最后一次提交了所得税申报表。在这三年中卡珀顿赚到的钱可能比退休的陪审团成员一辈子赚的都多。

“我记得开始经营哈曼公司之前，你的年收入大约是三到四万美元。”伍兹说道。

“对，是这样的，”卡珀顿说道。

“如果说你现在的生活与哈曼公司出现之前相比要舒适得多，

你觉得这样说恰当吗?”伍兹问道。

“不恰当,”卡珀顿回答道。他的生活水平比收购哈曼公司之前要好得多,但是他的生活支出要远远高于他的收入。收账员总是打电话催款,信箱里总是塞着国内税务局的催款信,卡珀顿说这种情况下,他不大可能过着“舒适得多的生活”。

“我要问的问题就是这些了,法官大人,”伍兹说道,卡珀顿在证人席上五天的作证也终于结束了。

伍兹用了两天半时间反询问卡珀顿,却一次都没有直接涉及本案争议的中心问题,那就是布兰肯希普是否有目的地故意歪曲事实,执行既定计划打击卡珀顿和哈曼公司,尽量使之脆弱不堪,最后梅西公司是否蓄意摧毁了哈曼公司。被告方律师的提问在关注无关紧要的小事和不合逻辑的推理方面堪称杰作,他们这样做的目的在于最终将卡珀顿贬损得一无是处,陪审团会觉得因为卡珀顿目前的困境而给予他补偿简直是不可思议。

原告方传唤另外一位证人出庭作证,很快被告方提出发现了另外一个程序上的小瑕疵,请求宣布本次庭审为无效审判。霍克厌倦了梅西公司的律师们对庭审吹毛求疵,抓住一切机会要求将庭审定为无效审判。通常情况下,霍克都很克制温和,这次他再也无法控制自己的情绪。“请大家理解,”法官说道,“庭审进行到现在,除非有人打算挥舞旗子或者开炮射击,否则我不会宣布无效审判。大家都明白我的意思吗?”

21

霍克认为,他的职责就是确保陪审团成员最大限度地获取方方面面的信息,并且确保他们对这些信息保持足够的兴趣和关注度,从而做出公平合理的裁决。正是出于这个考虑,法官在庭审中对陪审团的关注细致入微,无人能及。他从早到晚观察着陪审团的表情，对自己看到的情形不甚满意。卡珀顿的证言很大部分都是非常精彩、引人入胜的，不过其他证人出庭作证时，有些陪审员就开始无精打采，昏昏欲睡了。

出现这种情况，霍克并非完全没有责任。与双方律师们会谈过后，在陪审员选拔过程中，他曾经对陪审员们说过庭审可能会持续两周的时间。对于大多数人来说，推迟两周过暑假或者从工作中和家庭事务中抽出两周的时间都是可以办到的。

可是，现在庭审已经进入了第五周，仍然看不到结束的迹象。律师们不会为此感到不安和焦虑，双方都有延长庭审时间的理由。原告方这边，福西特尤其愿意对每一个问题进行近乎百科全书式的深入解读，对每位证人的询问都力求全面彻底，详尽无遗。而被告方律师则需要时间和空间进行搜索和追踪，对每一个可能导致无效审判或者让西弗吉尼亚州最高上诉法院撤销裁决的话题都不会轻易放过。有几位陪审员已经明显地流露出万分恼火和焦躁不安的表情。霍克认为已经厌烦透顶的陪审员们很难做出公正的裁决。除此之外，本案庭审导致其他的法律诉讼程序止步不前，同时也冒着侵犯他人权利的风险。

在庭审进一步深入进行之前，霍克宣布了一项颇富戏剧性的措施以加速庭审进程。“按照我们的决定，询问证人的时限将等同于反询问证人的时限，”霍克对律师们说。这条规定意味着某一方询问证人时花费了多长时间，另一方反询问时也可以花费同等的时间。

这条罕见的限制性规则在其他一些法律诉讼中也曾经出现过，其中包括 20 世纪 80 年代威廉·威斯特摩兰将军（William Westmoreland）针对哥伦比亚广播公司提起的诽谤诉讼。雷米认为法庭采取的这项措施前所未见，而且很可能不符合宪法规定，可以作为被告方向西弗吉尼亚州最高上诉法院提起上诉时绝佳的证据。

法官的这条规定将促使福西特和斯坦利加快庭审节奏，同时也会使庭审过程更加引人入胜，因为如果他们无谓地延长询问证人的时间，被告方律师在反询问环节就会有更多时间对证人狂撕乱咬，还以颜色。

福西特和斯坦利快速询问了下一组证人，这些证人就哈曼公司财务状况提供了相关证据。这之后，他们又为陪审团播放了布兰肯希普的录像证词，这段录像是福西特于1998年9月在弗吉尼亚州的里士满录制的。

先前出庭的证人都会努力给陪审团留个好印象，而梅西公司主席则与他们完全不同。尽管他在镜头前面无表情地轻声讲着话，他内在的强势和敌意仍然表露无遗。

布兰肯希普叙述了梅西公司收购韦尔莫尔/联合煤炭公司的经过，当时梅西公司的计划是将该公司的煤炭收购业务转向位于西弗吉尼亚州南部马福克的梅西公司的煤矿，他们经营着规模巨大，利润丰厚的煤矿。他还列举出了许多地点，他本来可以将哈曼公司的煤炭卖到这些地方，但是他说他不会做没有利润的销售。

布兰肯希普说他起初对收购哈曼公司有些兴趣，不过很快他就改变了主意，原因在于哈曼煤矿没有充足的煤炭储量，而且还是个设有工会组织的煤矿。根据他的评估，哈曼公司的破产并非因为卡珀顿的能力不足，而是因为既没有储量丰厚的煤层供其开采，也没有足够的资金应对设有工会组织的企业通常都会面临的债务问题。

在录像中，布兰肯希普说在与卡珀顿谈判过程中，他就已认定“不经过重组整顿，包括想方设法摆脱债务负累……这个事情不会成功的”。哈曼，在他看来，注定难逃失败的厄运。接着，布兰肯希普明确地提出梅西公司需要采取以下措施使哈曼公司转入盈利的轨道。

“你可以不雇用他们的在编人员，尤其是加入了工会组织的人员，这样可以避免背负债务，因为一旦雇用了此类人员，哪怕只有一天，你也需要承担他们退休后的医疗责任，”布兰肯希普说道。“你可以避免雇用矿工达到三年，因为一旦雇用矿工满三年，你就得承担黑肺病的治疗责任。”

在布兰肯希普的录像证词播放完毕后，原告方律师又邀请了匹兹堡注册会计师马克·格利森（Mark Gleason）出庭作证。他毕业于匹兹堡大学，是金融和会计专业的工商管理硕士。原告方聘请他作为专家证人出庭作证，分析哈曼公司的财务状况，具体地说，就是分析评估哈曼公司的生存能力，并且评估哈曼公司被梅西公司排挤破产后所遭受的损失情况。

根据这位会计师的描述，1997 年 7 月，就在梅西公司因执行不可抗力条款造成诸多恐慌之前，哈曼公司拥有资产达一千七百八十三万九千美元，而负债达两千九百万一百零三美元，资产低于负债的数值超过一千一百万美元。这个负值听起来可能非常令人震惊，不过实际上并没有那么糟糕，因为哈曼公司的债务中高达两千两百万美元是矿工的退休金，是不需要马上支付的长期债务。格利森相信哈曼公司能够“继续运行下去，并且解决好他们面临的问题”。

一年后梅西公司迫使哈曼公司宣布破产后，哈曼公司的资产大约只有五十万美元，而债务则高达三千三百八十一万美元，其中包括长期债务。考虑到其他附加因素，格利森认定梅西公司给哈曼公司造成了两千九百六十九万六千美元的损失。原告方的证据中还有一份梅西公司的备忘录，这是梅西公司考虑购买哈曼公司时准备的备忘录。这份文件显示在超过十一年的煤矿开采周期中梅西公司预计将获得四千八百一十四万八千美元的利润。尽管格利森承认这个数据还包括卡珀顿想要租赁或者购买的哈曼公司周围的煤炭储量，以及其他地点的煤炭储量带来的利润，对于一座被告方现在还在辩称没有价值的煤矿来说，这笔金额无论如何都是非同寻常的。

斯坦利请会计师丹尼尔·塞尔比（Daniel Selby）就卡珀顿的个人损失出庭作证。这位会计师的主要工作就是在类似案件中作为专家证人出庭作证。这位年轻的会计师曾经供职于现名为厄恩斯特和杨的著名的会计师事务所，除此之外还拥有其他的重要资历。塞尔比向法庭出示了一份图表，图表推测哈曼如果没有破产的话，卡珀顿在2020年六十五岁退休时赚取的财富将高达四百七十八万三千零九十八美元。

斯坦利希望询问一些关于梅西公司财富的问题，以帮助陪审团理解梅西公司拥有怎样巨额的财富。不论陪审团裁定原告方应获得多少赔偿金，梅西公司如此富有，即使陪审团裁定出了最高额度的赔偿金，对于梅西公司来说这笔钱都不过是零花钱而已，绝不会影响西弗吉尼亚人为这个煤炭巨头工作的机会。然而，霍克认定梅西公司过去的财务记录与本案无关，因此不能进入庭审记录。这样斯坦利最后提出的问题是梅西公司在美国证券交易委员会的最新存档记录中股东的资产净值是多少。

“资产净值达到八亿六千六百三十五万美元，”塞尔比说道。

“对不起，能请你把那个数字再说一遍吗?”斯坦利问道。

塞尔比重复了一遍那个数字。

“很好。”斯坦利转身坐下。“我的问题问完了，法官大人。”

第二天上午，7月17日，庭审进入第十八天，雷米计划对塞尔比晦涩难懂的、专业性很强的证言加以驳斥。他必须迅速完成对证人的反询问，花费的时间不能长于原告询问的时间。雷米刚开始进入状态，霍克就提醒他：“两分钟。”

雷米无视法官的提醒，自顾自地继续提出问题。十五分钟后，霍克又一次要求他结束问话：“我们就到此为止吧，雷米先生。”

可是雷米依旧继续提问。又过了十分钟，斯坦利突然站起来，抗议雷米已经远远超出了规定时间，然而霍克却示意他坐下。斯坦利满腹狐疑地注视着眼前的情景，雷米将不断重复的反询问又延长了几分钟。

斯坦利忍无可忍，再次站起来说道：“法官大人，我认为对方的提问已经超出了本案的范围，超出了规定时间，并且超出了所有人的忍耐极限，我反对。”

“我打算让雷米先生继续进行，”霍克回答道。“我想好了补救办法。”

等到雷米最终结束提问，霍克让陪审团离开法庭。然后他宣布作为对被告方律师的处罚，他将允许原告律师针对梅西公司过去的财务状况向塞尔比提出问题。

“你刚才说两分钟的时候，我还以为你指的是磁带还剩两分钟了，”雷米说道，指着法庭记录员的转录器。“在反询问剩余的时间里我一直在看着法庭记录员，看看是不是磁带要用完了。”

雷米找出的这个借口就类似于狗吃了我的作业，斯坦利本想跳起来对此加以讥讽。霍克对雷米明显的矫饰也感到非常恼怒，他不需要斯坦利起来表示反对。“我本来不想采取这样的补救办法，但是我已经两次提醒你时间到了，”霍克说道，提醒雷米他曾经两次要求被告方律师结束反询问，而雷米两次都无视他的警告。“现在，我可能得搬起石头砸自己的脚，允许原告律师进行额外询问。我这样做是想让大家明白不遵守法庭规定是会受到处罚的。”

由于霍克的处罚措施，如果被告方败诉或者向西弗吉尼亚州最高上诉法院提起上诉，受理上诉的律师将会据此提出理由证明霍克的时间限制不符合宪法规定，使得被告方无法充分陈述案情。雷米说尽管遭受了处罚，他完全无可指责，他没有别的动机，只不过想尽可能充分地阐述自己一方在案件中的立场。

被告方寻找一切机会企图将本次庭审定为无效审判，并且能够提供多重理由支持上诉，而原告方在严密地关注着庭审，努力阻止对方这样做。现在，法官允许斯坦利针对梅西公司的财务历史提出问题，斯坦利向塞尔比提出了几个简短的问题。他仅仅要求塞尔比陈述了梅西公司过去的财务记录，以此表明尽管 1997 年梅西公司失去了 LTV 公司的生意，接下来的一年，梅西公司的利润由一亿两千六百万美元增长到一亿四千两百万美元，股东的资本净值也从十二亿美元上升到十三亿美元。很显然，不论陪审团裁定原告应获得多少赔偿金，梅西公司的财务状况都不会发生根本性的改变。

雷米做了简短的再反询问后，法官准许证人离开。

"法官大人，公元 2002 年 7 月 17 日，原告方已提交全部证据，静候处理此案，"福西特说道。

福西特认为斯坦利和自己干得很不错，不过他也很担心被告方做案件陈述时他们将面临的处境。被告方律师必定会安排一系列有影响力的证人出庭作证，提出反证，其中就包括唐·布兰肯希普，所有人都在期待他出庭作证。

第六章　收购之谜

这里是美利坚合众国……没有人能够凌驾于法律之上。

22

卡珀顿总是忍不住会想起布兰肯希普，因为庭审中的每一天他都会看到布兰肯希普的替身坐在那里，观察着法庭内发生的一切。斯坦利·C. 萨博莱斯基是梅西公司代理首席运营官以及韦尔莫尔／联合煤炭公司前任总经理。从采矿工程师萨博莱斯基还是个年轻的管理人员，而卡珀顿还是梅西公司煤炭销售人员时，他们就相识。那时候，萨博莱斯基举止谦逊随和，卡珀顿感到与他很投缘。而现在在卡珀顿眼里，他却总是一副神气活现、沾沾自喜的样子。

1997 年 8 月 1 日，萨博莱斯基成为韦尔莫尔／联合煤炭公司总经理，当时这家公司新近成为梅西公司子公司。卡珀顿觉得萨博莱斯基是自己多年商业生涯中的老相识，他升任总经理将会给自己业务的发展带来巨大的优势。卡珀顿本来以为萨博莱斯基是个正直的人，然而他却在梅西公司欺诈和攻击哈曼公司的过程中充当了帮凶。到那年年底，哈曼公司陷入破产的深渊，卡珀顿本人的财务状况也彻底崩溃了，而萨博莱斯基在退休后则成为颇负盛名的弗吉尼亚理工大学采矿与矿物工程系主任，随后再次回到梅西公司临时担任首席运营官，成为公司第二号人物。

萨博莱斯基本来计划作为被告方证人出庭作证。不过，布兰肯希普能派他手下的二号人物每天来到法庭监督被告方律师们的表现，并将情况及时反馈给其本人，这已经体现出布兰肯希普对这次庭审的重视程度。连日来这位采矿工程师坐在那里，他都会冲着卡珀顿微笑，有时还挥手示意。卡珀顿认为他这样做意在让陪审团觉得他们两人是朋友。对此卡珀顿报以冷淡的注视，而萨博莱斯基却仍然保持着微笑。卡珀顿没有预先将这个情况告诉律师们，但是他不打算继续容忍萨博莱斯基的这种行为。

第二天上午，当卡珀顿走向法院的时候，萨博莱斯基神气活现地快步走过人行道，向着卡珀顿挥挥手，热情地打了个招呼。当时，陪审团成员也正沿着人行道走过来，卡珀顿认为萨博莱斯基又在故技重施，要着自私自利的伎俩。

“嗨，斯坦，我想跟你说句话，”卡珀顿说道，示意萨博莱斯基要单独与他说几句话。

“我想让你把那该死的微笑从脸上抹掉!”卡珀顿说道，他很少去咒骂别人。“我感到很厌恶。你他妈的不是我的朋友。你到这里来是为了做对我不利的证词。你到这里来是要毁掉我的生活，你不用再表现出认识我的样子了。”

“哦，啊，好的，”萨博莱斯基语无伦次地咕哝了几句，就一溜小跑进了法庭，把刚才的事讲给律师听。当霍克获悉刚才发生的事情，他告诉卡珀顿要避开这位梅西公司的主管领导。从那以后萨博莱斯基就克制住自己不再微笑了。

下午，被告方安排萨博莱斯基做第一证人。萨博莱斯基曾经在宾州州立大学和弗吉尼亚理工大学担任教授，在学术界和梅西公司都有过长期的工作经历。他生性怯懦，缺乏勇气，在布兰肯希普身上他看到了自己缺失的素质。为了与梅西公司主席保持更为密切的关系，他对上司俯首贴耳，在所不辞地做着上司吩咐的任何事情，为此他也获得了慷慨的奖赏。

1997年下半年，萨博莱斯基担任韦尔莫尔/联合煤炭公司总经理期间，也就是哈曼公司破产前的最后几个月里，他按照布兰肯希普的计划行事，停止购买哈曼公司的煤炭。关于韦尔莫尔公司与哈曼公司业务来往的详细情况，他了解得比任何人都更加全面细致。这位平素略显不修边幅的教授习惯于在年轻学生那敬仰的目光注视下讲话，像现在这样在法庭里，在大庭广众之下，他就感到很难受、很不自在。对于他来说，在法庭里去说别人要求他说的话是件非常困难的事情。

即使萨博莱斯基在庭审中不作为第一证人出庭，而是在随后的庭审中出庭作证，其中的利害关系也非同小可。作为被告方的第一证人，他将为被告方整个案件审理进程定下基调。他的证词对方方面面都会产生重大影响，其承受的压力也就更为沉重。今天上午，由年龄较长的沃德向萨博莱斯基提问。如果放在几年前，沃德在庭审中肯定是首席辩护律师，不过现在这个角色已经由更为年轻的伍兹承担了。伍兹是他的合伙人，在法庭上富于攻击性，态度强硬。而沃德则温和一些，与斯坦利一样，他的强项就是与陪审团交流沟通。

“关于布兰肯希普先生，人们已经有一些议论，”沃德说道。“告诉陪审团布兰肯希普先生是怎样的一个老板。”

“唐可能是我见过的最精明的企业家，”萨博莱斯基说道。“他对问题的领悟非常快，可能要比我快得多，我想有时候他对我的表现有些灰心丧气。他可能也是我见过的最严厉的老板。他对下属要求非常严厉，希望看到工作高标准地完成，我想有时候……有时候他表现出的不耐烦和严格要求会让人感到他很傲慢。”就像斯坦利早前努力想让陪审团对哈曼公司脆弱的财务状况有个心理准备一样，沃德也在努力地让萨博莱斯基介绍一下布兰肯希普的情况，给陪审团打个预防针。

布兰肯希普出庭作证的时间被安排在那天晚些时候。如果萨博莱斯基在证人席上的表现让布兰肯希普大失所望，梅西公司主席自己出庭作证的时候，可能会像他在公司里经常做的那样，大力扭转局面，让萨博莱斯基不至于继续丧失勇气或者犯下错误。

萨博莱斯基想把话题转回到布兰肯希普的优秀和卓越上去，并且以此结束对他的评论。“另一方面，唐是我见过的最有安全意识的老板，”他说道。“在公司里他从未在安全问题方面反对我投入资金。唐具有高尚的道德准则，梅西公司的座右铭就是‘精力充沛地做正确的事情’，唐总是强调要做正确的事情。”

萨博莱斯基口中最有安全意识的人却领导着一家在行业内安全记录最糟糕的公司，而他对此却忽略不提。

当福西特开始反询问时，他的面前放着几份备忘录和其他文件。没有这些文件，案件将无法向前推进。这些文件的发现主要得归功于他自己长期以来孜孜不倦地搜寻查找，而且，还要归功于他的专职助手罗布·迪瓦恩，他花费了两千五百多个小时，在一箱又一箱梅西公司的文件中仔细搜索得到了这些文件。文件箱现在存放在布坎南-英格索尔律师事务所的一间大储藏室里，占据了里面大部分的空间。

迪瓦恩获得过工程学学位，不过担任专职法律助手已将近二十年。他负责搜集备忘录、信件和传真，在对这些文件的每一页进行分析后，把附有备注的版本交给福西特。然后律师将依据这些文件策划案件的审理过程，按照精确安排好的顺序在庭审过程中或者在录取证言时出示这些文件。

与众多律师相比，迪瓦恩对法律条文的了解并不逊色，但是他生性寡言少语，律师的职业生涯中哪怕最低限度的公开亮相都会使他倍感不适，于是他发现律师助手这个职业反而可以最大限度地发挥自己的才能。他反复阅读每页文件，努力揣摩上下文的关联，破译其中令人费解的采矿行业术语。

布兰肯希普不习惯使用电脑。这位梅西公司主席与其属下工作人员沟通和传递信息主要依靠传真。他看完对方发来的信息，经常随手就在传真文稿上匆匆几笔写个短笺，然后吩咐秘书通过传真给对方发回去。这样现代企业中比较少见的文件记录得以保留下来，而现代企业中的多数高层主管们主要通过电子邮件互相联系沟通。

就在其中的一个文件箱中，迪瓦恩发现了一份1997年8月1日萨博莱斯基发给布兰肯希普的备忘录。在这份备忘录中，新任韦尔莫尔／联合煤炭公司总经理萨博莱斯基对他的计划加以确认，即韦尔莫尔公司收购哈曼公司1998年开采的全部七十二万吨煤炭。两个公司之间之前就签有合约。萨博莱斯基就任总经理时，他只是将自己遵守合同规定的责任和义务记录下来。

迪瓦恩不断地尝试辨认布兰肯希普写在右上角的很潦草的只言片语。最后，他终于辨认出了这句话："不，我们要暗示他们我们只能收购最少量的煤炭，并且告诫他们由于匹兹堡公司的原因有执行不可抗力条款的可能（经过法律部门的许可）。"迪瓦恩意识到他面前的这份备忘录在整个案件审理过程中可能是最为关键的文件。

这份备忘录的内容显示，布兰肯希普经过周密的思考和算计，已经打算不再收购价格昂贵的哈曼公司的煤炭。迪瓦恩跑去告诉福西特他发现的重要信息，然后迅速回来继续核查文件箱中的文件。他发现1997年8月那份备忘录之后的几周内，在布兰肯希普和梅西公司的律师们之间来来回回发送了一系列的法律备忘录。迪瓦恩知道备忘录的日期，但是由于律师客户间守密特权的关系，他不知道信件交流的内容。不过，很显然，布兰肯希普在尚未阅读韦尔莫尔与哈曼签订的合同，也没有要求法律咨询的情况下，就已经决定要执行不可抗力条款了。更加显而易见的是，后来他才要求律师们处理可能的后续问题，为他已经计划采取的行动制造法律上的正当理由。

当轮到福西特对萨博莱斯基进行反询问的时候，开口说话之前他站在这位首席运营官面前注视着对方。萨博莱斯基曾经在广受好评的大学任教，在众人眼中，他身上应该具备正直可信的品质，人们通常会认为这样的品质在销售人员或者企业管理人员身上可不多见。根据之前在弗吉尼亚州庭审时对这位教授反询问的经验，福西特能够推断出萨博莱斯基为了替梅西公司和布兰肯希普辩护，在法庭上说着那些经过预先演练的台词，对此他很不自在。

“我以前询问过他，他出庭作证前宣誓要说实话，然后所做的其他供述我都掌握着，”福西特后来思忖着。“这样我得像个驯狗师。我得让他知道谁在掌控着局面。如果他说的话是对的，那么驯狗师就可以让他尝点甜头。”

“现在，告诉陪审团是谁先想出了这个主意，是谁先提出了不可抗力，”福西特说道。

“哦，那个……我再次发出了这封信是因为戴夫·福特纳（Dave Fortner）已经……我征求了戴夫的建议……”萨博莱斯基说道，还提到了另一位韦尔莫尔/联合煤炭公司高层主管。法庭里所有的人从先前的证言中已经知道正是布兰肯希普提出要执行不可抗力条款。萨博莱斯基试图避免直截了当地回答这个问题，然而他的含糊其词让人感到他说的话只不过是些苍白的谎言而已。

“对不起，萨博莱斯基先生！”福西特说道，他的声音回荡在整个法庭里。大部分时间向证人提问时，福西特都压低了自己的声音，因此只要他稍微提高音量都会显得格外强势。

“是的，先生，”萨博莱斯基温和地说道。

“你为什么不认真回答我的问题？你能告诉陪审团是谁最先提出不可抗力声明的吗？”

“那封信——”懊悔不已的萨博莱斯基又开始说道。

福西特打断他的话：“谁最先想到了那个主意？”

“唐·布兰肯希普回复了我的备忘录，”萨博莱斯基说道。“他在回信中说了这个想法。唐说道，‘我们要暗示我们只能收购最少量的煤炭，并且告诫他们有执行不可抗力条款的可能。’这样的话，是唐·布兰肯希普最先想出了这个主意。”

“那么，是唐·布兰肯希普想到了不可抗力的主意，”福西特重复道，思量着这个回答。“他提出了这个想法，对吗？”

“他……是的，先生，”萨博莱斯基说道。

这位为下一代采矿工程师讲授知识的教师承认他曾经发送了一份备忘录，结果造成了一家公司破产，一百五十名矿工失去了工作，而他居然都没有提前咨询一下他打算做的事情是否合法或者是否符合道德标准。

在福西特的提示下，萨博莱斯基说，如果布兰肯希普要求他购买哈曼的煤炭，他会照他说的去做。并且，如果卡珀顿当时能够降低煤炭的价格，萨博莱斯基补充道，“我们可能会找到更多的买家，是的，先生。”

萨博莱斯基承认在他的整个职业生涯中，他另外只见过一次不可抗力声明，唯一的一次。那是在 1977 年，当时洪水泛滥成灾。

“唐·布兰肯希普让你担任韦尔莫尔／联合煤炭公司总经理，是吗？”福西特问道。

“他让我担任这个职务，是的，先生。”萨博莱斯基说道。

“那么你是怎么答复他的?”律师问道。

“我告诉他,不论他让我做什么,我都会去做。”

“唐·布兰肯希普让你回到梅西公司担任专职工作,是吗?”福西特问道。

“唐给我打电话,告诉我首席运营官本·哈特菲尔德将要离职,问我是否愿意临时性地填补那个空缺?”萨博莱斯基说道。

“那么你是怎么说的?”

“什么,我没听清?”

“那么你是怎么说的?”

“我说好的。”

23

萨博莱斯基出庭作证的时候,布兰肯希普还没有来到法庭。2002年7月18日,庭审第十九天,星期四的下午,梅西公司主席步入法庭,当时萨博莱斯基刚从证人席上走下来。布兰肯希普在一群梅西公司主管领导陪同下走入法庭,他每次露面似乎总被一群高大威猛的近卫军前呼后拥着。

这群人走进法庭后,迪瓦恩无意中听到梅西公司主席在给被告方律师训话。“你们从一开始就令我不满意,”布兰肯希普说道。“现在我得亲自来给你们擦屁股。”

在最初的几天里,法庭里基本上没有什么梅西公司的支持者,不过现在法庭里坐满了眼睛周围还带着黑色煤尘的矿工,他们刚刚从矿井里出来。“你怎么到这儿来了?”卡珀顿在停车场听到一个矿工这样问另外一个矿工。“我也不知道。他们跟我们说下班后到这儿来。”

伍兹以唐·布兰肯希普的童年生活作为切入点,开始了对唐·布兰肯希普的询问。布兰肯希普很乐于谈论自己平凡的成长过程，这会显得他与好几个陪审团成员都有共同语言，而卡珀顿则没有这样的优势。正如好几位陪审团成员或者他们的家人那样，布兰肯希普曾经在煤矿里干过活，他在“狗洞”式的小矿井里干过活，在设有工会组织的煤矿里也干过活。

“在明戈县的孩提时代是什么样的？”

“法官大人，请问我们是不是可以说一下我方的看法？”伯特霍尔德打断了被告方的询问，走上前去对霍克和其他律师说道。“完全没有必要探讨他在肮脏的地板上长大，家里养的鸡在后院到处乱跑。”

伍兹试图描绘梅西公司主席卑微简陋的孩提生活，伯特霍尔德对此冷嘲热讽，不过霍克已经允许卡珀顿的律师详细描述卡珀顿的童年生活，现在他认为布兰肯希普也应该得到同样的机会。“我打算让你把糖霜点缀到已经很美味的蛋糕上，用以锦上添花，”霍克说道。“不过我们可别把蛋糕屋给弄坏了。”

伍兹决定要用极快的速度询问布兰肯希普，因为他知道询问的时间越短，原告方可以用来难为梅西公司主席的时间就越少。然而，布兰肯希普却并不打算把自己的话好好编辑一下，以便言简意赅地表达出来。

“你在明戈县从小到大的生活是什么样的？”伍兹问道，重新开始询问。

“我从小生活的小镇只有大约四百人，七家啤酒屋，”布兰肯希普说道，沉浸在童年时代的道德宣讲中。“我想你们会在不自知的情况下，把我家当时的情况描述得很穷，我们当时还好。不过我是在单亲家庭长大的。有时我们的生活会很难，但我不能抱怨。母亲，她已经做得很好了。我的童年生活很不错。”

“你是在明戈县上学吗？”伍兹问道。

“是的，我以第二名的成绩毕业于西弗吉尼亚州德洛姆的小学六班。”

当被问及1984年升任罗尔销售公司总经理之职时，他回答道，“我猜想他们找不到别人了。”

布兰肯希普说他称梅西公司的雇员为“成员”，因为他想要“创造一种成员间的感觉，就像在其他组织中人们会感受到的一样”。他接着说在这些成员中，大约有百分之六十或者三千人住在西弗吉尼亚州，与九千名到一万名依赖他们生活的亲属生活在一起。在布恩县，梅西公司是迄今为止最大的私营企业。梅西公司约一千五百名雇员占全县私营企业就业人数的百分之三十。

布兰肯希普说1997年8月初，他的公司就预先向卡珀顿发出警告，韦尔莫尔公司可能会执行不可抗力声明，大幅减少他们下一年从哈曼公司购买的煤炭数量。布兰肯希普指出从法律角度来说，他没有必要将卡珀顿即将面临的风险向他发出警告，然而不管怎样，作为一种“商务礼节”，他还是将这个可能性知会对方。布兰肯希普说在随后的几个月里，梅西公司努力想将哈曼的煤炭销售给许多钢铁厂以及其他潜在的买家，可是没有人感兴趣。

布兰肯希普接着又说“亲自传递坏消息或者令人忧虑的消息”是他的职责所在，因此1997年感恩节前一天他安排了与卡珀顿的会面。布兰肯希普说当时他告诉卡珀顿，他除了正式发布不可抗力声明之外已别无选择，他确定对于他们双方来说最佳解决方案可能就是梅西公司收购哈曼采矿公司。

当被问及卡珀顿证词中提到的布兰肯希普曾经威胁要起诉他，并且布兰肯希普曾经放言要运送特警队来打击好战的工会成员时，他说道：“我们不会到处去威胁别人……我们知道自己的块头多么巨大，这意味着我们不能去威胁别人或者去威胁别的公司。我们与对方打交道的时候必须采取温和的专业的方式进行。那次会面的目的就是对他们说我们面临着这样的问题，我们还有别的事情要做。而且实际上，有证据显示，我们才是受到威胁的一方。”

伍兹问道："在本次庭审所讨论的事件之前，你曾经与休·卡珀顿或者他的家人打过交道吗？"

"哦，我见过几次他父亲，"布兰肯希普说道。"有几次他生病了，乘坐我的飞机。我从里士满回来的路上顺路把他送到伯克利。而且我与［休·卡珀顿的哥哥］奥斯汀·卡珀顿相当熟悉，因为相当长一段时间，他曾经在梅西公司供职，并且早在80年代还一度成为梅西公司总经理的候选人。"

"唐，你对卡珀顿先生和哈曼公司产生过某种恶意或者反感吗？"伍兹问道。

"在整个过程中我对对方一直没有恶意或者反感。不过，在过去的一年中他们的种种不当行为和指控确实引起我的反感。"布兰肯希普说道。"看到他们居然会这样凭空捏造根本不存在的故事着实令人失望。"

"只是澄清一下，你是在竭力造成哈曼公司的破产吗？"伍兹问道。

"绝对没有，"布兰肯希普说道。"我从未动过让哈曼公司破产的念头。"

"我想我的问题问完了，法官大人，"伍兹说道。

庭审间歇，观众们成群结队地走出法庭，其中包括六名来自西尔维斯特的女人，西尔维斯特是距离法院几英里开外的小社区。她们和她们的邻居们正因为另外的案件与梅西公司打官司。多年来，梅西公司在她们居住的小镇郊区经营着一家选煤厂。在西尔维斯特和那家选煤厂之间本来是高耸的峭壁，社区居民甚至都没有注意到那边选煤厂的生产活动。可是后来，梅西公司移除了这峭壁，结果堆积在峭壁下方的煤炭倾泻而出。从那以后，整个小镇就开始四处飘扬着煤尘。煤尘不但覆盖在家家户户的房屋上，还侵入人体内部，附着在人们的肺部。西尔维斯特的居民们已经为此提起诉讼，谴责梅西公司任由煤尘飘散，导致了各种各样的健康问题，改变了当地社区的生活。

今天上午，这些女人们来到法院参加另一位法官主持的听证会。听证会结束后，她们听说布兰肯希普要在随后开始的庭审中出庭作证，她们就留下来继续参加下面的庭审，坐在观众席中怒视着布兰肯希普。

布兰肯希普走出法庭，女人们在走廊里与他不期而遇。

“你们的煤尘毁掉了我们的社区!”一个女人冲他喊道。

“我们不能再这样生活下去了!”另一个女人也大声叫喊着。

“这可不是我们的错，”布兰肯希普温和地说道，一副无动于衷的样子。“我们一直在尽最大的努力维护民众的利益。”

凯茜·卡珀顿此时也来到走廊里。当她看到女人们围着布兰肯希普时，也急忙走了过去。“你是个骗子，唐·布兰肯希普，”她高声说道。“你就是个骗子。”

凯茜的出现给西尔维斯特的女人们留下了深刻的印象，她们决定继续参加庭审，每天都与这位新结识的盟友坐在一起。

庭审继续进行，被告方律师将凯茜·卡珀顿与布兰肯希普的争吵告诉了霍克。就像之前多次处理同类问题一样，霍克要求所有相关人员克制自己的情绪。

按照以往的惯例，福西特本来应该率先对布兰肯希普进行反询问。然而，卡珀顿的律师团队没有这样安排，他们决定由在产煤区土生土长的斯坦利来打头阵，对布兰肯希普进行反询问。就在一年前，斯坦利为了案件审理曾约见布兰肯希普提取证人证言，当时两人还曾经聊起过在明戈县穷人家的孩子长大成人要经历怎样的艰难困苦。

斯坦利无法理解像布兰肯希普这样的男人，从孩提时代就经受过种种的不平等和伤害，如何能够背弃家乡的民众，转而为右翼组织辩护。同样，布兰肯希普也无法理解一个具备相当聪明才智的人如何能够接受自由主义观念，在他看来这样的观念已经被证明大错特错了。

不论是提取证人证言的过程中，还是在庭审中，布兰肯希普谈到卡珀顿的时候，都会称他为“休”。他这样做隐含着某种屈尊俯就的意味，似乎他布兰肯希普的对手根本就不值得拥有姓氏。不过，在提取证言的过程中，斯坦利始终毕恭毕敬地与布兰肯希普交流。他提出的问题充满了奉承讨好的意味，布兰肯希普很容易由此断定他的这位西弗吉尼亚同乡不过是个拍马逢迎、人云亦云之辈，在他这样威严的大人物面前完全折服，不知所措了。布兰肯希普当然没有想到提取证言的过程只是斯坦利小试牛刀的试探过程，他通过提取证言努力地了解这个男人，以找出在反询问中制服对方的策略。

今天，斯坦利在开始反询问时仍然带着同样谄媚的腔调，之前在提取证言的过程中他的这种腔调曾经给对方留下了深刻印象。他的谄媚和逢迎表现得十分过分，对卡珀顿和他的律师团队简直如同可耻的背叛，就连福西特都震惊于他的朋友似乎已经蜕变为可悲的对梅西公司溜须拍马者。

法庭的窗户全都敞开着，但是室内仍很闷热。尽管福西特非常信任他的朋友，现在也禁不住责怪自己没有提前了解斯坦利的攻击计划。

“你曾经讲述过自己在明戈县的成长经历，”律师说道。

“对的，”布兰肯希普回答道，他似乎已经很厌倦了。

“我们两人对那些情况都有所了解，”斯坦利说道，他的话听上去像是在竭力讨好面前的大人物。然而，正如之前庭审中斯坦利对卡珀顿的询问过程表面看来神秘兮兮而又沉闷冗长，实则斯坦利有着自己的想法和庭审策略。他在努力让陪审团得到这样的启示，那就是在明戈县长大的人都会对那里的腐败状况心知肚明，而腐败正是布兰肯希普童年时代学习的最重要的人生课程。

“我不了解你的生活背景，”布兰肯希普说道。

“哦，你不记得我们之前［提取证言时］的谈话了吗？当时我们交流分享了在明戈县共同的成长经历。”斯坦利问道。

“不记得了，”布兰肯希普说道，露出不屑一顾的表情，他之前每次见到斯坦利时都会这样。

“你在罗尔销售公司就职期间着实有一段紧张和艰难的经历，是吗？”斯坦利问道。

“我想你可以那样描述，是的，”布兰肯希普说道。

“工会组织的大规模抗议示威活动？”斯坦利问道。

“用大规模的暴力活动来表述似乎更恰如其分，”布兰肯希普说道。

当斯坦利提及那段往昔岁月，他的思绪又回到了 1984 年到 1985 年间，想起自己当时驾车行驶在蜿蜒崎岖的山路上，努力对矿工联合会领导的罢工做出公正的报道。尽管在法庭上重温当年的往事可能是斯坦利按照自己的意愿任意为之，然而正是当年那些罢工铸就了布兰肯希普令人敬畏的强硬性格，而斯坦利也希望陪审团能够了解布兰肯希普在那些年里有着怎样的表现。

“你还记得在公路上举行的静坐罢工吗？州警察要求那些坐在公路中间进行非暴力抗议的工会工人撤出公路，可是他们不肯，警察就用巴士把这些人强行拖走。”斯坦利问道。

“这些我倒记不太清了，”布兰肯希普说道。“不过我确实能想起这件事，是的。”

“好的，那么你认为那样的抗议示威是暴力示威吗？”斯坦利问道。

“有些是暴力示威。通常新闻媒体没有做出正确报道，”布兰肯希普说道，话里委婉地批评了斯坦利。“你们不想轻易放过矿工联合会组织的非暴力示威。那样的话你们会不舒服。”

那次罢工不论是对布兰肯希普的人生还是对斯坦利的人生都产生了决定性的影响，斯坦利不想到此为止。斯坦利本来想用更多的时间讨论这个话题，不过他希望陪审团充分了解那段岁月，从而明白由此造成的痛苦双方都有责任，都需承担。如果布兰肯希普不能清醒地认识到这一点，那么陪审团会对他所有的其他方面的讲述都表示质疑。而且，布兰肯希普不能容忍对他在煤炭领域最高权威的任何挑战，不论这挑战是来自矿工联合会还是来自像卡珀顿这样的小煤矿主。

斯坦利一改刚才谄媚的腔调，他听上去又像个原告律师在法庭上侃侃而谈。他的话语表面上是问句，但是听上去却更像是谴责而不是提出问题。这令布兰肯希普大为恼火。当霍克要求他做出是或者不是的回答时，布兰肯希普争辩说对于这些充斥着失实陈述的问题他无法给出如此简单的答复。

“布兰肯希普先生，我手里有一份证人陈述的证言，是我们于 2001 年 10 月 25 日在弗吉尼亚州的里士满录取的证言，”斯坦利说道。“你还记得当时我们谈起了你对 11 月 26 日会面的回忆吗?”

“事实上，”布兰肯希普说道，“对于那次会面我想不起太多的细节了。”对于那次会面，他在三次证人证言中都谈起过，并且陪审团刚刚还听到他与辩护律师伍兹谈论 1997 年感恩节前一天的那次会面的具体情况。

“有人受雇于你的律师，偷偷溜进休和凯茜·卡珀顿的住宅，并拍下了照片，我不认为此举是一种威胁行为，”斯坦利说道。“那不是一种威胁行为，是吗?”

“鉴于长期以来我的经历，我不认为那是一种威胁行为，”布兰肯希普回答道。

“只是一种商业行为?”斯坦利问道。

“不是，你知道休一直在竭力摆出一副自己的生活被彻底毁掉的样子，”布兰肯希普说道。“他的将来被毁掉了，他的生活被毁掉了，我想我们拍下的住宅照片以及他的家族背景足以证明根本不是那么回事。你知道，他一直住在格雷德斯普林斯，大多数日子都很有钱。因此我想我们这样做是努力确保陪审团不至于误解休的生活背景。”

这些正是斯坦利想要法庭和陪审团听到的话，斯坦利真希望自己能够帮助他们理解其中的含义。斯坦利感觉到布兰肯希普很妒忌像卡珀顿这样的人，布兰肯希普认为卡珀顿不用付出努力就可以获得他想要的一切。从小到大，布兰肯希普一直在远远地注视着卡珀顿全家以及他那个阶层的人物。现在，他获得了远超他们的地位和成就，他想要所有人都知道他是靠自己的努力攀上了这样的人生巅峰。

布兰肯希普不喜欢有人与他对抗，斯坦利想要说明任何人胆敢挑战布兰肯希普的权威，他都会与之进行战斗，让他们遭受痛苦，甚至西弗吉尼亚州的民众也不例外。“我这里有一份 2002 年 5 月你写下的原话，”斯坦利说道。“上面写道，‘我们正尽可能地将设备运到肯塔基州东部。未来的发展计划将立足于肯塔基州东部进行。’你否认自己做出过那样的表述吗?”

“不，我不否认那样说过。考虑到［山顶移除］许可证的现状以及所有正在为之付出的努力，我并没有很多选择。”

“哦，那么，做出这样的选择时，你没有考虑到西弗吉尼亚州是自己的家乡吗?”

斯坦利向布兰肯希普提出了许多问题，这是其中最为残酷的一个问题，因为这个问题的言下之意就是说布兰肯希普并非真正的西弗吉尼亚州忠诚的儿子。“我想在煤炭行业或者其他行业中，如果有哪个首席执行官还可以称得上支持西弗吉尼亚州，那就是我了，”布兰肯希普说道，他从来不会提高自己的嗓音。“在财富一千强的企业中，我是唯一住在西弗吉尼亚州的首席执行官。尽管我本来可以住在世界上任何地方，我仍然选择住在我已经居住了二十二年的房子里，距离我从小生活的地方只有八英里远，忍受着这些诉讼案件、新闻记者以及所有上述事件的折磨和骚扰。因此我认为说起对西弗吉尼亚州的忠诚没有人能与我相提并论。”

那个星期四下午很晚的时候，布兰肯希普才走下证人席，斯坦利认为自己的反询问很成功，不过还没有完全分出胜负。布兰肯希普可能会感到自己对挽救这场诉讼失败的命运发挥了重要作用，他坚信若非自己力挽狂澜，他的律师们一定会输掉这场官司。

24

第二天上午，也就是 2002 年 7 月 19 日，星期五，当布兰肯希普回到法庭时，天空阴沉沉的，一场暴风雨即将降临阿巴拉契亚高地。天气非常炎热，水蒸气都从柏油碎石路面上蒸腾而出。法庭里更是湿热难耐。

斯坦利继续询问布兰肯希普。雨水敲击着窗户，发出很大的声响，人们很难听清他们的话语。斯坦利重新提起布兰肯希普在前一天下午所做的证词，梅西公司计划终止在西弗吉尼亚州继续投资，斯坦利认为这对当地会造成毁灭性的打击。他想让这位当地最大的私营雇主把那些话再说一遍，好让陪审团再次听到他的计划。

“考虑到股东的利益，我们不能继续在西弗吉尼亚州投资了，”布兰肯希普说道。“我们将在肯塔基州投资。”

布兰肯希普的潜台词是，如果陪审团不知羞耻地判定梅西公司需向卡珀顿支付损失赔偿金，那么这项裁决对于已经很恶劣的西弗吉尼亚州的商业气候来说无异于雪上加霜。梅西公司将会离开这里，而陪审团将不得不向他们的朋友和邻居解释导致大家丢掉工作的原因。

稍后，斯坦利又读了一份梅西公司造成的环境灾难的清单，听后令人震惊不已。2000 年 10 月，梅西公司曾经将二十三亿加仑煤浆倾倒进肯塔基州东部的河流中，这些黑色的煤浆是水和化学制品的混合物清洁煤炭后残留下来的泥浆，受到煤浆污染的河水中通常会含有高浓度的氯化物、硫酸盐、砷、铅、汞以及硒。仅仅在过去的八个月中，梅西公司就三次倾倒了这样的煤浆。而布兰肯希普却说这些只是“少量的倾倒”，而且都已经是过去的事情了。

法庭里面光线暗了下来。外面的暴风雨更加猛烈了。短短的三个小时里，这个地区的广大区域，包括法院南部四十英里处一个名叫“蜿蜒浅滩山谷”的小型社区在内，降雨量足足达到了三英寸。

2000 年，梅西公司的一家子公司将俯瞰小镇的山顶削掉并移除，从那里剥离和挖掘了八十七万吨煤炭。煤炭开采在两年前就结束了，梅西公司却没有迅速展开行动，进行环境的善后清理以及山脉移除后的开垦改造工作。当小镇居民伸长脖子仰望山峦，他们所能看到的就是一座巨大肮脏的大坝横亘在那里，挡住了从前从小镇穿流而过的山间溪流。法庭外面狂风暴雨肆虐不已，法庭里面布兰肯希普宣称梅西公司过去曾经倾倒过少量的煤浆。正在此时，洪水涌出了拦沙坝，高达十英尺的黑色巨浪咆哮着冲下山谷，瞬间摧毁了两处房屋，破坏了其他大多数房屋。电视机和电冰箱就像纸做的小船似的被裹挟在洪水中一路向前，不由自主；沿途的小汽车和卡车也被洪水信手拈走，它们在湍流中就像几根树枝似的被抛来荡去。

布兰肯希普还有法庭里其他人都不知道“蜿蜒浅滩山谷”里爆发了洪灾。斯坦利继续询问，开始提及西尔维斯特妇女的控诉，她们刚刚还在走廊与布兰肯希普对峙，此时就坐在法庭里。

“与查尔斯顿［公共］图书馆的工程制造的灰尘相比，我们不设工会组织的煤炭公司制造的灰尘要少一些，”布兰肯希普说道，他的话语别人几乎无法听清。“但是我们还是被要求在部分作业面上方修建圆形穹顶。”

斯坦利举起梅西公司最近的10-K财务报表①。梅西公司一直在指责卡珀顿没有赢利，而它自己也从1999年赢利两亿零三百四十万美元降到2001年亏损一百一十万美元。这只是一种账面损失，许多处于扩张发展阶段的公司都会经历这样的时期，与梅西公司内在价值及其巨大的煤炭储量无关。

梅西公司曾经遭到下列索赔，需支付六百九十万美元的保险费，但梅西公司的签约煤矿从未向西弗吉尼亚州工人赔偿基金支付过这笔保险费。这些赔偿分别是因倾倒煤浆被明戈县陪审团裁定赔偿二百五十万美元；在肯塔基州倾倒煤浆被罚款二十二万五千美元；四千一百五十万美元的其他清理费用，其中大部分费用以保险的形式支付。

尽管布兰肯希普给梅西公司带来了高额损失、罚款以及法院裁定的赔偿金额，他仍然与梅西公司签订了新的合约。根据新合约，算上潜在的奖金红利，他的年收入将增加到一千五百万美元。

“你获得了可观的薪酬，是吗？”斯坦利问道，法庭外面大雨滂沱。

“我相信大多数人都是这样认为的，是的，”布兰肯希普说道。“对于一个从明戈县走出来的男孩这样的回报相当好了——”

就在那时，一道闪电从法院上空划过，法庭里的电灯熄灭

① 10-K financial statement：10-K财务报表，美国上市公司每年向美国证券交易委员会提交的一种财务报表，内容包括公司历史、结构、股票状况及盈利情况。——译者

了，法庭书记员珍妮弗·梅多斯（Jennifer Meadows）的录音机也受到电击，发生了故障。法庭突然安静了下来，只有梅多斯在努力重启她的设备。布兰肯希普向陪审团探过身去，说道，“这肯定是因为刚才那些数字的过错。”

庭审暂时停了下来，梅多斯仔细检查录音机，却无法判断出录制内容的损失情况。随后，庭审重新开始，斯坦利继续向布兰肯希普提问。“我不想用更多的数字给法庭书记员的录音机增加负担，从而导致它不能正常运转，”斯坦利说道。“不过，无须多说，你与梅西公司签订的新的聘用合约大幅提高了你的基本工资、奖金以及其他公司补偿金，是这样吗？”

“是的，收入比之前的合约提高了百分之十，”布兰肯希普说道。

这是漫长而又艰难的一天，斯坦利又提出了一个他想要讨论的话题。“2001 年 12 月 1 日，如果梅西公司了解到它 2002 年销售合同的百分之六十四已被取消，那对公司会产生重大影响，对吗？”斯坦利问道，再现了哈曼公司 1997 年的经历。

“是的，会产生重大影响，”布兰肯希普说道，一如既往地，他说话时依然不带任何感情色彩。

“并且，事实上，这甚至会威胁到梅西公司的生存，对吗？”斯坦利问道。

“这可能会造成威胁，”布兰肯希普说道。

“我的问题就是这些了，法官大人，”斯坦利说道。

在走廊里，布兰肯希普遇到了《查尔斯顿公报》（*Charleston Gazette*）的保罗·尼登（Paul Nyden），他是梅西公司主席最不喜欢的记者。尼登要求做个采访，布兰肯希普回绝了他，又补充说：“你是西弗吉尼亚州最令人讨厌的两个蠢货之一。”尼登问另一个蠢货是谁，布兰肯希普说是矿工联合会主席塞西尔·罗伯茨（Cecil Roberts）。

25

星期一上午，布兰肯希普继续出庭作证。刚过去的周末，媒体大量报道了梅西公司的新闻，什么“蜿蜒浅滩山谷”发生了洪灾，什么梅西公司又一次倾倒煤浆，煤浆涌入了当地民众常去休闲消遣的湖水中，以及布兰肯希普出庭作证的情况，等等。法警引领陪审团进入法庭之前，伍兹站在霍克面前，对周末的新闻报道摇着头表示遗憾。

“法官大人，关于梅西公司这样那样的新闻报道，民众对此反应强烈，我们深感忧虑，”伍兹说道，此时，其他的被告方律师和原告方律师团队也聚拢到法官周围。

记者小肯·沃德（Ken Ward Jr.）被布兰肯希普归入危险的激进分子之列，他在《查尔斯顿公报》上撰写了一篇受到多方关注的文章，探讨了“蜿蜒浅滩山谷”的洪水很可能就是由于梅西子公司诸多违反安全规程的操作造成的。在这次洪灾中，尽管没有人受伤，但那里的居民着实受到了惊吓，并且遭受了严重损失。《查尔斯顿公报》的头版报道中刊登了翻倒的拖车和小汽车的照片。

周末，梅西公司立即安排为蜿蜒浅滩山谷洪灾中的受灾者们提供援助，以缓解负面宣传造成的不利影响。与此同时，梅西公司又要面临着另一个问题。距离麦迪逊几英里远，另外一处梅西公司的工作现场，一辆推土机据说推倒了池塘边的围墙，车上满载着煤炭清洗过后遗留的黑色肮脏残留物。煤炭清洗过程是这样的，将煤炭传送到隔板里面，用大圆筒内浓稠的液体清洗煤炭，石块沉入液体底部，煤则浮上液体表层，如此石块和硫黄被清除出去，留下了被称为煤浆的肮脏液体。这种液态混合物中充满了化学成分和微小的煤炭颗粒，高达两万加仑的液态混合物已经流入了月桂河，随后又流入了归属西弗吉尼亚州的月桂湖。现在正是夏季，没有人愿意到被污染的湖水里钓鱼。

7月27日，布兰肯希普会给梅西公司的雇员们写封信，声称尽管洪水漫过了蜿蜒浅滩堤坝，可是大坝并没有垮掉，而且月桂河的煤浆倾倒有可能是“蓄意破坏”。煤浆倾倒发生后的次日，他就沿着月桂河开车巡视过，“观察到孩子们在汇入湖中的河水里游泳……那里的水不是黑色的，也就是有些区域湖水略微有些变色而已”。

伍兹要求霍克告诫陪审团成员不要看报纸，也不要看电视新闻。“我不想刻意强调任何事，以免引出更多的麻烦。”法官说道。

伍兹坚持自己的意见，布兰肯希普很专注地听着他们的对话，斯坦利和福西特将被告律师的不爽看在眼里，心中不禁暗喜。“适逢案件审理的关键节点，正当原告方希望新闻报道能来助其一臂之力的时候，新闻报道就应声而来，在我们看来，这样的巧合简直太不可思议了，”伍兹说道。“让我联想到，原告方是在与媒体合作，告诉媒体什么时候报道与案件相关的部分情节正当其时，这样就能够如愿以偿地让陪审团反复听到这些情况，这些事实当然会引起我的关注，这些巧合简直太不可思议了。”

斯坦利自己也曾经做过记者，他对新闻记者们的心情感同身受，也了解他们的工作情况。与其说他对被告律师的无端指责感到愤慨，倒不如说觉得很搞笑，而且霍克的回答尤其让他忍俊不禁。

“哦，”霍克说道，“我知道了，会在法庭记录中记下来。如果你能自圆其说的话，我尤其想知道你会如何安排那场雨，如果你能够跟我解释一下的话。”

“法官大人，还有另一件事，”伯特霍尔德代表原告方说道。“不幸的是，我们在这个周末刚刚发现有人非法闯入了卡珀顿先生的私人办公室。他们只拿走了两样具有存储功能的物品，一台传真机和一台秘书的私人电脑，那台激光打印机和其他贵重物品都留下了，保存本次诉讼资料的文件柜抽屉也被打开了。此外，法官大人，在卡珀顿先生的书桌上放着一张便条，上面写有针对他的内容粗俗的话语。便条上面放着他的眼镜，已经断成了两半。”那个窃贼从卡珀顿的记事板上取下一张讽刺漫画，画上一个男人冲着梅西公司的标志撒尿，他把这张漫画放到桌面上，在上面胡乱写着“去你妈的”。

“因此在本案的审理过程中还发生了很多的事情，”伯特霍尔德说道，没有明确说明传真机和电脑中会储存着卡珀顿与律师们的通信交流信息，这些信息对梅西公司的辩护律师会起到潜在的帮助作用。“鉴于伍兹先生的批评带有明确的指向性，我们感到法院对这件事也应该有所了解。”

“哦，天哪，”霍克说道，到此为止，再也不提起这件事了。

当福西特准备迎接可能是他法律生涯中最重要的那一天时，他总是不由得想到他的父亲。以前他从未要求父亲参加自己办理的案子的庭审，可是这次却一反常态，请求父亲前来法庭参加庭审。从戴夫还是个小男孩的时候开始，他和父亲之间就极少互动。他很少要求父亲做什么事，也从不告诉父亲任何事，而他的弟弟丹尼则不同，丹尼会坐在父亲的腿上，跟父亲无话不谈，还征求父亲的建议。

丹·福西特进入父亲的母校匹兹堡大学法学院就读，后来成为里德-史密斯法律事务所合伙律师，年纪轻轻即已功成名就，再后来又向好莱坞进军，在娱乐行业从事高端管理工作，这些成就都令父亲深感骄傲和自豪。而戴夫考入与弟弟同一所法学院时，他甚至都没有向父亲提及此事。

“我没有看到你的考试成绩，”第二个学期过后，老福西特对戴夫说道。

“这不关你的事，”戴夫说道。

“可我在给你支付学费，”他父亲说道。

几个星期后，戴夫的父亲邀请他共进早餐，讨论一下他的未来。

“如果你想到律师事务所工作，你应该夏天就去实习，要早点提出申请，”他父亲建议道。

“我永远不会到你们那样的大型律师事务所工作，”戴夫说道。“我对环境感兴趣。我要做个有益于别人的人，我不确定你所做的事情有多好，”戴夫的父亲永远不会忘记儿子的这一席话，尤其是当儿子加入了规模比他所在的律师事务所更大、收费更高昂的事务所时，他对此更是耿耿于怀。

福西特从来没有要求他的父亲参加他的庭审，不过他认为父亲应该知道这个案件对于他来说有多么重要。于是，就在他对布兰肯希普至关重要的反询问的前一天，福西特给父亲打电话，邀请他南下前来布恩县法庭参加庭审。

“开车到那里要多长时间?”老福西特问道，然后婉言谢绝了他的邀请。戴夫职业生涯中最重要的一天即将到来，而在此之前的几个小时里，他的内心充满了深切的失望之情。

那天晚上，戴夫的父亲将儿子邀请之事告诉了珍妮特·福西特。戴夫的母亲在生活中诸多事情上都不会固执己见，不过这次她却坚持要丈夫第二天早早起床，驱车南下赶往麦迪逊。因此，当福西特站起身来，开始反询问时，他看到自己的父亲已经在法庭里就座。

“早上好，布兰肯希普先生，”福西特说道。

“你真的是这样想的吗?”布兰肯希普回答道。

“多数日子我都是以这样的问候开始新的一天，不过我们拭目以待吧。”

尽管斯坦利已经向布兰肯希普提出了很多关于他童年生活的问题，福西特仍然要从这个角度切入开始反询问。

“你的房子周围是围墙还是篱笆?”福西特问道。

“是篱笆，”布兰肯希普说道。

“你今天带来你家房子的照片了吗?”福西特继续问道。

“没有，我什么照片都没有带来。”

尽管福西特本意是想再次提醒陪审团梅西公司派人给卡珀顿的房子拍照的事情，然而这个问题仍然给布兰肯希普提供了比较的机会，让他趁机得以将自己和休的房子进行比较，他很愿意做出对比。

“我的房子已经有九十八年历史了，”布兰肯希普说道。“它或许能值十五万或者二十万美元，看上去很有点古迹的感觉。它距离罗尔销售公司办公室大约有两英里远，大家都知道它是公司主管的房子，我在那里已经生活了二十二年。我的孩子就是在那里长大的。我刚刚还呆在那里。”

“你的办公室在哪里?”福西特问道，人们对他这个问题的答案也已经熟悉得不能再熟悉了。

“哦，我有两个办公室，”布兰肯希普说道。“一个在肯塔基州的贝尔弗里，这个办公室只是个双倍宽度的活动房屋。我还有一个办公室在弗吉尼亚州的里士满，我不经常去那里。”

在最初的对话中，布兰肯希普很明显占了上风，他表现出自己对装模作样的浮夸生活不感兴趣，认为只有那些不着调的人才会迷恋这样的生活方式。他的住所远不及卡珀顿的住所高档奢华，而且他工作的办公室也没有一星半点的虚饰浮夸之嫌。他没有谈及直升机会经常载着他匆匆离开家，有时前往肯塔基州山区他的两处奢华木制小屋中的一处；他也没有提及他会乘坐公司的商务机在煤矿上方盘旋。而且福西特也没有问他这些问题。

福西特开始着手求证布兰肯希普独断专行的管理方式。布兰肯希普没有任何异议地承认了这一点。“如果你在查找谁做出的决定，那么你能节省陪审团很多时间，”布兰肯希普表情冷漠地说道，“因为在这个案件中从始至终几乎所有的决定都是我做出的。”

福西特将话题转向1997年8月1日的传真备忘录，布兰肯希普在上面胡乱写下寥寥数语，认为梅西公司应该执行潜在的不可抗力条款。“当时我还没有看过合同，不过我知道事情的发生已经超出了我们的控制，”布兰肯希普说道。

福西特假装他没有听清或者没有理解布兰肯希普的回答，那样他就可以要求布兰肯希普重新回答一遍，从而给陪审团留下深刻的印象。

“但是你在他［萨博莱斯基］8月1日备忘录上写下那句话的时候，你还没有看过合同，是吗?”福西特问道。

“如你所知，法律行业的流程进行得很缓慢，”布兰肯希普说道。“假如我等到接到对这份合同的法律意见后再做决定，那就真得过好一阵子才能把信发出去。所以在处理很多麻烦事的时候，商务礼节往往就顾不上了。”

布兰肯希普并不是个在注重商务礼节方面为大家所称道的人。梅西公司的律师们至多用一两天的时间就能看完合同并且给出答复。不过，他的这个回答在非法律界人士听来貌似还很有道理。

布兰肯希普承认当梅西公司开始考虑宣布不可抗力时，他已经在头脑中计算着如果卡珀顿提起诉讼的话，公司可能得为打这场官司支付多少费用。“一家企业居然需要权衡评估自己是应该宣布不可抗力还是应该走司法诉讼流程等诸如此类的事情，在你看来这很不可思议，我从你的评论和言语中能感觉到你的想法。不过我可以向你保证，这是商业经营活动中必不可少的环节。”

布兰肯希普说道。

福西特继续自己的提问："这是梅西公司一贯的做法吗？"

"对毫无意义的法律诉讼以及诉讼带来的后续问题进行评估，这是所有公司的一贯做法。"布兰肯希普说道。

在筛查证据的过程中，迪瓦恩偶然发现了一份 1997 年 5 月 15 日布兰肯希普签过字的备忘录，表明他已经审阅过这份备忘录。从这份文件中可以看出，那天韦尔莫尔／联合煤炭公司已经知晓 LTV 焦炭厂即将倒闭，管理部门也正在计划 1998 年将哈曼公司的煤炭卖给其他买家。这份无可辩驳的证据表明，在萨博莱斯基将此事通报给哈曼公司之前将近三个月的时候，梅西公司主席就已经了解到焦炭厂即将倒闭。他还知道韦尔莫尔／联合煤炭公司并未计划诉诸不可抗力，反而已经开始着手寻找买家接手这些优质煤炭。

面对这份文件，布兰肯希普承认它"可能"表明了韦尔莫尔／联合煤炭公司销售管理人员的计划；他"不是百分之百地确信，不过可能是这样的"。尽管这份备忘录证实了焦炭厂的倒闭，布兰肯希普还是说道，"我从不知道那些钢铁公司将要做什么"；他说他不记得自己何时得到焦炭厂倒闭的消息。

在寻找证据的过程中，福西特就了解到韦尔莫尔／联合煤炭公司对于布兰肯希普来说不啻为一场灾难，梅西公司因它亏损了数百万美元。福西特认为，正是在那时，布兰肯希普感到宣布不可抗力势在必行，除此别无他法。

"事实上，布兰肯希普先生，当你谈论你的商业经验或者商业意识的时候，你是在谈论如何从比梅西公司弱小的公司获取利益的感受，是吗？"福西特问道。

"我很失望那样的问题也被允许提出，不过，不是，不是这样的，"布兰肯希普说道。

"你所谓的商业经验实际上就是如何陷他人于困境中？当谈

及商业经验时，实际上指的是压榨他人和其他公司的经验?”

“我想说，很显然，今天我受到的压榨远超过其他人，”布兰肯希普说道。“这个案子的审理进行到这种地步，我们对此有些吃惊，”他补充道，语气中带有些许自怜的腔调。“这个案件能够在这里审理，是因为我们努力创造着工作机会，而相比之下，并非很多公司都在努力为这个地区创造工作机会。”

“没有其他问题了，法官大人，”福西特说道，留下陪审团在那里琢磨：“让哈曼公司破产怎么就创造工作机会了呢?”

26

空调拖着老旧的残躯奋力运行着，发出很响的震动声，就像法庭里还有另外一位证人在出庭作证。法庭里的酷热不亚于室外的热度。7 月 29 日，庭审进入第二十六天，一贯衣着中规中矩的伍兹问霍克，律师们能否脱掉他们的西装外套。法官回答说可以。“哦，伙计，我真希望能让你们只穿着背心，”霍克补充道，逗趣地眯起眼睛。

法庭里热得令人窒息，人们难以顾全法庭礼仪。陪审团成员在休息室里喧闹不已，能听到他们在里面什么都谈，就是不谈跟案子有关的事情。有位陪审员向法庭提交了一份医生证明，说她已经到了精神崩溃的边缘；另一位陪审员由于个人事宜已经离开了；现在候补陪审员只有一位了。如果再有某位陪审员无法忍受旷日持久的庭审流程和令人窒息的暑热宣布离开，那么这个案件的庭审很可能就成了无效审判。所幸的是，那位痛苦不堪的陪审员调整好自己的情绪，让自己冷静下来，还能够继续担当本案陪审员。

休和凯茜·卡珀顿也开始烦躁不安起来。对于凯茜来说，过去四年中接连遭遇的火灾、照片事件、债主追债、案件诉讼，还有眼组织胞浆菌病，所有这些打击累积的紧张情绪已经让她不堪重负，精神几乎濒临崩溃。她的眼疾由于情绪紧张开始恶化，已经导致左眼失明。凯茜忧心不已的不仅是休，还有他们四岁的女儿。凯茜把普雷斯顿交给朋友和亲戚照料，可是总觉得自己应该每时每刻都守护在女儿身边，哪怕片刻的分离都不应该。去年冬天，女儿感染了肺炎和其他疾病，身体状况很糟糕。凯茜日复一日地坐在法庭里，眼见着梅西公司的律师们在这场与其说是庭审倒不如说连篇累牍的厉声谴责中肆意辱骂她的丈夫，却不会因此受到任何惩处。

那天庭审结束后，休和凯茜动身去吃饭。他们的越野车刚刚驶出麦迪逊，就看到一辆挂着梅西公司横幅的梅赛德斯轿车，这辆车是梅西公司赞助赛车比赛的开路车。当卡珀顿超过那辆车的时候，凯茜看着那辆车，里面坐满了身高马大的梅西公司人员。她说不准这些人是不是那些坐在法庭里被她称为“梅西恶棍”的人，不过她还是怒视着他们，把手伸出车窗，做了个自己极少做过的手势。她发现，这样做居然让自己感觉很棒很释然，她用对方能够理解的语言表达了自己的看法。

夫妻两人在一家很受欢迎的牛排店停下车，正要开始用餐，二十几个梅西公司雇员走了进来，其中就包括凯茜刚刚致敬的那些人。他们围住了卡珀顿夫妇，威胁恐吓休，“是你向我们竖中指了吗?”其中一人问道。

“不是我丈夫，”凯茜说道，把右手藏到大腿下面。“是我。”

餐馆经理出面干预，把梅西公司那些人一直送到他们的车旁边。

第二天上午庭审时，被告方安排梅西公司律师聘请的会计师罗杰·奥斯本（Roger Osborne）出庭作证。他出庭的目的，是佐证被告方提出的论点，也就是即使梅西公司没有宣布不可抗力，哈曼公司也必定会破产。奥斯本满头白发，性格谦逊，他总是风度翩翩，彬彬有礼的样子，善于与陪审团沟通交流。他指出 1997 年的哈曼采矿公司已经没有价值可言。为了帮助陪审员理解这些数字，他运用简单直接的类比手法加以说明。

“让我们假定有这么个人，我就叫他萨姆吧，”奥斯本说道。“萨姆 1993 年买下一处房子，买下那处房子他花了五万美元。他找到一位友好的放贷人，愿意借给他全部的购房款，他在那座房子里生活了几年，直到，我们就假定是 1997 年吧。在那期间，他没有好好维护打理自己的房子，事实上他在作践自己的房子，结果，那处房产的价值从五万美元贬值到了三万美元。如果再有什么不幸的事情发生在萨姆身上，比如说，如果他的老板将他的工作日缩减到每周三天，那么他可能偿还按揭贷款都很困难，他可能就不得不考虑申请破产。我想萨姆这个事跟 1997 年 7 月哈曼公司面临的处境很类似。”

这个类比经过精心设计和编排，浅显易懂，每个陪审员都能够理解和记住。萨姆的故事让陪审员们从之前困惑难懂的数字难题中解脱出来，恍然大悟。福西特能看出来，这个故事引起了陪审团的共鸣。当福西特站起身来反询问奥斯本的时候，他引导着这位会计师仍然从萨姆的房子开始说起。

按照奥斯本的说法，这位萨姆老兄对他的房子疏于打理。而实际情况是，卡珀顿和库克对哈曼公司并没有疏于管理。当哈曼公司宣布破产时，煤矿的经营状况良好，比当年卡珀顿收购这家已经关门停业的煤矿时要好得多。福西特想要奥斯本承认，如果萨姆将他的房子打理得井井有条，那么这个类比就不能成立。

律师们对萨姆的故事进行了深入细致的讨论，陪审团耳熟能详，他们很有可能用另外的名字来称呼卡珀顿了。霍克也很喜欢运用随意自然的类比手法，今天他看到，陪审员在听到萨姆的故事时眼睛为之一亮。卡珀顿案庭审到目前为止，霍克法官很少向证人提问，每当他向证人提问时，他的问题也总是简短而又明确。不过他认为萨姆的故事设计得极其巧妙贴切，能够帮助陪审员们理解庭审的核心问题。于是他决定也说几句，发表一下意见。

“我们目前运用的这个类比手法中，你谈到很多事情，但是在这个故事中你确实没有谈到损害赔偿估量的问题，”霍克向奥斯本探过身去，这样说道。“在这里让我再讨论一下萨姆的故事。萨姆买下这座价值五万美元的房子，搬进这座房子后，他发现这座房子不能满足需要，他就开始进行各种改造，甚至会借钱来进行这些改造。为了提升房子档次，他对房子做出了相当多的改动，我们还要考虑到他为此借了更多的钱。

“我们假设他旁边搬来了一个新邻居，这个新邻居是一家建筑公司，有吊车，吊车上有落锤破碎机，有一天施工的时候，撞倒了他的房子，毁掉了他的家。

“那么损害赔偿估量应该是多少？在第一种情况和损害赔偿估量的前提下，如何考虑萨姆处理问题的方式？在第二种情况下萨姆又如何把握自己？”

奥斯本回答道，“这个问题很有意思，”看上去他很希望这个问题是向别人提出来的，迅即换了一副腔调，不见了山区人淳朴的气质。“我采用这个类比手法目的在于表明哈曼公司在1997年面临的困境，而不是为了讨论损害赔偿问题。”

霍克说道，“我采用这个类比手法的原因正在于此，因为你是那方面的专家。”接着法官又用了几分钟时间继续谈论萨姆的房子以及落锤破碎机的问题。

霍克没有说梅西公司使用落锤破碎机击毁了哈曼煤矿，他只是说原告方阐述的正是这样的观点。尽管如此，被告方律师仍然对这个类比感到很不安。避开陪审团，伍兹向霍克表达了被告律师“对于法庭盘问证人的忧虑之情。如果我没有记错的话，法庭没有盘问过任何一位原告方的证人，却一直在盘问被告方律师安排的专家证人”。

至此，霍克已经向四位原告方证人和七位被告方证人提出了审慎明智而又富有见地的问题。在庭审过程中，法官唯一较长时间的插话就是关于落锤破碎机的类比。伍兹认为，这个类比很能说明霍克对案件的态度。在原告方看来，落锤破碎机是庭审中提出的最生动、最有利于原告的意象，不过斯坦利和福西特担心，被告方会在未来的上诉中利用这件事制造事端，因此他们就再也没有提起过这个说法。

第二天，七月的最后一个星期六，梅西公司在查尔斯顿卡诺瓦河畔一个名为神奇岛的公园里举办一年一度的员工聚会。这座公园是城市西边唯一大型的公共聚会场地，夏天周末的时候，这里汇聚了各色人等，包括骑自行车的人、慢跑锻炼的人、滑旱冰的人、遛狗的人、推着婴儿车散步的夫妇、坐在毛毯和长椅上的长者、偶尔出现的滑翔伞运动员，等等。公司以及其他机构经常会租下这个公园，不过他们的聚会活动总是向公众开放的。而这次梅西公司持续全天的聚会活动却只限于梅西公司员工和家人参加。

大多数律师都出发去度周末了，斯坦利却决定留在汉普顿酒店继续撰写庭审的结案陈述，庭审将于下周结束。星期六早晨，他走出自己的房间，看到酒店里和周围的院落中到处都是身穿带有梅西能源公司标识的黄色T恤的人们在四处走动。“他们简直到处都是，”他想道。休和凯茜在牛排店的遭遇想来仍然记忆犹新，斯坦利担心某些梅西公司的“成员”会来寻衅滋事，所以他就自己呆在酒店里，闭门不出。

三个星期前，梅西公司就开始在神奇岛搭建一座舞台，还运来了围栏和移动厕所。尽管星期六是个阴雨天，还是有大约一万五千人赶来享受美食、参与游戏、观赏娱乐节目，参加这次聚会的艺术家中包括乡村艺术家仙纳渡（Shenandoah）、比利·迪安（Billy Dean），还有放浪兄弟组合（Exile）。

聚会活动虽然可以免费参加，不过参加聚会的人们还得承受附加成本，那就是他们得先听完布兰肯希普的讲话，他是老板，人们唯有嗫嚅着表示赞同的份儿。“今天，我恭敬地请求甚至恳求媒体，还有矿工联合会，停止激烈抨击，”布兰肯希普说道。“停止夸大其词，停止消极否定，停止说假话。与我们一道，将西弗吉尼亚州建设得更加美好。”

“激烈抨击”是布兰肯希普对于针对梅西公司负面评价的惯用说法，即使大多数人认为煤浆倾倒或者煤矿事故属于客观报道，但在他看来这些也是“激烈抨击”。有些文章暗示梅西公司对环境问题不够重视，或者暗示梅西公司在进行山顶移除和开采煤炭后，不积极推进恢复土壤植被的工作，这些文章尤其令布兰肯希普厌烦不安。

在这次公司聚会后，梅西公司面临着更多的激烈抨击，因为次日清晨，神奇岛已然沦为一片泥淖之地，就像是梅西公司开采煤炭后留下的遗址，移动厕所的臭气甚至弥散到住在公园附近的人家中。梅西公司承诺，将很快恢复公园的原貌。然而直到几周后，神奇岛的大片区域仍然是一派空旷荒芜的景象，只有成群的鸽子在上面尽情享受草籽的盛宴。

27

接下来的一周，星期三上午，2002 年 7 月 31 日，被告方安排采矿工程师富兰克林·多弗·麦圭尔（Franklin Dover McGuire）出庭作证。麦圭尔被传唤出庭作证，目的在于驳斥原告方关于采矿成本和哈曼公司煤炭产量的证言。临近中午，他结束了出庭作证，被告方不再提出新的证据，静候法庭处理本案。雷米趁着陪审团不在场争辩道，原告律师在庭审过程中错误百出，霍克应该准予被告方获得直接裁决。实际上，他是在要求法官不要把案件交给陪审团去做裁决，而是草草地判定原告败诉。

霍克这个人总是活力四射，很爱开玩笑，有时候律师们在法庭上并不能真正地理解他对待自己审理的案件秉持着怎样严肃认真的态度，也不能真正地理解他是怎样真诚地看重陪审团制度。正因如此，今天上午，他在法庭上讲了一席话，告诫法庭秉持公正的重要性，以及陪审团拥有发言权的重要性。他的论据复杂难懂，隐晦微妙，有些地方很难理解，不同于他在庭审过程中的任何一次讲话。

"我从始至终耐心地听取了本案庭审中的全部举证，对于法庭上的所见所闻，我并未满足于仅了解其表象，而是参透了内中深意，这于我并非难事，"霍克说道。"很多时候律师们，尽管他们可能相当能言善辩，却一再突破规矩的底线。鉴于我在庭审过程中的见闻，我认为证据的重要性、证人证词以及庭审中援引的其他证据的可靠性，很显然都要由陪审团来作出判断。我相信，在本诉讼案中，存在着支持原告方或者支持被告方旗帜鲜明的两派观点。如果说在哪个案件审理中陪审团的意见决定着裁决结果，我们这个案件就属于这样的情况。

在最后辩论开始之前，霍克交给了陪审团成员一份案情说明，整整三十四页的正式打印文稿，其中许多内容都适用于任何案件审理。不过，他努力确保自己的表述清楚明白和公正合理。

"在本次庭审过程中，我在任何时候说过的任何话和做过的任何事情，都不能被你们认作是任何事实的证据，也不能被认作是我对任何事实、证言的可靠性或者证据的重要性表达的看法，"

霍克告诫陪审团。“作为陪审员，你们在法庭上宣誓要审理这起案件，并且承诺将依据法律和证据做出正确裁决，你们只能依据庭审中以正确方式提交给你们的证据来作出判断。”

在法庭最后辩论阶段，原告方和被告方各有两个半小时时间向陪审团发言。原告方将首先发言，他们的发言时间分成两部分；在被告方律师作完最后辩论后，福西特和斯坦利还将有最后阐述自己观点的机会。

在最后辩论中，律师们通常会将话题引回他们在开场陈述中提出的论点，说明自己论点的正确性。当福西特开始代表原告方作最后辩论时，他没有一味地将那些观点明确的结论性语句生硬地砸向陪审团，而是引导陪审团回顾并总结了漫长庭审过程中那些关键性的证据，引领他们重温了庭审过程中的所见所闻。他探讨了自己职业生涯和个人生活中伟大的主题：真实。然后，他再次讨论了许多原告方和被告方证人的证言，并对他们的可信性进行了对比。

“布兰肯希普先生对矿工和他们的人身安全并不在意，也不在意其他独立的第三方，”福西特最后得出结论。“他在意的只有一件事，那就是利润。全世界只有六个人能够阻止梅西公司这样做，并且能够向梅西公司传递这样的信息：你们不应该以这样的方式运营企业。”

当轮到斯坦利发言时，他说道，“我们能够理解唐·布兰肯希普的内心想法。他是个崇尚弱肉强食的掠夺者，他总是四处寻找机会，他总是在与人谈判，他总是在寻找下一个机会。”

斯坦利的话语中充满了正义和愤怒，然而他却轻言细语地说出了这些话，除了陪审员之外其他人都得竖起耳朵仔细听。大家必须得全神贯注凝神细听，否则斯坦利的话语就会被淹没在空调嗡嗡的嘈杂声中。他有意选择用这样低沉的语调，这样观众们就必须将注意力全部集中在他身上。不过，他这样做让那些没有完全听明白他的话的人们非常气恼，其中就包括他自己的同事。

福西特和斯坦利的陈述强势有力，但听起来只不过是个开场白。他们重申了自己的主要观点，即梅西公司不仅出手摧毁了哈曼公司，而且布兰肯希普还亲自上阵，心怀恶意地指挥了这场毁灭性的攻击。他们将最为扣人心弦的最后辩论留到了次日，留到案件最终交给陪审团之前进行。

“我不要求你们现在就做出决定，”那天，霍克在陪审团离开法庭时这样告诫他们。“就像《今夜秀》那样，好戏还在后头。”

28

第二天上午，也就是 8 月 1 日，庭审第二十九天，法庭里三分之二的座位上坐着前来旁听的观众，空气中隐隐浮动着躁动不安的气氛。戴夫的父亲也坐在其中，他这是再一次驱车南下从匹兹堡赶来参加庭审。福西特的伴侣凯瑟琳·特罗不想错过最后辩论，因此她也赶来了。陪审团成员异常兴奋，庭审进行了将近七个星期，现在，他们承受的煎熬终于要接近尾声了。当霍克对律师们讲话时，陪审员们在休息室里也高声谈笑着，他们的嗓门简直能够盖过法庭里发出的任何声音。天气已经热起来了，空调嗡嗡地呻吟着。人们相继步入法庭，空调也越发大声地呻吟起来。霍克发出肃静的警示，陪审员们依次进入法庭。

雷米将代表被告方做最后辩论。这样的选择非同寻常，出乎众人意料，因为陪审团对伍兹更熟悉些，不过，雷米曾经代表被告方做过开场陈述。卡珀顿案审理之初，雷米就谴责卡珀顿，认为他是个失败者，是个寄希望于到法庭来寻求现实生活中无法实现的愿望的失败者。这位被告方律师言辞极其尖刻，有些陪审员听后甚至都会同情卡珀顿。不过，这些话想必很得布兰肯希普的欢心，开场陈述的时候他就在庭审现场。

最后辩论阶段，布兰肯希普并没有出现在庭审现场。尽管这样，雷米仍然采用了之前的辩论策略，甚至更加激烈：永远不要在敌人面前退缩，要继续给予对方更为猛烈的打击。他从陪审团在漫长的庭审过程中承受的痛苦煎熬入手，谴责原告方肆意拖延庭审时间。“我们认为，庭审本不应该拖延这么长时间，”雷米说，双眼直视着陪审员们。“当然，我们已经尽了最大努力推进庭审进程，不过，我们认为，本案庭审历时这么长时间，其中一个原因就在于原告方想要说服你们，哦，我们的案件审理已经历时七个星期。你们怎么也得裁定支付原告方数额巨大的赔款，否则的话，所有这些又是为了什么呢?”

雷米没有提及当初霍克对控辩双方询问证人的时间加以限制从而缩短了庭审时间，被告方还曾经为此抱怨不已。如果雷米和他的同事们可以不受约束任意为之，那么庭审很可能会持续更长时间。

按照雷米的描述，卡珀顿的人生简直就是一出荒诞剧。剧中，这个无能的男人在人生攀爬过程中屡遭失败厄运。雷米说，当哈曼公司一败涂地和即将坠入破产深渊时，卡珀顿“利用梅西公司宣布不可抗力条款的时机，强迫梅西公司帮助他摆脱眼前的困境。而他之所以会身陷这样的困境，完全是自作自受，与梅西公司扯不上任何关系”。

“我们都知道，某人提起诉讼并不意味着就能胜诉，”雷米说。“在加利福尼亚某位律师起诉将上帝一词从《效忠誓词》中删去。有谁认为他能胜诉吗?”雷米说道。

即使已经过去了七个星期，当再次听到被告方律师攻击自己时，卡珀顿仍然感到非常痛苦。“他希望能够将资金从哈曼公司转移出来，投入到这些公司中去，这样，即使哈曼公司破产倒闭，他仍然能够维持之前舒适安逸的生活，”雷米说。

庭审过程中，福西特和斯坦利本想挺身而出表示反对，提醒陪审团卡珀顿不太可能从自己身上偷钱，因为卡珀顿本人承担着哈曼公司大量债务。不过，律师们在最后辩论中有更多自由发挥的空间，而且，霍克也曾经告诫控辩双方律师团队不要互相干扰。因此，两位律师没有站出来，而是坐在那里，强压着内心的怒火，等待轮到他们上场的时候，去做出令对手无可置疑的最终陈述。

雷米提出强有力的论点并加以阐述，然而，法庭里暑热难耐，很难说清陪审团是在聚精会神地听他辩论，还是在遐想所有这一切结束时的美妙时刻。被告方律师雷米在陪审团面前随意地走来走去，抓住一切机会与陪审员们进行眼神交流，不过，他还是无法确定自己这番辩论的效果如何。

“女士，我能给你拿些水吗?”雷米问其中一位陪审员，她看上去像是要中暑，几乎快要昏迷过去。“今天这里非常热，我的讲话还需两个半小时，因为［原告方］有两个半小时。我想告诉大家的是，你们中的任何人在任何时候感觉不适，一定要跟我说，我们可以休息一下。”

雷米接着展开辩论。卡珀顿和库克曾经设想哈曼公司到1998年将会迎来根本性转机，雷米对此加以奚落和嘲讽。“情况将会有所改观，”雷米说。“母猪耳朵有限公司将要成为丝绸钱包有限公司了。”

当雷米讲话的时候，更多的观众悄无声息地走进来，在拥挤的法庭里找了座位坐下。“《谚语》第二十七章第一节中写道，‘不要夸耀自己的明天，因为你不知道每天会发生什么，’”雷米指出，他很清楚，在西弗吉尼亚州布恩县引经据典永远不会出错。“我们不知道明天会发生什么，不知道我们可能会遭受什么样的厄运。然而，那正是他们努力去做的事情。正是通过那样的方式，母猪耳朵摇身一变，就成了丝绸钱包。”

雷米继续从统计数据角度进行阐述来说服陪审团：“这有点

像纳斯卡赛车手，从未赢得过一场比赛，在戴顿纳 500 汽车赛中，二十圈都落后了，还有一圈要跑，而他前面有二十三辆车。他们想要你相信那二十三辆车将全部被闪电击中，他们会想方设法让闪电瞬间发威，他们将会发生转变，然后忽然间他们就开始盈利了。”

为了便于那些更喜欢其他运动项目的人理解，雷米又给出了如下类比：“或者就像一支篮球队，整个赛季一场比赛都没有赢过。他们却将要赢得分区冠军，并且赢得全国大学体育协会锦标赛。”

现在，对于那些非常注重家庭的人（这个群体几乎包括在场的所有人），雷米又说道：“我想，我们都见过有些家庭购买超出他们支付能力的房子，购买超出他们支付能力的汽车，生活中其他支出也超出了他们的支付能力。他们有一个小孩，也可能会有两个小孩。生活压力越来越大，他们会为了金钱争吵打斗。这样的家庭其实为数众多，可最后结果怎样呢？这些家庭最终会劳燕分飞，他们的孩子会遭受破裂婚姻带来的创伤，导致这些结果的原因就在于，这些家庭的生活成本超出了他们的支付能力。”

“这个家庭，哈曼的家庭，不是奥兹和哈丽雅特·纳尔逊（Ozzie and Harriet Nelson）。也不是赫克斯特布尔一家（the Huxtables），”雷米说道。他停顿了一下。“它更像奥齐和莎伦·奥斯本（Ozzy and Sharon Osbourne）。”

不论陪审团原本对卡珀顿持有怎样的看法，他们都知道，他与那位自封为“黑暗王子”并且曾经在舞台上咬掉过一只蝙蝠脑袋的英国重金属音乐家毫无相似之处。而端庄持重、不善言辞的凯茜与那位摇滚歌手的妻子也没有任何相同点，后者曾经在电视真人秀《奥斯本夫妇》中曝光了她的家庭生活。

当被告方律师宣称她丈夫本质上就是个小偷时，凯茜还能坚持着坐在那里，但是把他比作奥齐·奥斯本实在是太过分了。凯茜站起身来，悄悄地走出去，尽可能保持安静，不引起别人注意。然而，法庭里几乎所有人的目光都落到她身上，大家都很清楚她离开法庭的原因。雷米继续扩大类比内容，他描述了一个不正常的家庭，家里有“懒惰的兄弟”、“一个情妇”、带有“赌博恶习”的“老哈曼”。接着，被告方律师又将休·卡珀顿比作《飘》中的斯嘉丽·奥哈拉（Scarlett O'Hara），“只是好景不长，时日无多”。

雷米对卡珀顿的抨击持续了一个半小时，霍克宣布休庭五分钟。这时法庭里面已经座无虚席，法官指示听众，要求他们返回法庭时必须依序通过金属探测器的检测。“书记员的办公室不会［为你们］提供存包服务，”他说道。“原因在于，如果你们把手提包留在书记员办公室，回去时却发现手枪不在包里，你们会非常忐忑不安。请注意，那可不只是个玩笑，因为我在法庭里就曾经亲眼见到一位把枪藏在手提包里的女士开枪射击。”

休庭过后，雷米再次起身，完成最后辩论。在整整两个半小时里，他丝毫没有提及梅西公司是否为了摧毁哈曼公司而无中生有地宣布不可抗力条款，没有提及梅西公司围绕哈曼煤矿购买狭长储煤带的原因，也没有提及梅西公司在最后关头拒绝与哈曼公司达成协议的原因，而这个协议正是休·卡珀顿最后的希望所在。事后，雷米对他那天的所作所为没有表示过丝毫歉疚，他为被告方的庭审策略感到骄傲和自豪，并且坚信他说过的和做过的一切都是专业的和正当的。

“请注意，律师界流传着一句古老的格言，这就是，如果事实对你不利，就猛烈抨击法律，”雷米对陪审团说道。“如果法律对你不利，就猛烈抨击事实。如果事实和法律都对你不利，就只好捶胸顿足了。等我坐下后，我就不能再说什么了，你们将会看到更多捶胸顿足的场面。”

雷米的结束语着重表达了他个人身体上的不适：“对于大家

今天的倾听我深表感谢。这里很热，大家肯定能够想象出我不得不站在这里经受这一切、经受本案庭审整个举证过程的感受。”

当雷米回到被告方律师席上后，卡珀顿急急忙忙走出法庭，发现他的妻子坐在楼梯上。他坐到凯茜身旁，紧紧地抱着她，向她保证福西特和斯坦利就要发言了，一切都会好起来的。

29

福西特已经用了几个月时间准备结案陈述，他本来以为在这个时刻自己会如释重负，然而，当他最终站在陪审团面前时，内心却没有丝毫的喜悦。雷米的辩论使他很受伤害，他不太知道该如何应对。当对方律师将你的当事人比作奥齐·奥斯本，并且还援引《圣经》中的章节，意在说明他的腐败，你又能怎么做呢?福西特并非学习上的快手，对于雷米的抨击，他无法随即组织起新的反击。

“我曾经发誓，在诉讼的这个环节保持冷静，不要发脾气，”福西特说道。“对方的某些陈述使我极端愤怒，我的当事人也极端愤怒，不过，我并不打算拍桌子，也不打算捶胸顿足。”

福西特知道，如果他大发脾气，他将会无法控制自己，他不能任由雷米如此猖狂地大放厥词而不加以驳斥。

“在安西尔·雷米先生的开场陈述中，他所做的表述与本案没有任何关系，”福西特说道。“他们只是竭尽所能地挖掘搜罗卡珀顿先生的隐私，以达到丑化、妖魔化卡珀顿先生的目的。他们绝口不提自己的行为，却对受害者喋喋不休地加以指责：卡珀顿先生没有做出牺牲；卡珀顿先生根本不在意哈曼公司；卡珀顿先生是个失败者；卡珀顿先生过着肆意挥霍、寅吃卯粮的生活。”

“赌博，懒惰的兄弟，还有情妇，这都是些什么话？还有比这样的人身攻击和报复更加不堪的吗？梅西公司对卡珀顿先生施加的种种恶行还能更过分吗？他们还能用更恶毒的语言咒骂他吗？”

福西特深吸一口气。“请注意，女士们先生们，这个案子其实非常非常简单，”他说道。“合同关系的存在……”他停顿了一下，在手里的文件中翻找着。“我今天运气不好，什么都找不到。”

福西特一贯严格自律，做事有条不紊，像今天这样没有提前将文件准备就绪，很不符合他的行事风格。斯坦利能感觉出，经过数周的庭审，他的这位同事已经疲惫不堪。7 月 4 日国庆节的周末斯坦利至少还回家过了两天，而福西特却一直呆在汉普顿酒店。他已经持续工作了超过一个半月时间，期间基本上没有放松休息过。他说话时虽然语气严厉，措辞强硬，但是精神似乎很恍惚，注意力不够集中，与陪审团完全没有沟通和交流，无法消除雷米的最后辩论带来的不利影响。斯坦利希望，福西特能够在陪审团察觉出不对劲之前稳住阵脚，镇定下来。

福西特找到了那份文件，继续进行陈述。他高高地举起手，一个一个地弯下手指，历数着他认为的梅西公司涉嫌干涉和欺诈的十大最恶劣行为。讲完后，他还在无意识地高举着自己的中指，直到法庭里有人轻声笑起来，他才尴尬地猛然放下胳膊。

“［由于梅西公司宣布不可抗力导致哈曼公司遭受的］损失在庭审中一直没有受到关注，引起争论，”他特别指出，准备结束自己的陈述。“我们认为应该是两千九百万美元。这里是卡珀顿先生和哈曼公司案件的庭审现场，你们的裁决结果必将影响他的余生和哈曼公司的将来。”

“就讲到这里吧，”霍克插话说道。

“谢谢你，”福西特说道，他坐回到座位上，提前结束了他的长篇陈述。

斯坦利站起身来，用剩余的时间继续进行原告方最后辩论。他没有责备他的朋友兼协理律师没有完成预定的长篇陈述就提前结束了。不过，福西特确实无意中将更沉重的担子留给了他。不论福西特的表现如何，这一天终将成为斯坦利十三年法律职业生涯中的巅峰时刻。他担任辩护律师的庭审现场从未有这么多的观众前来旁听，这些观众中包括他的父母亲、那些西尔维斯特的女人们、法庭雇员、小镇居民、梅西公司的矿工。斯坦利环顾四周，扫视着观众席，目光落在了卡珀顿身上，他向卡珀顿眨眼示意，并报之以自信的微笑。

斯坦利等待着观众们安静下来，等待着每位陪审团成员的目光都带着期盼锁定在他身上，等待着霍克用诧异、狐疑的目光居高临下注视着他，似乎在问他为什么还不开口说话，等待着有些人认为他会在巨大压力面前张口结舌、呆若木鸡。

然后他握起拳头，举起来，重重地砸在陪审团面前的桌子上。

拳击声令整个法庭为之震动，斯坦利等待着大家再次安静下来。他又一次握起拳头重重地砸在桌面上，拳击声振聋发聩，一直传到楼厅的尽头。

然后，他等待着，随后第三次握拳重重地砸在桌面上。

斯坦利转过身来，面对着在律师席上就座的雷米，用手指指着他。“我不会让你失望地走出法庭，”斯坦利说道。

“谢谢，”雷米回答道，他很是吃惊。

雷米在最后辩论的结束语中，曾经援引律师界的格言：如果事实和法律条文都对你不利，那么就只好捶胸顿足了。随后他又说道，“我坐下后就不能再发言了，你们将会看到更多捶胸顿足的场面。”现在，斯坦利握拳大力击打桌面，这样的举动与雷米预计原告方律师的做法如出一辙，法庭气氛顿时活跃起来。

“如果休·卡珀顿无法阻止唐·布兰肯希普，那么其他人谁还可能阻止他?”斯坦利问道。“我握拳击打那张桌子，对于梅西公司来说唯一的缺憾就是，这要是它的铁拳就好了。”

斯坦利转过身去，走到原告方的席位，将手放到卡珀顿的肩膀上。“梅西公司还希望我们眼前的这个人倒在他的重拳之下。”

“我们并没有要求你们将上帝一词从《效忠誓词》中删除，”针对雷米的最后辩论，斯坦利强调。“我们想要求你们的是，将对上帝的敬畏放到唐·布兰肯希普的心中。我们想要求你们的是，告诉唐国王，这里是美利坚合众国，不是他个人垄断的董事会，没有人能够凌驾于法律之上。唐·布兰肯希普在11月26日的会谈过程中不会这样重重地拍打桌子。”他说道，这里的会谈指的是1997年感恩节前一天的会谈。“暗杀者是不会弄出声响的。”

要求布恩县这六位担任陪审员的公民对布兰肯希普做出不利的裁决，无异于要求他们公然对抗本地区最有权势的企业领导人，毫无疑问，这是一步险棋。布兰肯希普是个睚眦必报的人，他曾经警告过陪审团，如果当地居民有意营造针对梅西公司的敌对情绪，他将不遗余力地予以反击。

“唐·布兰肯希普错就错在，”斯坦利断言道，“他认为休·卡珀顿会乖乖地服输，从此一蹶不振。”

斯坦利再次转身面对卡珀顿，用手指着他说道。“这个男人背负着巨额的按揭贷款，他可不是待在家里享清闲，他肩负着无比沉重的负担，他的债主从这里到弗吉尼亚州的里士满到处都是，他们都想从他这里分得一杯羹。”

“那边就是，”斯坦利向着被告方律师挥了挥手，“梅西公司。”布兰肯希普决定今天不亲自出庭，不过，如果他亲临庭审现场，斯坦利定将转而向梅西公司主席挥手。“正是由于梅西公司的授意，被告方律师才根本不屑于加以辩解，他们到这里来不是为了解释说明梅西公司的行为并非诈骗，”斯坦利说道。他强调，梅西公司的律师们甚至不想费心为其干涉和诈骗的行为进行辩解，原因就在于，他们根本无从辩解。

与福西特不同，对雷米的辩论表示嘲讽和不屑，这对斯坦利来说并不是什么难事。“雷米先生在陈述结束时对大家说的话让我无法释怀，”斯坦利对陪审团说道。“他说‘你们能够想象到我站在这里讲述两个半小时感受如何’。”

“那么大家认为他的感受又会如何，”斯坦利说道，朝着卡珀顿点了点头，“五年的诉讼过后，未来却仍然前途未卜。”

“我们将信任和信心交到了你们的手里，我们确信，你们会将心比心、以心换心地对待我们的信任和信心。根据你们在庭审中获取的证据，你们现在已经了解了事实真相。谢谢你们。”

30

“女士们先生们，原告方的反驳辩论就此结束，”霍克对陪审团说道。霍克身穿黑色长袍，他比其他任何人都忍受着更为严酷的暑热，现在他很高兴，只待陪审团做出裁决，一切就都结束了。“现在到了你们进去做裁决的时候了，我们会把午饭和提交的证据送进去。”

当陪审团就裁决结果进行商议时，霍克则监督处理庭审过程中的扫尾工作。雷米向霍克提交了一份囊括各个方面的百科全书式的异议清单，他们主要针对法官对陪审团所做的长篇大论的指示提出异议，这些异议着实令霍克应接不暇。被告方对多数具体的指示心存不满和抱怨，而且还进一步争辩，陪审团填写裁决结果的表格也存在很多不足之处，容易使人产生误解。霍克知道，雷米正在使出浑身解数，以证明他们向西弗吉尼亚州最高上诉法院提起上诉的正当合理性。

被告方提出的异议至少转移了律师们的注意力，缓解了大家等候陪审团裁决的紧张情绪。被告方律师将他们的投诉和不满登记归档后，众人散去，法庭里空无一人。卡珀顿夫妇同律师们一道来到弗雷达家的小店，这是一家沿街开办的小餐馆，大家共进最后的午餐。餐馆里面除了镀银餐具所有的东西都用油煎炸过。卡珀顿和福西特的肚子饿得咕咕直叫，他们却根本想不起来吃点东西。

在整个庭审过程中，福西特和斯坦利一直满怀信心，坚信他们必将胜诉。然而，等待裁决结果的过程却令他们的信心消失殆尽。他们知道，世界上最为诡诈的陪审团总能找到理由投出反对票，或者，陪审团可能会判定某方可以获得赔偿，但他们裁决的赔偿金额只有应得的百分之十，还认为这已经很关照你了。更有甚者，可能会冒出一个因热爱梅西能源公司而坚持不肯让步的陪审团成员，最终导致卡珀顿案陪审团成了悬而未决的陪审团①。

尽管如此，斯坦利仍然坚信，即使福西特在结案陈述中提前结束发言，他们的团队在案件审理过程中有着强有力的上佳表现，他们理应胜诉。

用过午餐，福西特径自来到法院地下室走廊，他在那里发现了一张长椅，就躺了上去。那里非常凉爽，如同置身于洞穴之中，与楼上的法庭相比俨然是两个世界。偶尔有路人经过，看到长椅上躺着个人一动不动，还以为他已经睡着了。尽管福西特紧闭着双眼，精疲力尽，他的头脑却异常清醒。在为卡珀顿案奋战

① Hung jury：悬而未决的陪审团，或称意见分歧的陪审团，指陪审员们在裁决书上不能取得一致意见的陪审团。——译者

的四年间，他经历过的所有事情全都一幕幕浮现在脑海中。

约翰尼·卡什（Johnny Cash）的歌曲《我无处不在》不断地在他心中回响，成为他凝神思索的主题背景音乐。他曾经四处奔波，录取证词和参加庭审；他曾经去过弗吉尼亚州的里士满；他曾经去过弗吉尼亚州的大石峡谷；他曾经去过肯塔基州的路易斯维尔；他曾经去过西弗吉尼亚州的查尔斯顿；他曾经去过弗吉尼亚州的阿宾顿；他还曾经冒着中西部冬季的严寒一路奔波前往衣阿华州的苏城，只为了见到哈曼煤矿的前任业主录取证言。

福西特的父亲已经动身回家了，临行前对儿子说，他这一生中已经花了太多的时间等待陪审团的裁决。戴夫能够理解父亲的话，不断地思考着父亲奉行的法律哲学，即你尽力为之，然后继续前行。对于父亲的教诲，戴夫之前从未能够很好地践行，不过，现在有生以来第一次他对此有了深刻的理解。他感到父亲是正确的。他不断地想到那些陪审团成员，他曾经注视着他们的眼睛，确信他们读懂了他的眼神，并且将会做出正确的判断。但是，人们永远无法确定最后的结果。不论陪审团做出什么决定，戴夫知道，自己已经尽了最大的努力。此刻，他意识到，在经历了四年多的准备工作以及将近七个星期的庭审之后，他准备要继续前行了。

当福西特陷入对往事的沉思时，迪瓦恩正忙于整理打包几箱子的法律文件，将这些文件放进轿车后备厢中。休和凯茜·卡珀顿在法院周围四处溜达时，与这位律师助理不期而遇，他是参与案件审理的人员中唯一还在佯装做些事情的律师。

卡珀顿知道，他希望这六位陪审员做出什么样的决定，知道这是怎样非同寻常的决定。他能理解他们会为此承担怎样的风险。当他坐在法庭走廊里与凯茜交谈时，他多么希望这一切都能结束。他想回到过去的生活，不论这生活中还能给他留下些什么。

经过大约五个小时的商议，法警宣布裁决结果出来了。

短短几分钟内，律师们就冲回法庭，快速回到自己的座位上。在陪审团被引领进入法庭之前，霍克法官召集律师们进行了单方法庭讨论，他告诉大家，陪审员们要求宣读裁决结果之后，法庭能够允许他们从后门离开法院。陪审员们希望避开谁呢？所有的人都在思忖这个问题，而这只会加剧法庭内的紧张气氛。

在法庭里，卡珀顿伸出手来握住福西特的手，原告方所有的律师都拉住彼此的手，在桌边站成一长排。霍克手拿填写着陪审团决定的裁决表，宣读陪审团做出的裁决结果。是的，梅西公司阻碍了合约的实施，属侵权行为。是的，梅西公司与卡珀顿和哈曼公司打交道时所做陈述与事实不符，涉嫌欺诈。是的，原告方哈曼公司应获得二千九百六十九万六千美元的损害赔偿金。是的，原告方哈曼公司应获得三百万美元的结果损害赔偿。是的，梅西公司妨碍了卡珀顿个人，属侵权行为。是的，梅西公司向卡珀顿隐瞒真实情况，涉嫌欺诈。是的，卡珀顿应该获得三百四十一万七千四百零六美元的损害赔偿金。是的，卡珀顿应该获得四十二万五千美元的结果损害赔偿。是的，卡珀顿应该获得七百五十万美元的一般性损害赔偿金。是的，原告方哈曼公司应该获得二百万美元的惩罚性损害赔偿金，卡珀顿应该获得四百万美元的惩罚性损害赔偿金。

对于卡珀顿和他的律师们而言，宣读裁决结果的过程俨然化作记忆中的一团幻影，模糊不清而又美妙至极。他们当时甚至没有想到将赔偿金额列表记录下来，并计算出赔偿总金额。霍克注视着陪审团成员，看到其中几位陪审员在哭泣。事后他认为，他们做出了正确的决定，不过陪审团裁定的赔偿金额仍然令他很吃惊。

“请大家全体起立向陪审团致意，”霍克说道，当陪审团最后一次起身离开的时候，他要求所有人站起身来送别。“法警先生，请陪同陪审团前往他们的停车处，并护送他们驶离停车场。非常感谢你的服务。”

有些陪审员事后表示，梅西公司的律师们低估了他们。“他们认为我们有些愚蠢，认为我们会听信他们荒唐的言辞，”陪审员芭芭拉·朱伊特（Barbara Jewett）这样说道。“在最后辩论中，他们将卡珀顿描绘得就像是个妓女，只会唯利是图。他们这样做让我很恼火。如果他们有自己的一番道理，他们完全可以当庭提出，大可不必搞这些荒唐古怪的歪门邪道。”

当大家相继走出法庭后，福西特一头扑倒在草地上，大笑着，翻滚着。那天，福西特的举动再次让斯坦利倍感惊奇。福西特做结案陈词时的表现令斯坦利很是意外，而现在这样在草地上打滚，在众人面前如此这般情感流露可不是福西特平素生活的风格。七个星期以来，他几乎每天晚上都是在汉普顿酒店里度过的，远离自己的孩子们和那位对于他来说非常重要的伴侣，全身心投入到卡珀顿案中去。这个裁决结果不仅是金钱上的胜利，而且还是对梅西公司的否定，是对梅西公司的经营方式和打压对手方式的否定。

正当福西特躺在那里，兴奋得晕头转向，不知如何是好的时候，陪审员们走了过来。福西特知道，自己本不应该跟他们说话，不过他必须得说点什么。“你们做得对！”他喊道。

随后，一行人又回到弗雷达餐馆，到了那里他们才开始计算获得的赔偿金额。“五千万！”有人说道。“五千万！”确实如此，赔偿金额总计五千零三万八千四百零六美元。

福西特跳了起来，大力击打着墙壁，高声呼喊着，与周围的每个人击掌相庆。他很有把握地认为，这个案子彻底结束了，前后花费了四年多的时间——比他最初对卡珀顿预言打这场官司所需的时间还要多两年。他确信，梅西公司不会向崇尚自由民主的共和党法官占多数的西弗吉尼亚州最高上诉法院提起上诉，如果上诉，梅西公司必败无疑，并且还得支付赔偿金额百分之十的年利息。而在两次庭审的过渡期间，年利息还会不断累积，最终赔偿金额将会增长足足五百万到一千万美元。

卡珀顿拥抱和亲吻着他的妻子，流下了喜悦和欣慰的泪水。乐观精神是他性格的基石，他始终坚信自己会取得胜利。即使在最后的几个月里，他曾经担心自己那乐观高昂的情绪会被消磨殆尽，他也依然坚信自己终将获胜。他只是从未想到，正义得到伸张需要花费这么长的时间，他也没有料到，这场诉讼中公平正义对他个人而言意味着一千五百三十四万二千四百零六美元。

斯坦利也流下了眼泪，这是他人生中最辉煌的时刻之一。不过，他的观点与福西特不尽相同，布兰肯希普绝对不会接受失败的结果，就此罢手。斯坦利说道，“戴夫，珍藏起这个时刻，永远珍藏着这个时刻，因为没人能够剥夺你的喜悦之情。不过，他们将会尽力一试，我告诉你，他们将会尽力一试。”

福西特又大声欢呼了一会儿。他用手使劲拍着饭馆后面的金属标牌，像个牛仔似的大声呼啸着。然后，他开始感到惊恐起来。“哇哦，我们可是在梅西公司的地盘上，”他想道。“我们还是赶紧离开这里为妙。”他召集起其他正在欢呼雀跃的人们，对大家说该走了。他邀请所有人开车北行三十英里，前往他的酒店房间，大家聚在一起庆祝一下。几分钟后，所有人就都开车驶离了金色圆顶的法院。

在汉普顿酒店房间的聚会上，音乐震天响，大家神采飞扬。福西特跳到床上，高举着一瓶杰克丹尼威士忌，高喊着，“为我们的牛掰……和约翰尼·卡什干杯!”

在后来的几年间，福西特屡次回想起那天的情形，扪心自问怎么能够有这样错误的想法，居然会认为一切都结束了。

第四部分　金钱与权力联姻

2002 年 8 月 5 日

如果公平正义不能及时执行，通常也就没什么公正可言了。

第七章　政治博弈

在同一部门中权力的集聚……正是“对专制的绝佳诠释”。

31

2002年8月初，陪审团的裁决结果公布后，布兰肯希普写了一封致梅西公司数千名员工的信。“亲爱的梅西成员们，”这封信开篇这样写道，“陪审团做出了可怕的裁决，这个裁决结果比麦当劳咖啡泼洒事件臭名昭著的裁决结果还要糟糕。它将损害梅西公司，并且还将损害整个西弗吉尼亚州，致使我们州孩子们的生活更加贫穷。”

陪审团的裁决结果会伤害西弗吉尼亚州孩子们的唯一方式，就是布兰肯希普怒不可遏，将他扬言梅西公司要离开西弗吉尼亚州或者削减公司在该州经营活动之类的威胁话语付诸实施。梅西公司能够毫不费力地支付这五千万美元，这家公司经常被起诉或者因为破坏环境被处以罚款；在一个人人热衷于打官司的社会里，这类事情正是企业经营需要付出的代价。

然而，卡珀顿案不同以往，它涉及个人恩怨。对于布兰肯希普来说，只要能够提起上诉，推翻陪审团的裁决结果，摆平此事，哪怕付出任何代价都在所不惜。“在整个庭审过程中，胜诉方用粗鲁无礼的态度对待梅西公司的证人们，”布兰肯希普在信中继续写道。“他们做出极端下流的手势，对斯坦·萨博莱斯基说话时还带着脏字。”

在信中，布兰肯希普提醒梅西公司“成员们”，不要忘记他们的同事曾经被工会组织的好战分子痛殴甚至射杀，也不要忘记媒体针对梅西公司做出的所有失实报道。“这个裁决结果比所有那些问题都令我警醒，使我倍感忧虑，”布兰肯希普这样写道。

布兰肯希普准备上诉，但是他不打算将这个案件完全委托给上诉律师，任由他们按照法律程序按部就班地办理。他将要去战斗，不仅要为这个不公正的裁决结果去战斗，而且还因为他个人受到了侮辱、他的公司受到了侮辱，以及因为他曾经为西弗吉尼亚州做出了诸多贡献却换来这样的侮辱而去战斗。

辩护律师们的表现也令梅西公司主席极为愤怒，从某种程度上说，他的愤怒也并非没有道理。当初，卡珀顿案在弗吉尼亚州法庭审理时，败诉的梅西子公司向弗吉尼亚州最高法院提起上诉。按照法律要求，上诉申请需要有弗吉尼亚州律师的签字，而梅西子公司提交的上诉申请上面却没有弗吉尼亚州律师的签字；鉴于这个诉讼程序中的问题，弗吉尼亚州最高法院甚至拒绝审理这个案件。由于上诉申请被驳回，在麦迪逊法庭做出裁决后的几周内，梅西公司被迫支付了弗吉尼亚州法院裁定的赔偿金额。

梅西公司与哈曼公司的官司在弗吉尼亚州法院和西弗吉尼亚州法院都以失败告终。布兰肯希普迁怒于辩护律师们，为此，他不但解雇了在两次诉讼审理中负责为梅西公司辩护的肯塔基州法律事务所，怀亚特、塔兰特和库姆斯法律事务所，而且他还让梅西公司以不称职为由，对该法律事务所提起诉讼。结果，参与卡珀顿案审理的律师杰夫·伍兹表示，梅西公司以玩忽职守罪对他的法律事务所提起的诉讼“法院不予受理”。

弗吉尼亚州法院裁定的六百万美元加上利息已经增长到七百二十万美元。布坎南-英格索尔律师事务所以及当地律师都拿到了属于他们的份额后，还剩下充足的钱款可以用来偿还债务，让债权方尝到了收回部分欠款的喜悦，并且用来支付不断产生的法律费用，另外还支付给卡珀顿二十六万五千美元，这是他应得的，他在四年间一直在处理企业破产倒闭过程中的各种具体事宜。

卡珀顿如释重负地松了口气，不过他还欠着国内税务局、格伦迪国家银行以及其他债权方的巨额债务，他暂且无法偿还，只能先偿还一些最为迫切需要归还的债务。一家对冲基金与卡珀顿接触，表示愿意给他提供一百万美元，等布恩县法庭审理完毕，他拿到了被告方支付的赔款后，再给这家对冲基金两百万美元。尽管利率极高，不过对于卡珀顿来说，这毕竟是个机会，使他得以偿还大量债务，而且还可以适当地整修一下家中的房屋。在他看来，自己没有理由降低生活品质，他的律师们告诉他，一两年后他无疑将会非常富有。如果由于某些离奇怪异的、令人难以置信的原因，卡珀顿在本案审理结束后没有获得应得的赔偿，他也就不必向该对冲基金偿还这两百万美元了。

卡珀顿收到对冲基金提供的钱款后，即刻将几十万美元汇给了国内税务局。他刚刚用这笔钱偿还了部分债务，就开始接到新的催款信，请他缴纳刚刚收到的一百万美元应缴的税款。尽管利息和罚金在不断地攀升，他还是告诉自己很快就能成为富人了。

然而，任何事情只要与卡珀顿案扯上关系，就都开始错综复杂起来，问题的解决一拖再拖，没完没了。休要拿到法院裁定给他的赔偿款也不例外，也是一波三折。布兰肯希普立誓要尽全力将这场官司打下去，推翻法院的裁决结果，哪怕耗费巨资也在所不惜。梅西公司的律师们随即开始抛出不胜枚举的法律障碍，意在推迟裁决结果的最终确定。他们向霍克提交了大量的审判后诉讼要点，他们对庭审过程中发生的几乎所有事情都持反对意见，从基本的审判事宜到最含糊不清的法律要点，他们都无一例外地提出异议。

福西特返回匹兹堡后，接受了公司同仁的祝贺，同时他还面临着另外一场法律诉讼的挑战。他的离婚诉讼几乎接近尾声，三个孩子与前妻一起生活。福西特想争取共同监护，可是前妻却将他告上法庭。

民事法庭的法官在裁决之前，请福西特和他的前妻去见一位心理学家，这位心理学家会针对监护安排问题提出建议。福西特认为，孩子们在他身边生活的时间与在前妻身边生活的时间应该是相同的，这一点很重要。他并不想让自己的行事方式带着父亲和祖父的传统，在孩子们面前他们很少将爱字挂在嘴边，他们对待儿子们的态度就是不论儿子们做什么，他们都觉得不够好。

福西特不愿意讨论个人生活的隐秘细节，而现在，他甚至情愿与心理学家谈论此类话题，这足以表明，他多么想得到对孩子们的共同监护权。尽管他是个出色的诉讼代理律师，现在做自己的代理律师却糟糕至极。整个审理过程都是公开进行的，人性中最隐秘的忧虑在众人眼前暴露无遗，他为此愤怒不已。他表现得很傲慢，一副超然物外的样子。这样的表现并非他真实的感受使然，而是他预先的设计使然。

福西特对心理学家说，他感觉妻子的健康状况仍然存在问题，担心可能会出事。心理学家怀疑福西特担忧的诚意，认为这只是他试图争取监护权而采取的伎俩，于是问他，“既然你这么不放心，怎么还能连续外出工作七个星期呢？”

福西特努力向对方说明布恩县的庭审是何等重要，以及他没有经常回家看望孩子们的原因。他还对这位心理学家讲述了当自己在家时他为孩子们做过的事情。

“你觉得你是超人吗？”这位心理学家问道。

福西特被激怒了。他认为自己已经竭尽所能地爱护孩子们，而心理学家却以如此严厉而又苛刻的方式评判他。他愤懑地站起身来，提高了嗓门。

“是的，我必须得当个超人，”他争辩说，几乎快要哭出来了，可这样的表现却使得诉讼结果对他尤其不利。有一年半的时间，他的妻子不在家，也没有能力管理家庭，他在艰难而又努力地操持着家庭事务，却没有因为自己的努力得到任何赞扬和尊敬。他认为自己救了孩子们，可是现在他为孩子们的付出却受到了质疑。心理学家建议福西特只在每隔一周的周末与孩子们见面。“表现出你很在意他们的话，这个建议还可以更改，”他告诫说。

福西特知道他之所以与孩子们生活在一起的时间不及前妻的一半，其原因就在于他在西弗吉尼亚州一呆就是几个星期。参与卡珀顿案审理的每个人都付出了代价，而只有福西特在很大程度上失去了他的孩子们。

福西特和斯坦利相信，在漫长而又艰难的庭审过程中，霍克在管理法庭、主持庭审方面的工作很出色。他们相信，霍克将会延续其堪称典范的工作风格，尽快处理梅西公司律师们提交的大量案情摘要和异议。根据他们的经验，法官只需用几个月的时间就可以处理好所有相对次要的法律事宜，最终定案。这样，卡珀顿案就可以进入随后的司法程序中。到了那个阶段，梅西公司会上诉。与大多数州不同的是，西弗吉尼亚州没有中级上诉法院，这样，梅西公司如果提起上诉，其上诉将被直接提交到西弗吉尼亚州最高上诉法院。

梅西公司的律师们提交的文件资料令霍克应接不暇，他从来没有与这样的律师打过交道。他们是能力很强的律师，他需要花费大量的时间和精力对他们的每一条申诉和不满予以回复。可是这样仍然于事无补，当时的情况经常是他刚刚看完一批案情摘要，另外一批就送到了办公桌上面。

霍克的日常工作还包括处理民事卷和刑事卷上记录的诸如传讯、判决、婚姻和财产纠纷、地主和土地租借人的诉状、资产管理等相关事宜，因此，霍克很难抽出必需的时间来考虑详尽的法庭辩论情况，并且研究各方提交的关于卡珀顿案的诸多争议问题。在许多问题上，霍克都能够迅速地做出明智且合理的决定。然而，经过七个星期的审理后，他却开始得过且过，听任卡珀顿案被搁置起来。

霍克没有意识到梅西公司的律师们在跟他耍花招，他们尽可能地拖延着所有流程的进展，拖延时间如此之长，手段如此巧妙，以至于法律审判公正性都受到质疑。数年后，当他认真思考这段往事，霍克说他相信自己是被对方利用了。“当时，针对他们提出的任何问题，只要我做出决策，律师们就会提交更多的异议，”他表示。“当时我还没有理清楚头绪，弄明白背后的关联。后来，当我回首这段往事，我心说‘哦，天啊，原来是这么回事’。”

另外一个棘手的问题也同样具有破坏性，霍克对此也应该负有责任。2002 年 7 月 19 日，在布兰肯希普出庭作证的过程中，一道闪电划过布恩县法院上空，导致当天上午法庭记录仪器发生故障，无法正常工作，不过其他的庭审过程都得到了妥善的记录。然而，在庭审结束几个月后，法庭书记员梅多斯仍然没有拿出经过妥善整理的另外七个星期的正式庭审记录。梅多斯是法院的长期雇员，很受霍克赏识。霍克几乎没有或者根本没有采取行动敦促她尽快完成庭审记录，或者如果她不能胜任这项工作，就另找他人尽快整理完成庭审记录。

尽管福西特和斯坦利百般怀疑庭审记录迟迟拿不出来，背后可能有梅西公司的黑手作祟，然而，梅多斯对工作的极端懈怠似乎也看不出有什么阴谋诡计。她无法完成工作也许只是心理障碍使然。无论是什么原因，如果公平正义不能及时得到执行，通常也就没有什么公平正义可言了，而且这样无休止的拖延也给原告方造成了严重后果。

32

梅西公司还没有向西弗吉尼亚州最高上诉法院提起上诉。然而，参与卡珀顿案审理的所有人都知道，梅西公司一定会上诉，总有一天原告方和被告方律师还会在查尔斯顿重逢。西弗吉尼亚州最高上诉法院是美国最进步的法院之一，梅西公司的官司前景不被看好。这家法院不但会力挺那些在法庭上击败了大公司并获得了陪审团胜诉裁决的原告方，而且会支持任何致力于提振那些遭受践踏和欺压一方的人和事。卡珀顿案本来就是大企业和小企业之间的斗争，不过，在梅西公司和卡珀顿以及失业的矿工联合会工人之间，最高上诉法院的五位法官中有三位可能会更加同情休·卡珀顿以及失业的矿工联合会工人所处的困境。

尽管如此，悄然发生的某种改变如暗流涌动，将会对法院产生出人意料的巨大影响。这种改变早在1996年就开始出现了。那年三位新任民主党法官在竞选中胜出，获得选票最多的是拉里·V. 斯塔切尔（Larry V. Starcher），他在西弗吉尼亚州北部地区长期担任巡回法官，毕生秉持进步的改革理念。斯塔切尔留着雪白的胡须，脸上总是一副魔鬼般魅惑的表情。他会安慰和关心法院的雇员，录用那些与他志同道合的人员，留意那些他视之为朋友的人们，并且适时推动自己的改革主张。与其他法官不同的是，他会定期组织工作人员聚会。圣诞节期间，他会为工作人员的家人安排特别的社交活动，在这样的活动中他将自己装扮成圣诞老人。

他秉持的自由主义理念并非只是嘴上说说。他自愿参加仁人家园组织，运用他相当了得的木工技能去修建房屋。他的书记员汤姆·罗德（Tom Rodd）在越南战争期间曾因抵制服兵役被逮捕入狱。斯塔切尔希望法院工作人员在遇到麻烦时能想到向自己求助，他一向都很关注少数群体社会地位的提升。

选票数排在第二位的埃利奥特·“斯派克”·梅纳德也获选成为最高上诉法院法官，任期达十二年。他曾经在明戈县长期担任巡回法官，早在1984年到1985年矿工联合会罢工期间，就已经是布兰肯希普的老朋友了。在西弗吉尼亚州，人们要想在竞选中获胜，最好成为一名民主党人。于是梅纳德声称自己是个民主党人，尽管他比许多共和党人还要保守。排名第三的新任法官罗宾·琼·戴维斯（Robin Jean Davis）也是作为改革派在选举中获胜，不过由于她获得的选票数最低，因此她的法官有效任期只有四年。

斯塔切尔认为，他与戴维斯将会建立密切的关系。戴维斯年满四十，对政治很感兴趣，比五十四岁的斯塔切尔和其他法院成员都要年轻。戴维斯和她的丈夫斯科特·西格尔（Scott Segal）无疑是西弗吉尼亚州最成功的辩护律师，他们在西弗吉尼亚州首府也是最著名的权利夫妻。当丈夫代理着胜诉后支付酬金的案件、赚取数以千万计美元的酬劳时，妻子已成为西弗吉尼亚州首府顶级的离婚律师之一。当戴维斯决定竞选州最高法院法官时，她贷款二十一万六千七百三十七美元参加了这次竞选活动。

这位法官与丈夫西格尔共同生活在两万平方英尺的深宅大院中，他们的豪宅可能是西弗吉尼亚州最大的私人宅邸。“因为我代表着作为劳动者的男人和女人的利益，我想要为他们做一些不同寻常的事情，”西格尔说道。“这所房子完全是由工会组织修建的，我曾经在人身伤害案件中为该工会组织成员担任律师。这是建筑艺术的杰作，同时也是工会组织的杰作，工会成员们和我的家人将为之骄傲。”到了周末，夫妇俩经常会带着他们的养子奥利弗、他们的厨师以及奥利弗的保姆乘坐私人飞机前往位于科罗拉多州的别墅度假。

斯塔切尔有充分的理由认为他和戴维斯将会共同工作。在宣布参加竞选之前，戴维斯为斯塔切尔的竞选活动捐助了一千美元。她丈夫也捐助了一千美元，他们事务所里的其他律师则捐助了四千美元。在矿工联合会的支持下，在其他工会组织和辩护律师的帮助下，两位法官都在竞选中获得了胜利。最高法院中进步派以四比一的优势占据多数，而他们同属进步派，因此他们似乎注定将在多数情况下投票表决的时候站在同一阵线上。

斯塔切尔认为戴维斯还欠他一个大人情。在莫农加利亚县做巡回法官时，斯塔切尔曾经监督办理过两万起案件，在这些案件中，人们声称他们由于接触石棉导致罹患肺病、癌症以及其他疾病。斯塔切尔强力主张将这些案件移交司法审理，最终保险公司只得同意和解，若非斯塔切尔行事如此坚决，保险公司是不会妥协和解的。

戴维斯的丈夫从这件事中获益颇丰，无人能比。还在西弗吉尼亚州大学法学院读书时，她就认识了同在那里求学的丈夫。“石棉行业中有人对我说斯科特·西格尔可能在我的法庭上赚取了一千万到一千二百万美元，”斯塔切尔说道。“不过有些律师说那个数字不完全准确，他应该是赚了一千五百万到两千万美元。”西格尔说他的确是赚了数百万美元，不过这笔钱他不光是在斯塔切尔的法庭里赚取的，还有在其他两家法庭里赚取的，这样的收益使得这位受理人身伤害案件的年轻律师在事业起步阶段就淘得了第一桶金。

戴维斯和斯塔切尔以极为严肃认真的态度就任新的职位。斯塔切尔在法官席上表现出坦率、平易近人的风度，而戴维斯则表现得一本正经，非常严肃。正如《查尔斯顿每日邮报》记者克里斯·斯泰尔沃尔特（Chris Stirewalt）所描绘的那样，她看上去“就像一名给八年级学生授课的教师”。

作为新任最高法院法官，梅纳德和斯塔切尔都拥有数十年担任巡回法官的经历。戴维斯在这方面则不同于她的法官同仁，她从未经历过法庭在开庭审理时需要处理众多有争议问题的局面。不过，她工作起来很努力，她即刻开始着手强化学习必需的专业知识。斯塔切尔认为自己可以指导戴维斯，于是他以咄咄逼人的气势致力于与她构建起大学社团式的专业关系。戴维斯不久就认识到与其说这位较自己年长的同事很健谈，倒不如说他很喜欢滔滔不绝地发表长篇大论。就像他曾经征服所有人那样，他以自己激情洋溢的魅力征服了她。

斯塔切尔知道他的同事沃伦·麦格劳（Warren McGraw）和约瑟夫·P. 奥尔布赖特（Joseph P. Albright）都是主张变革的自由主义者，他们会坚定地与他站在一起。他对梅纳德极端右倾的立场也心知肚明。至于戴维斯，斯塔切尔相信她会与麦格劳和奥尔布赖特一起，与他同在一个阵营中。

斯塔切尔关注着法庭上受理的所有案件，他很关心法庭作出的每项裁决是否对穷困潦倒的人们，对容易受到攻击和伤害的人们有所帮助。如果他断定会对这些人有帮助，他就会寻求合理合法的法律途径推动该问题的解决。

斯塔切尔本人从小家境贫穷，生活在西弗吉尼亚州中部斯潘塞城外的一座破旧的农舍中。十三岁的时候，他和两个朋友用樱桃爆竹炸坏了几个邮筒。斯塔切尔的父亲经常用皮带抽打儿子，拉里的背部总会留着条条红肿的伤痕。这一次，斯塔切尔先生认为与其施加缓刑，以观后效，还不如把这个男孩子直接送去少年犯管教所更好些。但是他的老师们争辩说拉里已经做了保证，应该再给他一次机会。

那次经历对斯塔切尔的青年时代产生了决定性的影响。担任巡回法官时，他认为对于年轻的罪犯来说，西弗吉尼亚州的刑罚系统不亚于一台批量生产成年罪犯的机器。他总是尽一切可能不给青年人留下犯罪记录。他会在开庭前或者开庭后与年轻的罪犯会面，努力让他们看清自己的问题，给他们改过的机会，很少把他们的名字留在法庭记录中，而其他法官很少会这样做。斯塔切尔认为自己是个“有影响力的社会工作者”，践行着他所说的“以人为本的司法审判原则”。

在西弗吉尼亚州最高上诉法院，首席法官的职位由五位法官轮流担任。戴维斯替代另外一位法官的职位，她刚刚到任，就坐进了法官席。正是那个时候，戴维斯和斯塔切尔由于意见分歧引发了首次公开的争论。在斯塔切尔的整个职业生涯中，他始终关注提升少数民族群体在政府部门的工作机会。他成为最高法院法官后，在法院工作的几位非洲裔美国人会到他那里寻求建议。1997 年秋天，法院任命一位年轻的黑人罗德尼·蒂尔（Rodney Teal）担任最高法院书记官，斯塔切尔对此很是欣喜。蒂尔在工作中遇到很多困难，一年后，他辞职了，声称法院“内部四分五裂，我知道在情况好转之前它会变得更糟”。随后有人无意中听到斯塔切尔和戴维斯大声地争执，争执的焦点在某种程度上显然还是种族歧视问题。

“我几乎可以确定如果斯塔切尔法官将某件事视为种族歧视，他可不是在编故事，”几年后蒂尔这样说道。“尽管我怀疑在我个人的这件事中，可能是由于种族原因我受到了不同的对待，但是我没有任何证据。我不知道罗宾是否由于种族方面的原因对我有看法，不过我不喜欢她，她真应该是蓝皮肤。”

法官之间的分歧和对立情绪蔓延开来，影响到了整个法院。从 1997 年到 2000 年，戴维斯和斯塔切尔在法院任职的最初三年中，西弗吉尼亚州最高上诉法院约一百名雇员中，有五十一名选择了离职。

斯塔切尔开始鄙视与戴维斯有关的方方面面。“她是我见过的最缺乏同情心的人，”现在回首往事，斯塔切尔这样说道。“我对她没有好感，这是肯定的。”

“她不是什么洛蕾塔·林恩（Loretta Lynn），”他补充道，指的是那位乡村音乐明星。“那时她父亲是煤矿矿工，他们一年只能挣到五万到六万元。而她母亲是学校校长，她是家中唯一的孩子，受到特别的宠爱，上的是私立学校。”

与斯塔切尔相比，戴维斯对自己平凡的出身理解得不够深刻。她是在麦迪逊城外一个名叫范的小社区长大，卡珀顿案的庭审就是在麦迪逊法院进行的。她母亲开车北上前往查尔斯顿接受教育，最终成为学校校长。戴维斯从小被教导要相信自己无所不能，可以做任何事情。

戴维斯坚持认为在法庭上一切过程都应以书面形式记录下来。法官们进行讨论时，她一言不发，令人困惑不已。斯塔切尔对此很是恼火，他认为对方在辩论中与他斗智斗勇，完全是为了掩饰她自己的无能和不安全感。尽管斯塔切尔努力地向她阐明自己的观点，但也觉得戴维斯肯定听不进去。

“斯塔切尔总是几乎都要从桌子上跳过去，冲着她吼叫，”法院行政主管史蒂文·D. 坎特伯雷（Steven D. Canterbury）说道。“而她从来不曾情绪失控，也不曾大声喊叫来回敬对方。有时她会说，‘我已经受够了。’然后涨红着脸走出房间。”

不论是从个人角度，还是从职业角度，斯塔切尔都做过许多慷慨大方的事情。但是，他有个习惯，喜欢夸夸其谈，大放厥词，而且措辞粗暴无礼，这样的做法很不利于达成他的既定目标。有一天，在法官会议室，他怒火中烧，大发脾气。

“罗宾，你这满口的胡说八道，真是令人厌烦透顶，”他说道。

“你要是再出言不逊，我就要控告你，”戴维斯警告斯塔切尔。从那以后，斯塔切尔开始注意自己的措辞。不过，戴维斯的谨言慎行还是令斯塔切尔苦恼不已，这也是她的报复手段。

在此期间，戴维斯与梅纳德的关系却愈发友好亲密起来。梅纳德当选西弗吉尼亚州最高上诉法院法官时已经五十三岁了。早年，他一头浓密的白发就很惹眼，令他周身散发出不凡的成熟气度和乡村绅士的迷人魅力。他终生未婚，却众所周知是个很有女人缘的男人。

戴维斯发现自己与保守派梅纳德能够建立很融洽的关系，而与另外三位进步的自由派同事却无法保持这样的关系。戴维斯在投票表决时也不再是自由派同盟可靠的支持者，尽管自由派帮助她在法官竞选中获得胜利。不过，即使没有戴维斯的支持，最高法院投票表决时自由派也会以三比二获得多数票。福西特和斯坦利有充分的理由相信他们将在州最高法院胜诉，只不过也许得票差额没有预期那样明显。法庭为陪审团提供了充分有力的庭审记录，以支持每项诉讼请求，而且他们相信裁决结果也是完全合情合理的。

2003 年，戴维斯和梅纳德签署了一份异议，抨击多数派法官们不但削弱了“在西弗吉尼亚州进行生产经营的几家公司的金融利益，而且减少了西弗吉尼亚州的工作机会”。这两位法官似乎在暗示他们的三位自由派同事与辩护律师串通一气，在反企业诉讼案办理中谋取利益。

尽管梅纳德在其职业生涯中始终做出的都是有利于企业的表决，但现在几乎每项有戴维斯丈夫签名的议案他都会投票表示支持。2005 年至 2007 年间，法院开庭审理的案件中有十三起案件涉及西格尔的委托人，梅纳德在其中的十二起诉讼中投票支持西格尔，只是在另外的那起诉讼案件中，全体法官无一例外地做出不利于西格尔的裁决，他也投了反对票。

在托尼诉哥伦比亚自然资源公司的诉讼案件中，西格尔担任承租方的律师。承租方声称他们在天然气储量方面获得的酬劳过低。梅纳德在特别审前上诉中撰写了多数意见，使得该诉讼案件得以顺利交由下级法院继续进行陪审团审理，此举近乎于指示陪审团做出赔偿裁决，并且对损害赔偿金额的估算也很慷慨。法院最终裁定原告方获得四亿零五百万美元的赔偿，其中大概有超过一亿两千万美元进了西格尔和与他共同办理此案的同事的腰包。

斯塔切尔怀疑戴维斯和梅纳德已经达成了协议，梅纳德投票支持戴维斯丈夫办理的案件，以此换取戴维斯投票支持梅纳德看重的案件。“人们往往只会看到别人获胜的风光，然后说他获得了特殊的优待，”西格尔说道。“我能够看到输掉官司的记录，并且说在这方面我也是老师的宠儿，因为我在几乎同样多的诉讼中遭受了迎头痛击，也许一个还不如我的律师都可能打赢这些官司。正是这些人竭力地指摘别人以开脱自己失败的责任。”

保守党人认为美国司法制度的弊端在自由主义者占主导的西弗吉尼亚州法院。他们认为西弗吉尼亚州法院为傲慢、不自量力的法官们所劫持，这些法官推行大政府、反对企业的议程，而这些他们在美国立法机关是根本无法实现的。在他们看来，最大的反对派角色之一就是麦格劳法官，他在百分之八十八的工人赔偿要求中投票支持工人，而且在这些案例中他的表现俨然是工人阶级的英雄人物。

2003 年 7 月 21 日那期的《福布斯》杂志，封面是一个背部画着靶心的法官图像，内中一篇文章讲述了美国商会在三年内花费了一亿美元发动了一场被杂志称为“针对法官的秘密战争”，目的在于在美国各地创建支持企业的法院。文章写道，商会在二十四次竞选中，运用其金钱武器二十一次击败了自由派在职法官，取而代之的是支持企业发展的保守派法官，在接下来的 2004

年选举中，麦格劳法官将成为他们的攻击目标之一。这篇文章成为司法界必读文章，麦格劳认为那期杂志的封面图像就是代表他，沃伦·麦格劳，人民的候选人。

麦格劳在自己供职的法院与他的两位同事也是关系不睦，这两位同事不论出于个人原因还是意识形态方面的原因都想将他逐出法院，希望思想更加保守的法官取代他。附属建筑贸易基金会的史蒂夫·怀特（Steve White）告诉《查尔斯顿每日邮报》，“斯派克·梅纳德和罗宾·戴维斯之流一直在伺机攻击沃伦·麦格劳，因为他代表着小企业和工人阶层，而他们代表的则是大企业。”如果麦格劳在竞选中被击败，并且被保守派法官取代，那么不但法院的立场将会偏向右，而且戴维斯将能够操纵法院的投票表决，就像美国最高法院的安东尼·肯尼迪（Anthony Kennedy）和他的前任桑德拉·戴·奥康纳那样。果然如此的话，戴维斯将成为法院中最有影响力的人物。由于她在很大程度上能够决定西弗吉尼亚州司法审判的未来，因此在投票表决时她的法官同仁将会竞相争取她的支持。

保守派需要的是找到击败麦格劳的办法，麦格劳再次当选似乎已经是必然的结果。他的哥哥达雷尔是州首席检察官，西弗吉尼亚州没有哪个家族在保证自己家族成员竞选获胜方面能比他们更在行。沃伦终身以政治为业。在三十四年的从政生涯中，他曾经在州议会下院任职，在州参议院担任主席，在县学校董事会任职；他曾经担任州检察官，州最高法院法官以及州最高法院首席法官。他还在一次竞选州长时失利。麦格劳知道大家都认为他在2004年选举中将稳操胜券，不过他还是很紧张。

司法选举活动总是非常肃静庄重，将法庭礼仪带到了政治舞台上。不过随着竞选资金的大量投入，消极因素也随之大量浮现出来。当金钱买通了电视和其他媒体的广告，对围绕投票人关注的关键问题所发表的特定观点发动攻击，此时，金钱发挥的影响就凸显出来了。

西弗吉尼亚州的投票人认为，政府应该为他们的生活提供至关重要的安全防护，在这一点上他们毋庸置疑是自由派，而在诸如堕胎和同性恋权利等社会问题方面，他们又是绝对的保守派。麦格劳的对手需要找出他的问题，颠覆社会问题保守派投票者的认识，从而将他永远逐出法院。

33

福西特和斯坦利反复考虑如何加快卡珀顿案件的审理进展，很少关注西弗吉尼亚州最高上诉法院的选举情况。在民主党初选中麦格劳完胜挑战者，然后在普选中与一位名不见经传的四十八岁的企业律师布伦特·D. 本杰明（Brent D. Benjamin）进行较量。1928 年以来，还没有哪一位共和党人当选为州最高法院法官，这位政界新手也不可能扭转这样的局面。

这两位匹兹堡律师至少看到过司法选举的消息，但是他们对 2004 年 3 月送交西弗吉尼亚州最高上诉法院审理的一桩鲜为人知的案子却完全不知情，而这件事情对他们自己办理的卡珀顿案将会产生至关重要的作用。正当司法选举准备进行时，州最高上诉法院也在考量是否准许给予二十二岁的小托尼·D. 阿博（Tony D. Arbaugh Jr.）缓刑监督的判决。他因为一项性侵指控被判处十五年到三十五年徒刑，已经服刑六年。他声称自己十三岁时实施了性侵犯，而公诉人称他当时已经十四岁了。

托尼出生于西弗吉尼亚州偏远的彭德尔顿县的农村地区，他是家中五个孩子中的长子。他们生活在一个名为“大跑”的临时营地，有六间破旧的组合式棚屋。从七岁开始，他就遭受三个成年人性虐待，其中两位是亲戚，一位是与家人关系密切的朋友。他们会先让他吸食大麻，兴奋起来，然后就开始跟他玩性游戏。

其中一个性虐他的成人还是他的小学老师，是当地很有威望的乡绅。他的母亲为了换取毒品，屡次让毒品贩子性虐他同母异父的弟弟布赖恩。在这样的家庭氛围中长大，托尼十岁的时候就开始抚弄布赖恩，童年时代遭受性虐通常都会导致这样的后果。

托尼和他的四个弟弟妹妹经常脏兮兮地饿着肚子去上学。很小的时候他们就开始饮酒和吸食毒品。有时，他们被带去参加聚会，通宵不归，最后都趴在桌子上睡着了。直到 1996 年 4 月托尼十四岁的时候，儿童福利部门认定阿博的母亲不是个称职的母亲，他们要将托尼和布赖恩带去儿童收容所。

几个星期以后，托尼和布赖恩逃回了“大跑”。儿童福利部门抓住了布赖恩，而托尼跑得快些，没被抓住。

七个月间，阿博仓皇奔逃，要么躲进他在密林深处搭的帐篷里，要么呆在破门而入的小木屋里，要么住在亲戚家里，直到 1997 年 2 月一天早晨，他正在祖父母家中睡觉，警察找到了他。他跳出后窗，本来打算跳河逃跑，正在这时一位警官用枪指着他的脑袋，让他举起手来。这位警官给十五岁的孩子戴上手铐，把他扔进了警车里。

布赖恩曾经不假思索地告诉社会工作者他哥哥与他有过性接触，他没有想到托尼的行为超出了社会规范，他也完全没想到托尼会因此受到惩罚。警察驾车带着托尼去警察局的路上，他们严厉斥责了他的性虐行为。这是托尼首次听到说他的行为是错误的，不过既然他不会再做这样的事了，他无法理解警官们为何如此恼怒。

“最后一次我与弟弟发生性关系时，我只有十三岁，”阿博说道。“我听人说像我们这样的话就意味着你是同性恋，我可不想那样，不管怎样我还是对女孩感兴趣。”

“他们说我逃跑的时候还带着我弟弟，唯一的原因就是我能和他做那种事。我确实再也没有和他做过那种事。我不再做那种事了。我真的成熟了。我要和女人在一起。可是他们非要我说我确实做过那种事。”

阿博的律师，年轻的杰弗里·罗思（Jeffrey Roth），震惊于他所了解到的托尼的遭遇，但是他不知道他能做些什么。性虐恶行在这个地区普遍存在，种种罪恶行径滋生泛滥于隐秘的世界中，彭德尔顿县当局为此头疼不已。他们对“大跑”进行了清理整顿，至少逮捕了十名与阿博年龄相仿的年轻人。他们因性犯罪和吸毒指控像成年人那样受到了审判，然后被判长期监禁，遣送到监狱服刑。青少年行为失当，他们这些不当行为多半都是从父母那里学来的，却要为此受到严厉的惩罚，没有人过问这样的惩罚对他们是否妥当。

罗思并不赞成阿博未经审判就表示服罪，然而他也知道对于托尼的行为陪审团将会做出怎样的反应。在西弗吉尼亚州，没有哪个地区对待此类犯罪的态度之保守和严厉能超过这个地区。当地辩护律师感到难过和失望的是，在任何类型的刑事案件诉讼中，如果法官希望陪审团在一个小时之内做出有罪裁决，陪审团开始商议后，法警会给他们送去咖啡和炸面圈。如果法官希望陪审团在半个小时内做出有罪裁决，那么他什么都不会给他们送去。罗思不打算参加庭审。

阿博只是勉强会认会写几个字，他隐隐知道自己遇到了什么事情。他从未听说过“诉辩交易①”这样的法律术语，不过当检察官谈及让他作为十四岁的成年人对性侵犯指控服罪，他认为那个主意听上去很不错。在他看来，那样就等于是他对过去的错事避重就轻地认罪，他们又能把他怎么样呢？他没有认识到因为那项指控，他可能被判处十五年到三十五年监禁，就如同 1997 年 9

① Plea bargain：诉辩交易，诉辩磋商，经法庭批准，被告为了避免受到较重的处罚与控诉人达成的认罪求情协议。——译者

月那样。

彭德尔顿县当局先是把托尼送到摩根敦的“栗脊中心”，那里专门治疗青少年吸毒成瘾和精神疾病。如果他能够成功地完成治疗计划，他将被重新评估。他的刑期将被缩短，甚至可能获得缓刑。

托尼踏上了心灵自省之旅。在大门紧锁的治疗中心里面，他不仅学习与高中水平相当的课程，每天还接受个人和集体治疗。他先是跟从心理学家特丽·西格利（Terry Sigley）接受治疗，她是这个治疗计划的领导者。特丽·西格利走后，他又在新来的主管、临床社会工作者加里·麦克丹尼尔（Gary McDaniel）那里接受治疗。

“托尼这个人温和善良，很不错，”西格利说道。“他付出很多努力，希望摆脱眼前的困境。”

“他是我帮助过的最有上进心的孩子，”麦克丹尼尔说道。“他在矫治过程中进步神速。”

社会普遍认可的正确和错误的观念对于阿博来说，如同外星球上的事情一样闻所未闻，他努力地去领会和理解这些陌生的观念。在“大跑”生活的那些年中，其他同龄的孩子们在玩捉迷藏或者骑自行车，他和他的亲戚们却在玩性游戏。他和他的两个妹妹、另一个弟弟、两个外甥、两个同龄人以及两个表兄妹都发生过性行为。

这些不堪的往事，每每曝光于众人面前，都会唤起无比痛苦的回忆，随之而来的是更加深刻的觉醒。一天，布赖恩前来探望他，当着治疗专家的面，托尼为自己曾经的行为向同母异父的弟弟表达歉意。

“那是我成长过程的一部分，我必须那样做，”多年以后阿博这样说道。“治疗中心的生活开阔了我的眼界。之前我不知道自己的错误有多么严重，我是怎样伤害了我的弟弟，我的家庭是多么不正常，它是多么落后。治疗中心教会了我一切。正是在那里，我学习了大多数人宣称的道德。我所了解的人们在社会中行事做人的所有准则，都是在那里学习的。”

阿博开始接受诸如与他同龄的女人过性生活，并且有一天会结婚生子这样的观念。1998 年 8 月，在栗脊中心待了一年之后，十七岁的阿博从治疗中心毕业了。离开之前，治疗师们给他进行了一系列测试，结果表明，面对孩子阿博已经不会产生冲动了。他们的报告显示，虽然托尼来到治疗中心是因为与未成年人发生性关系，然而他再次重蹈覆辙的“风险指数已经非常低了”。不过，他们认为托尼重染吸毒酗酒恶习的“风险指数为中等”，尤其是当他心情紧张或是承受沉重压力时，情况更会如此。治疗专家们认为在阿博的有生之年，他都将面对这样的挑战。

随后，阿博被送到一处针对十几岁男性进行居住式矫治的计划中心，那里距离“大跑”只有两百英里。他在教养院里干得不错，直到有一次他获释返回“大跑”去过周末。当他再回到教养院的时候，大麻检测呈阳性。这样他就又被移送到一处专门收容年轻的成年犯人的矫治中心，在那里被监禁了一年，然后获缓刑五年被释放。

阿博的律师罗思恳求他的当事人不要再回到“大跑”，他感到阿博在那里不可能战胜恶行的诱惑从而获得新生。可是“大跑”是托尼唯一认识的地方。他在离“大跑”不远的格兰特县的彼得斯堡找到一处住所，在一家名叫珀杜的工厂找到一份冰冻鸡肉的夜班工作，从住所可以步行前往工厂上班。在最初的几周内，他做得很好。可是后来，他遇到了一个女孩，然后就开始旷工和吸食大麻。他获释后不到四个月又被抓了起来，送回了监狱。

一年半以后，2002 年的 4 月，二十岁的阿博又来到了唐纳德·H. 库克曼（Donald H. Cookman）法官面前，再次寻求缓刑。阿博的新律师阿曼达·西伊（Amanda See）努力与惠灵市的青年服务系统进行沟通协商，在远离“大跑”的西弗吉尼亚州北端为托尼建立一个康复计划。西伊告诉法庭这项康复计划“通常并不接收这种性质的罪犯，不过他们愿意放弃那项规则，冒险一试”。库克曼说尽管他“对目前的状况深表同情”，他仍然拒绝给予重新审议。

十个月后，2003 年 2 月，阿博让一名在监狱洗衣房工作的女人将大麻偷运进北部地区监狱交给他。当阿博被抓住时，他承认自己犯了重罪。他被判处四个月监禁，与目前的刑期合并执行。

正当律师们就他的案件向西弗吉尼亚州最高上诉法院提起上诉时，托尼做出这样的事情实在不是明智之举。对于托尼来说，获得缓刑似乎是不太可能的，而不久之后他的生活将与唐·布兰肯希普的生活发生交集似乎是更加不可能的。

34

当斯塔切尔阅读阿博的缓刑请求时，他为托尼感到遗憾。在巡回法院任职的那些年里，斯塔切尔见过形形色色与阿博境遇相仿的年轻人，他们置身于推崇复仇征服远胜过推崇公平正义的扭曲的司法体系中，直至坠入毁灭的深渊。如果斯塔切尔在阿博十五岁被初次定罪的时候担任他的法官，他不会允许这个年轻人以成年人身份出庭受审，面临着随之而来的数十年牢狱之灾风险。

当斯塔切尔翻阅这些文件时，他知道这只是那些无名小卒的案件，涉及的只是某些无钱无势的小人物，这样的人和事在他的某些法官同行那里只会一笔带过，不会受到关注。而斯塔切尔则认为，他在最高法院担任法官的一项使命就是帮助像托尼·阿博这样的人。他知道大多数西弗吉尼亚人会在阿博的额头看到该隐的记号，即使百分之八十五到百分之九十五的青少年性犯罪者不会再因性犯罪被逮捕，阿博也没有任何迹象表明他会因同样的罪行再次被逮捕，他仍然无法逃脱既有的宿命。

斯塔切尔无法将阿博在西弗吉尼亚州刑罚制度下失去的六年归还给他，但是也许他可以给他一个新的机会。斯塔切尔法官如同一台永不停歇的发动机开始行动起来，他去找他的两位改革派同事奥尔布赖特和麦格劳，说服他们与自己一道投票赞成阿博获得缓刑。

斯塔切尔根本不想劳神费心去争取其他两位法官的支持。他知道不出所料的话，梅纳德一定会投票反对阿博获得缓刑。这位保守的明戈县前任巡回法官几乎从来不会投票支持任何对罪犯有益的事情。不论是作为男人，还是作为一名职业法官，斯塔切尔对梅纳德都没有心存敬意。而对戴维斯，他内心却只有鄙视，他不会请求她做任何事情。如果她投票反对，她的投票只属于少数派，无论怎样都无关紧要，只不过再次表明她背叛了支持其当选法官的改革派。

斯塔切尔对自己的判断很有信心，但有时他会低估对手。在这个案例中，戴维斯确实打算与梅纳德一道反对阿博获得缓刑，不过她除了可以投出的这一票外，还有更多的权利。在西弗吉尼亚州最高上诉法院，法官们轮流撰写多数意见。不论他们对同事们的意见持赞成还是反对态度，都没有关系。在西弗吉尼亚州诉小阿博一案中，戴维斯说这次轮到她撰写多数意见了。尽管她根本不同意多数意见，她仍然书写了多数意见，并且声明奥尔布赖特、麦格劳和斯塔切尔投票支持多数意见。

斯塔切尔以为戴维斯和梅纳德并不关心托尼·阿博之类的人，不过，对于戴维斯来说，她对这个案件的关注不亚于斯塔切尔。多数意见是一份长达十二页的例行公事的书面文件，主张缓刑处理比较妥当，而戴维斯在同时写出的不同意见中，满篇言辞激烈的辩论，洋洋洒洒居然有十九页。

多数意见中最有争议的部分是，阿博“将受雇在当地一所天主教高中做清洁工”，戴维斯本来没有必要将这样的细节都写入其中，但还是写进去了。戴维斯查看的法庭记录中实际上显示，阿博不是受雇于学校，而是受雇于青年服务系统中的罪犯职业技能发展计划，他将“在天主教马利亚会一位会员的监督管理下提供卫生清洁服务”，他将接受这个天主教组织成员的监督管理。不过，阿博工作的详细情况并没有在多数意见中解释清楚，他将在晚上没有孩子们在场的时候打扫学校卫生。

在她的不同意见中，戴维斯声称“多数派剔除法律精华，以达到将其个人观点作为本案正确结果的目的……多数派最好记住‘在同一部门中权力的集聚……正是“对专制的绝佳诠释”’”。戴维斯同时还谴责了关于释放一个“屡次强奸自己同母异父弟弟”男人的主张。

在阿博案件的整个庭审过程中以及有案可查的公开记录中，这是阿博第二次被人称作强奸犯。第一次出现这个字眼是在州立法院向最高法院提交的诉讼要点中，在这份文件中以强奸犯来称呼阿博是为了证明库克曼法官拒绝准许缓刑的正当合理性。

戴维斯在不同意见中还写道，阿博曾经“性侵过许多其他的受害者，这些受害者的年龄从四岁到十三岁不等，包括他的两个弟弟、两个妹妹、两个同龄人、两个外甥以及两个表弟妹”。这些都是真实情况。但是，阿博之所以把这些情况讲述给他的治疗师听，是因为他被告知自己在接受治疗，他感觉受到保护，很有安全感。他那么诚恳地打开心扉，向治疗师倾吐内心的秘密，治疗师由此更加认定他不会再犯这样的错误了。这些记录是阿博心理治疗的部分内容，不应该被公之于众。州立法院在诉讼要点中提及阿博时称之为强奸犯是对阿博隐私权的可怕践踏。

戴维斯所写的不同意见挑战着她的法官同行的法律尊严，令斯塔切尔极为不安和恼怒，于是斯塔切尔又写了自己的并存意见。“我在此对不同意见的写作者在法律和事实的表述中所做的人身攻击表示惊异和不满，”他指出。“不同意见的写作者在不同意见中表现出无端的肆意妄为，为此我深感不悦。”

后来，奥尔布赖特、麦格劳和斯塔切尔都告诉媒体在戴维斯撰写的多数意见中，他们要么是没有注意到有关阿博在学校工作的内容，要么是没弄明白其中的意图。他们的话可能是真实的，不过，由于疏忽导致他们对这个细节没有认真关注，从而使麦格劳陷入极易遭受对手攻击的危险处境。

2004 年 4 月，阿博从监狱获释，来到了惠灵，当时他看上去并不像一个已经在监狱服刑六年的二十二岁的获释犯人，而更像一个十几岁的青少年。他身高不足六英尺，圆圆的脸上没有皱纹。他告诉自己，也许自己不够聪明，但是会分辨善恶是非。他不再吸毒饮酒了，他加入了嗜酒者互戒协会。

阿博初到惠灵的时候，在一所天主教学校当清洁工，晚上去上班。“［青年服务协会的］罗德·李（Rod Lee）经常把我带到那里，”阿博回忆道。“孩子们晚上不在那里。我用吸尘器清扫教室，用拖布把教室擦干净，然后再打扫洗手间。”几个星期后，他换了一份更好的工作，在建筑公司干活。后来，他又找到一份夜间从卡车上卸下蔬菜水果的工作。

在最初的几个月里，阿博住在一个叫做精神家园的住处，那里专为有过吸毒酗酒问题的男人提供住处。阿特·克恩斯（Art Kerns）帮助管理精神家园，他以前从来没有和有过犯罪记录的性犯罪者打过交道。他调查了阿博的过去，得出结论认为“阿博受到了可怕的不公正对待”。与阿博相处使他感到非常愉快，于是他也就放心地让阿博和自己年幼的儿子呆在一起。阿博从彭德尔顿县带来了他的女朋友，问他的新朋友罗德·李，觉得自己的女朋友怎么样。“他已经步入正轨了，”李这样说。

当阿博每天晚上步行去上班时，他看上去确实是步入了正轨，然而他并不知道在西弗吉尼亚州，某些极有权势的大人物正在谈论他。他们在策划一场竞选活动，实际上他们是打算利用他的故事将麦格劳拉下马来。

35

对于一味寻求妥协又不断损害自身利益的共和党集团，布兰肯希普很是不屑一顾，同时他也非常鄙视那些靠享受祖荫生来富贵、家族关系根深蒂固的民主党人。但是在2004年初，他很清楚为了推进梅西公司在西弗吉尼亚州的发展，他必须得要些政治手腕。他的律师们设法拖延卡珀顿案的进程，使之陷于布恩县法院系统中裹足不前。但是，在法官选举结束后，这个案子不可避免地会被提交到西弗吉尼亚州最高上诉法院。梅西公司主席知道如果麦格劳在竞选中失利，取而代之的是保守派法官的话，梅西公司在最高上诉法院的庭审中就可能获得多数选票支持，从而推翻布恩县法院对卡珀顿案的裁决。

布兰肯希普想要有所行动来改变现状，而且他认为改变现状最快捷最有效的办法就是在竞选中击败麦格劳，让一位热情的保守派法官取代他。他的老朋友斯派克·梅纳德的那一票已经是十拿九稳，没有问题了。如果戴维斯的政治倾向继续向右发展，并且民主党候选人布伦特·本杰明成功当选为最高上诉法院的法官，那么最高法院将转变成为支持企业的保守派占主流的法院。

毋庸置疑，像本杰明这样的保守派将会做出有利于梅西公司的投票表决，而且不只在卡珀顿案的审理中，在未来几年凡是涉及梅西公司的诉讼案件中他都会做出这样的决定。这位法官可能会提议一份全部支持企业的候选人名单，从而有助于改变最高上诉法院的现状。

2004年7月中旬，布兰肯希普安排与年轻的右翼政治顾问格雷戈里·艾伦·托马斯（Gregory Alan Thomas）会面。他们两人都是自由论者，一见如故，相谈甚欢。托马斯认为西弗吉尼亚州即将放弃腐败的民主党传统，转而投向极右倾的共和党怀抱，在他看来，布兰肯希普正是促成这种转变的关键人物。

这种转变在2000年总统大选中即已初现端倪，当时煤炭行业和共和党公开批评副总统阿尔·戈尔（Al Gore），认为他受到环境保护论者的欺骗。据保守的《查尔斯顿每日邮报》报道，在“他所憧憬的不使用化石燃料的未来”，计划关闭煤炭行业。在西弗吉尼亚州，登记注册的民主党人占了绝大多数，从历史角度来看，这里对自由主义的推崇与马萨诸塞州不相上下。然而，西弗吉尼亚州拒绝将五张关键的选举人选票投给戈尔，致使他与总统宝座失之交臂，最终乔治·W. 布什（George W. Bush）赢得了总统竞选，白宫幕僚称这场胜利“从根本上说是燃煤行业的胜利”。随着新一届政府放宽了对山顶移除的限制，反对二氧化碳排放量的监管控制，致力于制定新型宽松的监管规则，西弗吉尼亚州煤炭协会负责人开始夸耀该行业由此获得的种种“回报”。煤炭业一如往日拥有着光明的行业前景，西弗吉尼亚州共和党也憧憬着他们不再处于少数派地位的未来。

在西弗吉尼亚州，托马斯可能是最具有创造性和创新精神的政治顾问。不过他带来的负面影响也的确是无人能及的。他在西弗吉尼亚州政坛开创了邪恶的先河，他热衷于将民主党的劣迹和丑闻公布于众，并以此为人生最大乐事。

布兰肯希普谈论着他梦想中即将获得新生的西弗吉尼亚州，那将是摆脱了重重羁绊的自由之地。梅西公司可以不必拘泥于繁复的规章制度的限制，可以不用被贪婪的辩护律师提起的耸人听闻的诉讼所烦扰，可以无拘无束地开采煤炭。这一切都有待于时机的成熟。布兰肯希普分析说，如果麦格劳能够被真正的保守派法官取而代之，那么州最高上诉法院中新产生的多数派格局将有助于建设他梦想中的新世界。布兰肯希普精明过人，他不会向托马斯或是其他任何人谈到本杰明入选为最高上诉法院法官后，他就能够推翻卡珀顿案的裁决结果。如果被人发现他说过那样的话，他的努力也就前功尽弃了，因为新当选的法官将会因此不得不回避卡珀顿案的审理。

布兰肯希普告诉托马斯，他愿意捐助一百万美元帮助本杰明在法官竞选中击败麦格劳，这位年轻的顾问需要制订计划，安排如何花费这笔钱。于是，托马斯用了几天的时间着手制订资金使用计划。

当托马斯将制订好的计划交给布兰肯希普时，运行这项计划所需的费用达到了两百万美元，而非梅西公司主席愿意支付的一百万美元。这位年轻的政治顾问知道金钱就意味着选票，他对布兰肯希普说两百万美元是做成此事的最低花费数额。布兰肯希普对托马斯说他预计在行动完成之前，托马斯还会要求他拿出更多的资金。

“或许你是对的，”托马斯说道，他认为只有通过充满攻击意味的政治宣传广告进行大力抨击，才能将根深蒂固的民主党人从法院里驱逐出去。

在这项计划实施之初，本杰明驱车南下，前往西弗吉尼亚州西南部，越过州界，进入肯塔基州，来到布兰肯希普的工作地点与他会面。布兰肯希普的办公室很简朴，附设一个小型会议室，他在这个小会议室与客人会面。布兰肯希普是个健谈的人，他并不擅长倾听，而本杰明也是如此。布兰肯希普想要告诉这位法官候选人自己关注的问题，阐述一下他认为司法制度应该发生怎样的改变，可是本杰明却开始自以为是地夸夸其谈起来，而且根本停不下来。谈话过程中，布兰肯希普一度站起身来，走到隔壁房间，从秘书那里拿过一份文件，这中间本杰明依然自顾自不停地讲着。布兰肯希普告诉《纽约时报》的亚当·利普塔克（Adam

Liptak)，他对本杰明说道："我不知道你是谁，不过如果你四处拜访，就募集资金一事与企业界人士会谈，你就需要更多地倾听，而不是说起来没完。我几乎无法了解到关于你的任何情况，不过我不喜欢麦格劳。"

尽管布兰肯希普与愚蠢饶舌的本杰明之间关系并不融洽和谐，但他还是同意拿出至少两百万美元帮助这位共和党人在竞选中战胜麦格劳，助其当选为最高法院法官。托马斯安排布兰肯希普与乔治·卡伦鲍尔（George Carenbauer）律师会面，这次会面安排在查尔斯顿斯特普托和约翰逊律师事务所的会议室里进行，安西尔·雷米就是这家律师事务所的合伙人。布兰肯希普对卡伦鲍尔说他准备尽全力击败麦格劳，他此行的目的是寻求律师的建议，谋划如何花费巨资做成此事。

尽管卡伦鲍尔是个民主党人，而且曾经担任西弗吉尼亚州民主党领袖，但他仍然认为同为民主党人的麦格劳身上带有西弗吉尼亚州司法体系中的种种不良习气。现在能有机会参与击败这位民主党同仁对于他来说简直求之不得。卡伦鲍尔研究了为达成这个目标可供选择的各种办法，最后建议布兰肯希普设立一个527组织，这是一种免税、非营利性的宣传组织。卡伦鲍尔解释说布兰肯希普不能通过527组织赞助支持本杰明的政治广告，但是他可以通过这个组织随心所欲地展开对麦格劳的政治攻击。这种527组织实质上就是一台制作负面政治广告的机器，设立这样的组织对于托马斯来说可谓正中下怀。在527组织中，布兰肯希普可以将其他人推到前台，自己则隐匿其后发号施令，指使他人去具体实施。这种不透露姓名的状态可以一直持续到11月法官选举开始前的几周，到那个时候他的捐款就将必须公之于众了。

527组织规则还要求本杰明阵营和布兰肯希普阵营必须保持绝对隔离状态，梅西公司主席不能与本杰明或者他的团队成员交谈。卡伦鲍尔说如果作为候选人的本杰明或者他的某位顾问打来电话，布兰肯希普要立刻重重地挂断电话。

布兰肯希普同意设立527组织。梅西公司在布恩县法院败诉后，被裁决赔偿对手五千万美元，布兰肯希普在写给员工们的信中曾经说过陪审团的决定“导致的后果就是致使我们州的孩子们更加贫困”。当时的场景至今令他难忘，于是他将新设立的527组织命名为“为了孩子们”。

托马斯提醒布兰肯希普关注西弗吉尼亚州最高上诉法院关于托尼·阿博的处理意见。这简直是天赐良机，拿这件事做文章绝对可以令包括布卢菲尔德和惠灵在内的广大选民义愤填膺。布兰肯希普不仅慷慨解囊，而且还亲自操刀上阵，就像政府的特工人员那样参与到各项行动的策划指挥中去，一心希望能够击败麦格劳，帮助本杰明在竞选中获胜。

梅西公司主席亲自提笔书写广告词，参与选择广告牌放置地点，制定这场声势浩大的宣传战发起的时间。“释放一个儿童强奸犯？让他在我们的学校里工作?”一个电视预告片反问道。“那就是激进的最高法院法官沃伦·麦格劳。”这个广告系列片中充斥着恶毒的言论，其激烈程度不输任何在西弗吉尼亚州投放的政治广告，然而从法律角度来说它们又是无可辩驳的。一切都可以在戴维斯的不同意见中以及她在多数意见中所写的关于阿博在学校工作的段落中找到根据。凭借这两份法院文件作为法律依据，卡伦鲍尔对他们策划的每条政治广告都表示赞同。

阿博在西弗吉尼亚州惠灵的住处是一套复式公寓，这是他住过的最好的住处。惠灵位于西弗吉尼亚州北部狭长地带，距离代表着所有旧日诱惑的“大跑”有数小时的车程，他在这里很有安全感和幸福感。

9月的一天清晨，托尼步行前往市中心的商业区，不经意间抬头看到了一块广告牌。这块广告牌距离地面一百五十英尺，上面赫然是他的面部照片，以及一个街区开外都清晰可见的这几个字："沃伦·麦格劳法官让这个儿童强奸犯获释。"他真希望自己能爬上去，把这个牌子摘下来，但是他当然做不到。于是他转而仓皇离开，竭力逃避着刚刚看到的一幕。可是不久在公路上方，他看到了另一块广告牌，上面赫然又是一张他的面部照片，以及另外一句谴责他是"儿童强奸犯"的话语。当他抬头仰望广告牌的时候，他知道自己试图改邪归正，试图过上体面生活的所有努力都将毁于一旦。

阿博返回家中，哭着打电话给他的长期律师罗思。"杰夫，这太可怕了，"阿博说道。"我不能在这里住下去了。"

现在，阿博成了西弗吉尼亚州有史以来最大规模有针对性的政治广告活动的焦点人物。他的脸出现在遍布全州的各种标牌上，出现在报纸上和电视广告上，他的名字在广播中被反复提及。阿博对罗思说他不能在惠灵生活下去了。根据他的缓刑期限，阿博还得呆在西弗吉尼亚州，但是在这个州里他到哪里都无法逃避无处不在的图像和谴责。

这次媒体的宣传活动发动得突如其来，而且声势浩大，不过一天的时间，不论阿博走到哪里，人们就都认识他了。每当他走在街上，母亲们总会赶紧把自己的孩子拉过去，使劲推进屋里去。每当他来到校园里想跟大家玩玩篮球，其他的年轻人见状就走开了。每当他去嗜酒者互诫协会参加活动，人们就都四散离去。无论他去哪里，警察们总是盯着他的一举一动。

阿博不知道为什么有人要这样对待他。他不认识布兰肯希普和本杰明，也不认识卡伦鲍尔和托马斯。他只知道高高的广告牌上面不是真实的托尼。那是某个冒用他名字的人，某个他从未真正想做的人。他本想这次从监狱出去要好好做人，要过很好的生活，可是现在他不知道该怎么办了。

第八章　改组法院

这场竞选不是思想的交锋，不是善与恶的对决，不是自由主义与保守主义的对决，而是金钱与权力的对决。

36

麦格劳不由得大为震惊。一直以来，他运作竞选活动时内心总是坚信胜利终将属于自己，他在一次又一次竞选中获胜，击败了那些倒霉的共和党人，让他们没有丝毫胜出的机会。他拒绝讨论本杰明，也不打算冒着风险接受那些令人讨厌的、不可信的记者的采访。可是现在，不论他走到哪里，都能看到这些广告宣传，谴责他让一名强奸犯获得了自由。

布兰肯希普并非阿博广告的唯一策划者，本杰明自己的官方竞选团队也在运作关于阿博的广告。本杰明的发言人告诉《纽约时报》："在布伦特·本杰明竞选广告中所有涉及阿博案件的信息都直接取自法院记录。"

"为了在竞选中获胜，你利用托尼·阿博的案件作为宣传广告的主题，让他沦为牺牲品，是这样吗？"伯克利《注册先驱报》的编辑部成员问道。

"不是，"本杰明回答道。民意调查显示本杰明正在成为不可小觑的挑战者。几天后，矿工联合会将在拉辛举办劳动节年度集会，届时麦格劳将有机会再次在大庭广众面前演讲。集会中，最受瞩目的人物是马萨诸塞州参议员、民主党总统候选人约翰·克里（John Kerry）。不过，西弗吉尼亚州每位著名的民主党政治家都有机会来到台上发表演讲。这些演讲者中就有矿工联合会主席塞西尔·罗伯茨。罗伯茨早已跻身于华盛顿政界，然而当他回到西弗吉尼亚州发表演讲时，他又变成了兴奋不已的民粹主义者。他演讲时那尖锐高亢的嗓音听起来就如同一只发情的猎犬，与其说他在讲话，还不如说他在尖叫。他那疯狂的表演令观众们眼花缭乱，反而会无暇顾及他的演讲词。不过，罗伯茨能取悦几乎所有人，只有麦格劳除外，麦格劳运气不好，他被安排紧随罗伯茨之后上台演讲。

麦格劳为参加这次民主党人集会，准备了一件红、白、蓝三色相间的衬衫上面点缀着星状图案，让人无法确定这是一件保龄球衬衫，还是一件裁判的球衣，或者就是一面美国国旗。他的口袋里装着一份由他的朋友斯塔切尔帮助撰写的措辞审慎明智的竞选演讲稿。然而，矿工联合会主席已经极大地调动了观众的情绪，人们群情激昂，似乎就要勇往直前地向巴士底狱进发了，这种情形下他口袋中的那份竞选演讲就很不合时宜了。

“在西弗吉尼亚州这里，有些人继续找出种种理由来攻击诚实勤勉的基督徒们，竭力让我们现丑；他们到处跟踪我们，竭力拍下丑陋的照片，干着丑陋的勾当，”麦格劳喊叫着，有节奏地摆动着手指，就像个管弦乐队的指挥，指着人群中本杰明的摄像师，那人正在拍摄演讲过程。

时至今日，麦格劳否认他当时在暗示自己的对手不是基督徒，不过他的讲话似乎给本地区由来已久的偏见以可乘之机。那位共和党候选人的姓氏听起来像是犹太人的姓氏，然而与麦格劳一样，他也是卫理公会信徒，就像秀兰·邓波儿这个名字听起来有犹太人的感觉，实则与犹太人并无瓜葛。

“我的共和党对手拿着共和党人给他的钱竭尽全力诋毁我们民主党人珍视的民主和自由，”麦格劳说着，不停地在台上来回走动。“毫无疑问，在观众群里某个角落，看看你旁边，有人正在拍照，他们肆意丑化我，然后用在电视节目中。不论我们去到何处，他们都会跟踪着我们，寻找让我们出丑的机会。”

接着，麦格劳开始指责共和党人，他将妇女有权堕胎、学校里不做祷告、在某些州同性恋可以结婚这些事实都归咎于共和党。他的话没有任何意义，他疯狂地用这种屈尊俯就的态度对待西弗吉尼亚人，而他努力争取的正是他们手中的选票。他的那些话羞辱了西弗吉尼亚州及其人民，给垂死的本土主义以可乘之机。不过，他没有就此停止激烈地辩论。他谴责“纽约和华盛顿的人们”，在忙于所有其他可能的颓废的追求时，居然还能抽出时间筹划这些反麦格劳的广告宣传。

尽管克里参议员在演讲时并没有刻意地提高音量以盖过麦格劳和罗伯茨，他仍然立刻吸引了几乎所有人的注意力。然而，本杰明派去的密探观看了麦格劳的演讲，听到了这位候选人说出的自我毁灭的话语，这些话在本杰明听来却甜蜜无比。本杰明和布兰肯希普开始制作电视和广播广告，这些广告仅仅是从人们熟知的“拉辛的咆哮”中节选的个别段落而已。就像运作阿博的宣传广告时那样，这两个团队精明高效地购买媒体广告，让人不由得认为他们在协同行动，尽管他们自己对此予以否认。

布兰肯希普想出了个主意，就是购买半个小时的电视时间，采用电话语音留言的办法吸引一批观众观看麦格劳整场的咆哮演讲，中间穿插着阿博广告以及针对这位民主党候选人的其他攻击广告。到了这个时候，就是9月中旬的时候，大多数选民都已经听闻麦格劳在无辜清白的西弗吉尼亚州释放了一名儿童强奸犯，而现在，这位所谓的法官，居然发表了粗野无礼、言辞激烈的长篇演讲，让西弗吉尼亚州再次蒙受耻辱。

就在这个时候，福西特接到了伯特霍尔德打来的令人不安的电话。“电视上全是宣传广告，”伯特霍尔德汇报道，“整日整夜地播放。”

“哦，在西弗吉尼亚州，一个名不见经传的共和党人没有获胜的希望，”福西特说道。

“那个事我说不好，”伯特霍尔德说道。“妈妈们和爸爸们，尤其是煤矿工人，坐下来吃饭的时候，看到这些广告，会说，‘我不知道我会把选票投给谁，不过我确定绝对不会投票支持麦格劳。’”

此时，福西特才开始担心他们可能会失去西弗吉尼亚州最高上诉法院中至关重要的一票。

西弗吉尼亚州的辩护律师们在观看阿博广告和发生在拉辛的激情咆哮后的震惊程度几乎无人能比。他们担心这场媒体广告攻击将会改变最高法院的根本性质。对于他们来说，麦格劳会败给一个体形圆胖的共和党的无名之辈，这简直令人难以置信。可是民意调查结果是可怕的。

这场竞选不是思想的交锋，不是善与恶的对决，不是自由主义与保守主义的对决，而是金钱和权力的对决。如果本杰明赢得了选举，他就会因为布兰肯希普的捐款欠着他的人情。而如果麦格劳赢得了选举，他势必会对某些助其一臂之力的辩护律师表示感谢，而回报的方式会更为有害。

辩护律师们也有他们自己的527组织，为初选和普选筹集了两百万美元。他们通过另外的实体将这笔钱汇集起来，这样他们就能够为捐款数额最大的捐助者们保守秘密，让他们的名字不为外人所知。当辩护律师的527组织提交选举报告时，报告显示其中两到三位大额捐助者每人至少捐出了五十万美元。如果麦格劳获胜，这些律师们完全有理由私底下告诉他自己为他慷慨地捐过款。以后每当这些捐助者中有人出庭辩护时，麦格劳内心的记忆会提醒他应该怎么做。

至于托尼·阿博，他无法理解为什么就没有一个人站出来为他说句话。没有人谈到他并没有再度堕落；没有人谈到他并不是个掠夺者，而只是童年时代恋童癖遭遇的受害者和幸存者，并且他自己并没有表现出任何恋童癖的迹象。而他也理解那些支持他的人们，他们的组织一直在努力帮助惠灵的民众，他们担心自己会被卷入到这场纷争中，最后招致毁灭的命运。

当西弗吉尼亚公共广播公司的制片人邀请托尼参加一档名为《观点》的杂志节目时，托尼一口应允下来。他和同母异父的弟弟布赖恩一道出现在节目中。托尼下巴上和嘴唇上留着红棕色的胡须，看上去比布赖恩体格健壮。

布赖恩是个身材纤瘦、说话温和的青年，仅仅出现在节目现场就能充分表明他支持托尼的立场。虽然他的图片并没有出现在广告牌上，他也原本可以躲开公众的审视和监督，但他将自己的照片在整个州里公之于众，为他的哥哥作证，表明他是多么爱他的哥哥。

“在这场炙手可热的竞选活动中，沃伦·麦格劳和布伦特·本杰明都不是焦点人物，”节目开始时幕后解说员这样说道。“大部分的注意力都聚焦在托尼·阿博身上。”

“你从什么时候开始实施性虐？”节目制片人问阿博。

“大约八岁或者九岁，”托尼说道。

“对你的弟弟？”制片人有些迟疑地问道。

“可以这样说，”托尼说道。

“我不认为‘犯罪’是个合适的字眼，”布赖恩说道。“我不觉得他冒犯了我，或者性虐我。我的意思是，我们只是做了一些事，我没有被冒犯或者被性虐，很多事情都被过分夸大了。我的理解是这只是生活的一部分，我觉得我们甚至不知道我们做着不应该做的事。”

“要不是因为决定让你去当地一所高中工作的计划，你认为会有人听说你吗?”制片人问托尼。

“老实说我不知道，”托尼说道。“我肯定不会没来由地到处去说以前的事，不过很显然这个人自己的生活中没有什么事可以拿出来利用，于是他只好利用我的错误来做他的武器。他们想要谈论我曾经做过的事情，可是他们正在做的事情与我那些事也没什么两样，只不过不是性方面的。他们正在做的就是毁灭别人的生活来满足自己的需要。”

麦格劳在法院的改革派同事们看到眼前发生的事情，才恍然明白他们在托尼·阿博一案中的投票表决是被人利用了，目的在于在选举中彻底击垮他们的朋友，这样的结果令他们深感震惊。当斯塔切尔认识到戴维斯如何在这件事上要着手腕，同时书写多数意见和不同意见时，强烈的憎恶之情禁不住涌上心头。10 月初，斯塔切尔在《查尔斯顿公报》上谴责戴维斯“利用那个裁决结果栽赃陷害自己的同事，从而达到在政治上搞垮对方的目的”。他还指责戴维斯滥用职权，插手法官竞选活动。

2004 年 10 月中旬，布兰肯希普提供资助的 527 组织不得不提交选举报告了，至此梅西公司主席参与竞选活动的情况开始人人皆知。斯坦利和福西特惊愕不已。即使在他们偏执多疑到极点的时候，他们也从来没有想到布兰肯希普为了选出能够投票支持梅西公司的法官，居然如此明目张胆、费尽心机，不惜投入巨资。他们原以为报纸报道了布兰肯希普在竞选活动中投入巨资的消息将会引起选民的反感，转而反对他支持的候选人当选。然而，正如福西特事后所说，就像巨大的石块能砸烂剪刀那样，电视宣传的威力远胜过报纸头条报道。他们本以为与布兰肯希普相比，自己考虑问题更深入全面，工作做得更好，而现在他们才认识到，布兰肯希普谋划了在他们看来根本不可行的在西弗吉尼亚州最高上诉法院胜诉的路径。卡珀顿忧心如焚，他给辩护律师的527组织送去了一张五千美元的支票，这对他来说已经是笔巨款了。福西特和斯坦利连同他们法律事务所的几位律师一道也送去了支票。

并非只有卡珀顿的律师们觉察到了竞选捐款和卡珀顿案之间存在着某种联系。“梅西公司在布恩县法院一起诉讼案的审理中败诉，损失了五千万美元，”麦格劳的竞选经理安迪·加拉格尔（Andy Gallagher）告诉正在拍摄纪录片《最后的竞选》的摄制组。“那个案子办理得非常出色，这样即使对方上诉，他们［原告方］的诉讼也是无懈可击的。他们的［布兰肯希普和梅西公司的］想法是将沃伦·麦格劳赶出法院，由此他们就可以获得对自己有利的三比二多数投票。”

与辩护律师们相比，布兰肯希普在竞选活动中投入的金钱更多，策划的攻击性广告也卑鄙低劣得多。在竞选活动的最后几周里，他更加变本加厉，更加频繁和广泛地播放恶毒的阿博广告和悲情的拉辛咆哮，以至于人们感到无线电波完全被这些内容占据了。到了选举日，本杰明以三十七万七千一百二十三票对三十二万九千九百九十一票获胜。为了确保本杰明在竞选中大获全胜，布兰肯希普通过直接和间接捐款，花费金额超过三百万美元，占竞选活动支出的百分之六十。

2004年11月2日晚上，福西特和凯瑟琳·特罗驾车前往斯坦利位于匹兹堡的住所，共同收看西弗吉尼亚州竞选结果。福西特和斯坦利不相信本杰明真能在选举中胜出，然而午夜过后，局势开始明朗起来，麦格劳在布兰肯希普以金钱为后盾的强大攻势下一败涂地。两位律师咒骂自己居然没有想到布兰肯希普会秘密参与到这场竞选活动中，而此时他们已经无能为力了。至此，他们知道自己面对的是更加有恃无恐的布兰肯希普，他是这场非同寻常的竞选胜利的设计师。

那个星期二晚上，在查尔斯顿的议会大厦烤肉炉咖啡馆举办的本杰明胜利庆功会上，布兰肯希普公开露面了，这是他在与这位共和党候选人相关的场合首次公开露面。“很高兴见到你，丹，”本杰明的妻子贾尼丝说道，还记错了梅西公司主席的名字。在本杰明的胜选演说中，新当选的法官没有对助其竞选的这位关键人物表示感谢，尽管这个人物投入的金钱是本杰明竞选获胜的唯一至关重要因素。

“我可以告诉你们我没有被任何人收买，”本杰明对记者们言之凿凿。布兰肯希普离开本杰明的庆功会，去到附近的酒店酒吧里，与他的密友共和党法官梅纳德会面，庆祝他的新任共和党同事在竞选中获胜。

后来，在许多场合，本杰明都声称他没有要求布兰肯希普提供资金支持。这样的说法听上去似乎不可能，可是没有人能够拿出权威证据来质疑他的断言。直到2009年，《纽约时报》刊登了利普塔克对布兰肯希普的专访，文中布兰肯希普谈到竞选活动伊始他曾经与本杰明会面讨论资金问题。

竞选结束后，本杰明竭力与他的捐助者保持距离。这位法官努力想让众人感到是梅西公司主席运作了这些负面广告，而他们两人只是都想到了利用阿博来击垮麦格劳而已。

布兰肯希普阵营中许多人认为，本杰明拒绝承认他们付出的努力，是个虚伪而且忘恩负义之徒。不过布兰肯希普的支持者们也理解本杰明的做法，认为他做出疏远的样子是精明的表现，因为日后他会被要求在卡珀顿案以及其他涉及梅西公司的案件中投票支持布兰肯希普。

2007年，本杰明在华盛顿对国家新闻俱乐部说："没有哪家独立的经费支出组织会要求别人为你投票，他们没有赢得竞选。"他很自豪地声称他曾经数次投过梅西公司的反对票，尽管他并没有提及他是顺应多数人的决定这样做的，他的那一票并非关键一票。

在本杰明看来，布兰肯希普支付的巨额资金是无足轻重的。不过，每次本杰明法官投票支持梅西公司的时候，许多人都会将其视为贪污腐败的布兰肯希普手中操纵的傀儡。

37

现在，经过多方努力，即使卡珀顿案最终被提交到西弗吉尼亚州最高上诉法院，布兰肯希普更没有什么可担心的了。而这还只是布兰肯希普试图按照自己的理念改组法院的开端。本杰明刚刚在竞选中获胜，布兰肯希普就开始将斯塔切尔定为2008年选举中的攻击目标，表示下次他将花费四百万美元击败斯塔切尔。

与此同时，在遗世独立、安然静谧的西弗吉尼亚州最高上诉法院里，戴维斯除掉了她的一个对手，取而代之的是一位她能够与之共事的温柔绅士。她提供了击垮麦格劳的材料依据。通过这样做，她还将托尼·阿博送上了毁灭之路，而且阿博的毁灭比麦格劳的失败要更加彻底，影响更加深远。

阿博是2004年11月竞选活动中最大的输家。他的律师们曾经起诉学区允许其属下教师性侵阿博，在竞选活动期间，他收到了一张二十万美元的支票，这是五十万美元和解赔偿金额中他获得的份额。这笔钱本来可能更多，可是他的律师们看到阿博卷入了竞选活动的广告战，他们认为还是先拿住当前得到的和解赔偿金额为妙，否则一旦阿博做出什么事情破坏了和解谈判，一切就将前功尽弃了。

律师们要给阿博建立一个新账户，每月给他划拨固定数额的钱款；其余资金拿去投资，获得收益。但是，阿博不同意。他想在惠灵买下几处住所，安排妥当，然后出租这些房屋谋生。他已经看好了几处地方，可是他过于轻信别人，所有人都准备来打他的主意。

正当各种麻烦甚嚣尘上之时，阿博拿到了他的大额支票，他随之放弃了自己的各项计划。他对任何事都不太在意。他为精神家园的阿特·克恩斯买了一辆卡车，还为几位亲戚买了车。他们把车撞坏了，他就再给他们买新车。他到纽约去观光，到大西洋城去赌博。

“我感到恐惧、孤独、受到威胁，”阿博说道。“正因为这样我开始携带枪支。我感到要么是我，要么是他们。然后我想要杀掉自己，觉得我就像他们说的那么坏。我把钱都分发出去，因为在我内心，我丢弃掉这些钱是想让他们知道这并不重要。我买汽车，买衣服，这真吓人。我吸毒，可是甚至吸毒后的快感都没什么意思了。我知道我心情糟透了。我溜回家同家人在一起，因为我爱他们。”

2005 年 2 月，阿博的钱即将挥霍一空，他在离家不远的彭德尔顿县被警察拦了下来。在他的车里，他们发现了一把 357 马格南手枪，以及大麻和冰毒。他交纳了保释金被释放后，就北上逃到了惠灵，在保释和审理期间逃走了。

他在惠灵的朋友们很高兴看到他，但是他们知道警察正在追捕他。他们担心一旦他返回彭德尔顿县，而且他是肯定会回到那儿去的，警察将会向他开枪杀死他，在彭德尔顿县没有什么人会为此悲伤难过。因此他们觉得为了他好起见，就将阿博要去的地方告诉了警察。当阿博车里载着几个十几岁的姑娘出现在罗德·李家时，四辆巡逻警车从四面包抄过来。

阿博回到离他的出生地“大跑”五十英里开外的赫顿斯维尔矫治中心服满十五年到三十五年的徒刑。直至今日他仍然呆在那里，希望到 2015 年他年满三十三岁时获得假释。

第五部分　风波再起

2005 年 1 月 13 日

权势阶层以及与权势阶层保持密切关系的人们，总是能够逃脱惩罚。

第九章　煤矿火灾

这一系列事件体现了对个体生命令人震惊的漠视，以及不惜一切代价觊觎和攫取利润的贪婪。

38

2005 年 1 月，在陪审团做出裁决将近两年半后，霍克仍然没有签字批准卡珀顿案结案。福西特曾经建议伯特霍尔德和他一道前往霍克的法庭，每天就坐在那里，直到法官做出结案决定为止。可是这位查尔斯顿律师经常在霍克的法庭上担任辩护律师，并不打算激怒他。斯坦利也不赞成这个计划，他对霍克在庭审中的表现评价很高，无法说服自己对法官横加指摘和责难。

显然情况并非他想象的那样，但福西特仍然感到很蹊跷，他怀疑也许有人买通了法院书记员，拖延时间，迟迟不向法院提交整理好的庭审记录。否则的话，拖延了数年都无法结案又该作何解释呢？法院书记员一再拖延，无法拿出完整的庭审记录，这使得布兰肯希普得以帮助合乎他心意的法官在选举中胜出，成为最高法院法官，从而使他能够实施更多显而易见的非法行为，尽管类似的不当行为已经遭到弗吉尼亚州和西弗吉尼亚州陪审团的否定。在布恩县法院审理卡珀顿案的过程中，布兰肯希普就承认当时他考虑针对哈曼公司执行不可抗力时，就已经估算过如果卡珀顿起诉他的话，梅西公司可能会付出的法律成本。布兰肯希普关注的焦点并不只是商界的陈词滥调，而是对企业运营代价极为精明的评估。当他疯狂地实施那些挑衅性商业行为时，他知道梅西公司可能会因此遭到起诉，这些因素都已经在他的考虑范围内了。

2005年1月13日，福西特驾车前往惠灵，再次对梅西公司挑起的矛盾冲突有了直接了解。也正是在惠灵，布兰肯希普和本杰明致使阿博过上正常生活的可能性彻底化为了泡影。按照预先的安排，福西特此行与惠灵-匹兹堡钢铁公司首席执行官詹姆斯·G.布拉德利（James G. Bradley）会面。惠灵-匹兹堡钢铁公司是美国东北部地区仅剩的几家重要的钢铁制造商之一。

福西特走进公司简朴的办公楼时，布拉德利和他的整个管理团队已经在会议室的大木桌周围就座。会议室的墙壁上陈列着公司各个下属工厂的黑白照片。

“这位老兄在起诉梅西公司方面是迈克尔·乔丹式的人物，”五十九岁的布拉德利这样将福西特介绍给惠灵-匹兹堡钢铁公司的其他高管。这些高管们在会谈后将就他们的公司如何展开与梅西公司的斗争做出决定。布拉德利讲述了他们这家钢铁公司的遭遇，以及他认为自己可能需要福西特提供法律服务的原因。就像与卡珀顿初次见面时那样，福西特还是很少说话，只是偶尔在一个黄色的拍纸簿上做着笔记。

福西特对布兰肯希普和梅西公司的运作手法非常熟悉，很多时候布拉德利说完上句，他就知道下句会是什么。惠灵-匹兹堡钢铁公司与梅西公司下属的一家子公司签订了一份长期合同，合同规定梅西公司子公司要满足钢铁公司全年炼焦煤的需求，为此惠灵-匹兹堡钢铁公司需每年支付将近三千万美元。惠灵-匹兹堡钢铁公司使用这些煤制造焦炭，而焦炭和铁矿石是生产钢铁的主要原料。钢铁公司在温度高达三千六百华氏度的专用真空炉中将炼焦煤加热，从而制成焦炭。在过去的几年间，随着炼焦煤的价格翻了一倍多，运往西弗吉尼亚州福兰斯比惠灵-匹兹堡钢铁公司的煤炭也日渐减少。2004 年最初的几个月里，这家钢铁公司有时获得的煤炭仅占其需求量的百分之二十。

梅西公司发来大量信件为其没有按照合同规定交付煤炭百般辩解。他们找出各种各样的理由：什么地质条件恶劣、限制煤炭生产、洪水、无法找到和雇用新矿工、矿井火灾以及铁路公司无法提供运煤车等。

布拉德利使出浑身解数，尝试了所有的办法去搞到他需要的煤炭。他给布兰肯希普打电话，给他写了一封又一封信，可是都无济于事。无奈之下，2004 年 6 月，他决定去见布兰肯希普。

"一直以来我看着他们左一个借口右一个借口地搪塞着我们，"布拉德利对福西特说道。"最后，我想我需要去一趟，亲自跟布兰肯希普谈谈。我觉得布兰肯希普是上市公司老总，行事应该有章可循，我打算坐下来，与他进行面对面的会谈。他没有回避我们，我看到了几分希望。他愿意与我们会谈。"

布拉德利和他的三名同事开车前往惠灵城外的俄亥俄县机场，梅西公司的一架喷气式飞机已经等候在那里。飞机飞往查尔斯顿，在那里他们又登上一架梅西公司的直升机，飞机载着一行人向西南方向飞越阿巴拉契亚山脉。青葱的山峦原本风景如画，却被不时闪现的山顶移除后遗留的褐色秃岭弄得面目全非。

"我们打算带你们去看看主席正在建造的别墅，"副驾驶员说道，直升机轰鸣着飞越大地，然后在威廉森城外的一处山顶盘旋。布拉德利向下看去，在山顶狭小的高地上，一座高楼即将完工。"主席的卧室就在顶楼，"副驾驶员在发动机的轰鸣声中高声喊道。"那是整座楼里唯一的卧室。你真应该看看铺地板的大理石。那是他们从巴西买来的。"

最后，直升机向着另外的方向急速飞去。布拉德利不知道飞行员要带着他们飞往哪里，布兰肯希普拥有两处位于肯塔基州东南部群山之中的奢华木屋别墅，飞行员正是要带着这一行人前往其中的一处木屋别墅。布兰肯希普站在停机坪迎候他的客人们。随后，他带着众人四处参观，包括养马场和宽大的健身房。别墅里摆放的伊桑·艾伦品牌家具，使得整座房子呈现出高档而又淳朴的风格。布兰肯希普引领大家走进起居室，巨大的壁炉前面铺着熊皮地毯。

“我问他雇着多少人，”布拉德利讲述着。“他说他雇着一个人专职照料马匹，他有一个厨师，还有另一个人打理其他事情。可是他讲的越多，带着我们四处参观的越多，我却感到愈加愤怒。你能想象出我的心情。”

布拉德利正准备开始讨论他们公司的未来，布兰肯希普却让客人们在巨大的屏幕前面就座，让大家看了两段视频。第一段视频标题为“谁是唐·布兰肯希普?”对梅西公司主席的伟大成就大加赞颂。第二段视频是关于他那个驾驶着改装赛车的儿子。正在那时，布兰肯希普将客人们领到了餐厅里，他的厨师已经准备好了一桌丰盛的午餐。

就像梅西公司主席曾经对卡珀顿说过的那样，他没有什么朋友，在与人打交道方面，他似乎没有什么可以炫耀的。布拉德利喜欢玩乐，爱好钓鱼，是六个孩子的父亲，七个孙子女的祖父，他非常疼爱孩子们，布兰肯希普似乎很喜欢与布拉德利交谈。

通常情况下，布拉德利给人的印象是个内向矜持的人，善于解决问题。不过若是他认为自己受到了不公正的对待，他也是会发脾气的。布兰肯希普正用手指着一块波斯地毯，这时惠灵-匹兹堡钢铁公司首席执行官大发雷霆：“你把我们搞得一塌糊涂，唐，是不是？你没有关注你的企业。你在这里做着他妈的任何事情，你没有关注煤炭开采工作，至少涉及惠灵-匹兹堡钢铁公司的煤炭开采工作你没有重视起来。”

“你他妈的知道不知道你对我们做了什么?”布拉德利接着说道。“这可不是给某个该死的杂货店送面包。我们被戏弄了。我们不能再使用这些炼焦炉了。你明白你对我们做了什么吗?嗯?”

“对不起,”布兰肯希普说道,看上去布拉德利的咒骂并没有令他感到不快。“不过,你知道我们找不到足够的矿工。”

“你是在跟我开玩笑吗?”布拉德利说道。“到处都是失业的工人。你是怎么去招募矿工的?”

“哦,我们开着飞机到马特尔海滩上空,飞机上挂着横幅,上面写着我们需要矿工,还有电话号码,”布兰肯希普说道。梅西公司首席执行官一边说着话,一边吧嗒着嘴,这样的动作令布拉德利感到奇怪而又不安。

“你简直是在胡扯,”布拉德利说道。“这是我听过的最愚蠢的事情。你怎么会认为躺在南卡罗来纳州海滩上的人们会到煤矿去干活呢?能到海滩度假的人们都是有工作的。他们到那儿去可不是为了找工作。”

“我们又能怎么办呢?”布兰肯希普耸耸肩膀,嘴里继续嚼着什么。“我们找不到矿工,我们也找不到运煤车。”

布拉德利认为如果布兰肯希普找不到矿工,他需要的运煤车就会减少,因此他只可能面临那两个问题中的一个,而不会同时面临着两个问题。

“我会尽我所能确保你们获得所需要的煤炭,”最后布兰肯希普说道,“你们绝对不会把煤用光的。”

布拉德利以为这次面谈会让他满载而归,达到预期的目的。他恨不得马上跳上直升机,返回公司,将这个消息告诉所有人。

在惠灵,布拉德利告诉公司管理层几天后运煤车将会到达,届时工厂将能够开足马力运转起来。可是,一个月又一个月过去了,煤炭短缺的状况日益严重,直至2005年1月,梅西子公司一纸书信通知惠灵-匹兹堡钢铁公司他们将执行不可抗力条款。梅西子公司声称，由于面临着超出其控制能力的情况，他们无法按照合同规定每月交付足量煤炭。这封信还只是个开端，梅西子公司随后又接连发送了二十四封类似信件。

福西特看出布拉德利处于极度痛苦之中。布拉德利已经两次拯救了惠灵-匹兹堡钢铁公司，使其免于破产厄运。现在，他担心自己为之奋斗的一切都将毁于一旦。与卡珀顿相同的是，布拉德利担忧的不只是他自己的命运，他所忧虑的还有惠灵-匹兹堡钢铁公司三千名员工的命运。与卡珀顿不同的是，布拉德利尚未准备提起诉讼。他就像某个考虑接受重大手术的人，不断地推迟着手术的进行，同时还在疯狂地找寻着其他的解决办法。

“我还在想，如果我能设法与这些家伙取得联系，将我的想法告诉他们，他们会理解的，”布拉德利告诉福西特。“我们得让他们知道我们的处境多么岌岌可危，他们的所作所为对我们意味着什么。”

福西特认为这个想法很愚蠢。他已经看穿了布兰肯希普的本质。他知道这个人是怎么回事，没有什么能够触动他、改变他。

“那样做根本无济于事，”福西特说道。“梅西公司一贯都是寻找处于弱势的人们，借机欺骗他们，占他们的便宜。你可以做出所有这些解释，诸如这样做会毁掉你们的企业，使大量工人失业，以及你们受到了欺骗，你们的处境很惨等，不过我可以向你保证，你告诉他你们是弱者，最后只会使你受到伤害。”

“你怎么那么确定事情将会如此?”另外一位高管问道。

“我知道结果将会怎样，因为我经历过这些。你们大家对卡珀顿案应该有所耳闻，对吗？卡珀顿找到布兰肯希普，说道，‘嘿，我把公司卖给你，我们达成交易吧，因为我的钱用光了。’对布兰肯希普说这样的话非常愚蠢。那就是卡珀顿的结果。布兰肯希普也将会毫不犹豫地终结你的公司。”

“可是我们只想要我们的煤，”另外一位高管说道。“我们想要的仅此而已。”这家钢铁公司本来也许可以在现货交易市场上购买炼焦煤，可是那样做会导致他们的生产成本非常高昂，其结果就是还没有开始炼钢，企业利润就已经荡然无存了。

“你看，我也希望你们得到煤，”福西特说道。“不过，我太了解这些家伙了。提起诉讼将会是你们获得自己想要的东西的唯一途径。”

这是福西特第一次在争取客户时说他们必须提起诉讼。潜在的客户不喜欢听到这样的话。福西特将诉讼视作解决问题的最后手段。不过，与梅西公司打交道，情况并非如此。

在调查这个案件的过程中，福西特发现梅西公司还减少了其他美国钢铁公司的煤炭交付量，将本该运给他们的煤炭转卖给能支付更高价格的其他买家，主要是出口市场上的买家。这些规模更大、更有实力的公司受到了梅西公司的不公正对待后，并不打算提起诉讼。他们了解梅西公司的“焦土策略”[①]，担心他们将被彻底切断煤炭供应。惠灵-匹兹堡钢铁公司已经别无选择，虽然布拉德利还没有认识到这一点。他们要么提起诉讼，要么再次濒临破产，并最终宣布破产。

与福西特会面几个星期后，布拉德利给福西特打电话，请他接手这个案件，着手提起诉讼。他们简要讨论了诉讼酬金问题。福西特知道布拉德利不会愿意按照标准向布坎南-英格索尔律师事务所支付任何赔偿裁定金额的百分之四十，另外还要加上诉讼开支。根据福西特掌握的关于梅西公司的全部情况，他确信任何陪审团都会认定梅西公司提供的理由是虚假的，可能会裁定惠灵-匹兹堡钢铁公司获得数千万美元的赔偿金。惠灵-匹兹堡钢铁

① Scorched-earth Tactics：焦土策略，战争中销毁特定区域内一切敌军可以利用之物的策略。——译者

公司将需要这笔钱保障三千名工人正常工作。福西特决定不再争取达成胜诉后付酬金的协议，而是按照他每小时五百美元的收费标准来收取代理费用。

2005年4月，福西特提交了惠灵-匹兹堡钢铁公司和山区州炭公司诉西弗吉尼亚州中部能源公司和梅西能源公司的诉讼申请。福西特调动他在过去七年中对布兰肯希普和梅西公司的全部了解，全力投入到这个案件的处理中，他满怀信心地认为没有斯坦利的参与自己也能打赢这场官司。斯坦利在另外一家律师事务所就职，福西特不准备让他参与办理这个案件。福西特知道这次面对的布兰肯希普已经成为煤炭领域的无冕之王，现在的他与1998年9月福西特初次会面提取证人证词时相比，更加强势，也更加可怕了。

福西特非常看重这场官司的输赢，同时与过去许多年相比，他的生活也更加幸福。2005年5月，他与凯瑟琳·特罗结婚了。他说服凯瑟琳放弃工作，全身心地照料他们的五个孩子。而这次他则努力改变自己，做一个不同以往的丈夫和父亲。

39

直到2005年3月，卡珀顿案审理结束两年半后，霍克终于将该案结案归档。不过，诉讼程序中仍然缺少完整的庭审记录。没有完整的庭审记录，梅西公司就无法向西弗吉尼亚州最高上诉法院提起上诉。当福西特和斯坦利谈起此事，他们都很失望，他们没有办法强迫法庭书记员拿出一份完整的庭审记录。

长久以来，将布兰肯希普绳之以法在福西特和斯坦利的生活中已经成为重中之重。福西特正在准备惠灵-匹兹堡钢铁公司的诉讼案，而斯坦利还没有受理新的案子。斯坦利听到福西特谈论惠灵-匹兹堡的案子，内心会因嫉妒感到隐隐的刺痛。他渴望找到再次打击布兰肯希普的机会。然而，在霍克结案归档九个月后，法庭仍然无法拿出庭审记录。斯坦利认为他所能做的只有等待了，等待法庭书记员完成她在两年前就该完成的工作。

2006年1月19日，斯坦利正坐在办公室里，他听说西弗吉尼亚州洛根城外的阿拉科马煤矿发生火灾，两名矿工失踪。斯坦利的一个哥哥曾经担任联邦矿井监察员，所以他确信这次火灾是由于违反安全规程造成的。“我敢肯定这是梅西公司的煤矿，”斯坦利对他在里德-史密斯律师事务所的合伙人塔雷克·阿布达拉说道。

斯坦利努力让自己专心工作，不过他还是禁不住在互联网上查看消息，查询结果阿拉科马煤矿果然是梅西公司的子公司。一个小时过去了，仍然不知道两名矿工的下落。“他们永远也找不到这两名失踪的矿工了，不会活着找到他们了，”他告诉阿布达拉。“他们已经杀死了那两个孩子。”斯坦利继续关注这个消息，直到他了解到唐·“里兹尔”·布拉格（Don “Rizzle” Bragg）和埃勒里·“埃尔维斯”·哈特菲尔德（Ellery “Elvis” Hatfield）已经在火灾中丧生。

在过去五年中，还有另外十一名矿工在梅西子公司丢掉了性命。联邦监管人员在这些案例的调查中发现，事故的发生无一例外都是由于违反安全规程造成的。斯坦利对采矿行业非常了解，确信若非梅西公司犯下了严重错误，布拉格和哈特菲尔德一定不会丢掉性命。

斯坦利的父亲年轻时候曾经在阿拉科马煤矿工作过，斯坦利感到，冥冥中注定他要担任阿拉科马寡妇的代理律师。斯坦利渴望参与受理阿拉科马煤矿案件，其中有来自职业理想和职业热情的动力，同时也存在实际利益的考虑，因为这个案子可能给里德-史密斯律师事务所带来实实在在的大笔收入。里德-史密斯律师事务所一直期待能获得卡珀顿案的酬金，不过他们可能得数年后才能拿到那笔钱。

斯坦利估计，在西弗吉尼亚州已经有律师在敲寡妇们的门了。这些律师会竭力说服两位寡妇和自己签约，担任她们的代理律师。他觉得，自己担任哪怕其中一位寡妇的代理律师，受理这起意外致死诉讼的可能性几乎为零。人身伤害诉讼在当地就如同煤炭一样，是为数极少的有利可图的行业之一，堪称财富的源泉。公路边排列着律师们的广告牌，电视和广播节目中充斥着律师们夸耀自己能力的广告，他们吹嘘自己能为委托人赢取巨额的赔偿裁决金额。当律师们谋求与新的委托人签下代理合同时，他们总会谈及自己与当地法官和政客们保持着密切的关系。

有些律师还找到生活在最偏远山谷中的人为自己通风报信，每当有人在煤矿事故中丧生或者失去肢体，他们就会即刻行动起来。这些律师会出现在举办葬礼的家庭中，大言不惭地说自己是他们的某个表亲，还会在葬礼上大声哭泣。他们会与乡间邮递员和店铺老板套近乎，知道通过这些人的引领，他们可能会捞到一起意外事故的大案子。

一旦律师签下某个案子以后，他或者她只消按照约定俗成的脚本去做就可以了。当律师提起诉讼后，他们会上蹿下跳，对这场无法宽恕的悲剧惋惜不已。然后他们会勉强接受法庭裁定的赔偿金额，具体数额大家心知肚明，因为大家都清楚一条胳膊、一条腿或者一条命值多少钱。然后，接下来律师们就可以拿走赔偿金额的百分之四十外加诉讼费用，通常不用在漫长的审理过程中劳心费神。

另外还有一项不成文的规则，即这些案件绝不能落到那些收费高昂、来自别的州的律师手中，他们总想来到这里不费吹灰之力赚上一大笔钱。如果某个来自匹兹堡或者里士满的忘恩负义之徒果真阻止本地律师获取理应属于他的胜诉酬金，那么法官会使案件审理异常棘手，甚至会让这个满口大话的外乡人抓狂。那样，外来的律师就认识到西弗吉尼亚州司法系统的兴旺发展是靠着众所周知的“家常菜”，也就是受到全州民众喜爱的菜肴。

斯坦利知道自己就像一个永远排不上号的选手，没有机会参与办理这样的案件，内心很是沮丧，但也只能继续关注卡珀顿案。2006 年 3 月，斯坦利在《匹兹堡邮报》上读到一篇报道，文中提到托尼娅·哈特菲尔德律师担任埃尔维斯·哈特菲尔德的遗孀弗蕾达的代理律师，托尼娅与这位死去的丈夫和他的妻子都没有亲属关系。斯坦利决定给托尼娅打个电话，提议与她共同受理这起阿拉科马意外致死诉讼。在里德-史密斯律师事务所里，没有其他律师会给一个无足轻重的律师打电话，希望共同受理一起意外事故诉讼。然而，尽管斯坦利已经跻身于公司制法律事务所多年，他的内心仍然像个普通辩护律师那样，习惯于忙碌喧嚣、危机重重的生活，习惯于与办公室设在破旧城区的三五个合伙人共同受理客户的诉讼。直觉告诉斯坦利，哈特菲尔德可能没有意识到她将陷入困境，他感到她缺乏与布兰肯希普战斗的勇气和耐力，于是在她的录音电话中留下了信息。

哈特菲尔德当时三十七岁，在明戈县只有四百一十七人的小镇吉尔伯特做单独执业律师。她很容易信任别人，相信别人说的话。这样的个性对于普通人来说值得赞赏，然而对于一位律师来说则意味着潜在的灾难。在明戈县，司法和政治体系中的大牌人物编织了可以呼风唤雨的关系网，而哈特菲尔德并没有置身其中。在十一年的律师执业生涯中，哈特菲尔德曾经见识过某些法官和律师如何串通一气，做出法律裁决，权势阶层以及与权势阶层保持密切关系的人们总是能够逃脱惩罚。她与煤炭行业掌控下的政治体制以及在她看来唯他们马首是瞻的“黄腹吸血鬼”进行了一次又一次徒劳的斗争。哈特菲尔德身材高挑，面容俊秀，外形上很容易给人留下深刻印象。她的生活艰难拮据，只能受理一些金额很小的诉讼和索赔官司，而那些大牌律师们对这样的业务根本不屑一顾。她从未接手过重大的人身伤害案件，在那些有望成为当年最重大的案件诉讼中，也不会被列入代理律师的首要人选。

弗蕾达·哈特菲尔德的一位亲戚是个牧师，也是她真正信任的为数极少的几个人之一。这位牧师曾经主持过托尼娅和她的矿工丈夫罗杰的结婚仪式，他将托尼娅介绍给弗蕾达，告诉她说托尼娅是个好人，跟她打交道会很舒服。弗蕾达是山里的女人，从来没有走出过山谷。就在那场致命的火灾之后，律师们和他们的代理人开始找上门来，他们做出的各种承诺着实令她惊叹不已。托尼娅的父亲也曾经当过矿工，现在已经退休了。对于弗蕾达来说，能与和自己有共同语言的女人交谈也是一种安慰。

2006 年 2 月初，托尼娅动身前往位于吉尔伯特城外一个名叫“长树枝”的山谷去拜访弗蕾达，她和第二任丈夫埃尔维斯就居住在那里的活动房屋中。一条细长的柏油碎石路沿着山坡蜿蜒而上。如果你是个外来者，沿着山路开车上行，你可能是到那个白色的小教堂做礼拜，或者继续开车向上走，就到了毒品贩子和性工作者经营生意的所在。

托尼娅也是在组合式活动房屋中长大的，不过她们的活动房屋是由两个单元组成。而弗蕾达的活动房屋则是单间式的，长五十英尺，宽十四英尺。在生活境遇方面，托尼娅和她在法庭上唇枪舌剑与之辩论的大多数律师相去甚远，而与弗蕾达则更为接近。托尼娅曾经在免交学费的伯里亚大学读书，这所大学是肯塔基州著名学府，为那些主要来自阿巴拉契亚地区低收入家庭的学生提供一流的教育。托尼娅在毕业后也没有就此离开自己的家乡。

等到托尼娅到了结婚的年龄，她没有寻找某个会带着她离开故乡的人；她嫁给了一个像她父亲那样的男人，一个在山顶移除后的露天煤矿工作的矿工。托尼娅并非对露天采矿情有独钟，不过她确实很迷恋罗杰的力量。他强壮、结实、正直而且独立。在煤炭公司和失业救济金出现在阿巴拉契亚地区之前，这些品德都是阿巴拉契亚美德的典范。

托尼娅环视着弗蕾达狭小的活动房屋，她看到弗蕾达在屋里放满了图片、碗、花瓶和蜡烛。这些物品要在“家居装饰”聚会上出售，在这样的聚会上你可以从邻居那里订购物品。

弗蕾达曾经有过一段失败的婚姻，当时她的隔壁邻居埃尔维斯也在不幸的婚姻中忍受痛苦。弗蕾达和埃尔维斯开始约会，等到双方都离婚后，他们于1997年3月7日她生日那天结婚了。他们不想继续住在埃尔维斯的前妻和孩子们近旁，可是又没有足够的钱搬家。弗蕾达暂时在麦当劳打工，而埃尔维斯找到什么工作就做什么工作，直到他被阿拉科马煤矿雇用，他们才终于有了体面的收入。

弗蕾达哭个不停。她说埃尔维斯是她的一切，是她生命中最重要的部分。可是现在她什么都没有了。

“以前我们曾经谈论过，”弗蕾达告诉托尼娅。“埃尔维斯说过，‘我会死在阿拉科马。我跟你说，我要死了。’”

“我告诉他，‘你不能这样对待我，埃尔维斯，别说这种蠢话。’”

“他说道，‘这可不是蠢话。如果真出事了，我要你离开这里。你听我的。你带着他们给你的钱，给自己买个新的活动房屋，你要把活动房屋放到别处。’”

弗蕾达签了一份胜诉后付酬金的合同，允诺不论获得多少和解赔偿金额，都会付给托尼娅三分之一，大多数律师会收取赔偿金额的百分之四十作为酬金，托尼娅收取的酬金比他们要少。她们尽力不声张此事，可是几个小时后托尼娅的电话就开始响起来了，律师们纷纷打来电话，想要参与这起诉讼。

梅西公司提出了几个和解赔偿方案，但数额极少，托尼娅甚至认为他们用于讨论该案件的时间还不如讨论对她这个小镇女律师的看法用的时间多。尽管如此，托尼娅仍然认为自己是处理这个案子的合适人选，或者至少是合适的律师组合的一员。她可以为弗蕾达提供帮助，是弗蕾达需要的朋友和顾问，不过她将要与之较量的是布兰肯希普，因此她需要一位强有力的律师与她共同办理这个案子。她知道斯坦利曾经参与办理过起诉梅西公司的案子，陪审团裁定梅西公司败诉，赔偿对方五千万美元。她认为斯坦利应该敢于起诉布兰肯希普，因此她就给他回了电话。

“你是否有兴趣跟我见个面，看看我能否对这个案子有帮助?”斯坦利问道。里德-史密斯律师事务所首次发挥了其影响力，2006 年 4 月安排托尼娅乘飞机来到匹兹堡。在匹兹堡，她与斯坦利本人会面，并决定她要与斯坦利共同办理这个案子。

托尼娅本来应该带着另一位律师来和斯坦利谈判以达成协议，不过她很信任斯坦利。两人口头约定平分胜诉后获得的酬金，就没有再起草正式的合约，在他们之间钱从来不会成为问题。

40

斯坦利很兴奋，他也像福西特那样受理了除卡珀顿案之外的起诉梅西公司的案子。当福西特和斯坦利交谈的时候，他们会交流新近接手的诉讼案的情况。惠灵-匹兹堡案有了进展，将要进入审理阶段，而斯坦利正和托尼娅·哈特菲尔德一道着手进行阿拉科马煤矿意外致死事件的诉讼准备工作。福西特和斯坦利也会谈论针对卡珀顿案的进一步斗争策略。

梅西公司的律师们仍然希望卡珀顿案未及递交到州最高法院

就被驳回。不过，即使该案果真到达查尔斯顿州最高法院，本杰明现在已经就任州最高法院法官，撤销卡珀顿案之前判决的可能性也随之大幅增加。2006 年 6 月，庭审结束将近四年后，法庭书记员仍然没有拿出整理好的审理记录。梅西公司对她提起一项联邦诉讼，并且提出卡珀顿案的判决应该被否决，这个案子应该重新审理。

当梅西公司提起这项诉讼时，匹兹堡的律师们知道他们得做些出乎对方意料的事情了。斯坦利查出这款录音机的制造商在路易斯安那州，就将法庭书记员那台发生故障的录音机运送到制造商那里。这家公司修理了机器的硬盘，找回了丢失的信息。里德-史密斯律师事务所聘请新的法庭书记员抄录整理了七周的庭审记录。这份文件中仍然缺少闪电袭来之前斯坦利对布兰肯希普反询问的关键部分，尽管如此，梅西公司已经可以向州最高法院提起上诉了。

2006 年 8 月底，霍克证实斯坦利向法院提交的庭审记录准确无误，梅西公司针对法庭书记员的起诉也随之失去了法律效力。10 月，在布恩县法院对卡珀顿案作出裁决四年多以后，梅西公司呈交诉状，请求西弗吉尼亚州最高上诉法院审理卡珀顿案。

此前一个月，斯坦利驱车前往洛根与州长办公室负责调查阿拉科马煤矿火灾的官员会面。德洛里斯·布拉格（Delorice Bragg）也在会谈现场，她是在火灾中丧生的里兹尔·布拉格的遗孀。德洛里斯皮肤雪白，有着一头浓密的棕色长发。她的嗓音极其美妙迷人，看上去腼腆而又羞怯，这样的外表掩饰了她内心的强大。火灾发生时她与里兹尔已经结婚五年了。

布拉格在煤矿工作只有两年时间，比埃尔维斯·哈特菲尔德年轻十岁，埃尔维斯曾经带着他熟悉矿井的情况。里兹尔和埃尔维斯是锚杆钻机操作工，他们的工作在煤矿极其重要。煤炭被挖出来后，他们两人随后就得带着液压电梯和金属支柱进去将顶棚支撑住，保护矿工们不受塌方的威胁。里兹尔和埃尔维斯两人都性情温和，幽默风趣，他们的工作很出色，工资收入也很可观，每小时二十美元外加加班费。其他矿工谈起他们两人，感到他们就像一对孪生兄弟，总是结伴同行，总是兴高采烈。

他们两人在其他方面也有相似之处。他们与之结婚的女人都经历过令人绝望的失败婚姻。德洛里斯·布拉格嫁给第一任丈夫并且生下儿子比利时只有十五岁，七年后又生下了次子里基·戴尔。德洛里斯离开了她的丈夫独自抚养两个儿子。她主要靠自己把两个儿子养大，同时学习成为一名护士，然后在洛根综合医院工作。

德洛里斯没有钱找到自己的住处，因此她和前夫的家人生活在一起，其中包括他的堂兄里兹尔。小时候她家距离他家不足五十码，他们维系终生的友谊慢慢转化成了爱情。他们结婚了，搬到他们自己的一座小房子里。他们都有工作，挣的钱足以买下两辆新 SUV 越野车。他们没有自己的孩子，不过里兹尔是个慈爱的父亲，很爱德洛里斯的两个儿子。比利已经二十岁了，在一座露天煤矿工作，而十二岁的里基·戴尔还呆在家里面。

除了丈夫讲过的情况，德洛里斯对采矿工作一无所知，她对梅西公司和布兰肯希普也是一无所知，完全不了解这两者的任何情况。有时候，里兹尔会谈起煤矿的状况，说道："有人将会在煤矿受伤。"对里兹尔来说，这只是一份工作，赚取足够的钱从而过上体面生活的方式。他耸耸肩膀，不再去想那些危险。德洛里斯对此持同样的态度。她见过太多的伤害和痛苦，她认为人们对生活中很多事都是无能为力的。

德洛里斯在护士站当班的时候，每当救护车载着车祸受害者驶进洛根综合医院的时候，她从来不会闲坐在那里抱怨为什么有人总是开车那么快，或者为什么会开着车撞到了他那未成年的孩子。谁都无法确定上帝什么时候会来将其带走，人们能做的只有确保自己做好准备。

2006年1月18日，里兹尔三十三岁生日那天，德洛里斯交给她丈夫一串钥匙，把他领到车库里。那儿放着一个四英尺高的两件套工匠公司的工具箱，工匠公司是工具箱生产行业的顶级公司，其地位相当于汽车行业的劳斯莱斯。里兹尔用了几个小时的时间给很多抽屉装上特殊衬垫材料，这些衬垫材料也是德洛里斯给他买好的。

第二天，里兹尔轻手轻脚地起了床，尽量不把德洛里斯吵醒，她昨夜在医院上了夜班。中午前后，他给自己做了几个三明治，喝下两瓶百事饮料，又吃了一些点心，回到卧室，亲吻了一下熟睡中的妻子，然后就赶去上第二轮班。他直到凌晨十二点半或者一点才能回来，那时德洛里斯应该还在医院上班。

德洛里斯在丈夫出门上班后才醒来，下午的大部分时间她都是在家里晃来晃去，无所事事，然后到上班时间就开车去医院了。大约下午六点半左右，她正在医院上班，里兹尔的妈妈打来电话，问她，“你听说里兹尔的煤矿里发生火灾了吗?”

德洛里斯知道煤矿里有很多人，尽管她很担心丈夫的安危，她还是认为如果有人能安然无恙，那么这个人肯定是她丈夫。然后，她就开始接到更多的电话，她听说有两名矿工失踪了，里兹尔就是其中的一名矿工。她记不清接下来的几天是怎么过来的，她在煤矿附近的教堂里不眠不休地守候着，媒体突然蜂拥而至，对于他们原本幸福而又简单的生活给予了强烈的关注，最后传来消息，里兹尔和埃尔维斯被找到了，已经死亡。

后来的日子里，德洛里斯确信一定发生了可怕的事情，导致了她丈夫的死亡。受理人身伤害官司的律师们也纷纷围拢上来，开始在德洛里斯身上下功夫，他们给她打电话，给她写信，竭尽全力说服她在他们准备好的合同上签下自己的名字。他们还以为她是个没有受过教育的幼稚的女人，很绝望，迫切需要他们的帮助，就摆出一副屈尊俯就的架势。她可能不像他们中的大多数人那样，获得了西弗吉尼亚大学法学学位，不过她却获得过护理专业的学士学位。她认为自己在另一个方面也有着很高的认知能力，那就是在困境中求生存。她知道自己比他们想象的更加通晓人情世故，她一眼就看穿了他们中许多人心里在打着什么算盘。

德洛里斯明白只有外来的律师才能有所担当，才敢于承担应负的责任，去追查她的里兹尔遇难的真正原因。她没有告诉任何人自己内心的打算，只是表现得像个温顺安静的女人。同时，她开始尽自己最大的能力着手了解这个陌生的领域，她从未想过自己有一天会涉足这个领域。

梅西公司为了与她达成和解所做的一切，令德洛里斯大为吃惊。布兰肯希普打来电话，不但表示慰问，而且还邀请德洛里斯和她的儿子们乘飞机前往匹兹堡，在球队老板的包厢里观看匹兹堡钢人队的比赛。德洛里斯知道比利和里基·戴尔一定很想去，她就同意前往。她也知道布兰肯希普这样做的目的，这并非慷慨，而是很悭吝。

斯坦利已经与托尼娅讨论过做德洛里斯代理律师的事宜。“你知道，伙计，”斯坦利说道，他一直用这样的昵称称呼托尼娅。“如果我再能担任德洛里斯·布拉格的代理律师就更好了。只有这样才能确保我们获得里德-史密斯律师事务所提供的资源，以保证我们的工作顺利进行。”

在各路调查小组的代表向遇难者家庭发布最新信息的会议上，托尼娅将斯坦利介绍给了德洛里斯。他递给她自己的名片，说道：“如果你想谈谈，就给我打电话。”

几天后，德洛里斯给身在匹兹堡的斯坦利打来电话，她问了他几个问题，想知道他是否愿意与她会面。“我本周开车去洛根怎么样？”斯坦利问道。“我可以与你在洛根大酒店会面，那样行吗?”

德洛里斯表示同意。

斯坦利驱车南下，前往人口只有一千七百七十九人的洛根。他在城外的州立洛根大酒店会议中心停好车。他到得比较早，德洛里斯走进来的时候，他已经坐在会议室里等着她。当他起身迎接对方时，碰翻了咖啡，洒了一桌子。他很难为情，为初次见面就把事情弄得如此窘迫感到难堪。不过，德洛里斯却觉得这样的会面场景很提神。她认定面前的这个人是个真实的有血有肉的人。

“我想要你清楚这一点，德洛里斯，”斯坦利说道。“如果我们来打这场官司，我不会只是起诉阿拉科马煤矿和梅西公司。我将起诉唐。你要明白。我要尽我最大的努力对他个人提起诉讼。而且我要起诉山姆大叔。”

这些正是布拉格希望听到的话。她知道自己找对了人。斯坦利认为联邦矿山安全和健康管理局的检查员们在阿拉科马煤矿的巡查工作一败涂地，尽管他并没有法律证据，他仍然怀疑这些人被收买了。即使联邦政府未必会从中捞到什么好处，他们仍然要因为监管不到位承担应负的法律责任，斯坦利立誓要针对矿山安全和健康管理局提起诉讼，尽管这样的诉讼可能是破天荒的。

经过与梅西公司和布兰肯希普长达六年的斗争，从哈曼公司的破产、惠灵-匹兹堡钢铁公司受到的威胁以及里兹尔和埃尔维斯的死亡这一系列事件中，斯坦利理清了这些事件相互联系、前后呼应的脉络。在他看来，这一系列事件体现了对个体生命令人震惊的漠视，以及不惜一切代价觊觎和攫取利润的贪婪。斯坦利相信正是由于梅西公司和布兰肯希普的原因，两名矿工在阿拉科马煤矿丧生。他迫切地渴望投入战斗，打赢这场官司。

“我想我们可以这样做，布鲁斯，”布拉格说道。“我真的想这样做。”

那天下午结束会面后，斯坦利为自己能同时担任德洛里斯和弗蕾达的代理律师而兴奋不已。这就意味着里德-史密斯律师事务所将为他提供所需要的一切资源。除此之外他还有其他的考虑。他很关心卡珀顿案的进展，不过这个案子不同于卡珀顿案。两名矿工丧生，他们的死亡不能就此不了了之，德洛里斯和弗蕾达需要鼓起勇气才能同意不能仅仅满足于求得和解，而是要直面梅西公司、布兰肯希普和联邦政府。“我得到两位寡妇的盔甲，披挂上阵，”斯坦利告诫自己。“这些人奈何不了我。现在不论是他们的花招，还是他们的废话，什么都不能阻止我了。”

丈夫的死亡、随后的官司以及生活中发生的一切变故几乎令弗蕾达崩溃，而德洛里斯则与斯坦利一样，强烈地渴望着将布兰肯希普绳之以法。斗争的过程也是她成长和学习的过程，她的内心变得更加强大和勇敢。德洛里斯把这场官司看作她人生中的一场积极的挑战，现在这人生只剩她一人去独自面对和承受了。令她痛心的是，她已故丈夫的某些亲戚开始对里兹尔的遗产提出要求，声称他们应该得到部分财产。不过，她要求自己不再想这些事了，未来的日子长路漫漫，她需要让自己坚强起来。

“唐和埃尔维斯不过是两个普通矿工，尽管工作环境极其恶劣，他们还是每天起床后就去上班，因为这是他们养家糊口、赖以谋生的唯一手段，”数年后斯坦利这样说道。“这些人［为梅西公司］丢掉性命也不足惜，现在［梅西公司］还要不顾寡妇们的尊严……伤害她们内心仅存的自尊，对待她们就如同她们是某些人的该死的商品，如同他们是可以被替代的物品。拿走你们那该死的保险赔偿金和健康保险，他妈的尽情享乐去吧。从我们的生活中滚蛋。”

每次提取证人证词，斯坦利都要邀请德洛里斯和弗蕾达参与，引导她们了解本案法律方面的技术细节。斯坦利在担任卡珀顿的代理律师的过程中认识到，如果律师能够让自己的委托人随时了解案件的进展情况，那么委托人就能做得非常出色，证人也能做得非常出色，而律师胜诉的把握就会更大。

每当斯坦利如往常一样很晚才回到家中，他的妻子黛比和女儿们劳拉与埃米莉总是在家中等候着他。他们是关系亲密的家人，大多数夜晚，一家人围坐在厨房的吧台边，斯坦利会对她们谈起布兰肯希普和梅西公司，以及与他们之间进行的长期斗争。他从不锻炼身体，也没有什么休闲放松的娱乐，只是偶尔会小酌几杯。他的家人担心他这样全身心地投入到工作中，会导致中风或者心力衰竭。然而无论什么都不能阻止他投入到工作中去。晚饭后，他会来到书房，然后坐在电脑前，一直工作到午夜时分。他表现得如同他是唯一可以阻止布兰肯希普的人。

不论斯坦利一家去哪里，也不论他们做什么，布兰肯希普这个名字从未离开过他们的生活。他的妻子和女儿们为斯坦利和他的奋斗感到自豪，可是经过这么多年的努力奋斗，他到底能否击败布兰肯希普呢？为什么卡珀顿一分钱的赔偿金都没有拿到？斯坦利到底实现了什么目标呢？到底谁应该付出代价？

第十章　操纵煤炭市场

没有什么能将他从位高权重的宝座上推下来。

41

没有什么能将布兰肯希普从位高权重的宝座上推下来。他时时远眺地平线，搜索着敌人的踪影。如果有人对他侧目而视，他定将还之以颜色。如果他提起诉讼，他可能不会胜诉，但是他会传递给对方一个难以磨灭的信息。如果有人起诉梅西公司，他可能会落得与休·卡珀顿一样的下场，最终永无休止地飘荡在法律的海洋上。

布兰肯希普以诽谤罪起诉《查尔斯顿公报》，控告他们重印了2004年一篇失实的相关新闻报道。第二年，他又起诉民主党州长乔·曼希因（Joe Manchin），据说对方对他进行人身攻击，并且当布兰肯希普竭力阻挠五十五亿美元年金公债的发行时，威胁了他的商业生涯。这两起诉讼最后都无疾而终。不过，它们在数月间缓和了《查尔斯顿公报》对布兰肯希普的新闻报道力度，也警告其他潜在对手小心行事，不再轻易对他发起抨击。

布兰肯希普在公众中的声望持续提升，不仅仅因为他在州政坛上发挥着备受瞩目的作用，因为梅西公司的持续发展，而且还因为他是这个垂死帝国的国王，这个角色使他显得比现实中更为强大。煤炭是一种有限资源，经过一百三十年的开采，在阿巴拉契亚高地，储量最丰富、最容易开采的煤层已经消失殆尽。与天然气相比，煤炭对环境的危害更严重。因此，当电力公司转而寻求使用其他能源时，煤炭和电力行业长期的婚姻式合作关系受到了威胁。

有些人生活在西弗吉尼亚州，却胆敢表示该州的经济发展不再如此倚重煤炭了，布兰肯希普和他的支持者们对这样的人绝不手软，会采取行动令他们意识到这样做的严重后果。在西弗吉尼亚州，没有哪个重要的政界人物能够直面煤炭行业日渐衰退的现实；如果州领导人对眼前的危机还没有清醒的认识，那么他们将要面临的未来则是历史上重要的煤田最终沦为无法复原的贫瘠的荒漠。政界人物知道哪怕他们提出最温和的批评，煤炭行业也会随即对他们进行诽谤中伤，把他们看做叛徒，寻找野心勃勃的候选人向他们发出挑战。没有什么解决办法能够让人们轻而易举地走出这场困局，也不存在什么技术魔法棒，只消一指，所谓的微型硅谷就能够移动到山谷上方。可是没有人提出这些疑问，而这些问题应该受到公众的关注了。

布兰肯希普生活一切如故，似乎他的世界将会一如既往地存在下去，永远不会发生任何变化。他独自一人生活在斯普里格的家中。他那当邮递员的女儿与他关系疏远，住在位于他的住所下方的简朴的活动房屋中。（2009年，他的前妻去世后，布兰肯希普与女儿和解，在山顶上他的住所旁边给她建了一所大房子。）

布兰肯希普不在斯普里格的话，他通常会呆在威廉森城外山顶上如宫殿般的豪宅中，他这所豪宅主要用来款待客人；或者他会前往位于肯塔基州的某个木屋别墅小住；或者乘坐他的大客车前往某处的赛车现场，观看他儿子参加比赛。

在西弗吉尼亚州南部地区，煤炭行业以外的其他行业工作机会少得可怜，在美国很多地区无人愿做的工作，在这里都会有人来做。布兰肯希普有个女佣，名叫德博拉·梅（Deborah May），负责为他打理位于不同地区的住宅以及他的大客车。2005 年 11 月，梅辞职了。在她做这份工作的四年半的过程中，布兰肯希普给她增加了一次薪水，增加了三十美分，每小时付给她八点八六美元。当她抱怨时，他写信对她说："我知道你在经济上肯定很困难。同时，你若能在整个西弗吉尼亚州和肯塔基州找到一个工作与你相同，赚钱却比你多的人，那算你走运。"

布兰肯希普交给女佣梅一份长达十页纸的职责清单，女佣经常无法全部完成这些工作，布兰肯希普也不断地指出她的不足之处。"收到 B 先生的讯息，壁橱里没有备好空衣架，让他挂外套，" 2005 年 7 月，梅在便签纸上写道。"于是，他就扯坏了整条领带和腰带，还朝着该死的墙壁摔打，把墙都弄坏了。按他的话说就是他扯坏领带的目的是让我长记性，记住以后要给他留出空衣架。他的行为简直就像个该死的三岁小孩。"

布兰肯希普感到女佣梅并没有理解他面临的处境。"九天之内我的三条狗都被人偷走了，煤矿遭到抢劫，人们无休无止地抱怨着，他们都想要得到更多的钱，却没人按照要求做事，" 梅西公司主席在便签纸上草草写下这些话，给梅传真了过来，作为对她的抱怨的回复。

在辞职前的几周内，梅焦头烂额，根本无法专心工作。布兰肯希普委派她照料自己新得到的德国种警用攻击犬，不断增加的工作令她不堪重负。她迫切需要加薪，这样她才能为女儿办理医疗保险。她心理极端焦虑，最后不得不去护理诊所求助，他们给她开了抗抑郁药。她的医疗顾问得出的结论是"她的症状似乎与压力有关。我的医疗意见是，在药物调理和重新评估期间她暂时不宜工作"。

在明戈县，获得失业救济本来并非难事。可是，当布兰肯希普的这位情绪不佳的前雇员申请失业救济时，说来奇怪，她的申请居然被驳回了。她决定上诉，最终她的诉讼案被提交到了西弗吉尼亚州最高上诉法院。

梅对自己遭受的所有不公平待遇都做了详细的记录，她向法庭提交了这份令人震惊的陈述。布兰肯希普的这一面首次展现在众人眼前。戴维斯法官和梅纳德法官认为这件事应该秘而不宣，而斯塔切尔法官和奥尔布赖特法官则希望让公众了解布兰肯希普受到的指控。戴维斯和梅纳德表示只要法庭意见中不讲出这桩丑闻的详细情况，他们就愿意投票赞成给予梅失业救济。“那好吧，”斯塔切尔说道，戳了戳奥尔布赖特的肋部。“那好。”

两位法官等到法庭提交了多数意见后，才提交他们的并存意见：

> 在两个不同的场合中，布兰肯希普先生抓住了梅女士的肢体。一次是梅女士被要求在极短的时间里给大客车备足货品和食品，她正在努力地完成这项工作时，布兰肯希普先生一把抓住她的胳膊，把她拉过去，告诉她离开大客车。当这件事发生的时候，布兰肯希普先生的许多客人就坐在大客车上，梅女士认为对方这样对待她令她很难堪。在另一个场合，布兰肯希普先生派她去麦当劳给他和他的室内设计师买早餐。梅女士订购了早餐，拿着食物返回布兰肯希普的家中。当她打开早餐盒时，布兰肯希普先生发现麦当劳没有准确地履行订单；布兰肯希普先生于是扔掉食物，抓住梅女士的手腕，告诉她“任何时候，你必须完全按照我的吩咐去做，不能多也不能少”。
>
> 雇主的这种行为让人联想到奴隶制度，是对通常的礼仪的冒犯。

在某种程度上，梅总是有忙不完的事情，因为布兰肯希普经常会呆在家里。对于布兰肯希普来说，尽管他拥有巨额财富和高贵地位，他对阿巴拉契亚山脉以外的世界却并没有太多迷恋。有时，他会飞往拉斯维加斯赌博，他还会经常造访西弗吉尼亚州白硫黄温泉镇的绿蔷薇度假胜地，不过对于不熟悉的地方他则鲜少踏足。

2006 年 7 月初，布兰肯希普进行了一次对他来说极不寻常的旅行。他与威廉姆森律师德拉·克莱因（Della Cline）一同飞往蒙特卡洛，他们之间的关系非同寻常。到了那里，在法国南部和摩纳哥，布兰肯希普遇见了与他相交二十多年的老友梅纳德法官，梅纳德法官正是他对卡珀顿案的胜诉感到乐观的原因之一。

梅纳德担任法官多年，他当然明白布兰肯希普的公司涉及一起重要案件，不日该案将上诉到州最高法院，现在自己与这样的一个人交往势必会受到严厉的批评甚至会受到制裁。在大多数州里，如果有证据表明梅西公司上诉待决期间布兰肯希普向受理上诉的法官提供任何贵重物品，他可能会受到起诉。

六十三岁的梅纳德与四十二岁的布伦达·马根（Brenda Magann）结伴出游，后者是西弗吉尼亚州最高上诉法院司法行政部的律师助理。他们两人住在尼斯距海岸几英里处。

他们四人接连三天相约碰面。两个男人和他们的女伴在法国里维埃拉地区海滨的餐馆多次共进午餐和晚餐，端着细长的香槟酒杯频频互相敬酒，他们饮下的香槟比西弗吉尼亚州大多数餐馆中的整桌宴席都要昂贵。

回到查尔斯顿后，马根将这次旅行告诉了她在法院工作的两个好朋友，四十四岁的希拉·克赖德（Sheila Crider）和四十五岁的黛比·亨利（Debbie Henley）。马根和非洲裔美国人克赖德在司法行政部的办公桌相邻，她们都是带有牙买家血统的非洲裔美国律师潘乔·莫里斯（Pancho Morris）的律师助理。亨利在另外的部门工作，不过在法院中的许多人眼里，这三个单身女人形影不离，经常在一起聊闲天，谈论彼此的生活和工作。

马根经常抱怨梅纳德有多么小气。不过，这次旅行中布兰肯希普做了补偿。他给她买了名牌钱包，还给她钱让她拿去赌博。“她打开钱包，里面是她赢来的厚厚的一叠钱，”克赖德回忆道。“她说她竭力想把钱还给他，而他只是说，‘不用，收下吧。’”

一天，马根把克赖德叫到她的电脑前。“希拉，看这些照片，”马根说道，给她看梅纳德用电子邮件发过来的欧洲旅行的照片。克赖德惊得目瞪口呆。这张照片上面梅纳德法官和唐·布兰肯希普坐在咖啡馆里，俯瞰着脚下的地中海，面前摆放着酒杯。还有另外的照片上是幸福的四人行在摩纳哥，在著名的大赌场，在王宫以及在大力神港。

克赖德估计马根没有想到这些照片可能会断送梅纳德的政治前程。克赖德赶紧来到亨利的桌边。“黛比，你看到那些照片了吗?”克赖德问道。

“没有。”亨利说道。

“你得去跟布伦达谈谈，看看那些照片。”

亨利去跟马根交谈，克赖德回到她自己的电脑前。过了很长时间，克赖德抬起头，看到马根站在她的桌前，手里拿着一张电脑磁盘。

“那是什么?”克赖德问道，抬眼看着马根。

“那些照片的复制。”

“你是认真的吗?”克赖德问道，摇着头。

“是的，这样你的工作就有保障了，”马根说道。与亨利谈话后，她认识到了这些照片的重要性。“假使我有什么不测，或者你的工作受到威胁，这些照片会起到保护作用。”

尽管马根因为这些照片倍感焦虑，她居然还没有忘掉幽默一下。她对梅纳德的昵称是勒罗伊，这个名字取自广受欢迎的单格漫画《冲突》中的主要角色，那个名叫勒罗伊的秃顶的热衷于追香逐艳的泡妞高手。马根给这张磁盘取名为“勒罗伊最棒的亮相”。

克赖德很高兴能掌握这些照片的复制品。法院里少数派雇员屈指可数，与大多数这类雇员一样，她与斯塔切尔关系密切。而既然戴维斯、梅纳德和本杰明已经基本上控制了法院，她开始担心自己的工作不稳。法院工作的雇员没有谁能够获得长期聘用，她觉得收好这些照片以备不时之需对于她来说是个明智的选择。

在卡珀顿案被递交到西弗吉尼亚州最高上诉法院之前，布兰肯希普还想要除掉斯塔切尔的那一张选票，结果他没有经过什么周折也没有在竞选活动中破费金钱就达到了目的。布兰肯希普一定很清楚怎样做能够让斯塔切尔勃然大怒，正如他在1985年激怒了罢工工人从而引发暴力冲突那样，他在2005年秋天激怒了斯塔切尔法官，使他发表了过激的抨击言论。布兰肯希普在西弗吉尼亚大学发表演讲，在演讲中他攻击斯塔切尔，还发誓要将其逐出法院。作为对这次演讲的回应，斯塔切尔法官将梅西公司主席称为“小丑”、“笨蛋”和“不受人待见的局外人”。

布兰肯希普的挑衅收效奇佳。现在，谁还能认为斯塔切尔能够对梅西公司的案件做出客观公正的判决。布兰肯希普不用动用竞选资金的一分一毫就几乎又除掉了一位自由派法官。但是，斯塔切尔拒绝回避审理涉及梅西公司的案件。2006年8月，这家煤炭巨头向联邦法院提起诉讼，援引斯塔切尔对布兰肯希普在西弗吉尼亚大学演讲所做的评论，指责斯塔切尔法官对梅西公司和布兰肯希普怀有“强烈的个人偏见”，因此他无权参与审理涉及梅西公司的案件。

本杰明与斯塔切尔一样，坚决拒绝回避梅西公司案件的审理。卡珀顿的律师们提交了一份并不成功的申请，要求取消本杰明的审理资格，但本杰明法官说这份申请满篇充斥着“揣测，推断和政治修辞”。司法制度允许法官自行决定是否回避案件的审理，而本杰明不准备回避案件的审理。

2006年秋天，州法院的司法程序投票增强了法院内保守派势力的影响，而斯塔切尔的影响则遭到极大的削弱。在西弗吉尼亚州法院，首席法官能够任命下级法院的法官来代替处于回避中的最高法院法官。州法院只有五名法官，不像美国最高法院有九名法官，因此一名法官的选票就更加重要。首席法官可以任命按照其意志投出选票的巡回法官或者退休法官，这样首席法官实际上就掌握着两张选票。这个权力非同寻常，三十年来首席法官的位置以一种严格的、为大家普遍接受的方式由各位法官轮值，每年轮换一次。关于首席法官的轮值没有书面规定，也不必要有书面规定，因为这是关系到法院公平公正的极为重要的部分，因此任何人想要改变这种轮值方式简直是不可想象的。

2006年10月初，五位法官会面。当时的情形是戴维斯、梅纳德和本杰明似乎已经在一起商量好了如何对付斯塔切尔。斯塔切尔公开发表讲话反对布兰肯希普、本杰明和戴维斯，一直令他们耿耿于怀。不到一周前，斯塔切尔接受《纽约时报》专访时说道：“看到来自州外的巨额资金蜂拥而入，在我们法院买下了一个法官的职位，真是令我作呕。现在我们法院的一位法官是被唐·布兰肯希普收买了的。”这番评论几乎无法拉近本杰明与他的关系，斯塔切尔认为本杰明“是我见过的最爱吹嘘与大人物的交情借以自抬身价的家伙，只是个想要讨别人欢心的胖小孩”。

“罗宾担任首席法官，工作干得相当不错，她手头还有些女性培训计划需要完成，因此她需要继续担任一年首席法官，”斯塔切尔回想起当时梅纳德是这样说到戴维斯的。“因此我们准备让她再担任一年首席法官。”

“并非因为你有什么不妥之处，”本杰明说道，看着斯塔切尔。“罗宾需要这样做。”

若是在别的时候，斯塔切尔一定会冲着他们大发雷霆。不过，他知道他和奥尔布赖特在人数上已经处于劣势。而且他认为如果自己非得这么做，他还得再等一年，等到轮到他任首席法官的时候才行。

“那样的话，我将于2008年任首席法官。”斯塔切尔说道。

“哦，不，拉里，”梅纳德说道，他将于2008年参加法官连任竞选，他本应该排在斯塔切尔后面担任首席法官。“2008年我担任首席法官。”

“我们不是想把你排除在外，”本杰明说道，他总是遵循着说出的话要与自己本来用意正好相反的政治规则。

“可你们正在竭力地把我排除出去，”斯塔切尔说道。

那天，当斯塔切尔走出会议室的时候，他认识到现在他和奥尔布赖特基本上只能做旁观者了，对方的投票将一再超过他们，他们的意见也将一再被忽视，而他对这种处境却无计可施。“我想本杰明和梅纳德会坐到一起说，‘天哪，斯塔切尔当不了首席法官了，’”斯塔切尔思忖着说道。“后来我想戴维斯买通了这些事，以帮助保护她的丈夫，那位很有权势的原告方辩护律师。他们决意让拉里·斯塔切尔不能选择任何法官。”

法院行政长官史蒂夫·坎特伯雷满意地关注着斯塔切尔地位急转直下的戏剧性经过。坎特伯雷负责组织梅纳德1996年的竞选活动，他在梅纳德的帮助下才得以进入最高法院工作。尽管坎特伯雷说他不太认识布兰肯希普，2004年11月的《查尔斯顿公报》对梅西公司主席所做的简介中，作为密友，坎特伯雷的话被引用其中：“如果他是你的朋友，我的上帝，他就是你的朋友。不过，你不要想把他当作你的敌人，因为他很顽强。”

坎特伯雷很看不起斯塔切尔，几年来，看到斯塔切尔的影响日益扩大，他的内心懊恼不已。在新的三位一体的权力格局下，任何人与改革派斯塔切尔保持友好亲密的关系，就会担心坎特伯雷将他们从并非终身聘用的岗位上炒鱿鱼。斯塔切尔非常重视帮助少数派群体，在为数不多的非洲裔美国雇员中多数人都感到自己的位置岌岌可危。“过去这里的工作氛围很好，”克赖德说道。“所有人关系很融洽。大家齐心协力，共同工作。后来，这里就开始出现互相中伤诽谤的现象。”

对于非洲裔美国律师潘乔·莫里斯来说，情况更加糟糕。他通过斯塔切尔的努力，于 2004 年初来到这里，对地方法院进行监督。“当本杰明当选为最高法院法官的时候，形势开始逆转，我们的生活成了人间地狱，”莫里斯说道。“曾经有一度，史蒂夫［坎特伯雷］会对我说，‘看，这里的问题是斯塔切尔。你需要与斯塔切尔保持距离。’我又不能去跟斯塔切尔说，因为我被看作是斯塔切尔的密探。简直太糟糕了。”

法院内部的纠纷和争斗开始渗透到法庭上。“‘保守派’和‘自由派’这样的词语不能完全描述当时的情形，”长期担任斯塔切尔的法律书记员的汤姆·罗德（Tom Rodd）说道。“这关乎权力。为了巩固三张投票，他们之间达成了默契。本杰明是第三张选票。他不会做交易，不过他将会支持企业。而对于其他两人来说，原则并不重要。他们之间完全是交易。”

新格局下的法庭很合梅纳德的胃口。2007 年 8 月，他宣布将参加 2008 年的法官连任竞选。他宣布的时间有些早，不过他希望借此使挑战者望而却步。他的朋友和同事罗宾·戴维斯站在他这一边。西弗吉尼亚州司法行为准则第五条规定，法官或者司法候选人“应该避免参加不适当的政治活动”，并且不应该“公开支持或者公开反对另外的候选人担任公职”，不过那条规定并没有阻止戴维斯法官公开支持她的同事。

当梅纳德参加竞选的时候，他的身份是奉行中间路线的民主党人。不过，在他的朋友和旅伴布兰肯希普那里，他则成了略微右倾的保守派，类似得克萨斯州众议员罗恩·保罗（Ron Paul）那样的人物。这两位老朋友一直在频繁地联系着，讨论政治和其他方面的问题，而这个情况几乎没有人知晓。10月，梅纳德给梅西公司主席发了一封电子邮件，里面有对观点保守的《查尔斯顿每日邮报》上一篇评论文章的链接，文章中说："不论候选人的党派归属，2008年最高法院的观念将可能更趋保守，这个可能性令保守派深受鼓舞。"

福西特和斯坦利本以为西弗吉尼亚州最高上诉法院会在2008年选举开始之前就审理卡珀顿案，因此他们至少不必担心布兰肯希普的金钱会将其他新当选的法官送入最高法院。他们一边准备州最高法院受理卡珀顿案的诉讼要点，一边还用数百个小时筹备他们各自代理的针对梅西公司案件的审理工作。

尽管各自忙于对布兰肯希普的诉讼，他们仍然保持着密切的联系。福西特每次提取证人证词回来后，都要给他的朋友打电话，向他通报梅西公司对惠灵-匹兹堡钢铁公司不当行为的最新证据；斯坦利也会通过电话将阿拉科马案件的最新进展情况告诉福西特。"等等，你听听这个该死的情况，"斯坦利往往会这样说，然后他会将某条新的证据告诉给他的朋友，他认为这足以表明梅西公司在管理方面对安全问题的漠视。他们可能沿着不同的道路前行，不过，福西特和斯坦利并没有分道扬镳。他们仍然一如既往、尽心尽力地办理卡珀顿案，他们知道他们终将在西弗吉尼亚州最高上诉法院并肩战斗，共同为卡珀顿案辩论。

42

2007年5月31日，福西特在惠灵-匹兹堡钢铁公司诉梅西公司的案件庭审中做开场陈述，该案的审理在位于西弗吉尼亚州韦尔斯堡俄亥俄河沿岸的法院进行，那家法院位于惠灵-匹兹堡钢铁公司焦化厂北部三英里处。他指控梅西公司子公司违反协议，没有按照合约规定向钢铁公司交付煤炭。

除此之外，福西特还控告梅西公司涉嫌故意欺诈惠灵-匹兹堡钢铁公司，布兰肯希普一再对詹姆斯·布拉德利保证说梅西公司绝对不会让惠灵-匹兹堡钢铁公司没有煤炭可用。梅西公司主席在做着这些保证的同时，还指示将煤炭卖给出价更高的出口客户。这样的做法给惠灵-匹兹堡钢铁公司造成了加倍的损害，因为炼焦炉必须保持不间断的燃烧状态，绝对不能关闭或者保持低温燃烧。最终，由于梅西公司没有按照合约规定交付煤炭，惠灵-匹兹堡钢铁公司煤炭告罄，炼焦炉损毁严重，公司几乎被迫停产倒闭。

与卡珀顿案庭审首日不同的是，这次布兰肯希普没有出现在法庭。尽管如此，他仍然是这个案件的核心人物。福西特在陈述中指出布兰肯希普非常清楚惠灵-匹兹堡钢铁公司到了脆弱不堪的地步。尽管这家钢铁公司是与梅西公司合作时间最长、信誉最好的客户之一，梅西公司为了追求自己利益的最大化，仍然不惜无视对方的忠诚和自己应该承担的法律责任。布兰肯希普似乎已经进行了成本收益分析，他认为梅西公司失信于已然脆弱不堪的钢铁公司，将煤炭转卖给他人所获得的收益，要远远高于聘请律师为其违背合约的行为进行辩护所付出的成本。

福西特的主要对手是查尔斯顿律师威廉·亨利·杰尼根（Willam Henry Jernigan），杰尼根满头白发，一本正经，看上去俨然好莱坞版本的经验丰富的企业律师。主审法官马丁·高根（Martin J. Gaughan）小心谨慎，一丝不苟，做派完全不像霍克。

福西特面向陪审团，开始了开场陈述。陈述的内容对他来说并不陌生，五年前在布恩县法院他也做过类似的开场陈述。尽管如此，做开场陈述时他仍然强烈地感受到内心的波澜，就如同自己第一次在众人面前讲着这些话。“这起案件事关背弃诺言和毁约，”福西特开始了自己的开场陈述。“这起案件事关企业贪婪，事实上，是位居企业高层的几个人贪得无厌造成的，他们负责经营管理这家规模巨大、实力雄厚的企业。其次，这起案件事关不诚实的行为。”

在与布兰肯希普的斗争中，福西特曾经多少次阐明这样的观点？曾经有多少次他站在陪审团面前谴责梅西公司和布兰肯希普的欺诈行径？曾经有多少次他控诉布兰肯希普是十足的公司恶霸，其所作所为在向世人表明他和他的公司可以凌驾于法律之上？

“当煤炭价格上扬的时候，”福西特对陪审团说道，“唐·布兰肯希普就指使梅西公司的煤炭销售人员前往世界各地以更高的价格签订新的合同，而他们心里非常清楚梅西公司是无法生产出足够的煤炭以履行他们在各地的合约中做出的承诺的。那么诸位猜猜在这种供不应求的情况下，谁得到的煤炭最少？惠灵-匹兹堡钢铁公司。”

在被告方的开场陈述中，杰尼根说梅西公司下属的煤炭销售公司不折不扣地履行了与惠灵-匹兹堡公司的合约。当不可预料的困难使得梅西公司无法按照合同要求交付煤炭时，梅西公司已经适时向这家钢铁制造商通报了情况，说明他们将按照不可抗力条款执行合约。

“这起案件并非所谓的由布兰肯希普先生秘密策划的复杂的阴谋，而只是我们竭力敦促惠灵-匹兹堡钢铁公司履行与我方签订合约的条款，”杰尼根说道，将问题归咎于钢铁公司。

原告方两位证人出庭作证，复原了这个案件的真实情况。第一位证人是詹姆斯·布拉德利，惠灵-匹兹堡钢铁公司前首席执行官。布拉德利讲述了他前往布兰肯希普奢华的木屋别墅拜访的经过，以及当梅西公司限制煤炭供应后惠灵-匹兹堡钢铁公司面临的困境。

“你知道，这话听来可能有些老套，”布拉德利说道，“不过我与这家公司作斗争已经有很长时间了，我们的境况极其糟糕。我认为这种局面很不正常。他们的行为使我们受到了伤害，他们的错误应该得到纠正。正是基于这些原因我出庭作证。”

福西特发出传票传唤布兰肯希普出庭作证。梅西公司主席是到目前为止本案审理中最重要的证人，他完全了解梅西公司领导层都做了些什么，他们为什么这么做以及他们是如何做成的。没有其他人能了解所有这些情况。

布兰肯希普出庭作证的第一天，斯坦利就来到法庭旁听。福西特全神贯注于案件的辩论中，斯坦利不知道他的朋友是否注意到自己也来到了法庭。斯坦利在观众席上边听边看，他感到福西特在这个案件中的辩论技巧达到了自己未曾见识过的更高的水平。在该案的诉讼中，福西特没有斯坦利与他并肩战斗，而是独立应对这一切。他所发挥的作用无论对于他本人来说还是对于斯坦利来说都在意料之中。

福西特面对陪审团讲话的方式与他在布恩县法院庭审中的表现不尽相同。他仍然一如既往地秉持着自己专业上的娴熟和精通，同时周身散发出人性的力量和极富感染力的同情心，这些都在不觉间传递给了陪审团。斯坦利不无骄傲地认识到在麦迪逊法院共同度过的七个星期里，福西特从自己身上，从自己与陪审团互动的方式上还是学到了一些技巧。“就像我站在那里一样，”斯坦利这样想着。

福西特开始询问布兰肯希普，这已经是第五次他或者在法庭上，或者在提取证人证词中站在这位梅西公司主席面前。他了解布兰肯希普作为证人的优势和不足之处，他注视着这位首席执行官，就如同注视着自己之前打过交道的任何人那样。不过，布兰肯希普却表现得像是初次见到福西特。

在福西特之前与布兰肯希普的所有交锋中，梅西公司主席都使用过挑衅性的话语——很少有证人会如此冒昧地讲话。在那些场合里，他的律师们给他准备的证词可能与此截然不同，可是一旦站上证人席，他就经常会随心所欲地说着自己想说的话。

可是今天，布兰肯希普却不同于以往。他是最为注重细节的企业主管，然而现在看来他居然不记得梅西公司履行更加有利可图的出口订单的比率是否高于它按照长期合同的规定向惠灵-匹兹堡钢铁公司提供煤炭的比率。他的回答不再是“不”，而是礼貌的“我不认为是这样”。他不再说“是的”，而是“我们可能是那样的”。

布兰肯希普竭力让自己置身事外，拒不承认自己非常了解所发生的这些事情。然而，福西特表示 2004 年的时候，梅西公司宣称由于某些前所未有的采矿问题，它不得不宣布要执行不可抗力条款的时候，梅西公司的成本只增长了百分之五，而收益却增长了百分之十五。在另外一份采用不可抗力条款的信件中，梅西公司将原因归咎于劳动力短缺。罗布·迪瓦恩找到了一些电子邮件，在这些邮件中梅西公司人力资源总监就给所有员工增加百分之三的薪酬一事请示梅西公司主席，布兰肯希普草草回复：“我们不要追求那些增长率，看起来人员调整还将继续。”

第二天上午，杰尼根对布兰肯希普进行反询问。他让梅西公司首席执行官详细说明运营这个煤炭巨无霸的种种困难，以及梅西公司无法按照合约规定向惠灵-匹兹堡钢铁公司交付煤炭的令人遗憾而又不可避免的原因。对于所有福西特认为是错误的或者是虚假不实的情况，布兰肯希普总能找出借口和理由加以辩解。布兰肯希普为梅西公司的辩解非常令人信服。当杰尼根问完最后的问题时，法官宣布午餐休息时间到了。大家再次返回法庭后，福西特还有几分钟的时间来完成他的反询问。

不论从哪个方面衡量，福西特在诉讼过程中的工作都非常出色。不过，他对自己要求很高，过于苛求，认为布兰肯希普的证词会对诉讼结果产生颠覆性的影响，为此他开始忧心忡忡。如果他用苛责自己的方式去挑剔他人，那么他就会成为一个不可救药的喜爱挑剔的人。鉴于这样的秉性，他对自己非常不满意，内心隐隐感到些恐慌，他决定自己得做点会产生重大影响的事情，以重新在双方的对垒中占据上风。

福西特对反询问过程中的每个问题都进行了精心的准备，并把它们按顺序排好。但是这些问题都已经问过了，他不知道下面该提出哪些问题。他不像斯坦利，后者喜欢现场即兴发挥，随时会抛出某个他认为能起作用的问题。如果福西特没有时间深思熟虑，就开始即兴发挥，就像他在布恩县法院所做的最后辩论那样，他的表述可能会完全不着边际，乱七八糟地散落在法庭的地板上。

福西特的思绪总是回到迪瓦恩在最后时刻找到的几份新文件上。毋庸置疑，这些文件中的内容表明了梅西公司为了从其他渠道赚取更多的利润，有意短缺惠灵-匹兹堡钢铁公司的煤炭供给。迪瓦恩一直鼓动他使用这些文件，令他不胜其烦。他的内心有个声音在告诫他不要这样做。他本来没有想过要在法庭上出示这些文件，他也就没有按照自己一贯的做法去研究这些备忘录。如果他现在指望这些文件发挥作用，他确信很可能会产生事与愿违的结果。

迪瓦恩探过身来，说道："就用这些文件吧！"福西特听了他的劝说，不过他又很担心布兰肯希普会找出其他借口，也许有些什么福西特不了解的情况。就在这样的犹豫不定中，福西特将一份文件放入法庭的投影设备中。这份文件表明，梅西公司在2005年开发了新的煤矿，他们非但没有将新开采的炼焦煤交付给陷入绝望中的惠灵-匹兹堡钢铁公司以履行合同，反而与美国钢铁公司签订了一份新的合约，以每吨八十四美元的价格将煤炭卖给了美国钢铁公司，这个价格是惠灵-匹兹堡钢铁公司出价的两倍。

福西特早就学会从布兰肯希普的脸部表情和身体姿势来揣摩他内心的焦虑情绪。那份备忘录刚刚出现在屏幕上，布兰肯希普就开始紧张地咂着嘴唇。福西特请说话轻声细气的梅西公司主席将麦克风挪近些，这使得布兰肯希普咂嘴唇的声音格外响亮，整个法庭都听得很真切。然后，他又将另外一份文件放入投影设备中，并且问了另外的问题。

“2005 年 2 月，根据这份文件，你们交付给惠灵-匹兹堡钢铁公司的煤炭占合约规定应交煤炭的百分比是多少？”

“根据那份文件，占合约要求的比重是百分之二十二，”布兰肯希普说道，他咂巴嘴唇的声音听起来就像滴水的水龙头在回音室里发出的响声。

“那么 2005 年 3 月呢？”福西特问道。

“百分之三十一。”

“当你们开发了一个新煤矿，这个煤矿开采出的煤炭完全符合惠灵-匹兹堡钢铁公司要求的规格，而你们并不将这些煤炭卖给惠灵-匹兹堡钢铁公司，却签订了新的合约，以高得多的价格将煤炭卖给了另外的公司，这样做如何有助于完成订单呢？”福西特问道，他提高了嗓音。“那样做如何帮助你们完成订单？”

布兰肯希普抬起头，他的嘴唇大力地咂巴着，他的声音一如既往地平静：“哦，这样会帮助你获得所有客户的订单，而且当时我们并不知道所有的境况会怎样。”

“你是否曾经想过这样告诉美国钢铁公司或者那些外国钢铁公司：‘你知道，我们想要卖给你们这些煤炭，但是我们与西弗吉尼亚州的一家兄弟公司签有合约，他们正指望我们完成订单，我们已经导致他们的煤炭严重短缺，因此，我不能与你们签合同。’”

“我觉得那样的话，我们就犯了个可怕的错误，因为我们正在全力以赴获取所有这些订单，”布兰肯希普说道。

布兰肯希普没有正面回答问题。这个回答作为他出庭作证的收尾产生了令人震惊的效果，肯定会给陪审团留下深刻的印象。

43

在开场陈述中，福西特始终克制着自己对布兰肯希普的满腔怒火。他还要向陪审团讲述这个情节复杂的长篇故事，他不希望自己的愤怒情绪喧宾夺主，使得法庭无暇关注案件本身。现在，这个故事讲完了，2007年7月2日，历时一个月的庭审进入到最后一天，他准备做最后陈述的时候，觉得时机已到，现在是时候全力谴责面前这个男人了。

“当你们商议裁决结果的时候，”他对陪审团说道，“不要只想到梅西公司的收益以及他们如何发展壮大；不要只想到梅西公司将煤炭销售到出口市场从而大幅提高了利润率；也不要只想到梅西公司对待惠灵-匹兹堡钢铁公司的方式是何等的冷酷无情。”

“而是要想一想，怎样才能阻止唐·布兰肯希普，在他管理梅西公司的职业生涯中，做出每个重大决策之前他都会权衡成本和利润的得失。怎样才能使他在将来的日子里关注客户，以特别的关切对待客户，而不至于禁不住诱惑去欺骗他们?”

“如果你们做出的裁决要少于梅西公司通过这种行为获得的收益，那么你们认为成本效益分析能说明什么呢?大行欺骗之道是不是很值得呢?”

斯坦利坐在法庭后排，福西特所做的论述与他在布恩县法院所做的论述有部分相同之处，不过在这里他的表达方式更加激情洋溢，更加直截了当，斯坦利能看出来他的论述与陪审团产生了共鸣。

本地律师约瑟夫·G. 诺盖伊（Joseph G. Nogay）站起身来开始代表被告方做最后陈述。与卡珀顿案庭审中雷米律师相同的是，诺盖伊在庭审中也扮演了个眼界狭窄的角色。与雷米不同的是，诺盖伊是一位资深出庭律师。在法庭上他要做的就是维护被告人所具有的西弗吉尼亚人的美德，同时诋毁来自匹兹堡的原告方律师。而他面临的问题则在于经过数日的庭审，福西特与陪审团之间已经建立起了良好的关系，这种关系往往是如斯坦利那样富有人性魅力的律师才能达成的。

"我得告诉大家一个秘密，"诺盖伊向陪审团探过身去说道。"每天早晨我来参加庭审时，我都会祈祷。我祈祷我拥有智慧。我祈祷法官拥有智慧。并且我祈祷你们大家都拥有智慧。"然后，他停顿了一下，看了看福西特，又接着说道。"我还没有抽出时间为福西特先生祈祷；那是我的罪过，我为我的罪过表示歉意。"

诺盖伊似乎津津乐道于这罪过。"我不认识福西特先生，"这位辩护律师接着说道。"但我知道他的公司。他的公司是匹兹堡规模最大的公司之一，也许是全国规模最大的公司之一。匹兹堡有很多律师，甚至匹兹堡本地的人们都不一定认识他们。"

按照诺盖伊的描述，情况很是耸人听闻，匹兹堡遍地都是随时准备前往这个群山环抱的州中开拓事业的律师。而当一位像福西特这样的律师来到西弗吉尼亚州时，自己从他在法庭上大力抨击的梅西公司的男人们身上发现的正是这个州所特有的精神和勇气。"让我告诉你们吧，他们是勤劳苦干的人们，"诺盖伊说道，他指的是梅西公司的管理团队。"他们中没有一个人拥有华而不实的律师学位，没有一个人拥有某个名牌大学的工商管理硕士学位。他们是勤劳苦干的西弗吉尼亚人。他们在西弗吉尼亚州上学读书。［首席运营官］克里斯·阿德金斯（Chris Adkins）膝盖受伤，他老爸说'你不要回家。退学。你到煤矿去干活吧'。我能理解他们。这些人通过苦干闯出自己的一片天地。他们不是说谎者。”

尽管诺盖伊本意并非如此，他的话在陪审团听来很有一种屈尊俯就、高人一等的感觉，而且他试图说些有乡土气息的趣闻铁事来寻求陪审团的支持，这样的努力看来也没有奏效。最后，陪审团裁定惠灵-匹兹堡钢铁公司获得两亿两千万美元的赔偿，其中包括一亿美元的巨额惩罚性损害赔偿费，这表明在陪审团看来梅西公司的行为是何等的骇人听闻。这个赔偿金额是当年美国法院做出的数额最高的裁决之一。

福西特没有在草地上打滚。他平静地与新婚妻子共同庆祝了一下，暗暗发誓这次他将竭尽全力确保梅西公司支付其拖欠的损害赔偿金。《匹兹堡邮报》头版头条题为“陪审团的裁决使困境中的钢铁公司信心倍增”的文章令他无比自豪，但是他无法保证梅西公司绝对不会上诉，最后导致无休止的拖延。

梅西公司对上诉抱着非常乐观的态度，2007 年公司第四季度财务报表估算惠灵-匹兹堡的裁决结果最终只会让梅西公司损失一千六百万美元，而且其中大部分还是诉讼费用。福西特告诉《匹兹堡邮报》，他怀疑布兰肯希普“在炫耀他所认为的自己在西弗吉尼亚州最高上诉法院的‘优势’”。

布兰肯希普进一步表明了他对陪审团裁决的绝对漠视。2008 年初，当煤价再次开始上扬后，梅西公司又一次开始短缺惠灵-匹兹堡钢铁公司的煤炭供给。正如布兰肯希普已经预计到的那样，福西特对梅西公司再次提起了诉讼。

第六部分　翻案

2007 年 10 月 10 日

一旦他体验到了权力的快感，就没有什么能够阻止他爬向更高的权力宝座。

第十一章　撤销原判

共和政府真正的基础是每位公民在人身、财产及其管理方面都拥有平等的权利。

44

2007年10月10日，福西特和斯坦利步入西弗吉尼亚州最高上诉法院的法庭，为卡珀顿案辩论，此时福西特在惠灵-匹兹堡钢铁公司诉讼案中大获全胜刚刚过去了三个月，斯坦利代理的阿拉科马寡妇诉讼案还得一年后才能开庭审理，而布恩县法院的裁决已经过去了五年多。

西弗吉尼亚州最高法院是该州最引人注目的公共建筑。在法庭三十英尺高的正面墙上，映入律师和观众眼帘的是托马斯·杰斐逊（Thomas Jefferson）的名言："共和政府真正的基础是每位公民在人身、财产及其管理方面都拥有平等的权利。"法官们放眼望向远处的墙壁，上面是林肯在第二次就职演说中的一句话："按照上帝的指引，坚持正义。"

今天上午的庭审将决定法庭是否维持卡珀顿案的裁决，至此这笔裁决金额加上五年的利息已经高达七千万美元。当斯坦利和福西特抬头注视着审理该案的五位法官，他们感到与自己对视的多数眼神都不甚友好。两位律师知道本杰明肯定不会投票支持自己一方。他们认为他拒绝回避卡珀顿案的审理，就是为了做出有利于自己的捐助者的裁决，这位捐助者的钱在帮助他当选最高法院法官的过程中发挥了极大的作用。至于梅纳德，投出反对卡珀顿案裁决的一票将能够再次申明他保守派的立场，再次确定他与布兰肯希普之间长期保持的友谊。福西特和斯坦利认为他与本杰明一样，肯定会投票支持梅西公司。不过，他们同样确信斯塔切尔和奥尔布赖特将会投票支持自己这一方。在他们看来，关键的一票是首席法官戴维斯。他们在高大的法官席下面的律师座席上坐好，主要想与她交流。

今天上午卡珀顿方的法律团队中还包括本地律师罗伯特·伯特霍尔德，大家都认为他应该成为团队了解西弗吉尼亚州首府法律和政治体制内部运行机制的渠道。休和凯茜·卡珀顿也来到法庭，与律师们坐在一起。

今天梅西煤炭公司请来为自己案件辩护的是来自西弗吉尼亚州亨廷顿的小D. C. 奥法特（D. C. Offutt）律师。这位律师向法庭提交的长达七十一页的诉讼要点对霍克法庭的庭审过程进行了全方位的、百科全书式的抨击。

“如果法庭允许，我将提议按照既判案件原则①以及其他重要原则审理该案。”奥法特开始说道。在民事诉讼中，既判案件原则相当于谋杀案审理中的同一罪名不受两次审理原则②。这项原则规定原告方不能从一个司法管辖区跳到另一个司法管辖区，从一个州辗转到另一个州，一而再、再而三地就一个案件提起诉讼，直至获得预期的裁决结果。卡珀顿的公司已经在弗吉尼亚州

① Res judicata：既判案件，已判决的案件，指法庭就其争议点已做出最后判定，使当事人或诉讼关系人间的权利因而臻于明确的案件。——译者

② Double jeopardy：同一罪名不受两次审理，指英美法律禁止法院对同一罪行进行一次以上公诉的一个普通法和宪法原则。——译者

获得胜诉；那么他就不能跑到西弗吉尼亚州再次提出同样的诉讼请求。

“另外如果法官们有什么问题，我将很高兴来回答这些问题，”奥法特说道。

“除了既判案件原则之外，我希望你提出诉讼地选择条款［在哈曼公司和韦尔莫尔公司签订的合约中］。”戴维斯说道。

“好的，我会的，”奥法特说道。“我正打算提出那项条款。”

福西特和斯坦利听到戴维斯提及诉讼地选择条款就如同这是诉讼程序中的规定问题时大吃一惊。卡珀顿的公司和韦尔莫尔/联合煤炭公司签订的合同中规定法律问题必须在弗吉尼亚州解决，因此福西特才向弗吉尼亚州法院提起合同纠纷诉讼。不过，他选择在西弗吉尼亚州提起更为宽泛的侵权诉讼，因为卡珀顿住在这里，他的公司总部设在这里，而且梅西公司的大部分业务也是在这里进行的。

诉讼地选择已经在合同中确定下来，梅西公司在其提交的长篇累牍的上诉事实摘要中提出了布恩县法院的官司是否本应在西弗吉尼亚州提起诉讼，最终的判决结果也只有一个。福西特和斯坦利都看过梅西公司提交的上诉事实摘要，他们确信奥法特起初并没有打算讨论诉讼地选择的问题。他不可能会预见到戴维斯将提出这样的问题，然而他看上去却是一副令人难以置信地有备而来的样子。福西特和斯坦利担心有人事先暗示过他了。两位匹兹堡的律师本来已经准备好回答被告方在上诉事实摘要中提出的问题，可是现在他们不得不于仓促间回答一些他们本以为不会提出的问题。

在布恩县法庭审理期间，雷米花费了大量的时间搜罗那些可能在上诉时利用的争议性问题。当时，他曾经无视霍克做出的限制反询问时间的规定，对此法官做出的反应是对被告方实施制裁，允许原告方在法庭上陈述梅西公司过去的财务状况。这个决定对被告方非常不利。五年后的今天，雷米坐在法庭观众席的后面，观看着自己所有的努力获得的成果。

“我办理案件已经二十九年了，却从来没有见过那样的限制，”奥法特就霍克的时间限制谈起自己的看法。“我认为这项限制非常不公平，因为它允许原告方快速陈述其观点，而严重限制了被告方深入探讨这些观点的能力。”

作为上诉律师，奥法特非常尽职尽责，对下级法院的法官审理案件的方式提出质疑。如同医生、记者以及其他专业人士，法官们会互相庇护，因此批评的尺度如何拿捏是个复杂微妙的问题。霍克认识这些法官。有时最高法院法官需要回避案件审理时，他也会去填补那个空缺的法官席位。另外，他与戴维斯是法学院的同学，他们私交很好。

梅西公司的上诉律师此举会引发法官同行之间的同情，这是一招险棋。不过，奥法特似乎仍然质疑着霍克在法庭上的每个举动。他还提及了霍克就案件涉及的法律方面的问题给陪审团做出的说明和指示。奥法特争辩说辩护方的律师们“从未有任何机会以任何形式对那些说明和指示施加影响，而是坚持执行霍克决定做出的指示”。奥法特说霍克“告诫辩护律师在最后辩论过程中不要提出任何异议，否则的话，如果他认为辩护律师提出的异议有失妥当，他将处罚辩护律师。因此他阻止辩护律师在最后辩论过程中提出任何异议”。

福西特站起身来为下级法院的裁决做辩护。还没等他开口说话，梅纳德就站起来，穿过法官席后面的帷幔离开了法庭。很显然，他甚至不愿意听一听布兰肯希普的敌对方所做的辩论。

福西特很高兴奥法特在口头辩论中认为既判案件原则是本案审理中最重要的争议问题，梅西公司的上诉律师向法庭提交的陈述中关于该问题所做的任何阐述丝毫不会令他感到吃惊。在布恩县法院卡珀顿案开庭审理之前，他已经就既判案件原则与辩护方律师杰夫·伍兹进行了大量的辩论，现在他准备再次阐明这个原则根本不能适用于本案中。

“既判案件原则并不能阻止我们提起侵权诉讼，”福西特说道。“我参加了弗吉尼亚州法院对卡珀顿案的审理。在弗吉尼亚州法院审理的卡珀顿案中，诉讼当事人是不同的，双方争议的问题是不同的，提出的证据是截然不同的，采取的补偿措施也是不相同的。”

“戴维斯法官，你问了一个关于诉讼地选择条款的问题，”尽管福西特并没有准备好应对这个问题，他仍然对戴维斯说。“如果可以的话，我想简短地阐述一下这个问题。”

福西特指出关键在于弗吉尼亚州法院对卡珀顿案的审理中，被告方不是梅西公司，而是煤炭巨头梅西公司的子公司韦尔莫尔/联合煤炭公司，而西弗吉尼亚州法院审理卡珀顿案时被告方则是梅西公司。两次审理的共同之处在于两家法院都认定被告方违反或者干涉作为哈曼公司命脉的煤炭供应合同。而两次被判有罪的过错方却声称他们有权利在一份已被扔进碎纸机的合同中采用某项条款。

“正是他们的侵权行为使得那份合同成为一纸空文，也彻底毁掉了哈曼公司，”福西特说道。“然后他们就说，哦，好吧，我们有权利在那份没有意义的合同中获取利益，而且这已经远远超出与之相关的现行法律的范围。”

福西特接着又为霍克辩护，并由此为陪审团的裁决结果辩护。“法庭上和诉讼要点中的陈述内容很显然是想描绘出霍克的法庭失去控制的画面，想要说明这是一个袋鼠法庭①，整个一团糟，”福西特律师说道。“你知道，这是长达七周的庭审。你可以

① Kangaroo Court：袋鼠法庭，指完全漠视犯人的权利，并因法庭偏见预先作出结论，而不按司法程序进行审判的法庭。——译者

任意选取哪天的庭审记录来看看，会发现庭审过程正规严谨；你会发现霍克的工作极为努力，事事处处都深思熟虑，认真对待每个异议，每个决定都确保慎重周密。我认为这也非常能说明问题——”

“我希望你能阐述一下，”戴维斯打断他的话。“在庭审记录中的不同地方，都曾记录过霍克取代证人在反询问中发言。根据我所审阅的本案庭审记录，对专家证人的反询问中霍克的发言却占据了一页又一页大量的篇幅。”

戴维斯声称自己亲自审阅过庭审记录的举动，就如同将她自己置身于风口浪尖上，使她个人的可信性和西弗吉尼亚州最高上诉法院的可信性受到质疑。福西特从始至终参加了布恩县法庭的审理，他知道戴维斯所讲的话没有任何真实性可言。

人所周知的是戴维斯每次出庭都会做好充分的准备，不过她需要几天的时间才能读完如此海量的庭审记录。她的书记员或者某个对案件很了解的人可能跟她提起过霍克关于落锤破碎机类比手法的大段独白，由此她仅仅通过主观推断，就认定在一个又一个证人作证过程中霍克都会打断他们的讲话，插入自己的观点。不管出于什么原因，她将从未发生过的事情作为事实在法庭上提出。

“恕我直言，根据我的记忆，事情并非如你所说，”福西特说道。“我记得在长达七周的庭审过程中，他提出的问题屈指可数。”上诉法院的规定不允许福西特停止诉讼进程检查庭审记录，可是庭审记录表明霍克只向五位专家证人提出过问题。这些问题几乎都很简短，言辞恭敬，如果有什么影响的话，无非就是增加了这些专家证人在陪审团心目中的可信度。只是在关于落锤破碎机的独白中，霍克确实向证人提出了大量的问题。

“我想问题在于这位法官是否在努力修复证人在陪审团眼中的可信性，”奥尔布赖特说道，询问霍克提出问题的动机是否旨在增强这些证人的可信性。这位自由派法官并没有通读庭审记录，他认为戴维斯非常了解这份长篇文件中的内容。戴维斯和奥法特对布恩县法庭诉讼过程的解读有悖于事实，使得法官们很难了解到真实的情况。

如果福西特想在这个法庭中寻求公正，他就不能容忍这种虚假的信息被录入法庭记录中。他本应该直接与戴维斯对质，可是他从来不擅长处理类似这样的突发情况。戴维斯是西弗吉尼亚州最高上诉法院的首席法官，是他打过交道的最有权势的法官，他实在无法下定决心与她当面交锋。

当轮到斯坦利发言的时候，他说道："我觉得霍克此举旨在对那些专家证人的观点加以说明和澄清。而且我认为他那样做并不单单是为了修正证人的证词，更重要的是为了确保陪审团正确理解证人表达的观点。"

斯坦利竭力为霍克在庭审过程中的行动辩解，不过他似乎也接受了戴维斯的说法，与福西特一样，对这位首席法官武断的言论并没有表示质疑。斯坦利坚信没有人能够威胁他，他也从来不惧怕对强者的错误言行表示质疑，可是今天上午他不会这样做。对于斯坦利和福西特来说，若是由于戴维斯对庭审过程的陈述存在失实之处就当面予以驳斥，将会使局面失去回旋的余地。人们会认为他们失去了她的投票，别无他法，只有用最无畏、最勇敢不屈的言辞与她对抗，而这样做的结果是使他们自己成为西弗吉尼亚州司法体系中名副其实的另类。

斯坦利刚刚坐下，法官席后面的帷幕打开了，梅纳德坐回了他的座位。

45

那天，卡珀顿法律团队走出法庭时，大家都沉默不语，只有凯茜·卡珀顿说道："我们输了！"

"没有那么简单，"伯特霍尔德说道。"你不能仅凭戴维斯的几个问题就得出结论。"

"我是女人，我了解女人的心思，我告诉你吧，戴维斯在走进法庭之前就已经打定了主意。一切都结束了。"

第二天，10月11日，五位法官在会议室里进行不公开会谈，讨论案件并投票表决处理意见。尽管多数派法官们打算不通过讨论就草草表明立场了事，他们还是得拿出根据来对自己的决定做出解释。首席法官戴维斯在会议桌的一头就座，其他的法官们则按照资历依次就座，斯塔切尔坐在她的右边，旁边是奥尔布赖特。梅纳德坐在另一边，他大概只听了梅西公司一方的辩论。在他旁边就座的是资历最低的法官本杰明。

"我们要处理的下一个案子是卡珀顿诉梅西公司案，"斯塔切尔记得戴维斯这样说道。

"哦，我想我们都知道这个案子大家会怎么投票表决，"梅纳德说道。"我们不需要讨论了。"

"什么？"斯塔切尔说道。"这个案子还存在争议，我们就不讨论了吗？"

"哦，大家都知道我们会怎么投票表决，"梅纳德说道。

"也许我们会投票，也许我们不会投票，"斯塔切尔说道。

"哦，我准备投票，"本杰明说道。

"看起来我们只得投票了，"奥尔布赖特说道，这话与其说是说给其他法官听的，不如说更是说给斯塔切尔听的。

然后，五位法官根本没有讨论做出决定的理由，就各自宣布了他们的投票结果。戴维斯、梅纳德和本杰明投票推翻布恩县法院的裁决。斯塔切尔和奥尔布赖特则投票表示不同意见。戴维斯说她将撰写多数意见。

那天晚上，斯塔切尔在日记中写道，"梅西能源公司案件的赔偿金额现如今已经达到了七千五百万美元，而我们在不到六十秒的时间里就决定了这个案件的处理结果。（千真万确!）梅西公司的案子显然是被‘邪恶三人组’提前谋划好的。本杰明和梅纳德是唐·布兰肯希普的密友，而罗宾为了让他们对她丈夫的案子‘大开绿灯’极尽溜须拍马之能事。‘任人唯亲’这一套在当今真是大行其道。”

作为首席法官，戴维斯有权决定法院的处理意见将于何时在网站上公布出去，她决定在数周内对卡珀顿案的处理结果秘而不宣。

卡珀顿案的投票表决让斯塔切尔感到很恼火，他觉得法院里的生活已经没有任何乐趣可言了。他已经六十五岁了。他的妻子贝姬担心如果他 2008 年参加法官连任竞选，布兰肯希普必然会对他发起猛烈的攻击，到那时他承担的压力可能会要了他的命。他不想让任何人说拉里·斯塔切尔在战斗中临阵脱逃；更好的选择是扮演一个好丈夫的角色，听从家里拥有更高权威的夫人的意见，以此为借口，在十二年任期结束时宣布退休。

斯塔切尔是西弗吉尼亚大学足球队的狂热粉丝。2007 年 10 月 20 日，他驱车前往位于摩根敦的米兰·帕斯卡尔体育场观看登山者队与密西西比州立大学队的比赛。斯塔切尔早早赶到了接待帐篷。正当他从狂欢的粉丝人群中挤过，满面笑容地与大家挥手致意时，不想却遇见了黛比·亨利。她在斯塔切尔手下工作了不长时间，他的秘书就因病请假了，于是她成了斯塔切尔着重留意考察的几名员工之一。

亨利与她的朋友布伦达·马根一道赶来观看比赛。斯塔切尔在法院从没有见过马根，他很有兴趣看看梅纳德的恋人长什么样。马根走开后，斯塔切尔和亨利开始谈论起梅纳德。亨利说梅纳德和马根已经分道扬镳了。后来，她还提起她的朋友和梅纳德法官一道前往欧洲旅行的事，还说他们两人与同去旅行的布兰肯希普和克莱因拍下了很多照片。

斯塔切尔眼睛看着西弗吉尼亚队在比赛中以三十八比十三的比分大败密西西比州立大学队，脑子里却总是不由自主地想起那些照片，以及针对此事他能做些什么。他只对几个关系密切的同事透露了这件事。这些同事也和他一样，都很鄙视梅纳德和布兰肯希普。然而，不久之后，关于这次旅行的传闻，以及还有照片为证的传闻，慢慢传到了西弗吉尼亚州政界的最高层。

在此期间，西弗吉尼亚州最高上诉法院仍然没有公布他们对卡珀顿案的处理决定。法院通常会在几周后公布处理意见。然而，到了11月份的第三周，在最高上诉法院开庭审理七周后仍然没有公布结果，卡珀顿和他的律师们开始极为焦虑起来。戴维斯的丈夫，斯科特·西格尔，刚刚在他们位于采石山的豪宅中主办了一场募捐活动，为梅纳德2008年的法官连任竞选活动募集了十多万美元的资金。如果卡珀顿团队知晓了此事，他们会更加紧张。

一天晚上，斯坦利给他的朋友兼协理律师福西特打电话。

“如果他们打算置我们于死地，你认为他们会在什么时候动手?”斯坦利问道，尽管他内心已经有了答案。

“他们不打算让任何人注意到这该死的决定被公布出来，”福西特说道。

“你说对了，”斯坦利说道。“如果他们想要置我们于死地，他们必将选择在感恩节前一天进行。”选择在那个时间节点公布他们的决定，浓厚的节日氛围和情绪将会冲淡这件事的影响力，从而将媒体报道和公众的关注度降到最低点。后来斯坦利在和卡珀顿通话时，再次讲了自己的想法，那就是他认为法院将很可能在感恩节前日公布对他们不利的裁决结果。

那个日子对于卡珀顿来说具有特殊意义；十年前，正是在这样的一个星期三，布兰肯希普来到他位于伯克利的办公室，从那天开始，这些年来所有的遭遇和噩梦就拉开了帷幕。卡珀顿对斯坦利的预言并没有特别在意，不过，到了星期三，法院方面仍然没有传来消息，他开始愈发地紧张不安起来。如果法院做出对他不利的裁决，他不知道自己该怎么办。至少他不用偿还对冲基金那一百万美元的债务了，可是他还得偿还多得几乎难以计数的其他债务，而且没有哪份工作能让他有可能赚到这么多钱去偿还这些债务。

那天下午，布坎南-英格索尔律师事务所大多数其他律师都动身去度假了，福西特在办公室里忙着工作。三点十分，他的秘书给他打电话。

“罗里·佩里（Rory Perry）的电话，”她报告说西弗吉尼亚州最高上诉法院的书记员来电话了。

“他妈的，”福西特说道，他想起了斯坦利的预言。

“我打电话是想通知你卡珀顿案的处理结果已经出来了，”佩里说道。根据法院工作规范，佩里不是来宣布决定，而是来告诉福西特他现在要把法院意见传真过来了。

当福西特穿过大厅，走向传真机的时候，他能听到那份文件正一页页地发送过来。等他走到传真机旁站定的时候，法院的决定已经等候在那里了：六十四页纸，其长度相当于大多数法院意见的两倍，附有三十七个脚注。他一把抓起那份文件，翻到最后一页，看到了唯一重要的字眼：撤销原判。

福西特马上给斯坦利打电话，当时斯坦利正开车前往西弗吉尼亚州南部他父母家中去过感恩节。斯坦利一看到福西特的名字闪现在他的黑莓手机的来电显示栏中，他就知道结果了。

无须多言，两个男人只进行了简短的对话。福西特还无法说明这份冗长的处理决定的详细情况。斯坦利作为卡珀顿的个人代理律师，现在他有责任给委托人打电话告知此事。

“休，”斯坦利说道。“我们收到了最高法院的处理意见。”

斯坦利说到这里对方就明白了。

“哦，上帝，”卡珀顿说道。

“我很抱歉，伙计，我很抱歉。我真的不知道该怎么说。我很抱歉。”

“没有什么可抱歉的，”卡珀顿说道。

“我想我们不得不重新开始，要求法院重新审理这个案子，”斯坦利说道。

“你在开玩笑吗？”卡珀顿问道。

“不开玩笑，我想我们得重新开始，一切从头再来。”

“重新开始？”卡珀顿叹了口气。“我们怎么能从头再来？”

“我还不知道该怎么做，休，”斯坦利说道。“我只知道我们得重新开始。”

卡珀顿挂上电话，来到家里的封闭阳台，坐到沙发上哭了起来。凯茜无意中听到了他说的话，也开始哭泣。平时，他安慰妻子很在行，可是这次却无法安慰哭泣的妻子。至少有一个小时的时间，卡珀顿心情沮丧地坐在后阳台上，努力地调整自己的状态，让自己振作起来好重新开始打官司。正在这时，福西特打来电话。

“我们完蛋了，结束了，”福西特说道。

“是的，我知道了，”卡珀顿说道，耸了耸肩膀。

“不，我说的是真的。法院彻底否决了这个案子。不能再起诉了。”

“那不可能，”卡珀顿还在坚持。“布鲁斯说我们还得重新起诉，从头再来。”

“布鲁斯给你打电话的时候，我们还没有通读法院判决全文，”福西特说道。

福西特接着解释说，他们起初认为法院做出判决后，原告方可以再次提起诉讼。通常情况下，最高法院的法官们都是这样做的。然而，具体到这个案子，法院采取了非同寻常的措施，有偏袒地驳回诉讼，这就意味着该案不能重新提起诉讼了。

“这就意味着我们无计可施了，”福西特解释说。“除非我们能让美国最高法院受理本案，而这几乎完全是不可能的。我们完了。”

卡珀顿挂上电话，回到了阳台上，把一张桌子扔到房间的另一头。他努力地想让全家过个快乐的感恩节，然而，前途渺茫，看不到希望。他是个乐天派，从来没有过多地考虑诸如官司打输了，自己该怎么办这样的问题；而现在，他知道他必须得开始考虑如何开始新的生活，如何养家糊口的问题了。

在接下来的几天里，福西特和斯坦利认真地阅读和研究了这份法院意见。“起初我们希望搞清楚该案的事实表明梅西公司的行为使其理应受到这样的裁决，”戴维斯写道。“然而，不论事实多么令人同情，或者其行为多么过分，我们实在无法为了获得看似合理的结果而违背法律准则。”

这些论据与戴维斯在审理阿博案后撰写的不同意见中的论据如出一辙。她再次扮演了恪守原则、意志坚定的法律卫士角色，即使最为高尚的结局也无法使其对定义明确的法律的藩篱产生丝毫逾越之念。她运用不容置疑的逻辑推理形式说明哈曼公司和韦尔莫尔/联合煤炭公司之间的合约中规定了法律诉讼应在弗吉尼亚州处理，因而霍克本来就不应该允许该案在西弗吉尼亚州进行审理。她接着说道由于卡珀顿在弗吉尼亚州已经胜诉，根据既判案件原则，他就没有权利寻求法院再次审理此案，因此霍克本来就不应该受理这个案件。

福西特将戴维斯撰写的法院意见读了一遍又一遍，戴维斯驳回布恩县法院判决的行文方式如此精明老到，令他钦佩不已。他有这样的感受并非仅仅因为戴维斯罗列了各种理由永久性地终结了卡珀顿案的审理，而且还因为她采用了表面上合乎逻辑的手法，先发制人地堵住了来自各方的批评的声音。只有那些深刻领会西弗吉尼亚州法律体系的人才能看出戴维斯草率地将该州的诉讼地选择法规丢弃不用，转而补充了八条新的法律条款和一条新的检验标准用以确定合适的诉讼地，并随之为所有这些随意拼凑的法规条文赋予了法律的追溯效力。

奥尔布赖特在不同意见中批评了戴维斯，批评了她那“‘安慰奖’式的语言”，说戴维斯为梅西公司对卡珀顿公司的所作所为表示诧异和失望，可是最后得出的结论却是法律要求这样的不公正现象存在于世。奥尔布赖特在不同意见中写道关于诉讼地选择戴维斯得出了她的结论，“她以司法命令的方式采用了西弗吉尼亚州法理学中闻所未闻的‘新的法律条款’，并且动辄运用那条‘新条款’以达到推翻陪审团判决的目的”。他争辩说关于既判案件原则这位首席法官得出了自己的结论，“为了掩盖其左右法律条款以达到预期目的的事实，而且并未诉诸于合约和侵权行为之间存在的历史分歧，仅仅针对民事诉讼请求、行动原因以及补偿进行了一场晦涩难懂的讨论”。

“问题在于多数派法官格外努力地做出符合其预期目标的判决，而不是追求公平正义的判决，”奥尔布赖特最后这样总结道，而且将这句话设成粗体字。

在持续数年的奋斗中，卡珀顿的法律团队同心协力，工作得非常出色。偶尔大家的意见有分歧的时候，他们也会小心翼翼地将内部纷争加以遮掩。可是现在这一切都不加掩盖地表现了出来。福西特耿耿于怀于伯特霍尔德对法院的情况了解得太少。斯坦利则认为福西特没有针锋相对地驳斥戴维斯，他对此很是失望，尽管他自己当时的表现也好不了多少。律师们没有当面互相指责，然而紧张的气氛却是显而易见的。

"当这一切发生的时候，谁都可以感受到我们每个人心中的愤怒情绪，"数年后福西特这样说道。"我们竭力去尊重对方，可是谁都无法对发生的事情做出解释。我不能对休说，'哦，发生了这样的事情。'布鲁斯也无法解释。我们一直在为之奋斗的，而且已经唾手可得的成果，现在却眼睁睁地被夺走了。"

与他的律师们相比，卡珀顿更加忧心如焚，律师们至少还有他们的事业，还有其他的案件可以受理，还可以参加其他的庭审。而在卡珀顿看来，他自己却一无所有，他现在会欣然接受任何机会，乐于去做任何事情，只要不是在空无一人的办公室里，整日呆坐在电脑前，绞尽脑汁地盘算着该怎么办。

2007年12月的第一天，卡珀顿从车库里拖出一个梯子，靠在墙上。他喜欢在家里干些修修补补的杂活，这些活计可以让他的注意力从那些令人痛苦的烦恼中摆脱出来，专注地干些别的事情。

他把一个打扫落叶的吹风机固定在背上，然后一级一级地登上梯子，开始清理屋顶檐沟里的树叶。一会儿工夫，梯子底部的衬垫滑脱了，他从二十英尺的高处摔到地面上，吹风机还绑在他的背上。当他躺在地上的时候，那机器还在吹着风，他知道自己的背部骨折了。

警察中断了小镇的圣诞游行，载着卡珀顿的救护车这才得以顺利通过。在伯克利的罗利综合医院，卡珀顿被推进去做X射线造影扫描。

“卡珀顿夫人，”放射科医生说道，“你丈夫背部骨折，一只脚也骨折了。他的右脚八处骨折，左脚严重扭伤。除了今天发生的意外事故之外，他的肾上还有一个肿瘤。”不过，医生需要等到卡珀顿骨折痊愈后，再检查他体内肿瘤的生长情况。

卡珀顿在重症监护室呆了四天，时而清醒，时而昏迷。十天后，他被转移到家庭病床上，只能一动不动地躺在床上，一只脚上打着石膏，两只脚上都套着医疗护靴。这样的状态使他有充足的时间考虑如果诊断结果出来是癌症的话，他该怎么办。那样的话谁还会雇用他？他该如何养家糊口？

46

西弗吉尼亚州最高上诉法院的裁决结果公布后，布坎南-英格索尔律师事务所和里德-史密斯律师事务所的执行合伙人全权委托福西特和斯坦利来决定下一步该怎么办。这两家律师事务所在卡珀顿案的办理中已经花费了七百万美元，现在西弗吉尼亚州最高上诉法院已经公布了明确的处理结果，这个时候福西特和斯坦利选择罢手，一走了之，没有人会对此加以诟病。而他们并没有这样做，相反他们振作精神，满怀激情地开始寻求打赢这场官司的新办法。

首先，他们精心起草了一份申诉书，请求西弗吉尼亚州最高上诉法院重新审理卡珀顿案。在这份申诉书中，他们声称最高上诉法院的首席法官违背宪法原则，改写了西弗吉尼亚州的法律，“并且赋予这些新的、无法预料的法律条文追溯效力”。他们知道自己的申诉被接受的可能性微乎其微，不过他们想借此传递出的更为重要的信息是，他们仍然在砰砰地敲击着法院的大门，他们没有就此罢休。福西特和斯坦利随时向卡珀顿通报着自己的行动计划。然而，卡珀顿的意识在痛苦的迷雾和药物的反应中起伏挣扎着，两位律师反馈的最新信息在卡珀顿的睡梦中模糊不清，逐渐迷失在混乱的记忆中。

当查尔斯顿法院拒绝重新审理卡珀顿案时，福西特和斯坦利知道，他们唯一能够迫使西弗吉尼亚州最高上诉法院重审卡珀顿案的机会就是请求美国最高法院审理此案，届时他们可以提出申诉理由，认为本杰明本应回避卡珀顿案的审理。可是在最高法院收到的申诉请求中，他们只会受理其中不足百分之一的申诉，两位律师的申诉请求被接受的可能性与其在西弗吉尼亚州一样渺茫。即使最高法院的九位法官审理了卡珀顿案，并且裁定了本杰明应该回避审理该案，那并非意味着他们胜诉了，只是意味着卡珀顿案被发回到查尔斯顿法院重新审理，审理该案的法官中可能还会包括曾经投票反对他们的两位法官，以及另一位代替本杰明的法官。

福西特率先开始寻找合适的上诉律师，以便增加美国最高法院受理卡珀顿案的胜算。他将目标锁定在西奥多·奥尔森身上。他知道这位华盛顿律师在最高法院享有很高的声望。作为美国声名显赫的保守派上诉律师，福西特相信在最高法院的九名法官中，他能够赢得四名甚至更多的法官的支持，他们都是他的朋友或者是志同道合的盟友，他甚至有可能赢得全部九名法官的支持。

两位匹兹堡律师都没有可能与奥尔森产生多少政治联系。2000 年总统竞选中，奥尔森在最高法院担任乔治·W. 布什的代理律师。斯坦利认为奥尔森使美国拥有了一位百年来最糟糕的总统。福西特则认为奥尔森是一位坚定的右翼人士，他不仅要抨击自由主义者，还要将共和党内残余的温和派踢出去，而福西特正是这一派别中的一员，并且为此感到骄傲和自豪。福西特对布什领导下的共和党的发展方向已经不抱什么幻想，对当地右倾的政客也感到很失望，于是 2008 年年初，他注册成为民主党人，这样他就可以在宾夕法尼亚州的总统初选中投票支持巴拉克·奥巴马（Barack Obama）。《匹兹堡邮报》中曾经提及过他的立场的转变。

奥尔森是首都著名的保守派律师，他在抨击民主党人中享受着某种乐趣。2006年，在右翼联邦主义者协会的年度集会上，面对着热情的、品味不凡的观众，奥尔森说道，众议院可以通过在“发言人（新当选的）佩洛西的前额寻找动静”取乐，而参议员可以通过观察“克林顿参议员那没有表情的、酷似佩洛西的前额”来自娱自乐。

奥尔森的委托人主要是公司，现在福西特想请他接手卡珀顿案。就这个案子而言，他更可能倾向于为支持布兰肯希普的权利而辩护，支持布兰肯希普不加限制地为竞选捐款。福西特认为，虽然奥尔森有着这样的公众形象，但他首先是个律师，然后才是个理论家。他认为相对于本案的政治意义而言，追求司法制度的公平正义在奥尔森的心目中将会占据更重的分量。

2007年12月13日，福西特给奥尔森发送了电子邮件，询问他是否愿意代理卡珀顿案。奥尔森收到的类似请求不胜枚举，不过他却带着几分兴趣读了这份电子邮件。事实上，奥尔森确实认为自己是公平、中立的司法制度狂热的捍卫者，但是这样的性格表述无疑会受到那些自由派批评者的质疑。随着越来越多的捐款被投入到司法竞选活动中，人们不禁会产生疑问，那就是像本杰明这样接受了资金捐助的人，他是否能够做出在正直的人看来不加偏袒的、公正的决定。正是这种与宪法相关的、具有争议性的问题激起了奥尔森探究的兴趣。本杰明拒绝回避卡珀顿案的审理，那么他是否侵犯了卡珀顿要求合法诉讼和公平审理的权利？

最高法院并不希望卷入有关回避审理的争议中。上一次最高法院涉及回避的争议是在1984年，当时奥尔森参与辩论，并最终胜诉。他在安泰人寿保险公司诉拉沃伊的官司中担任安泰一方的代理律师。争议的问题是亚拉巴马州最高法院法官艾瑞克·恩布里（Eric Embry）是否应该回避涉及安泰的案件审理，因为他曾经两次因私人案件起诉这家保险业巨头。最高法院认定安泰的权利受到了侵犯，恩布里不回避审理是错误的。

奥尔森曾经险些被提名担任美国最高法院的法官，因此他能够深刻地了解最高法院法官们的心理，并且洞悉最高法院如何选择其受理的案件。他知道，有一天最高法院将会受理关于回避和巨额竞选捐款的争端。尽管他相信卡珀顿进行合法诉讼的权利遭到了侵犯，以他对最高法院的了解，他知道他们不会通过审理卡珀顿案来处理如此至关重要的问题，卡珀顿案并非合适的选择。

奥尔森的助理律师阿米尔·泰拉尼负责处理诸如福西特的电子邮件之类的请求。泰拉尼抽空研读了相关材料，并且得出了一些结论。他甚至还没有开始考虑相关争议问题，因为他确信此类案件不可能在最高法院审理。他认为实际情况是“这是关于州法律和合同纠纷方面的案件，美国最高法院没有权限重审此类争端”。

2008年1月9日，泰拉尼打电话给福西特，明确表示拒绝受理这个案子。但是福西特认为这个答复也许存在转圜的余地，于是他就不断地给泰拉尼发邮件，努力地激起他对该案的兴趣。福西特无法理解最高法院怎么能够对这个案子忽略不理。这可不是自由派与保守派之间的政治纷争。如果一位法官在案件审理中可以随意接受诉讼当事人提供的巨额竞选捐款，然后继续审理该案，那么美国的整个司法制度都将陷入严重的危机之中。

第十二章　幕后交易

一起异乎寻常的事件改变了整个案件诉讼的进展轨迹。

47

尽管卡珀顿案已经被西弗吉尼亚州最高上诉法院驳回，2008年1月4日，斯坦利仍然提交了一份议案，寻求法院确定梅纳德在卡珀顿案审理中的投票无效，并将该案发回重审。他认为梅纳德法官有责任主动公开他与布兰肯希普之间的关系，但是梅纳德却没有这样做。西弗吉尼亚州政界和法律界的人士都知道他们两人关系密切，但是没有人就此事采取过任何行动，更没有人敢于公开与这位法官叫板。

斯坦利也听到有传言说梅纳德和布兰肯希普曾经一起到欧洲度假，回国后，他们还一起进餐。关于两人一起出国度假的说法过于牵强附会，因此斯坦利并未在议案中提及此事。不过，斯坦利确实指责两位好友在庭审开始三个月前曾经一起进餐，尽管他也承认自己“无法独立证实此事”。这个传闻以及整个议案都表明他们获胜的希望微乎其微，但是至少他们在采取某种行动。福西特给泰拉尼发邮件，告知他们采取的这些行动。

斯坦利做出种种努力，希望让梅纳德坦白承认自己与布兰肯希普的关系，这些徒劳的努力着实让斯塔切尔吃惊匪浅，忍不住加以关注。在西弗吉尼亚州最高上诉法院里，斯塔切尔所珍视的并且为之努力奋斗的一切都已经崩塌殆尽，他为此震怒不已。他很生戴维斯和本杰明的气，但是他的满腔怒火针对的主要是梅纳德。在他看来，梅纳德就是西弗吉尼亚州最有实力的企业所豢养的傲慢的奴仆，干着腐败堕落的勾当。

一想到梅纳德会在最高上诉法院取得支配地位，从而无人能与之抗衡，斯塔切尔简直忍无可忍。2008 年 1 月，梅纳德升任首席法官，斯塔切尔对此耿耿于怀，他甚至拒绝参加每年一度的法院全体人员合影留念。“我这样做不单单是因为不愿与之共处，”斯塔切尔在日记中写道，在书面措辞中表现出了他在口头表达中不常见到的谨慎。“而且我还有个担心，担心将来我会在他的某些竞选材料中见到这张新拍的法院人员合影。”

梅西公司提起诉讼，要求斯塔切尔回避所有与梅西相关的案件审理，此举令斯塔切尔非常恼火，也进一步激怒了他。2008 年 1 月 8 日，他在日记中写道如果“那个邪恶三人组（戴维斯、梅纳德和本杰明）计划‘出卖我’”，他决定要“将布兰肯希普案件中的另外一幕公之于众，也就是将他与法院其他成员的特殊关系公之于众”。

斯塔切尔开始启用最后一招威力巨大的杀手锏，如同平民世界中的圣战，给予梅纳德以毁灭性的打击。他确定那些照片的传闻并非空穴来风。他知道有些法院雇员手里掌握着存有照片的磁盘，但是他们还不想拿出来，那些能帮上他的人也都不想插手此事。如果斯塔切尔不能尽快找到这些照片，他也就没有机会扳倒梅纳德了。

法院里弥漫着猜疑和忧虑的气氛。马根与梅纳德分手后就失去了保护伞。斯塔切尔听说布兰肯希普曾经给马根打来电话，不怀好意地警告她不要把那些照片示人。亨利心里更是惴惴不安。

她知道自己手里掌握着能改变西弗吉尼亚州最高上诉法院性质的东西。那些照片的潜在威力使她内心充满了惊慌和恐惧。手里掌握着那些照片，还不知道别人会采取什么样的手段来夺取那些照片，这真是一件可怕的事情。

2008年1月9日，星期三，斯坦利在洛根与阿拉科马寡妇们进行了长达一天的会谈，在返回匹兹堡的途中，他的电话响了。他很熟悉电话里的声音，但是永远不会把说话人的身份泄露出去。这个声音告诉他，有一个他非常希望见到的包裹几分钟前已经被送到了查尔斯顿的一家律师事务所，询问他何时方便前去取回这个包裹。

斯坦利驾车掉头驶往查尔斯顿市中心，在那里的一张书桌上放着一个极普通的牛皮纸信封。尽管他几乎抑制不住内心的冲动，想要拆开信封一探究竟，最后想到这个信封里可能装有某项犯罪证据，还是克制住了自己。为防止自己的指纹落在信封上，他隔着一块手绢捏起了那个信封，将信封扔进一个公文包里，然后返身上路，驾车开往匹兹堡。到达匹兹堡后，他将这个信封锁进了里德-史密斯律师事务所的保险柜里。

斯坦利决定聘请一位曾经当过律师的法律界人士来见证自己开启信封，这位前律师又聘请了两位已经退休的联邦调查员。直到星期五上午，也就是斯坦利收到信封两天后，他和阿布达拉才与这三个人在里德-史密斯律师事务所的办公室中会面。斯坦利还找来了一位录像师和法院的书记官，共同见证信封开启的时刻。

在斯坦利和阿布达拉的注视下，他们聘请的代理人们开始有条不紊地处理这件证物。领头的那位调查员轻轻地开启封口，小心翼翼地不去撕坏信封。他戴着手套，将手伸进信封，拿出一个电脑磁盘。斯坦利猛然想到这可能就是传闻中的布兰肯希普和梅纳德约会的证据。调查员将磁盘插入电脑中，并开始播放幻灯片。顷刻间，斯坦利看到了他本以为自己永远也无法证实的情景：梅纳德和布兰肯希普以旅行者的装扮出现在某个具有异域风情的场所。一张照片上两人坐在海边的咖啡馆里，面前放着香槟酒杯，俯瞰着大海。另外一张照片上两人的旁边还站着两位明显年轻很多的女人。这些照片就如同一把冒着硝烟的枪，证据确凿，斯坦利能够真切地闻到那刺鼻的恶臭。当一张又一张照片从打印机中打印出来时，斯坦利和阿布达拉禁不住喜形于色。

三十四张照片上标识的时间表明这些照片拍摄于2006年7月3日、4日和5日。至此，斯坦利仍然担心有人在算计他，也许照片上的图像被某个为布兰肯希普效力的人修改过，有人在竭力诱骗自己，然后揭发自己伪造证据。于是，他和阿布达拉又聘请了一位电脑鉴定专家，确定这些照片绝对没有经过任何修改，它们于照片上显示的日期拍摄于摩纳哥和法国。

作为律师，斯坦利很清楚司法规定，他知道自己有责任将原始磁盘交给执法人员。由于这些照片会让人联想到布兰肯希普可能通过支付地中海旅行的费用来贿赂梅纳德，因此需要查尔斯顿的检察官介入调查。

斯坦利让调查员们将证据封好，锁进里德-史密斯律师事务所的保险柜，等待联邦调查局特工赶来取走磁盘。不过，他也做了备份，这样他就可以利用这些证据向西弗吉尼亚州最高上诉法院提交申请，并且为某些记者提供素材。

此时，卡珀顿正从俄亥俄州驱车回家。他刚刚在著名的克利夫兰专科医院见了一位癌症专家。这位医生说他的肾脏肿瘤是恶性的，必须手术摘除，这个外科手术或许能根治他的癌症。

卡珀顿本来认为西弗吉尼亚州最高上诉法院驳回卡珀顿案的裁决是他摊上的最倒霉的事情。可是紧接着发生的健康问题让他对人生中的一切遭遇有了不同的看法。这是真真切切的生与死的问题，而他根本无暇顾及疾病带来的痛苦或是为自己感到悲伤。他一如往日让自己积极乐观起来，一边开车一边给凯茜打气，内心真希望自己不用像这样强打精神，双脚像灌了铅似的忍受这三百公里车程。

就在那时，电话响了，是斯坦利，他说话时流露出卡珀顿几个星期以来久违了的轻松愉快的口吻。“有个消息要告诉你，老兄，”斯坦利说道。“你肯定不会相信，我现在坐在这里，看着唐、斯派克以及他们的女朋友的合影照片。我们还得核实这件事，不过看起来是他们几年前的夏天去欧洲度假的照片。”

“哦，我的上帝!”卡珀顿说道。一直以来他的身心遭受着剧烈的痛苦，以至于他根本无暇顾及斯坦利和福西特那里在做着什么样的努力。不过，他也曾听说过照片的传闻，他知道这些照片可以促使卡珀顿案被发回查尔斯顿法院重审，而重审的结果很有可能会维持原来地方法院的判决。

接着，斯坦利又给福西特打电话告知此事，他们讨论了下一步的行动。斯坦利已经提议梅纳德回避卡珀顿案的审理，西弗吉尼亚州最高上诉法院尚未就这一提议做出回应。于是，斯坦利和福西特利用整个周末的时间起草了一份补充性的修正提议，要求认定梅纳德在卡珀顿案审理中的投票无效，敦促由另外的法官代替梅纳德，重新审理卡珀顿案。

那个周末两位律师所做的工作还不止这些。多年来，斯坦利和福西特一直致力于培养和国家级媒体的关系，寻求媒体对卡珀顿案的报道，他们认为这个案件值得引起公众的关注。直觉告诉他们为了伸张正义，需要让记者们参与进来。早在 2001 年 3 月，福西特就给一位《华尔街日报》的记者写过一封单倍行距、长达五页的书信。那封信没有带来任何回音，他们争取外州记者支持的其他方面的努力也都无疾而终。尽管如此，两位律师仍然不懈地做着这方面的工作。

国家级媒体对此事的看法也同奥尔森一样，认为卡珀顿案只是地方性的新闻事件，不值得获得他们的关注，也不值得举国关注。多年来，尽管媒体一直拒绝参与这个案子的宣传报道，好在两位律师已经与不少媒体记者建立了联系，这些记者认识他们，有理由相信他们的话。在对媒体讲述本周末发生的这件事时，他们将卡珀顿案置于事件中心，说他们正准备向查尔斯顿法院提交这些照片，力图让梅纳德回避卡珀顿案的审理，并促成法院对卡珀顿案重新审理。这样一来，卡珀顿案在这件事中所占比重就与照片本身不相上下了。

在匹兹堡，福西特查出了《匹兹堡邮报》记者莱恩·博斯洛维克（Len Boselovic）的住址，那个周六就开车前往他家当面讲述这件事。博斯洛维克曾经报道过惠灵-匹兹堡钢铁公司案件，不过从来没有报道过卡珀顿案。当福西特对记者讲述这件事的时候，激动得声音颤抖，以至于对方感到他在装腔作势。不过，就在讲述的过程中，福西特的手机响了，是《纽约时报》的亚当·利普塔克给他回电话了。

整个周末斯坦利都在工作，星期天也熬夜到很晚，与福西特就草案问题交换看法，为他起草的关于梅纳德回避卡珀顿案审理的补充提议做最后的润色。星期一一大早，斯坦利就起床了，长途行车四个小时前往查尔斯顿。他决定使用密封文件提交那些会曝光布兰肯希普和梅纳德女性伴侣的照片。他不希望自己因为令她们名声扫地而受到指责，以前他也做过记者这一行，他很清楚与布兰肯希普和梅纳德同行的伴侣是谁这样的问题如果秘而不宣，会吊足公众的胃口，令此事受到更长时间的关注。福西特认为这是个绝妙的策略，但是他还是很担心什么地方会出差错。

那个星期一，斯坦利刚刚将补充提议提交给法院书记员，消息就传遍了整座大楼。“我们在一点半召开全体人员大会，”斯塔切尔在日记中写道。“不到两点钟罗里（法院书记官）手下的一个书记员就打断了会议，她拿给我一份要求梅纳德回避卡珀顿案审理的修正提议，以及三十四张照片（梅纳德和布兰肯希普到蒙特卡洛度假时拍摄）。这简直是晴空中一声霹雳！那天下午剩余的时间我都在与人闲谈，浏览着交到我手中的这些材料，给其他人打电话，设想着接下来会发生什么事。整个下午梅纳德都在他的办公室里与人谈论着什么。”

第二天上午，2008 年 1 月 15 日，利普塔克的报道赫然刊登在《纽约时报》的重要版面上，并附有梅纳德和布兰肯希普两位好友在蒙特卡洛度假的照片，他们对着镜头幸福地笑着，面前摆放着喝完酒的细长的香槟酒杯，而这张照片本应出现在《纽约时报》旅游版中。“2006 年夏天，西弗吉尼亚州最高上诉法院的法官与实力雄厚的煤炭公司总裁在蒙特卡洛会面，他们多次共同进餐，而当时这位总裁的公司因被陪审团裁决赔偿原告方五千万美元，正在向最高上诉法院提起上诉，”文章开篇这样写道。

利普塔克的报道是国家级媒体首次提及卡珀顿案，《纽约时报》的报道凸显了该案的重要意义。同一天，博斯洛维克的报道也刊登在《匹兹堡邮报》的头版。在查尔斯顿，斯坦利与美联社的劳伦斯·梅西纳（Lawrence Messina）进行了会谈，梅西纳还与斯塔切尔进行了秘密会谈。梅西纳的报道通过国家级媒体从查尔斯顿传播了出去。多年来，《查尔斯顿公报》的保罗·尼登一直在孤身奋战，为揭露梅西公司的行径进行着不懈的斗争。斯坦利对他仰慕已久。当他将这则消息告诉保罗·尼登的时候，对方几乎无法克制自己的兴奋和喜悦。尼登对此事的报道也登上了《查尔斯顿公报》的头版。

那年，布兰肯希普从欧洲度假回来后，曾经对一位密友说过他不太喜欢欧洲。现在他不得不应对这件事。在各家报纸对此事做了头版报道后，布兰肯希普和梅纳德做出了回应。“我不知道，此事完全是个巧合，”布兰肯希普说道。“我所知道的是我们没有一起旅行，我们没有一起度假。”他的朋友也表示赞同。“那些指责我行为不当的暗示完全是胡说八道，”梅纳德对《查尔斯顿公报》这样说道。

梅纳德起初表示他不打算回避审理卡珀顿案。但是随着不断出现的负面报道，他再次当选最高法院法官已经不再十拿九稳。于是，他决定为自己开脱，竭力将公众关注的焦点从他身上移开。“我内心非常肯定，并且坚决相信在这个案件的审理中，我曾经秉持公正无私的立场，将来也会秉持公正无私的立场，”梅纳德断言。几天后，也就是这些照片曝光在公众面前仅仅九天后，州最高上诉法院投票表决，结果以五比零支持重审卡珀顿案，日期定于2008年3月。

斯坦利和福西特相信这不仅仅是梅纳德个人的问题，而且还涉及法院内部由来已久的腐败问题。他们认为现在不光卡珀顿案应该得到诚实公正的复审，而且法院内部贪赃枉法、见利忘义的现象也应该曝光在光天化日之下。斯塔切尔在这一点上与他们想法一致。他给坎特伯雷写了一封信，他在日记中称之为“炸弹书信”，要求法院行政长官调查梅纳德丑闻。坎特伯雷拒绝对他的导师进行调查，称这不属于法院行政长官的权限范围。尽管联邦调查局特工与克赖德进行了谈话，她感到他们在询问有关法院内部的问题时并非那么咄咄逼人。

面对着外界对他的行为持续不断地提出质疑，梅纳德向美联社记者梅西纳出示了几份信用卡记录的复印件。他声称这些复印件能够证明为他的机票和酒店房间买单的是他自己，而不是布兰肯希普。不过，那次旅行中的其他开支，以及这两位老友的全部关系仍然存在着严重的问题。

如果经过严肃认真的调查，发现布兰肯希普在案件待决期间向法官赠送贵重物品，那么他最终会受到刑事检控。这件事还会使人对戴维斯和梅纳德的关系产生怀疑，质疑戴维斯在卡珀顿案审理中的投票只是交易的一部分，对梅纳德过去的支持表示感谢而已。如果握有传唤权力的联邦检察官都不介入此事的调查，那么没人知道这些指控是否具有价值。

2008 年 2 月初，斯塔切尔参加了一个法院会议，这个会议的目的是为了确定在调查法院内部某位法官时，其他法官应该发挥什么样的作用。“我们推测他们四个人（梅纳德、戴维斯、本杰明和坎特伯雷）肯定已经商量过，并且‘计划好了’，”斯塔切尔在日记中写道。“会议商讨的结果是我们［指法院］决定什么都不做。”

并非只有斯塔切尔心烦意乱，美国其他地区的民众也首次开始关注此事，他们也同样鄙视西弗吉尼亚州的司法制度。2008 年 4 月，《纽约时报》编委会的多萝西·塞缪尔斯（Dorothy Samuels）撰写了一篇言辞尖刻、毫不留情的专栏文章，痛斥州最高法院在审理卡珀顿案时表现出的“极端荒谬的特色”。尽管此事令西弗吉尼亚州蒙受耻辱，这个州里也没有哪位政界领袖会谴责发生的事情，或者要求对梅纳德和布兰肯希普结伴同游欧洲进行调查，他们是在卡珀顿案上诉至最高法院并且仍然悬而未决的情况下前往欧洲的。西弗吉尼亚州的律师界，本应代表公平正义，也选择继续观望，对这个与司法体系的完整和公正关系密切的话题不发表任何评论。

布兰肯希普对《查尔斯顿公报》提起的诽谤起诉已经被否决，但是几个月来，这家西弗吉尼亚州最重要的报纸却不再坚持其一贯奉行的对梅西公司及其主席言辞激烈的报道。本地其他的新闻记者大多也没有进行调查性的报道。梅西纳是个例外，根据西弗吉尼亚州的《信息自由法案》，美联社对西弗吉尼亚州最高上诉法院提起诉讼，要求获取梅纳德通过法院电脑给布兰肯希普发送的电子邮件。梅纳德没有通过家用电脑或者私人手机上的个人电子邮箱与人沟通联系，此举很是愚蠢，美联社成功地获取了大量的电子邮件，证实了梅纳德和布兰肯希普之间存在着密切的个人关系和政治关系。

受到西弗吉尼亚州商会赞助的《西弗吉尼亚州记录》也根据《信息自由法案》向法院提出请求，不仅要求了解布兰肯希普是否曾经贿赂梅纳德，而且还要求了解斯塔切尔是否“从他的办公室对媒体报道进行指导（《美国广播公司》、《华尔街日报》等）”。

“我当然希望美国检察官办公室在这件事上采取行动，”2008年2月5日斯塔切尔在日记中写道。“否则梅纳德就赢了。”斯塔切尔的大部分职业生涯都是担任法官，他很清楚当局在调查政治腐败方面极其谨慎。有时刑事诉讼是绝对不会发生的，其中缘由与潜在案件影响力的强弱没有任何关系。在法律执行层面上，对法官展开调查是最为敏感的决定；如果不能慎重行事，这种行动会被看作是企图恐吓对方。查尔斯顿法院目前的状况远非如此，现在看来政府部门还没有什么人想要密切关注查尔斯顿法院。

美国政府负责西弗吉尼亚州南部地区的临时检察官是查尔斯·T. 米勒（Charles T. Miller）。这位检察官的一位助理名叫R. 布思·古德温二世（R. Booth Goodwin Ⅱ），此人出身于西弗吉尼亚州著名的律师和法官世家。他的妻子埃米·舒勒·古德温（Amy Shuler Goodwin）在梅纳德的竞选活动中担任发言人。这些情况都使得福西特和斯坦利有理由担心联邦检察官不会秉持公正将该案追究到底。

48

2008年1月29日，约翰·格里沙姆（John Grisham）在《今天》节目中现身，讨论他新近完成的小说《上诉》，这本书不久必将成为最畅销小说。这本小说讲述了一个虚构的故事，一家化学公司在诉讼中败诉，被判赔偿对方四千一百万美元，由此这家公司开始上诉。在上诉过程中，这家化学公司花费数百万美元帮助一位法官当选为州最高法院法官，法官在随后的投票表决中支持撤销了该公司之前的判决。主持人马特·劳尔（Matt Lauer）提出故事情节是否过于牵强附会。“这样的事情已经发生了，”格里沙姆说道。“几年前在西弗吉尼亚州就发生过这样的事情。”

福西特知道小说情节绝不可能作为证据使用，但是这本书也确实证实了公众对此类事件存在着强烈的兴趣，并且为最高法院审理该案提供了另外的令人信服的理由。看完这期节目后，福西特打电话给泰拉尼，再次恳求对方给自己和斯坦利提供一个当面陈述卡珀顿案的机会。

“还有很多你们不了解的情况，”福西特说道。“你能否给我们一个小时的时间，为西奥多和你介绍一些背景情况？”

奥尔森耗费半生时间都是在听取那些来自外地的律师们竭尽全力讲述他们的案件，期待能够获得奥尔森的垂青，同意接手他们的案件，而最终却只能失望而去。不过，媒体对这个案件的兴趣已经强烈到了不可思议的程度，而且泰拉尼认为福西特表现出了足够的诚意，期待着与奥尔森再次探讨卡珀顿案。尽管奥尔森确信无论怎样自己都不会改变初衷，他仍然出于职业礼节同意在华盛顿与福西特和斯坦利会面。

2008年2月6日，福西特和斯坦利冒着暴风雪乘飞机从匹兹堡出发前往华盛顿，他们乘坐的当地小型喷气式飞机在暴风雪中剧烈地颠簸晃动着。这真是他们平生最糟糕的飞行经历。甚至当飞机降落在华盛顿国家机场后，他们仍然紧张不安，心有余悸。

斯坦利平时就好喝酒，那晚在酒店酒吧里，他喝了一杯又一杯鸡尾酒，远远超出了平时的酒量。福西特也一度嗜酒如命。那天晚上他与斯坦利一起在酒吧里度过了几个小时，他的酒量也令斯坦利刮目相看，不过与如饥似渴的斯坦利相比，他还是略输一筹。第二天早晨，斯坦利迫不及待地去陈述卡珀顿案，而福西特却由于宿醉感到麻木和头痛，浑身不舒服。

当出租车载着他们来到吉布森—邓恩—克拉切尔律师事务所时，福西特和斯坦利坚信经过十年的奋斗，他们终于迎来了这一时刻，他们终于能够证明卡珀顿案是一起具有历史意义的案件，他们所经受的一切磨难和挫折也终于有了回报。两位律师相信只要他们能够注视着奥尔森的眼睛，当面陈述案情，奥尔森将无法拒绝他们。他们已经将这一个小时的会面时间做了细致入微的安排。

这两位匹兹堡律师之前未曾与奥尔森谋过面，当泰拉尼来到接待区迎接他们，引领他们走进会议室时，他们并不知道这位华盛顿的大律师通常接待最无足轻重的客人也会选择在他巨大的办公室中进行。在他的办公室里，人们会看到罗纳德·里根（Ronald Reagan）的肖像，上面还有这位总统带着“诚挚的谢意”的签名。他们还将看到那些白色的翎笔，象征着奥尔森在最高法院的每次出庭辩护。奥尔森办公室的布置令人感受到家庭的温馨，这在华盛顿非常独特，而这间具有现代风格的、外表看去硬邦邦的会议室则毫无个性可言，在律师事务所中随处可见。

奥尔森终于走进了会议室，整个过程非常匆忙，似乎刚刚问候完对方就要道别了。他首先表示歉意，解释说他要赶去参加全球反腐败议员组织（GOPAC，实力强大的共和党的“527”组织）的年度午宴，届时他将发表演讲，支持约翰·麦凯恩（John McCain）参议员成为总统候选人。因此，奥尔森留给两位匹兹堡律师的时间只有十五分钟。

福西特紧张不安起来，快速地寒暄几句。“我们来的路上很不顺利，”他说道。“我们乘坐从匹兹堡出发的航班。天气情况很糟糕，飞机不停地上下颠簸，前后晃动，一度下降了几百英尺，我当时想到了唐·布兰肯希普。他要是看到我们的飞机坠毁了该有多高兴。”

福西特刚一说出“飞机坠毁”这句话，就想起了奥尔森妻子的死因。他没有致歉，不想因此让对方注意到他的失言，而是依然顺着自己的话说下去，但是心神不宁，颇感难堪。斯坦利知道福西特觉得自己严重失言，有些慌神，就赶紧接过话头，帮助福西特圆场。福西特镇定下来，很快他就又掌握了会谈的主动权。他向奥尔森和泰拉尼出示了西弗吉尼亚州报纸上刊登的文章，这些刊登在头版头条的文章不遗余力地断言卡珀顿案是何等重要，他还向这两位华盛顿律师出示了大量文件，详细说明了布兰肯希普在本杰明的竞选活动中投入了数百万美元的情况。

“这个案件很重要，也很有吸引力，”奥尔森说道。“虽然案子中发生的事情是错误的，不公正的，但是这并不能成为联邦法院受理该案的理由。看看你们自己提交的诉讼要点，你们努力想要本杰明回避该案的审理。这个案子所涉及的法律条款和法律争端几乎全部局限于西弗吉尼亚州内。也许我说的不对，但是我认为最高法院不会同意受理这个案子。”

“可是这确实是联邦政府普遍存在的问题呀，”福西特坚持自己的看法。

“当然是普遍存在的问题，”奥尔森说道。“在过去的十年间，最高法院有三次接到请求，请求审理关于法官接受巨额竞选捐款的案件，但是法院拒绝审理此类问题。此类争端正在蔓延开来，最高法院的审理也是早晚的事。但不是现在，我认为不是现在，不是卡珀顿案。”

“这是很理想的案例，”斯坦利说道。“你到哪里还能找到比这个更加极端的案例？这个案子里发生的所有的事情都是错误的，不公正的。”

“你说的对，”奥尔森说道。“如你们所知，这个案件如此极端，对法官的基本观念如此具有挑战性，一旦法官们审理该案，我深信他们会以压倒多数票支持你们。问题就在这里，法官们希望他们受理的案件具有无可指摘的公认的重要性。很抱歉我得这样说，但是我认为在他们看来卡珀顿案只是煤炭公司之间的一起商业纠纷，发生在某个这里的人们并不怎么关注的州里。对于大多数人来说，卡珀顿案无足轻重。这样的态度可能不对或者不公平，但是情况就是这样。”

福西特和斯坦利还想加以辩驳，但是奥尔森很快就走开了。他们被甩在了那里，只好努力说服泰拉尼，而泰拉尼还很年轻。他们认为这表明了奥尔森对待卡珀顿案以及整个西弗吉尼亚州的态度，而西弗吉尼亚州边界距离首都仅仅一个小时的车程。

福西特和斯坦利两人刚一返回匹兹堡，福西特就接到了泰拉尼发来的电子邮件，说奥尔森不打算受理卡珀顿案。福西特将奥尔森的再次拒绝解读为尚不确定。他不准备放弃，他也不想去找其他律师。

正当福西特竭尽全力继续寻求奥尔森的支持时，他和斯坦利有了一个不用上诉到美国最高法院也能打赢这场官司的机会。2008 年 3 月，他们的案子在西弗吉尼亚州最高上诉法院重新审理。两位律师期望能够再次赢得奥尔布赖特和斯塔切尔的投票支持，并且认为起决定作用的第三张选票可能会来自被委派来接替梅纳德的法官。

但是在法院开庭之前，形势发生了变化。斯塔切尔对布兰肯希普口无遮拦的公开抨击，使他丧失了在涉及梅西公司的案件审理中作为中立的法官的可信性。

“我将布兰肯希普称为蠢蛋的时候，就知道这样做的结果很可能会导致对方提议我回避该案的审理，”几年后斯塔切尔这样反思道。“我认为他就是个富有的、骄横跋扈的恶霸，我对他迎头痛击，就如同他对别人迎头痛击那样，这样做令我很爽。或许我不应该这样糊涂。那些非常了解我的人会说：‘斯塔切尔就是斯塔切尔。’”

斯塔切尔知道，西弗吉尼亚州律师协会和美国律师协会的司法行为规范都规定，“在任何诉讼程序中，如果法官的公正性受到一定程度的质疑，那么他或者她就会失去参与审理的资格”。这个问题的衡量标准就是在重要的事实真相面前，一位公平正直的局外人对于法官的公正性做出的判断和结论。而任何公平正直的人都会认为，在涉及梅西公司的案件审理中，本杰明和斯塔切尔都应该走出法庭，回避审理。

尽管斯塔切尔极端鄙视布兰肯希普，但他很清楚在卡珀顿案的审理中，公众对法官的评价比较糟糕，如果自己不想让这种情形雪上加霜，那么别无选择，只有回避该案的审理。他认为本杰明也应该被取消出庭审理该案的资格。斯塔切尔觉得没有办法拉下面子找到曾经被自己公开指责的同事，然后私下要求他回避审理。相反，他采取的行动是竭力当众羞辱对方，而这样做的结果是可能使得本杰明决意再次参加卡珀顿案的审理，并且再次投票表决。

斯塔切尔写了一份长达八页的自请回避的文件，文中对那件迫使他退出卡珀顿案审理的举动只字未提。“布兰肯希普先生在赠送个人财富和友情方面产生的负面影响已经导致了法院事务中癌瘤的滋生，”斯塔切尔写道。“我目睹了那癌瘤不断地长大又长大，此时我还无法将其生长的方式完全披露出来。此刻，我相信我退出这起即将开庭的案件审理将会为治疗那癌瘤迈出第一步，不过这第一步若想有成效，只有其他人也能够接受挑战。如果他们并不愿面对这挑战，那么一想到在这个精彩奇妙的州里，律师、法官以及公民提及我们的司法制度时流露出的愤世嫉俗和反感嫌恶的情绪，都会令我不寒而栗。”

五位法官继续穿着黑色长袍，带着煞有介事的尊严行使法官职权。然而，西弗吉尼亚州最高上诉法院已然沦落成为一个吵闹不休、机能失调的荒唐机构，在这里疯帽子[1]都很适合担任首席法官。其实，原本梅纳德是首席法官，但是由于他需要回避卡珀顿案的审理，本杰明就成了代理首席法官，尽管根据美国律师协会的规定他本人应该自请回避。

现在出现了《爱丽丝梦游仙境》里的一幕：卡珀顿的律师们对本杰明本人在卡珀顿案审理中的可信性提出了质疑，可是没有成功，本杰明拒绝回避，现在他拥有着非同寻常的权力，他可以任命两位临时法官来代替梅纳德和斯塔切尔行使法官职权。如果本杰明选择那些对他言听计从的人，他就掌握了三张选票，最后以压倒多数取胜。本杰明任命支持煤炭企业的保守派法官弗雷德·L. 福克斯（Fred L. Fox）代替梅纳德，任命巡回法官唐纳德·H. 库克曼代替斯塔切尔，此人曾经判处十五岁的阿博十五年到三十五年监禁。

卡珀顿案的重新审理依然围绕诉讼地选择和既判案件展开，这是戴维斯法官第一次写多数意见的支点。戴维斯问梅西公司律师，“奥法特先生，在全国各地的案例中，诉讼地选择条款适用于合约中的未签约方，你对此做过研究吗?”卡珀顿是以哈曼煤炭公司负责人的身份，而不是以个人名义与韦尔莫尔公司签订合同。戴维斯的问题是指，尽管如此，卡珀顿是否应该按照法律规定，所有的法律纠纷都应在弗吉尼亚州解决。

---

① Mad Hatter：疯帽子，是蝙蝠侠系列作品中的反派之一，他原本是技能熟练的研究科学家，由于年轻时着迷《爱丽丝梦游仙境》，便产生了一种错觉，认为自己是书中“疯帽子”这个角色的化身。他利用高超的催眠术犯下了许多罪行，他的罪案中很多都围绕《爱丽丝梦游仙境》展开，也有源自他对帽子的深爱，他喜爱收藏各式各样的帽子，其中最受他青睐的是蝙蝠侠独一无二的蒙头斗篷。他患有强迫型人格障碍，以及严重的妄想症和抑郁症，有时甚至神志不清到去杀人的地步。——译者

“我做过这方面的研究，法官大人，”奥法特说道。

等到轮到福西特出庭辩论的时候，戴维斯换成了一副非常敌对的腔调。

“这个国家中的大多数法院都支持诉讼地选择条款适用于合约中的未签约方，你认可吗？”

“不，我不……我不确定，”福西特结结巴巴地说道。“不过当然，我们的辩论，法官大人……”

通常情况下，福西特总是会为出庭做好充分的准备，而且这个问题他本应预先有所准备。但是他却没有回答出来，他的反应也不够机敏，没有及时将话题转移开去。

“是吗？”戴维斯打断他的话。“你做过研究吗？”

“是的，是的，”福西特说道。

“可是你不确定？”

斯坦利感到很难堪。当福西特进入状态的时候，法庭里没有哪位律师能够与之争锋。可是如果他遇到的是出乎意料的问题，必须得迅速给出答复时，他经常会陷入困境。在布恩县法庭审理过程中，他在关键性的最后辩论阶段的表现就不尽如人意。他在奥尔森面前曾经支吾其词。西弗吉尼亚州最高上诉法院第一次开庭审理卡珀顿案时，他在戴维斯面前也是紧张得结结巴巴，而现在他又开始重蹈覆辙。

戴维斯在福西特面前摆出高人一等的派头，这令斯坦利很不高兴。于是当戴维斯用同样的态度对待他时，他提高嗓门，更大声地对她说话，拒绝让她从气势上压倒自己。他也不允许这次辩论陷入细节的泥沼中，在技术性的细枝末节中纠缠不休。他想要提醒戴维斯，第一次开庭后在撰写多数意见时，她已经承认梅西公司的行为是错误的，尽管有了上述表述，她仍然否决了陪审团的裁决：“我们需要满怀敬意地指出的是，布恩县法院陪审团的工作非常努力，最高上诉法院本身也得出了一致的结论，那就是布恩县法院陪审团的裁决是正当合理、有充分依据的公平的结果，现在要全面否定初审法院做出的裁决，给这个案子强加一个截然不同的裁决结果，这是不公平的。”

那天，律师们和卡珀顿夫妇走出法庭的时候，福西特和斯坦利就认定法官们在走进法院会议室商议之前就已经做出了决定，这次复审只不过是场皮影戏而已。

2008 年 4 月，法院公布了处理意见。法官们再次以三比二的投票结果推翻了下级法院的裁决，戴维斯、本杰明和福克斯形成多数派阵营。奥尔布赖特和库克曼在不同意见中指出戴维斯采用了同样“站不住脚的法律依据”，而这次“却莫名其妙地删除了在之前多数意见中显然是正确的主张，即‘梅西公司的行为证明了本案初审中做出的裁决是正当合理的’”。

“西弗吉尼亚州似乎是个封闭的社会，”福西特说道。“媒体和民众都感到畏惧。我亲身体会到了激冷效应的影响。《查尔斯顿公报》缄默不语。西弗吉尼亚州的律师们本应该像巴基斯坦的律师们那样举行游行示威，”——他指的是前一年发生的大规模游行示威活动——“可是他们不敢说出来。我经常接到律师们的电话说，‘你听说过这样的事情吗？居然会发生这样的事情。’一开始我还想，‘哇呜，真的很有意思，这真令人激动。’可是最后我会说，‘别再给我打电话了，除非你能拿出些证据来，或者你愿意公开这样说，因为你现在所做的对我们没有帮助。’”

49

福西特一直以来都在向美国广播公司（ABC）新闻部制片人马德琳·索尔（Madeleine Sauer）讲述这个情节曲折的故事。2008 年 3 月初，他乘飞机前往纽约，接受这家广播公司首席调查记者布赖恩·罗斯（Brian Ross）的专访。

那个月晚些时候，罗斯和索尔乘飞机南下来到查尔斯顿采访斯塔切尔。斯塔切尔法官不久就将从法院退休，他独自坐在法庭里，接受了罗斯长达一个小时的专访。“他［指布兰肯希普］出钱帮助一个为其效命的法官进入最高法院，”斯塔切尔对罗斯和摄像机说道。“这样的做法令我恼怒不已，直至今天仍然令我很不安。”

斯塔切尔接受专访几天后，美国广播公司的制片助理。当时年方二十七岁的阿萨·埃斯洛克（Asa Eslocker）驱车前往西弗吉尼亚州南部地区，为罗斯的采访拍摄一些镜头。美国广播公司无法说服布兰肯希普同意接受采访，于是埃斯洛克就决定做个不速之客，前往布兰肯希普位于肯塔基州贝尔弗里的办公室，伺机接近他。埃斯洛克的曾祖父就是在距离贝尔弗里两个小时车程的煤矿里丢掉了性命，因此这个故事对这位年轻的制片人有着特殊的吸引力。早晨六点钟他就开始等候布兰肯希普。几个小时后，布兰肯希普的黑色凯迪拉克轿跑驶入停车场，埃斯洛克开车尾随而入。当布兰肯希普一如往日身穿黑色运动外套，信步走向简朴的办公室时，这位美国广播公司的制片人打开照相机，大步奔向梅西公司总裁。

“布兰肯希普先生，我是美国广播公司新闻部的，”距离对方二十英尺开外的时候，埃斯洛克这样说道。没有得到回应，他又说道：“你好吗，布兰肯希普先生？我是美国广播公司新闻部的。”

布兰肯希普转过身，快步向埃斯洛克走去。“你要是拍下我的照片，你会被一枪打死，”布兰肯希普说道。“你是谁？”

“你好吗，布兰肯希普先生？我是美国广播公司新闻部的，”埃斯洛克重复着刚才的话。布兰肯希普走近他，抬手挡在镜头前面，抓住镜头取景器，使劲扯掉取景器。

“别碰我的相机，”埃斯洛克说道。“放开我，先生，放开我。

我有几个问题需要问你。能说一下你为什么要对法院进行恐吓吗?”

“今天早晨你一直在找麻烦,”布兰肯希普说道,一手大力扯住埃斯洛克的衣领,另一只手伸向了他的咽喉。

“不,先生,我只是问几个问题而已。”

一个身形健壮的男人从办公室里走出来,让埃斯洛克退到他的车边,说道,“马上离开这里,小子。”

“是的,先生,”埃斯洛克说道。

2008 年 4 月 8 日,美国广播公司《世界新闻》节目播出了西弗吉尼亚州法院丑闻的报道,与之一同播出的还有布兰肯希普抢夺相机的镜头。那天夜里晚些时候的《新闻夜线》节目中也播出了这篇报道。尽管图像证据确凿无疑,布兰肯希普和他的支持者们仍然矢口否认,争辩说埃斯洛克首先奚落布兰肯希普,然后又猛地将相机推到他的脸前。

虽然美国广播公司没有争取到采访布兰肯希普的机会,该公司的一名记者设法与梅纳德的前情人布伦达·马根进行了交谈。马根声称对于里维埃拉用餐后由谁买单一事她并不知情,因为通常支票送来的时候她都在卫生间里。《新闻夜线》对此事的报道荣获了艾美奖,布兰肯希普由此成为美国最知名的,也是最声名狼藉的企业领导人之一。在未来几年中,每当布兰肯希普和梅西公司由于轰动全国的新闻被报道时,这些镜头都会在节目中重新播放。

美国广播公司播放了这段新闻后的第二天,福西特再次致电奥尔森。华盛顿的奥尔森律师也收看了美国广播公司的报道,再次证明卡珀顿案不再是一桩籍籍无名的案子和在西弗吉尼亚州以外少有人知。而如今,在各种媒体竞相报道后,奥尔森接到了福西特的电话，福西特斗胆对奥尔森说这个案子将会进一步提振他的声望，奥尔森也首次表现出了对卡珀顿案的兴趣。

现在还存在着钱的问题。泰拉尼解释说奥尔森每次代理在最高法院出庭辩护的案件，收取的酬金都在一百万美元到两百万美元之间，外加胜诉后的奖金。福西特无法预付酬金，他努力说服泰拉尼接手卡珀顿案，并在胜诉后收取酬金。福西特还不断地游说布坎南-英格索尔律师事务所的合伙人，说服他们放弃自己收取的更高比例的胜诉酬金份额。每次福西特游说完毕，泰拉尼总是说，“这样听来这个案子当然很令人感兴趣，”可是从来不说这个案子足够吸引他们，令他们决定接手。福西特想到如果自己可以弄到些现金，就可以使报价更有吸引力。有一笔二十五万美元的资金被冻结在已破产的哈曼公司的账户中，这笔资金用以缴纳工会的退休基金。福西特请求矿工联合会主席塞西尔·罗伯茨解禁这笔资金。罗伯茨同意了，这样工会的这笔资金就很有风险了。

福西特与工会领导人谈完话挂上电话后，他摇着头对自己说，“天啊，该死的工会付钱给奥尔森。他可真他妈的该死。”

他很快又说道，“正因为这样，我们不会告诉他。”就因为你是个诚实的人并不意味着你就得是个傻瓜。

2008 年 5 月 2 日，奥尔森和泰拉尼打电话给福西特，告诉他他们决定接手卡珀顿案。福西特和斯坦利知道对于最高法院能否受理这个案子，他们仍然面临着极大的不确定性。不过，他们也知道奥尔森律师可能保持着在最高法院出庭辩论的最佳纪录，并且还保持着胜诉的最佳纪录。

福西特打电话给卡珀顿，卡珀顿已经在克利夫兰医院接受了外科手术，切除了他的癌瘤。卡珀顿的兴奋程度与律师们不相上下。那个月晚些时候，卡珀顿感到更加兴奋，因为梅纳德在民主党初选中被彻底击败，丢掉了法官职位。他在法官初选中得票数位列第三，远远落后于两位胜出者，前任法官玛格丽特·L. 沃克曼（Margaret L. Workman）和斯塔切尔的朋友梅尼斯·E. 凯切姆（Menis E. Ketchum）。

凯切姆在竞选广告中使用了布兰肯希普和梅纳德那些臭名昭著的度假照片，对梅纳德进行抨击。梅纳德的另一个对手给全州的选民送去了产生负面作用的印刷品，这些印刷品制作得如同度假明信片似的。卡片上面赫然印着布兰肯希普和梅纳德在摩纳哥度假的照片，上部写着几个草体字："真希望你在这里!"

在此期间，卡珀顿开始收到一个自称博·拉姆波尔（Bo Rumple）的人发来的电子邮件。这个所谓的拉姆波尔有一个网站，在网站上他将自己描绘成"一个寻求西弗吉尼亚州最高上诉法院变革的律师"，可是没有人知道他的真实身份。起初，卡珀顿担心这个拉姆波尔在传播假消息。不过，几个月过去了，卡珀顿清楚地看到拉姆波尔在预言即将发生的事情方面有着几乎无可挑剔的才能，并且他还能详细讲述据说就在不远的过去发生的事情。

"当梅西公司对卡珀顿案的上诉提交到最高法院的时候，戴维斯让她的书记员将诉讼要点和庭审记录摘录出来交给她，她就开始研究这个案子，" 2008 年 5 月 16 日，拉姆波尔发给卡珀顿的电子邮件中这样写道。"这样的事从未发生过。法官们通常直到上诉被批准后才会关注某个案子，可是她从一开始就关注你们的案子。当上诉申请被批准，案件在备审案件清单中登记完毕后，首席法官在开庭审理前会按照姓氏的字母顺序将所有案件随机分配给五位法官。戴维斯是首席法官，奇怪的是，你们的案子却被'随机'分配给了她。"

拉姆波尔还声称自己可以通过法院内部的知情人获得信息，

了解到法院是如何再次投票表决驳回卡珀顿案。“戴维斯显然急切地想要证明她在第一次审理中的意见是正确的，”拉姆波尔在这份很长的电子邮件中写道。“别的法官提出什么样的论点并不重要。戴维斯认为自己是正确的，根本听不进任何指出她的错误的论点。她所写的法院意见草稿送给各位法官传阅的时候，库克曼想要抽出点时间和奥尔布赖特一道起草一份像样的不同意见，他们想看看本杰明或者福克斯看过不同意见中的论证后是否能够改变初衷。戴维斯显然不同意他们这样做。库克曼还没有抽出时间与福克斯谈话，她就决定开会，让大家投票表决是否同意她所写的法院意见。在戴维斯的安排下，这份法院意见被强行通过。这样，任何人还来不及改变自己的想法，她就已经将之公布于众了。”

斯坦利和福西特一直听说戴维斯和梅纳德做着某种交易，但是无法证实，拉姆波尔对这些传闻中的交易行径也进行了谴责。“说到戴维斯，她真是令人失望，”拉姆波尔继续写道。“我无法理解她为什么甘愿违背诚实正直的原则立场，做出妥协和让步，与梅纳德做着各种交易。至少我认为他们在暗中做着交易。说穿了，就是她表面看来是个‘起平衡作用的’法官，在投票中支持或者反对原告方，实则是在帮助梅纳德。作为回报，梅纳德投票支持斯科特·西格尔受理的所有案件。”

2002 年，《华尔街日报》上刊登的一篇文章特别指出，西格尔“认为种种关于他的律师事务所受益于他妻子做出的法律裁决的说法‘极端讨厌’，他补充说：‘我妻子公布的很多法院意见我并不认同。’”

卡珀顿案的媒体宣传力度发展到了全国范围，这种形势促使奥尔森同意受理该案，但是对于美国最高法院的法官们能否审理该案，他仍然持怀疑态度。他认为最高法院最终得出的结论将是，卡珀顿案所涉及的问题并非在全联邦范围内产生影响的争端。

奥尔森派泰拉尼书写卡珀顿案的上诉申请。在短短的几年中，书写最高法院诉讼申请已经成为这位年仅三十一岁的耶鲁法学院毕业生的专长。他所书写的诉讼申请语言严谨准确，对之前发生的案件给予深入细致的关注，与科技论文相比也毫不逊色。

泰拉尼得到了里德-史密斯律师事务所和布坎南-英格索尔律师事务所的律师们的大力协助。这两家公司在匹兹堡位列行业前三甲，他们通常会互相竞争，争夺委托人和势力范围。然而，这两家律师事务所中的几位最优秀的律师认为这次上诉极其重要，他们对福西特和斯坦利尊重有加，因此他们能够为了这项工作精诚合作。

泰拉尼知道怎样与法官们有效沟通，他将这些观点记录下来，融会贯通，最后整理成一份诉讼申请。这份文件语言强势有力，研究深入具体，论证无懈可击，读来某些地方与其说是民事诉讼要点，倒不如说是对布兰肯希普的刑事指控。

泰拉尼在诉讼申请中辩称卡珀顿案“为最高法院提供了一个合适的机会，既能够净化法律环境，法律正当程序要求法官在必要的情况下自行回避审理；又能够恢复公众对州司法体系日益失去的信心，而公众信心的丧失正源于州司法选举中竞选捐款正发挥着日益重要的作用”。这份诉讼申请声称“1999 年到 2006 年间，寻求当选最高法院法官的候选人所筹集资金超过一亿五千七百万美元，这个数额几乎是之前四个选举周期中的候选人筹集资金的两倍”。

诉讼申请中明确说明了媒体和卡珀顿的律师们之间的协同配合，为此泰拉尼援引了几家报纸上的报道，其中包括《纽约时报》刊登的利普塔克的文章和《查尔斯顿公报》刊登的尼登的文章。

泰拉尼和他的合作者们书写了一份强而有力的上诉申请，然而这里面他们无法掩盖的一个弱点就是：上诉申请中列举了之前发生的案件，目的在于唤起人们对西弗吉尼亚州法庭记录的关注，在于表明美国最高法院拥有司法权限，因而应该审理该案。然而悲哀的是，这些列举出来的案件清单是那么的苍白无力。律师协会和州司法机构就可以解决的州法律事务，美国最高法院却介入其中，没有历史案例证明这样做的正当合理性。这正是奥尔森一直以来的忧虑之处。

50

奥尔森和泰拉尼认为，支持卡珀顿一方的友好诉讼要点书与他们两人的上诉申请一道被递交到最高法院，将会补充诉讼当事人的辩论材料，增加案件的可信性，对推动案件的进展起到至关重要的作用。尽管最高法院的法官们审理卡珀顿案的可能性微乎其微，但这个案件却赢得了整个美国司法界和企业界的大力支持，至此，他们提供的友好诉讼要点书，无论从质量上还是从数量上衡量，都是上佳之作。

这样的局面当然不会一蹴而就。一小批法律界的活动家开始着手行动，争取支持者提供的友好诉讼要点书，其中包括霍夫斯特拉大学的詹姆斯·桑普尔（James Sample）教授，他是与纽约大学法学院关系密切的布伦南正义中心的律师。长期以来，布伦南中心一直谴责金钱在司法选举中造成的恶劣影响，桑普尔认为卡珀顿案为司法改革提供了理想的契机。“这个案件本质上属于左翼血统，”桑普尔说。“但是奥尔森和泰拉尼的介入从某种程度上意味着出现了转折。”

美国律师协会代表了四十多万律师的专业观点，书写了本杰明所违反的行为准则。但是，鉴于最高法院受理卡珀顿案上诉的可能性微乎其微，他们不愿意提交友好诉讼要点书。可是，在桑普尔及其同事们的推动下，美国律师协会领导层改变了初衷。他们在提交的文件中强调，如果法官的公正性受到质疑，那么美国司法体系的诚实和完整也随即受到了质疑。“法官本人的不当行为，不会因为其个人坚信自己在审案过程中秉持公平公正的立场而被一笔勾销。如果法官在案件诉讼中做出的裁决引起公众普遍的质疑和争议，这种情况将会对法院产生真实而且直接的负面影响。”

另外一份友好诉讼要点书来自经济发展委员会（CED），该组织由包括沃尔玛公司和英特尔公司在内的美国最庞大企业的首脑组成。经济发展委员会对政府干涉广泛领域的美国生活持反对态度，因此，这个组织本来很可能支持竞选活动法案，允许企业和商业领导人投入不加限制的巨额捐款帮助保守派法官当选。这些巨额捐款可能来自协会，或者来自同业公会，令这些企业领导者们心怀忧虑的是它们对经济生活产生的破坏模式。在友好诉讼要点书中，经济发展委员会告诉最高法院法官们，当巨额竞选捐款“让公众产生司法结果可以用金钱换取的观念时，经济主体将会对司法系统失去信心，市场运行效率将会降低，美国企业发展也将因而遭受损失”。

奥尔森认为，这一整套诉讼要点已经很能说明问题了，但是，他对自己的胜算仍然没有什么把握。他与自己的一位老友、美国上诉法院的法官讨论卡珀顿案，对方对他说：“他们绝不会审理你的案子。他们绝不会审理这个案子，丝毫不会有机会，特德。就算他们受理了你的案子，你也是必败无疑。”

奥尔森和泰拉尼的上诉文件，官方称作调取案件复审的令状，于2008年7月2日提交。梅西公司的律师们有权读取他们的上诉事实摘要并加以回复。当时正值最高法院处于夏季休庭期间，他们就不慌不忙地进行这项工作。

还没有等到梅西公司提交答辩摘要，针对这些上诉文件作出答复，一起异乎寻常的事件改变了整个案件诉讼的进展轨迹。

在奥尔森和泰拉尼向美国最高法院提交的上诉状中，本杰明是中心人物。这位西弗吉尼亚州法官从未料到，自己会在美国最高法院审理的历史性案件中成为公众关注的焦点，并且由于他在查尔斯顿法院审理卡珀顿案时的作为受到公开批评。本杰明决定他不能对此事一言不发地袖手旁观，听任别人攻击他的正直诚实。2008 年 7 月 28 日，本杰明提交了一份长达五十七页的西弗吉尼亚州最高上诉法院对卡珀顿案裁决的并存意见。这份文件中没有提及明确的法律目的，也丝毫没有更改西弗吉尼亚州法院做出的裁决，不过本杰明借此做出大胆尝试，展开了与华盛顿法律界的对话。本杰明显然希望美国最高法院的九位法官能够看到他的这些话语，并且对他们决定是否审理卡珀顿案产生些许影响。

奥尔森和泰拉尼读着本杰明的并存意见，不由得异常兴奋。通过援引许多联邦案例，他将这些案例与西弗吉尼亚州的卡珀顿案相提并论。几个月来，奥尔森一直在担心最高法院会认为卡珀顿案缺乏联邦法院审理的依据，而现在这位过度焦虑和愤怒的法官给他们送来了依据，这真是雪中送炭。读完本杰明的并存意见后，两位律师确信，美国最高法院将会审理卡珀顿案。

本杰明在并存意见中采取了一种极端方式来为自己申辩。他满口说教，故作姿态，表现出一副没有受到偏见影响的架势，将自己塑造成一个真正的正义的捍卫者，认为自己的动机和行为都无可指摘。他坚持认为，对于任何法官来说，除非“他对案件的审理结果存在着‘直接的、个人的、重大的（或者）金钱上的利益诉求’”，否则没有必要自请回避案件审理。

本杰明没有提及那些抨击麦格劳释放阿博的广告宣传，尽管那些宣传手段是他当选法官的重要因素。相反，他坚持认为，自己在竞选中胜出，是因为他“发布的竞选信息具有公正、稳定以及决策的可预见性的特点，他具备法官所必需的以礼待人、正直诚实和个人职业素养等特质”。

本杰明的并存意见中，通篇遍布洋洋洒洒的法律依据。他似乎并不明白，在这份表面看来冗长的辩护状中，一篇单行间距的“补充说明”就长达四页纸，这完全是在浪费九位法官的时间。他试图讨好那些假想中的同仁，大量引用斯卡利亚（Scalia）法官的文字；蜻蜓点水般地提及鲁思·金斯伯格（Ruth Ginsburg）法官撰写的随笔，并生硬地塞进自己的文件中；在文件结尾对斯蒂芬·布雷耶（Stephen Breyer）法官针对下级法院意见的“注意事项”表示感谢。

对于奥尔森和泰拉尼来说，这份辩护状提交的时机恰到好处。梅西公司的律师们尚未就最初的诉讼要点做出答复，2008年8月16日，泰拉尼快速向最高法院提交了一份补充性的诉讼要点，并随之附上本杰明的并存意见。

在补充性诉讼要点中，泰拉尼只用了五页纸就阐明了自己的观点。他列出了一份这位西弗吉尼亚州法官曾经援引的联邦案件清单，接着指出，由于本杰明甚至拒绝承认存在偏见的可能性，他就是最高法院应该受理的最佳案例。泰拉尼在诉讼要点结尾处指出，“最高法院的复审对恢复公众对州法院的信心很有必要。州法院已经淹没在为法官提供的惊人的巨额捐款中，而这些法官们在缺乏存在偏见的证据的情况下，会坚持参与裁决金融资助者的案子”。

梅西公司的律师们直到2008年9月16日才针对上诉文件提交他们的辩护状。在辩护状中，他们质疑最高法院是否有权干涉州法院的事务。接着，他们又提出了一个更加重大的、同时也更为不祥的忧虑，即如果法官们草率行事，他们可能会受到接二连三的质疑，诸如美国宪法第一修正案的质疑，以及接下来关于回避标准模糊性的司法问题的质疑等。除此之外，他们还说卡珀顿案是在错误的时间选择的错误案件。梅西公司的律师们争辩说：“最高法院挥舞着联邦法律正当程序裁决这一并不锋利的工具，介入到这个传统的州法院负责的领域，将是不合理的，或者说至少是草率的。”

2008年10月初，最高法院的法官们在每周例会上讨论他们是否应该审理卡珀顿案。通常情况下，他们对此类问题都能够很快做出决定，因为只需要四人投票支持就可以准许进行审理。可是，他们没有做出决定，而是把这个问题搁置起来，推到下周的例会中。他们连续四周都是这样做的。

奥尔森对法官会议室内部发生的事情并不知情，但是他能够感觉到这九位法官已经意识到卡珀顿案将能够极大地改变法官选举流程，他们中有些人不愿介入纷争。至此福西特和斯坦利已经极度焦虑，狂躁不安。

布伦南中心的桑普尔教授的忧虑程度与两位匹兹堡律师不相上下。多年来他一直致力于司法改革，他认为卡珀顿案有望成为改革的契机，借此推动最高法院限制投入司法选举活动的捐款。他很担心最高法院的法官们会采取不费力气的权宜之计，选择不审理卡珀顿案。紧急时刻，桑普尔前去拜访《纽约时报》的多萝西·塞缪尔斯。塞缪尔斯也同桑普尔一样，强烈谴责金钱亵渎司法体系的行径。

2008年11月12日，星期三，《纽约时报》刊登了一篇未署名的社论，题为“受到玷污的司法”，作者是塞缪尔斯。有些社论意在影响投票人的立场，其他社论意在推动政治行动。而这篇社论则罕见地直接质疑美国最高法院的九位法官。社论的言外之意是说如果最高法院不能审理这桩涉及竞选捐款以及司法腐败可能性的案件，那么这将引发出一个关系到最高法院自身的问题，即最高法院是否愿意直面这样一个关键的问题。

塞缪尔斯写道：“不知出于什么原因，最高法院似乎很不情愿将这个案子添加到法院本期的备审案件目录表中。本次开庭期开始后，法官们召开了四次会议确定即将审理的案件，梅西公司的案件每次都被列入会议议程中。这个案件将再次被列入周五的会议议程中。当然，最高法院若要受理这个案子，必须获得四位法官的投票支持。”

很有可能出现的情况是，没有人知道这家美国最有权威的报纸刊登的社论是否会影响法院的决定，促使他们决定受理卡珀顿案。不过，有可能出现的情况是，如果法官们那个星期五没有决定受理卡珀顿案，那么他们就再也不会决定受理卡珀顿案了。

第十三章　安全生产是个幌子

首席执行官言不由衷地喊着安全生产的空话，实际上却在无情地驱使着矿工们拼命劳作，根本无暇遵守联邦政府强制执行的安全规程。

51

2008年11月10日，《纽约时报》社论登出两天前，同时也是布拉格和哈特菲尔德在阿拉科马煤矿遇难两年零十个月后，斯坦利来到洛根县法院，在罗杰·L. 佩里（Roger L. Perry）法官面前，为布拉格和哈特菲尔德诉阿拉科马煤矿——梅西公司和布兰肯希普一案做开场陈述。斯坦利信守他对德洛里斯·布拉格许下的承诺，不仅对梅西公司及其下属的阿拉科马公司提起诉讼，而且还对布兰肯希普本人提起诉讼。

在开口陈述之前，斯坦利看了看坐在原告席上的德洛里斯·布拉格和弗蕾达·哈特菲尔德。她们正在紧张地等待着轮到自己走上证人席，接受辩护律师的询问。不过，她们要等待斯坦利陈述完毕后才能上场。斯坦利指出，正是布兰肯希普执着地追求利润从而导致了她们的丈夫遇难，随后摆出理由加以论证。当天上午，布兰肯希普没有出现在法庭中，不过他仍将是主要证人。

“唐·伊斯雷尔·‘里兹尔’·布拉格，三十三岁，阿科维尔人，2006 年 1 月 19 日星期四，在位于梅尔维尔的阿拉科马煤炭公司的阿尔玛煤矿去世，”斯坦利开始了开场陈述。斯坦利的童年就是在这个地区度过的，现在他陈述时还带着这个地区的口音，说着这个地区的方言，并且还刻意加以强化来突显效果。他这样做并非为了迎合陪审团，而是为了强调他与产煤区人民和文化之间的亲缘关系。

“他于 1973 年 1 月 18 日生于马恩，父母亲分别是阿科维尔的乔伊丝·艾姆斯和希斯特勒的唐纳德·农利，”斯坦利继续说道。“先于他去世的是他的祖父母老詹姆斯·O. 和芭芭拉·阿特金森·布拉格；他的外祖父母马修和弗洛伦丝·农利；一个外甥女利娅·格雷丝·阿德金斯以及两个叔叔，乔·布拉格和查尔斯·里士满。”

斯坦利陈述的时候，陪审团和法庭内众人并未注视着他，而是凝望着屏幕上播放的一张又一张照片，照片上展示了这个生气勃勃、满怀喜悦的男人和他的人生。斯坦利将布拉格介绍完毕后，接着又用同样的时间，同样细致入微地介绍了哈特菲尔德的生平，屏幕上打出了哈特菲尔德的系列照片，和他的采矿搭档一样，照片上的哈特菲尔德洋溢着幸福和喜悦。

尽管斯坦利没有说明他读的是摘自《洛根旗帜报》上布拉格和哈特菲尔德的讣告，但法庭里几乎所有人都知道他是在读这两份讣告。当他呼唤着两人的姓名以及他们众多亲人的姓名时，似乎再次敲响了丧钟。他没有预先告知两位寡妇他会这样做，她们忍不住啜泣起来。托尼娅坐在德洛里斯和弗蕾达身边，握着她们的手，与她们一起哭泣着。

斯坦利对陪审团说，布兰肯希普创建的并不是一家公司，而是一台致力于攫取利润的机器，为了达到这个目的，他不惜付出任何代价，甚至是死亡的代价。这位律师意在表明梅西公司主席对员工漠不关心，不论是新来的矿工还是公司高管，他都视若无物。如果他们不能按照布兰肯希普的要求实现他定下的目标，那么他们就完蛋了。首席执行官布兰肯希普言不由衷地高喊着安全生产的空话，实际上却在无情地驱使着矿工们拼命劳作，根本无暇遵守联邦政府强制执行的安全规程，在这种情况下，矿工们或迟或早会遇到生命危险。通过斯坦利的描述，这家在产煤区民众的生计中极为重要的公司在众人面前展示出了残酷无情、极为可怕的一面。

在斯坦利的讲述中，众人了解到长壁开采机是阿拉科马煤矿必不可少的采矿机器，对于梅西公司来说，这台机器要比里兹尔和埃尔维斯之类的矿工珍贵得多。长壁开采机是大型设备，能够穿过煤层作业面移动一千英尺，每次采挖出三英尺厚的煤炭。这种设备非常昂贵，五十多座梅西公司的煤矿只拥有四台这样的设备。布兰肯希普坚持要求自己每两个小时必须收到生产报告，白天报告要传真到他的办公室，晚上传真到他家里。阿拉科马煤矿的阿尔玛一号矿每年开采煤炭达两百多万吨。该矿的生产经营属于极端资本密集型，布拉格和哈特菲尔德遇难时的那个班次只有二十七名矿工在井下作业。

“有证据表明梅西公司在长壁采矿设备上投资金额高达八千万美元，而直到这场火灾发生，这套设备仍然没有开始赚钱，”斯坦利说道。“我们相信，有证据表明梅西公司最高领导层向煤矿管理部门施加了巨大的压力，迫使他们不顾及基本的矿井安全条件，而一味地开采煤炭。”

由于在这个案子中，斯坦利分两组被告方提起诉讼，一组是公司方面，一组是布兰肯希普本人，因此被告方也分两组分别聘请了自己的辩护律师，这两组律师团队经过被告方的大加吹捧和宣传，众人皆知很不好对付。为了迎战这样的对手，斯坦利带领着一个实力强大的律师团队来到洛根，其中包括两位年轻的律师艾丽西亚·施米特（Alicia Schmitt）和威尔·谢里登（Will Sheridan)、助理律师玛丽·贝丝·亚历山大（Mary Beth Alexander）以及技术专家约翰·沃罗比杰（John Worobij），庭审中播放的视频正是由他制作的。

斯坦利向陪审团出示了一系列记录火灾现场的照片：烧焦的矿用支架；烧断的传送带；一氧化碳预警系统，该系统本应与采矿人员形影不离，但是并没有出现在矿工们的作业现场；矿工们乘坐逃生的小火车以及埃尔维斯的午餐饭盒。

“我们希望你们大家了解到唐·布兰肯希普有意地或者是草率鲁莽地犯下了无耻的罪行，给原告方造成了严重的精神创伤，”斯坦利最后得出这样的结论。“我们希望你们大家在庭审过程中耐心听取各方陈述，我们希望你们大家做出公正的判决。”

查尔斯顿律师尼尔·A. 保罗（Niall A. Paul）代表两家企业被告即阿拉科马煤矿和梅西公司出庭做开场陈述。他不仅要对斯坦利言辞激烈的抨击予以还击，还要应对政府方面对这次矿难做出的调查结果。联邦矿山安全和健康管理局（MSHA），州矿工健康安全和培训办公室以及州长乔·曼希因（Joe Manchin）的独立工作组都针对矿工的死亡进行了长时间的、严肃认真的调查研究，各方最终都得出了类似的结论。矿山安全和健康管理局在其调查报告中严肃指出，如果煤矿的管理部门没有如此鲁莽行事，完全忽视安全规程，“那么这次火灾也不至于造成两名矿工死亡的严重事故”。这些报告对煤矿管理部门提出了异常严厉的批评，其力度在现代煤炭行业的记载中是空前的。尽管如此，他们在报告中并未探究梅西公司的企业文化，尤其是这个企业痴迷于追求利润最大化最终导致矿工死亡事故，而这正是斯坦利意欲在庭审中探讨的重要问题。

“我站在这里，在诸位面前，不想说这次火灾不存在什么错误的问题，”保罗开始陈述，在陈述过程中他不断地以昵称“唐尼”来称呼布拉格，布拉格的朋友们和家人都从未这样称呼过他。“错误已经铸成，不明智的决定已经做出。毫无疑问，事情本来能够做得更好。事后回头再看，恍然大悟，事情本来可以按照另外的方式进行，也许按照某种其他方式进行的话，布拉格先生和哈特菲尔德先生就不会丢掉性命。”

接着保罗向陪审团提出，布拉格和哈特菲尔德对他们自己的死亡也应负有一定的责任。“据我们所知，阿拉科马煤矿毫无疑问给所有十二名矿工都提供了一条安全的备用逃生通道，而且还训练他们如何到达那里，如何使用这个逃生通道，”保罗说道。“我们将向诸位证明，正是由于戴上了［独立的自救器］，找到了安全通道，才使十二名矿工中的十人得救。但是，问题在于阿拉科马煤矿中没有人知道他们两人为什么就没有按照训练中的规程行事。”

保罗坐下后，布兰肯希普的个人辩护律师托马斯·V. 弗莱厄蒂（Thomas V. Flaherty）站起身来，为他的当事人做法庭辩护。2002 年在布恩县法院开庭审理之前，斯坦利就与这位查尔斯顿律师打过交道，当时对方负责主持卡珀顿案的调解工作，不过那次调解以失败告终。弗莱厄蒂一开口讲话，斯坦利就认识到面前的这位律师已经不再是当日在西弗吉尼亚州首府令他心生敬意的、审慎而明智的调解人了。

弗莱厄蒂竭力撇清布兰肯希普在此次火灾中的责任，期望使他能够置身事外。他告诉陪审团梅西公司“就像现实生活中父母亲那样，父母亲会竭尽全力告诉孩子们他们应该怎样做好自己的工作，但是父母亲无法面面俱到地什么事都管着”。然后，他又将布兰肯希普比做另外一位企业领导人，陪审员们一眼便能认出这家企业的产品。“麦当劳的首席执行官在其企业中履行的职责与唐·布兰肯希普在梅西能源公司中的职责没有什么不同，”弗莱厄蒂说道。“他负责制定政策。也许他会告诉手下员工，‘巨无霸的制作要依据特定的程序进行’，这样不论你的巨无霸是从麦当劳买到的还是从肯德基买到的，吃起来味道都是一样的。”

弗莱厄蒂承认布兰肯希普平素讲话总是直言不讳，不过他认为这种近乎冷酷的直截了当正体现了他发自内心的关切。“他不是个说话谨小慎微的人，也不会低调处理什么事情，”弗莱厄蒂说道。“不过，他为煤炭开采行业中的安全保障做了大量的工作，无人能与之相比。他完全不是本案所指控的那样。”

一天的法庭审理结束后，斯坦利、托尼娅以及团队中的其他人动身前往那个洛根律师所在的事务所的会议室里。这个团队中的每个成员都有自己的任务分工。托尼娅从未见过这样分工合作的律师团队，有时她贸然提出的意见和建议反而令别人无法专心工作。斯坦利无暇顾及这些，他向大家解释托尼娅只是努力地想帮把手，他们大家都得习惯并接纳她的方式。哈特菲尔德由衷地同情和理解两位寡妇，尽其所能地为案件的审理出自己的一把力。她愿意接受斯坦利分派的任何工作。斯坦利还没有确定由她出庭询问证人。

小镇里几乎没有什么地方可以吃饭或是购物。这里就像周围的产煤区一样，逐渐地萧条，了无生机。当一家店倒闭关门后，不论是议会电影院，城市花店，还是G. C. 墨菲折扣商店，没有人肯费心记下店面的名字，或是在窗户上张贴出店面出租的标志。这些倒闭的老店伫立在那里，如同定格于往昔的时光中。小镇中心隆隆驶过的运煤火车上扬起的煤尘四处散落，年复一年，这些店面蒙上了厚厚的煤尘，独自沧桑。

斯坦利的法律团队结束当天的工作后，众人驱车离开小镇，前往洛根大酒店。整个白天斯坦利什么食物都没有吃，现在才吃了一顿丰盛的晚餐。饭后，他回到房间，又做了几个小时的案头准备工作。尽管斯坦利全身心地投入到阿拉科马案的审理工作中，他仍在关注着美国最高法院的消息。他觉得一个多月过去了，最高法院的法官们同意审理卡珀顿案的可能性已经微乎其微了。他对《纽约时报》刊登的那篇社论及其产生的影响毫不知情。

第二天上午，斯坦利安排第一位证人出庭作证。这位证人名叫欧内斯特·尤金·怀特（Ernest Eugene White），他长期担任西弗吉尼亚州矿工健康安全和培训办公室的煤矿检查员，曾经与联邦矿山安全和健康管理局的官员们共同调查这次火灾。斯坦利请他当庭播放他的机构提交报告时曾经使用的幻灯片。这样，陪审团就能够了解到根据上百次采访和对煤矿详细调查后做出的火灾过程回顾。

怀特说2006年1月19日，大约下午5点15分，几名矿工使用灭火器努力地想要扑灭地层深处矿井中的一处小规模起火，这处小火由于传送带偏离造成。火苗越蹿越高，甚至高达六英尺。矿工们试图将红色的灭火水龙带接到水压阀上，但是接头不匹配，他们只好作罢，将水龙带丢到一边。

在更深处的矿井中，领班迈克尔·普拉姆利（Michael Plumley）看到这处起火已经燃烧了半个多小时，仍未扑灭，他意识到了危险，就下令手下包括布拉格和哈特菲尔德在内的十二名矿工跳上小火车，坐车逃离火灾现场。当小火车驶过隧道时，这十二个男人还在说笑玩闹着，然后他们闻到一股燃烧的味道，发现自己驶入了一团薄雾之中。一瞬间，他们就被四处弥漫的烟雾笼罩了，甚至看不到自己的双手。

在黑暗中，矿工们慌忙戴上自救器面罩，呼吸一种热乎乎的、令人恶心的化学混合气体，这种自救器可以给每个人提供一小时的氧气用量。他们在黑暗的矿井下小心前行，设法穿过了一道小安全门。这样的安全门可以将矿井中不同区域隔离开来，从理论上讲大火就无法蔓延到整个矿井。他们进入了一条备用的逃生通道，那里的空气还比较清新。

普拉姆利跑进逃生通道后，马上意识到布拉格和哈特菲尔德不见了。几名矿工打开他们刚刚跑进来的安全门，向着黑魆魆的烟雾中大声呼喊着，可是没有人回应。

在接下来的几个小时里，人们发现强制性保护措施存在着大量严重的问题和缺陷，通信系统不够完善，井下通风系统存在着方向颠倒的问题，这个缺陷助长了火势，而且矿井地图还不准确，错误百出，所有这些情况导致救援人员无法展开营救行动。因此，直到第二天，火势才得到控制，救援人员才得以在井下进行彻底搜索，寻找失踪的两名矿工。

“大约在下午 2 点 47 分，布拉格先生被找到了，”怀特说道。“大约下午 3 点 20 分，哈特菲尔德先生被找到了。大约下午 3 点 34 分，指挥中心命令所有井下救援小组停止搜寻，对着火区域进行监控，等待下一步的行动指令。以上就是幻灯片展示的调查结果。谢谢大家。”

保罗在反驳证人证词时，竭力地避重就轻，对违反矿井安全措施的情况轻描淡写，而再次引导陪审团去关注布拉格和哈特菲尔德本人在其死亡事故中应该承担的责任。

“这么说有些矿工呆在一起，用手摸着矿井顶部的肋拱，或者互相拉着手，最后找到了逃生通道，对吗？”保罗问道。

“对，”怀特说道。

“可怕的悲剧再次发生了，布拉格先生和哈特菲尔德先生没有找到逃生通道？”被告方辩护律师最后问道。

“对的，”怀特说道。

接着斯坦利又连续传唤了几位证人，他们在火灾发生时担任管理人员。首先是布赖恩·斯科特·卡贝尔（Bryan Scott Cabell），他负责管理传送带系统。他是关键证人，因为三次调查得出的结论都指出火灾的发生是由于传送带运转失常产生摩擦造成的。

“卡贝尔先生，是你在19日发现起火的吗？”斯坦利问道。

“根据我方律师的建议，我决定行使第五修正案赋予的权力，拒绝回答那个问题，以及以任何形式提出的与我在阿拉科马-阿尔玛煤矿的工作相关的任何问题，以及1月19日煤矿火灾方面的问题，”卡贝尔说道。

然后，斯坦利又传唤以下人员出庭作证，他们是传送带协调员杰弗里·布赖恩·佩里（Jeffrey Brian Perry）、总工程师肯尼思·威廉斯（Kenneth Williams）、第二班领班弗雷德·霍顿（Fred Horton）、矿井负责人劳伦斯·莱斯特（Lawrence Lester）、轮班负责人达斯廷·多森（Dustin Dotson）以及阿拉科马煤炭公司总经理加里·道格拉斯·戈夫（Gary Douglas Goff）。他们全都援引第五修正案条款，有些人甚至拒绝说出自己在阿拉科马煤矿担任的职位。

这些人在火灾事故的调查中也不予配合，在每个关键时刻都拒绝透露火灾当天的真实情况。尽管斯坦利很清楚他们都将援引第五修正案条款，他仍然要将这些不愿配合调查和庭审的人员带到陪审团面前。当这些梅西公司人员依次走上法庭，斯坦利希望陪审团认定这些人以及梅西公司某些其他人员会因为他们在法庭上的行为受到刑事指控，甚至可能被送去坐牢。

斯坦利还传唤了两名火灾那天也坐着小火车逃生的矿工，他们没有援引第五修正案。其中一人是电工哈罗德·“迈克”·沙尔斯（Harold “Mike” Shulls）。他详细描述了火灾当天的整个过程。沙尔斯说当矿工们纷纷戴上自救器的时候，他听到有人在大声叫喊，“哦，上帝，哦，上帝，哦，上帝”，哈特菲尔德在叫喊着："你们是怎么戴上这玩意儿的?"

"迈克，我再问一个问题，"斯坦利说道。"唐·布拉格和埃尔维斯·哈特菲尔德是很不错的人吗?"

"是的，是的，他们很不错，"沙尔斯说道。"他们工作很勤奋。你知道，对于我们来说他们就像兄弟一样。"

52

2008年11月13日，星期四，斯坦利向法庭旁听席扫视了一眼，看到卡珀顿坐在那里。休从格拉德温泉社区驱车赶来参加庭审，表示对他的支持，此举令斯坦利很感动。现在休的身体恢复了健康，但是身体康复只是意味着他又做好了准备，将再次直面卡珀顿案漫漫无期的诉讼过程，直面未来无尽的忧虑和不确定性。他的整个生活只有一个内容，就是等待。现在，他等待的是美国最高法院就是否审理他的案件作出决定。

斯坦利传唤了几名矿工出庭作证。布兰登·康利（Brandon Conley）首先出庭作证，他负责看守数千英尺长的传送带，井下的煤炭通过这传送带被源源不断地运出矿井。他作证说当自己听说井下起火了，内心格外忧虑，因为就在几周前，2007年12月23日，他曾经报告了一起发生在同一地点的并不太严重的火灾。

"我立刻去抓起一卷灭火水龙带，赶到井下的消防阀那里，可是灭火水龙带和消防阀，没办法完好地连接起来，"康利这样说起那场火灾事故。"我又把水龙带拆下来，努力地安装好。然后等我把水阀打开的时候，根本就没有水压。"

康利证实，他将当时的危险情形告知了第二班领班弗雷德·霍顿（Fred Horton）。他还将此事告知了传送带协调员杰夫·佩里（Jeff Perry）。这个问题必须得到解决，而且必须立刻得到解决。可是，康利说佩里也像其他人那样，显得无动于衷。"他正在矿井办公室里，我走进办公室，告诉了他 12 月 23 日发生的火灾事故，”康利说道。“我感觉到，你知道，他根本就，他甚至不会承认，他并不忧虑。”

第二位出庭的证人是查尔斯·布拉德利·贾斯蒂斯（Charles Bradley Justice)。他是南部煤区矿山援救协会的负责人，曾经领导了这次火灾的救援行动。正是他的团队找到了两名矿工的遗体。这项工作令人悲哀，被告方不想让贾斯蒂斯出庭作证。

保罗要求与法官单独商议此事。“法官大人，最主要的论据在于，”被告方律师说道，“如果某些人只能证明哈特菲尔德先生和布拉格先生死亡将近一天以后的矿井的状况，那么找这样的人出庭作证，其证词对原告方案件的任何部分都不具备实质性或者验证性的意义。”

斯坦利回答道，“贾斯蒂斯先生是找到唐·布拉格遗体的人。有人宣称布拉格先生在事故当时惊慌失措。这位证人在矿井里找到他的遗体，能够证实当时自救装置戴在他身上的状况。到现在为止，我想不出还有什么更能说明问题。”

佩里法官同意让贾斯蒂斯陈述证词。这位矿井救援团队的负责人说，由于很多强制性的安全措施都不到位，因此灭火花费的时间比预计的时间要长。最终火势被控制住的时候，救援团队发现了布拉格的遗体，他脸朝下像胎儿似的躺在那里。

梅西公司的律师曾经提出，布拉格没有不折不扣地按照灾难预防培训中教授的规程去做，因此，他对自己的死亡应承担一定的责任。但是，贾斯蒂斯提供的证据表明，布拉格无可挑剔地完成了所有自救程序，其中最为关键的环节就是独立使用的自救器，或者说是自救器上的氧气吸入器。贾斯蒂斯证实，他发现布拉格的时候，布拉格戴着他的独立自救器，吸嘴也佩戴到位，他还戴着配有轻型鼻夹和护目镜的安全帽。“只有脸颊裸露在外面，”贾斯蒂斯说道。

下一位证人是乔纳·弗朗西斯·罗斯（Jonah Francis Rose），他在第二班次下井干活。斯坦利让罗斯描述一下那天他在矿井里的经历。“当我被烟雾吞没的时候，一切都发生得非常快，”罗斯说道。“我跪倒在地上。我把自救器从皮带上摘下来。我打不开上面的盖子，我就开始敲打它。我开始在地上敲打它。我打开自救器，戴到头上，可是烟雾还有所有令人作呕的气体都让人很难喘过气来。”

斯坦利想要陪审团理解，当时这一切对所有这些矿工来说是多么恐怖的经历，独立自救器使用起来又是多么的不舒服。

“你能否为陪审团描述一下用那个自救器呼吸的感觉？”斯坦利问道。

“就像喝汽油一样。那烟雾吞没我或者说捕获我的情形，我没有料到它会像那样扑过来吞没我。它不是这儿有点烟，那儿有点烟；你知道，那儿有点烟雾，可是你仍然能够看到东西。那天的烟雾，它一下子吞没了我；它猛然间吞没了我。它夺走了我的空气；它夺走了我的视觉，我使劲儿呼吸，想要喘过气来，可是我无法呼吸。”

“将当时的情形描述成大家都很恐慌，你认为这样说恰当吗？”

“非常恰当。只有上帝能让大家冷静下来。”

斯坦利决定传唤最后一位矿工约翰·布朗（John Brown）出庭作证。约翰·布朗火灾当天也在井下当班，但是与里兹尔和埃尔维斯不在同一个班组。关于那天的情况，他的讲述与其他人有所不同，但是很重要，斯坦利很期待他出庭作证。

布朗情绪非常不稳，躁动不安，斯坦利担心，他会在证人席上做出自毁之类的举动。自从火灾发生后，这位清瘦结实的矿工经常无法长时间静坐。他的眼睛来回转动，眼神飘忽，似乎在搜寻新的危险迹象。庭审的最初几天，他一直坐在法庭外面。在等待出庭作证，重新回顾井下生活的过程中，他突然长了满身的荨麻疹。

斯坦利决定由托尼娅来询问证人。这样的安排很冒险，很多律师不会冒这样的风险，因为托尼娅有个令人尴尬的习惯，她会将最普通的问题弄成自己的独白。不过，斯坦利很信任托尼娅。除此之外，他这样安排还有自己的考虑，参加庭审的整个团队中女性众多，可是到目前为止，他是原告方唯一对证人进行询问的律师。陪审团中的女性成员可能会对他这样的安排不以为然。他用数小时的时间与哈特菲尔德一起做准备工作，努力帮助她改掉啰里啰嗦的说话习惯，训练她提出简要直接的问题，然后等待对方回答。

托尼娅知道，自己不像斯坦利那样思维敏捷，没有斯坦利那样的法律思想和学识，但是，她也知道自己有着独特的风格。斯坦利指导托尼娅不再像以往那样喋喋不休，不过站在法庭上的仍然是托尼娅·哈特菲尔德，而不是某位满身市井气息的律师。

“法官大人，约翰·布朗戴着心脏起搏器，”哈特菲尔德说道。“他会感到头晕恶心，有时他会昏迷过去，有时甚至会呕吐，而且这些意外状况可能会令我们始料不及。证人席那里有个垃圾筒，他被告知可以使用。不过，在作证过程中他可能会需要休息一下。”

托尼娅这一席话的繁琐程度已经远远超出斯坦利给她的建议，但她是作为一个女人关心这个男人、拿他当朋友对待才这样说的。她定下神来，开始询问布朗，提出了一个又一个尖锐明确的问题。正如同她信任布朗那样，布朗也同样信任她，他给出的回答如同问题本身那样恰当贴切而又无可辩驳。

布朗参加庭审的时候已经四十四岁了，半生的时光都在做地毯安装工，双膝跪地做着活计，每小时只能赚到大约五点五美元。在火灾发生的五年前，他在煤矿谋到工作，过着还不错的生活。

布朗在长壁采矿机工位做杂务工。他描述这个庞然大物般的机器时满怀畏惧，告诉众人它那两个剪切机如何一次掏挖出三英尺深的煤炭。它先在煤层中挖出一条通道，然后折回来再挖第二条通道。剪切机不停地运行着，从来不会停歇，甚至在换班的时候也不会稍停片刻。

有一天，剪切机停止运行了，布兰肯希普的副指挥、梅西公司的首席运营官克里斯·阿德金斯（Chris Adkins）把电话打过来。“他说，‘见鬼，到底怎么回事？’”布朗对陪审团说道。“‘我们到底为什么不挖煤了？’”

“我说道，‘伙计，剪切机不动了，我不知道怎么回事；我离它们有一千五百英尺远，他们从前方告诉我怎么回事后我才能告诉你，我能做的就是这些。’他就不停地咒骂我，然后挂掉了电话。这玩意儿对我来说只是个不停咀嚼的蠢驴，某个我根本无法控制的东西。”

只有当某处的煤层被完全挖掘完毕后，长壁采矿作业才会停顿较长时间。然后，安装人员着手搬迁这庞大的机器，通常这个过程要持续大约两周。去年夏天，机器搬迁占用了三十三天时间，而布朗被派在不雇用工会会员的矿井中工作了三十二天，每天工作十五个小时。过去在矿工联合会时代，没有矿工会每天工作那么长时间，或者连续工作那么多天。当时，如果老板们竭力想让矿工在没有安全保障的环境下做着繁重的工作，就像阿拉科马煤矿中矿工们所面临的状况，那么矿工们就可以径直走出去，关闭这处矿井。

哈特菲尔德让布朗说说长壁采矿机作业时的情况。

“到处都是烂泥，”布朗说道。“环境很恶劣，头顶岩石不时掉落，情况很糟糕。”

“在这个过程中，你们的工作环境是怎样的?”

“到处都是烂泥和脏水，”布朗说道。“有的地方水很深，有的地方没有那么深，不过通常水深都会到膝盖。”

哈特菲尔德是个感情容易冲动的女人，她本可以围绕着这些情绪化的内容做些文章，但是她还是感到自己提出简单直接的问题会收到更好的效果。

“还有水更深的地方吗?”她问道。

“是的，”布朗说道。“我曾经一连几天泡在水深到腰部或者更深的水里。”

“[当水很深的时候]你们会很快做完工作离开那里吗?”哈特菲尔德问道。

“哦，他们总在催促我们，不过你知道，人们只能完成他力所能及的工作，”布朗说道。“矿工根本没有时间休息，接下来又是十五个小时的班。”

“谁规定的工作时间，告诉你们得工作那么长时间?”哈特菲尔德问道。

“在井上的那些老板们，”布朗说道。

哈特菲尔德让布朗谈谈前一年正式记录在册的联邦政府强制执行的数次火灾避难训练的情况。布朗说他在这个煤矿工作了将近五年，从来没有经历过任何消防演练；他还补充说，在上面的老板们看来，这样的消防演练只会降低生产速度，平添麻烦，毫无必要。

“你们是否与老板们讨论过关于消防演练记录的问题?”哈特菲尔德问道。

“他们只会对我们说你们通过了这项训练，你们通过了那项训练，然后眨眨眼睛，说道‘就这样吧’，然后签字走人，”布朗说道。

法庭中响起一阵嘁嘁喳喳的低语。

“他们会说你们通过了这项训练，通过了那项训练，而且还使个眼色?”哈特菲尔德问道。

“还说，‘如果有人问起来，你们就说你们通过了这项训练。’可是什么训练都没有进行过。”

布朗在火灾当天就离开了煤矿，再也没有回去过。他无法完全了解发生的事故，也不明白为什么会发生这样的事故，可是他的身体和心理受到了严重的影响，就像变了个人似的。他总是浑身冷汗，就算不吃东西也会呕吐，无法入睡。他去看医生，医生给他开了二十一种不同的药物，可是都收效甚微。他的雇主没有再与他联系；没有人问过他是否还将回到煤矿或者现在怎么样了。他从工友们那里听说与里兹尔和埃尔维斯一起干活的矿工们找到了一个包括斯科特·西格尔在内的人数众多的法律团队来代理他们的案子。火灾发生时，布朗没有与里兹尔和埃尔维斯在同一个班组，离火灾现场很近，因此律师们说他们不会受理他的案子。那时他对托尼娅讲述了自己的情况，由火灾引起的情绪负荷过重已经毁掉了他的生活，托尼娅同意代表他以此提起诉讼。

被告方律师知道，他们必须对布朗那内容强势的证词表示质疑，但是在质疑的过程中，被告方律师们的表述令人感到，他们似乎对产煤区的情况以及那里的生活常识一无所知。布朗说到，煤矿管理者们伪造了消防安全演练记录，他们希望陪审团认定布朗是在说谎。可是陪审团成员都来自洛根县，他们不用费什么劲就能相信梅西公司能伪造记录或者采取其他违法行动。近年来，洛根的市长、地方法官、警察局长、县书记员以及县治安官因选举腐败被悉数定罪。

“你对谁汇报过那件事?”公司辩护律师之一，詹姆斯·S.克罗克特（James S. Crockett）问道，他指的是那些虚假报告。

“没有谁可以汇报，”布朗说道。

“在那个煤矿里，你从没有见过一位矿山监察员吗？”这位辩护律师问道。

“是的，我若是向矿山监察员汇报了这件事，那么我就会丢掉工作，”布朗说道。

“你打电话报过警吗？”克罗克特问道。

“那样的话，我也就丢掉工作了，”布朗说道。

“你确定法律会允许有人因为这样的事解雇你吗？”律师问道。

“要么干你自己的工作，要么他们就找人来取代你，”布朗说道。

布朗担心自己不能很好地应对辩护律师的质疑，担心自己会在他们的质疑中败下阵来。哈特菲尔德和斯坦利也有同样的忧虑，但是布朗的回答听起来真实可靠。

然后，克罗克特转移话题，开始谈及布朗那过长的连续工作时间，还提到了布朗没有说到的细节，即他已经因为工作时长得到补偿，每小时十八点五美元额外加班费。

“我不是说这样的工作不令人感到疲劳，因为即使是律师，有时候也得连续工作三十天，每天工作十五个小时，”克罗克特说到，将自己的工作情况和布朗的做着比较。“这工作令你筋疲力尽。不过，你得到的报酬可以看作是困境中的一线希望和慰藉，不是吗？”

“是的，不过，我是在地下四英里处干活，”布朗说道。“你知道我的意思吗？我太累了。我们泡在没过膝盖的泥水里，还得跑来跑去。”

布朗走下证人席后，佩里法官告诉陪审团当天的审理结束了，他们可以回家了。随后，律师们与法官一起讨论了次日的庭审计划。斯坦利打算将布兰肯希普四个半小时的视频证词全部播放出来，然后他准备传唤一系列损害赔偿专家出庭作证。被告方辩护律师知道布兰肯希普在视频证词中的谈话内容，因此他们强烈反对播放视频。

“布兰肯希普先生明天准备来这里参加庭审，到时他会现场作证，”弗莱厄蒂说道。“在我看来，如果本人就坐在这里，却还要播放什么视频，这样做实在没有意义。”

庭审到目前为止，布兰肯希普一直没有出现在法庭中。斯坦利明白，经过重新查看布兰肯希普的视频证词，被告方的辩护律师确定由布兰肯希普亲自出庭作证，效果要比播放视频证词好得多。“我要抓住这次机会，播放唐·布兰肯希普的视频证词。在我看来，这简直就是唐·布兰肯希普直接承认其罪行的视频，”斯坦利说道。“如果他们愿意，他们可以让布兰肯希普在证人席上宣誓，然后再让他对视频内容进行驳斥，都没有关系。”

法官离开法庭，过一会儿再回来宣布决定，这时斯坦利怒不可遏。几个月来，斯坦利一直计划着在法庭上播放全部的视频证词，而且他相信自己完全有权力这样做。他转身面向弗莱厄蒂，用手指指着他。“这简直是一派胡言，汤姆!”斯坦利说道。“如果法官告诉我不能播放视频证词，你最好让布兰肯希普明天出庭，准备作证!”

“把你那讨厌的手指从我眼前拿开!”弗莱厄蒂说道，一边在房间里大步走来走去，一边痛斥着斯坦利。

十五分钟后，佩里法官回到了法庭。“我准备允许斯坦利先生按照他的想法继续进行，”法官说道，看着弗莱厄蒂，“你们可以采取应对措施。”

53

2008年11月14日，星期五上午，庭审继续进行。布兰肯希普的视频证词开始播放时，法庭灯光暗了下来。正在这时，法庭的后门打开了，梅西公司主席走了进来。他身穿蓝色西服外套和蓝色长袖衬衫；头发和胡须非常黑，就像染过似的；美中不足的是头顶中部向下延伸的秃顶，那天他设法将旁边的头发梳过来加以遮盖；下巴底下堆着厚厚的肉，显得他的双下巴如此厚重，以至于旁人几乎看不见他的脖子。

在庭审的最初两天里，弗莱厄蒂力图向陪审团指出，布兰肯希普个人不应对阿拉科马煤矿火灾负责。“他为煤炭开采行业中的安全保障做了大量的工作，无人能与之相比，”弗莱厄蒂曾经这样说道。“他完全不是本案所指控的那样。”弗莱厄蒂暗示，正是由于斯坦利心存恶意，他的委托人才被拖进了法庭。今天，斯坦利希望表明，梅西公司主席对煤矿的生产经营活动和不安全的工作环境负有不可推卸的责任，他个人需要为梅西公司糟糕的安全管理承担责任。

当斯坦利站起身来，介绍下面将播放的长达数小时的视频内容时，他几乎被人当成是布兰肯希普的弟弟。经过这么多年，他们变得更加相像了。看到这样的两个人在同一个法庭里，给人一种很怪诞的感觉。斯坦利也像布兰肯希普那样，长着一撮小胡须，双下巴，表情很严肃，说起话来就像在模仿布兰肯希普，和低声耳语没有什么差别，声音仅仅比后者略大些，听上去就像他们两人在说着自己的私房话。

这段视频证词拍摄于 2008 年 7 月，拍摄地点在洛根大酒店。斯坦利就五十三份文件详细询问了布兰肯希普。这些文件中大部分是梅西公司主席坐在办公室里面书写或回复的备忘录，布兰肯希普管理公司的方式从中可见一斑。

在视频中，斯坦利彬彬有礼地敦促布兰肯希普确认这些文件都是正当有效的，并且他确实曾经在文件中写过这些话。就像福西特那样，斯坦利一丝不苟地、坚持不懈地详述着布兰肯希普商业世界的内幕，不给他任何机会去解释或者为自己的话语辩解。视频证词播放的同时，另一个屏幕上展示出个别的文件。

当被告方辩护律师对斯坦利读出的文件内容表示反对时，法官要求与律师们单独会谈。布兰肯希普来了个一百八十度转身，注视着德洛里斯。德洛里斯也不示弱，迎着他的目光同样注视着他，直到他转过脸去。

“你看到他刚才是怎么看你的吗?”弗蕾达问德洛里斯。

“是的，”德洛里斯说道。“他吓不到我。”

从备忘录中可以看出，布兰肯希普为梅西公司管理部门的无能深感失望和沮丧。三年中，梅西公司仅有一个季度是盈利的，布兰肯希普确信“我们绝大多数问题是总裁一级管理部门的管理问题”。

“信不信由你，我们仍然有些总裁在千方百计寻找借口削减运煤卡车数量，不去运送煤炭，”2004 年 2 月，布兰肯希普给高管们发的传真中这样写道。“这个问题我们已经不厌其烦地讲过多次，可还是有人在妨碍煤炭运输，我们公司就毁在这些人手里。这样的人还是让到一边，不要碍手碍脚为好。”

一天后，布兰肯希普再次发传真给高管们，进一步阐明他的主张。“居然还有人没有尽力完成计划，这真是令人沮丧，这样的心情难以用语言表述，”他写道。“我敢肯定，这些备忘录在你们许多人看来不免有些疯狂。但是，由于我们缺乏紧迫感，没有团队意识，不能理解公司的基本意图，不愿意去沟通或者去努力解决存在的问题，我们确确实实在毁掉拥有的每个机会。”

2005 年 10 月，布兰肯希普提出警告，如果管理团队仍然无法确保煤炭生产出现好转的势头，“我们就准备采取必要的措施，淘汰那些问题煤矿”。如果布兰肯希普采取那样的行动，那么他所针对的那些煤矿的高管们就很可能会丢掉工作。第二天，布兰肯希普的秘书给高管们传真了一份备忘录，进一步表明布兰肯希普对高管们的信任度已经降至极低。“如果你们任何人接到总裁或者其他人的指令，要求你们去干除了开采煤炭以外的任何事情，你们务必置之不理，只需埋头开采煤炭。这份备忘录很有必要，只是因为我们似乎并不明白只有煤炭为一切买单。”

这份备忘录成为公司里谈论的话题。布兰肯希普似乎在告诉梅西公司的煤矿高管，如果他们的老板要求他们把时间花在开采煤炭之外的其他事情上，他们应该对此置之不理。他的话似乎使他的对手们长久以来的断言成真，那就是，在梅西公司，安全与生产相比处于次要地位。当布兰肯希普听到反馈，说有人认为他对安全问题漠不关心，他勃然大怒。“任何人如果认为我将安全问题看作次要责任的话，我会对他的成员资格表示怀疑。”他在给高管们的传真中这样写道。

法官宣布短暂休庭。布兰肯希普离开了法庭，没有再回来。斯坦利感到事情有些蹊跷。不久后陪审团依次回到法庭，这样斯坦利没有时间去仔细思量布兰肯希普一去不回的原因。斯坦利播放了剩余的视频证词。在这部分视频中，他向梅西公司主席询问了阿拉科马煤矿在火灾事故发生前几天中的生产和安全状况。

当时，将煤炭运出矿井的传送带频繁发生故障，2006 年 1 月 13 日，就在那场致命的火灾事故发生六天前，布兰肯希普派他的一名高级故障处理员林顿·斯顿普（Linton Stump）前去调查。斯顿普向布兰肯希普报告说：“传送带上的绳索缠绕在两端的滚柱轴承上，造成热量不断积聚，点燃了轴承内部的润滑油。”

“你们听到这个报告后，仍然不以为然，依照阿拉科马煤矿的传送带和轴承情况良好的假设去经营管理吗？”斯坦利问道。

“我以为阿拉科马煤矿的设备状况已经得到了足够的关注，

没有问题了，我根据这样的认识进行经营管理，”布兰肯希普说道。

布兰肯希普之所以派遣他的故障处理员前往阿拉科马煤矿进行调查，是因为那里的生产处于延误状态，但是，阿拉科马煤矿的传送带存在着严重的安全隐患，并且酿成了那场致命的火灾。“那两个小时的报告是否令你感到，在那期间由于传送带频繁发生故障已经使生产受到了影响？”斯坦利问道。

“是的，我觉得那个煤矿经营得很糟糕，”布兰肯希普说道。“那两个小时的报告也反映了这样的问题，是的。”

火灾当天，布兰肯希普的工时研究专家就在阿拉科马煤矿，他们在观察长壁采矿机的运行情况，以确定如何加快煤炭生产。专家们当时在煤矿每隔两个小时给布兰肯希普传真一份报告，现在，法庭的屏幕上展示出了这一系列的报告。当布兰肯希普从其中一份报告中了解到，生产停顿了下来，可能到第二天才能重新开始时，他给阿拉科马煤矿总裁锡德·扬（Sid Young）发了一份传真：“这是什么意思？请尽快口头报告详细情况。”

这份传真是火灾发生前布兰肯希普与阿拉科马煤矿最后的通信交流。

“根据你的估计，阿拉科马煤矿没有达到梅西公司要求的标准吗？”斯坦利问道。

“是的，”布兰肯希普说道。

“真是这样吗？”斯坦利问道。

“哦，显然，很不幸，它低于我们的标准，是的。我不知道有哪个煤矿能达到我们的标准。”

至此视频结束了。

“我扮演的是那个耍蛇人的角色，”斯坦利后来说道。“我诱使他从篮子里出来，在四个半小时的时间里露出他的本来面目。我没有挑毛拣刺，我也没有精挑细选，我只想让大家看看他妈的他是个什么东西。”

那天下午晚些时候，斯坦利离开法庭，他看到手机上有很多信息，其中包括福西特的几个未接来电。他首先给福西特回了电话。

“布鲁斯，他们接手了我们的案子，”福西特说道。“我们的官司打到最高法院了。”

“上帝，现在我知道了布兰肯希普今天为什么离开法庭没有回来，”斯坦利说道，恍然大悟。“他不想回来看到我坐在那里幸灾乐祸的样子。”

那天晚上九点钟，调解人打电话到斯坦利的酒店房间，说阿拉科马煤矿案的被告方辩护律师希望进行和解谈判。第二天上午，斯坦利与梅西公司的律师们开始进行和解谈判。在斯坦利与梅西公司打交道的这么多年中，这是他第一次认真地坐下来与对方谈判和解条件。德洛里斯、弗蕾达和托尼娅都坐在斯坦利旁边，梅西公司的律师们和保险公司的代表们则在不断地抬高报价。

原告方做出考虑和解的决定并非易事。经过长达一周的庭审，弗蕾达已经筋疲力尽，一想到还要出庭作证，她更是感到无力应对。尽管布鲁斯和托尼娅已经向她保证，无论梅西公司律师们怎样刁难，她都能挺过来，弗蕾达仍然不确定自己还能坚持多久。

德洛里斯并不想和解，但是她看到弗蕾达坚持不了多久了。托尼娅希望让陪审团做出判决，斯坦利与她想法一致，他预见陪审团会判定一亿美元的赔偿金额。但是，他是代表女人们打这场官司，而不是代表他自己，而且他还知道大多数陪审员家境一般，这样他想到陪审团可能认为两百万美元已经是很合适的巨额赔偿金了。另外，他还提醒委托人，法院判决卡珀顿获得五千万美元的赔偿金额，可是这么多年过去了，他一分钱也没有见到。

梅西公司有一份两千万美元的保单，他们的报价不久就达到了一个不可外宣的数额，这个数额从任何角度看都能够改变当事人的生活。然而，最终德洛里斯和弗蕾达的生活并没有改变。

当佩里法官告诉陪审团双方将谋求和解，让陪审团解散时，陪审员们感到很失望。他们信任女人们，也相信她们的案子将胜诉。他们本希望自己的裁决能够被记入法律史册。然而这样一来，他们也只好接受这个结果，走到寡妇们面前，拥抱她们，告诉她们自己为其遭遇感到悲伤，确信梅西公司有罪。

陪审员埃拉·沃克曼（Ella Workman）认为梅西公司主席在法庭里表现得以自我为中心，根本不关心普通人。她相信“他更注重利润，而不注重人员安全和他们所关切的问题”。与德洛里斯一样，她也是一名护士，家中的男人们也曾经当过矿工。庭审最后那天的上午，沃克曼始终在注视着布兰肯希普。她觉得布兰肯希普没有表现出任何悔恨之情或者对女人们的歉疚，甚至都没有关切地看德洛里斯和弗蕾达一眼。

陪审员查伦·圣克莱尔（Charlene St. Clair）有自己的判断，是因为那七位援引第五条修正案的证人。“我认为那很遗憾，”圣克莱尔说道。“在我看来，那证明他们有所隐瞒。”

两位寡妇希望布兰肯希普现在能够在整个公司范围内做个安全评估，并随之开始进行必要的改革。但是在和解谈判完毕后，他参加了一档面向全州播放的广播节目，这档节目由直言不讳的保守派霍庇·克切瓦尔（Hoppy Kercheval）主持，这是令布兰肯希普感到舒心的少有的几家媒体之一。

“这只是个错误，人们都会犯错误，”布兰肯希普说道。“即使存在错误，十一名矿工中也有九人跑了出来。不知是出于什么原因，那两名没有跑出来的矿工要么没有戴上面罩，要么慌了手脚，要么发生了什么事。”

弗蕾达和德洛里斯简直无法相信自己的耳朵。“我努力地想要理解他，”德洛里斯说道。“他简直没有人性。一旦他体验到了权力的快感，就没有什么能够阻止他爬向更高的权力宝座。要是我能取消和解协议，然后把他投入监狱，我一定会那么做。”

斯坦利相信，能够阻止布兰肯希普、防止灾难再次发生的唯一办法，就是对他以及管理阿拉科马煤矿的其他高管提起刑事指控。唯一能对布兰肯希普的行为产生影响的办法，就是让他感到威胁，他可能会失去人身自由，民事诉讼或者媒体批评都不会起作用。斯坦利知道，对煤炭公司的高管提起刑事指控在产煤区几乎是闻所未闻的，但是他认为是时候发生变化了。在提起刑事诉讼之前，他将约翰·布朗带到联邦调查局，在那里，这位前矿工重申了他对煤矿伪造安全训练的指控。此举导致了对阿拉科马煤矿五名主管提起刑事犯罪指控。

作为与联邦政府签订协议中的一方，阿拉科马煤炭公司对一项蓄意违反强制性安全标准、结果导致矿工死亡的指控表示认罪，对九项蓄意违反强制性安全标准的指控表示认罪，对一项对联邦调查人员做虚假陈述的指控也表示认罪。阿拉科马煤炭公司为此次采矿事故支付了最高赔偿数额，两百五十万美元的刑事罚金以及一百七十万美元的民事损害赔偿。

尽管如此，斯坦利仍然认为这只是梅西公司逃避法律制裁的牵强借口而已。布拉格和哈特菲尔德在火灾中遇难那年，布兰肯希普个人收入估计达到了两千三百万美元。对梅西公司处以四百二十万美元的罚金，这对于布兰肯希普来说就像一张交通罚单一样无足轻重。更为糟糕的是，根据阿拉科马案诉辩交易①，梅西

① Plea agreement：诉辩交易，又称诉辩磋商，经法庭批准被告为了避免受到较重处罚，与控诉人达成的认罪求情协议。——译者

公司没有员工或者官员会受到刑事指控，布兰肯希普无意改变梅西公司生产经营的方式。

斯坦利的一个哥哥退休前担任联邦矿山安全和健康管理检查员，因此，布鲁斯非常了解这个行业。他认为，要么阿拉科马煤矿管理部门贿赂了检查员们，致使这些官员完全玩忽职守；要么就是阿拉科马煤矿的管理部门阻止检查员们执行公务。而现在，斯坦利决定，他还要让矿山安全和健康管理部门承担责任，这样，他们的失职就不会再次助纣为虐，避免导致更多矿工的死亡。正是出于这个考虑，2010 年 4 月，斯坦利代表弗蕾达和德洛里斯，以矿业检查员的失职起诉联邦政府。他知道这将是一场长期的、艰难的斗争，他将继续努力，为那个崇高目标而奋斗。如果这场官司胜诉，那么，矿工们在没有得到应有的保护时，将能够起诉政府。

在不久的将来，几个月后，他和福西特将前往华盛顿，作为上诉律师坐在奥尔森身边，在美国最高法院为卡珀顿案进行辩论。12 月初，福西特收到了其他来自美国最高法院的好消息。最高法院的法官们驳回了梅西公司对惠灵-匹兹堡案的上诉请求，这样梅西公司别无选择，只能支付法院判决的赔偿金额，而这笔金额到那时已经涨到了两亿六千七百万美元。

然而，这笔钱来得太晚了。梅西公司的行为给这家纳斯达克上市公司造成了如此严重的经济损失，惠灵-匹兹堡钢铁公司已经濒临崩溃，无力回天。布拉德利被迫退休，公司最终落入他人之手；一年后，又被卖给俄罗斯钢铁制造商西弗斯托（Severstal）钢铁公司。2008 年年底，美国爆发了经济危机，西弗斯托钢铁公司留下了炼焦厂，而将钢铁制造部分卖给了另一家名为 RG 的钢铁公司。RG 钢铁公司彻底搞垮了其收购的钢铁制造企业，最终宣布破产。到那个时候，惠灵-匹兹堡钢铁公司的钢铁制造业务已经全面停产，大多数员工失去了工作。在布拉德利看来，“这家令人骄傲的美国公司，其前身可以追溯到1715年，落得这样的结局实在令人悲哀”。最终只有炼焦厂幸存了下来，而福西特代表股东们将对梅西公司再次提起诉讼。

在西弗吉尼亚州最高上诉法院，卡珀顿案使得梅纳德一蹶不振，使得本杰明蒙受羞辱，使得斯塔切尔困窘难堪，而戴维斯却没有受到影响，照常工作。尽管如此，她内心也有不踏实的地方。她想要解雇那三个女人，布伦达·马根、黛比·亨利和希拉·克赖德。她认为，她们把那些照片泄露出去，令她的朋友和同事梅纳德丢尽了脸，从而导致了他职业生涯的终止。

许多人都会认为，揭发此事的人唤起了公众对梅纳德严重亵渎法官职权的行为的关注，应该得到颂扬和赞美，除了戴维斯之外，没有人会认为她们应该被解雇。最高法院新任的地方法官服务部门负责人贾妮·穆尔（Janie L. Moore）为戴维斯的态度所困扰，2009年2月，她给行政管理部门总监坎特伯雷发了一份传真。“出于某种原因，她［指戴维斯］想要除掉希拉、布伦达和黛比·亨利。”穆尔这样写道，“为什么，我不知道。有人告诉我她在密切关注着她们的活动。”

还有其他人成为戴维斯打击异己行动的牺牲品。穆尔取代了马根和克赖德的主管潘乔·莫里斯的职位。潘乔·莫里斯也像其他法院雇员一样，担任的职位并非终身制，由于没有明说的原因就被解除了职务。今天，莫里斯认为戴维斯怀疑他与那些拍摄于欧洲的照片的泄露有关系，但是她错了。

出于某些没有明说的原因，坎特伯雷还解雇了克赖德。克赖德在法院已经工作了十六年。她坚决要求召开行政听证会。最终于2010年1月召开了行政听证会，她担任自己的律师。

“我掌握着一份电子邮件，其中你和贾妮曾经说到戴维斯法官想要解雇我，布伦达和黛比，”她对坎特伯雷说道。

“戴维斯法官对照片的事情很是恼怒，她曾经情绪激动地认为是时候清理门户了，我相信这是她当时说的话，”坎特伯雷说道。“我提醒过她，这不是解决问题的办法。”

坎特伯雷认为莫里斯和克赖德由于正当理由被解雇，他指出马根和亨利仍然在法院工作。后来，莫里斯找到了公设律师的职位，薪酬三万美元，低于之前的薪酬，而克赖德在许多个月后仍然在失业。

54

2009 年整个 2 月份，最高法院开庭辩论前的最后四周，从清晨到下午晚些时候，奥尔森都坐在会议室里，集中全部精力只研究卡珀顿案。他不接任何电话，不看电子邮件，只与泰拉尼和长期担任秘书的海伦·沃斯（Helen Voss）交谈。

奥尔森的顾虑有特殊原因。最高法院经过五次每周例会的讨论，其中四位法官才同意审理卡珀顿案，那么，奥尔森怎样才能够争取那五位法官投票支持他呢？他担心，大多数法官不赞成审理申请中提出的论点，而两位匹兹堡律师在审理申请中发挥了重要的作用。

泰拉尼帮助奥尔森起草他的法庭辩论稿，奥尔森在模拟法庭的演练中，在吉布森—邓恩—克拉切尔律师事务所的六位其他上诉律师面前演示了他的辩论内容。这些律师中许多人都曾经在最高法院出庭辩论。他们干扰奥尔森的思路，不断地向奥尔森提出各种问题，打断奥尔森的讲话，贬低奥尔森的辩论，扰乱奥尔森的每次回答。奥尔森组织了两次这样冷酷无情的演练会，每次大约持续两个小时。这两次演练会与奥尔森在最高法院可能面临的局面相比，时间上要长得多，提出的问题也更加难以对付。

在其中的一次演练会中，卡珀顿赶到奥尔森的办公室，与他初次会面。卡珀顿原本以为奥尔森会以仓促而又礼貌的方式接待他，然后再温和地把他送出来。奥尔森并没有这样做，而是邀请他观看模拟法庭的演练。

律师们用卡珀顿从未听过的、深奥的法律术语盘问奥尔森。他只知道这些人讨论的正是他的生活，他的未来和生存希望都寄托在他们深奥难懂的话语中。自己的名字将出现在最高法院，为此他深感自豪和骄傲，但是，这里的律师谈吐怪异，他感到如闻天书，而他的遭遇源于基本的腐败和贪婪，那么他的命运如何能够得到公正的判决呢？

尽管奥尔森似乎在疲于应付众人的盘问，他还是注意到了卡珀顿的不自在。他宣布会议暂停，休息一下，然后用了大约二十分钟给卡珀顿解释自己的核心理念和他认为最有希望赢得多数法官支持的策略。

那天，当卡珀顿离开吉布森—邓恩—克拉切尔律师事务所的时候，他感到精神振奋。早在1998年，福西特曾经说过，卡珀顿要用两年的时间才能打赢这场官司，当时他认为两年的时间长得近乎荒谬。而现在2009年到了，他没有工作，前途渺茫，银行账户里空空如也。他始终坚信，自己有一天将会取得胜利。不过，他从未想到自己，从西弗吉尼亚州斯莱布福克走出来的休·卡珀顿居然会把官司打到美国最高法院，而且美国最负盛名的律师之一将担任他的上诉律师出庭辩论。

与此同时，泰拉尼和桑普尔还搜罗到了大量的法庭之友[①]提供的诉讼要点书。既然最高法院已经同意受理卡珀顿案，更有实

---

① Friend of the court：法庭之友，并非提起诉讼的当事人，而是与案件无关但被邀请向法官提供意见的第三方，他们会向法院呈交诉讼要点，对案件中的疑难法律问题提出意见以协助法庭解决。——译者

力的同盟者也加入了他们的行列，比如首席大法官会议以及二十七位前任州法院法官和首席法官。梅西公司律师团队也提交了友好诉讼要点书，其中包括七个州的首席检察官，但是不如泰拉尼、桑普尔和其他人寻找到的支持者那样有影响力。

福西特和斯坦利为奥尔森和泰拉尼提供了所有力所能及的帮助，不过，既然书面诉讼状已经提交，口头辩论的准备工作就主要由两位华盛顿律师来负责了。

3 月份法庭辩论开始的几天前，斯坦利打电话给托尼娅，谈到了即将到来的最高法院开庭审理。挂上电话后，托尼娅萌生了一个疯狂的念头，她要亲自赶往华盛顿特区，当斯坦利在美国最高法院出庭时，她要在现场支持他。

2009 年 3 月 2 日，最高法院开庭审理的前一天，暴风雪将要来袭，西弗吉尼亚州道路可能会关闭，然而托尼娅还是决定要驱车前往华盛顿去看她的朋友。她匆忙抓了几件衣服，跳进车里，一直向北行驶。她出发时过于匆忙，忘记带冬天的靴子，而大雪已经重兵压境了。不过，不管自己带没带靴子，她都已经义无反顾地赶往美国最高法院了。

第七部分　黎明时分

2009年3月3日

在这个世界上，金钱压倒了司法选举。

第十四章 黎明前的黑暗

在这个世界上，金钱压倒了司法选举，挑战整个制度的诚实和完整。

55

2009年3月3日，上午九点三十分，距离书记官宣布最高法院开庭还有半个小时，法庭里已经座无虚席了。卡珀顿正与坐在他旁边的女士低声交谈着。她是华盛顿联邦法官，不顾天气寒冷，赶来参加卡珀顿案的庭审。

福西特的父亲在法庭就座后，扫视着这个具有历史意义的房间。坐在他旁边的是外孙女克莱尔·福西特和戴夫的妻子凯瑟琳·福西特。在他们后面几排，斯坦利的妻子和女儿们坐在一起。当记者们安静地走向他们位于法庭一侧的座位时，十五岁的埃米莉扭头看着他们。其中一人是美国国家公共广播电台（NPR）的尼娜·托滕伯格（Nina Totenberg）。埃米莉·斯坦利用肘部轻轻地碰了碰二十一岁的姐姐劳拉，她简直无法相信自己就坐在距离心目中的英雄几英尺远的地方。哈特菲尔德坐在法庭另外一侧，她终于暖和过来了，就像那天上午法庭里的大多数人一样，对即将开始的法庭辩论充满期待。

十点钟整，九位法官一起从长长的深红色帷幕后面走出来。当奥尔森抬起头来望着他们，他看到的不仅仅是最高法院的法官们，还是他的朋友们，他以前在最高法院和他们中的许多人都打过很多次交道了。20世纪80年代早期，当时他还在里根政府担任总检察官助理，穿梭周旋于华盛顿政界和司法界的最高层，那时他就认识安东尼·斯卡利亚（Antonin Scalia）、约翰·罗伯茨（John Roberts）、克拉伦斯·托马斯（Clarence Thomas），与塞缪尔·阿利托（Samuel Alito）和安东尼·肯尼迪（Anthony Kennedy）的关系相对不如前面三位那么熟稔。他在晚宴上与他们比肩而坐。他和他们随意地开着玩笑。他与他们就政治问题进行辩论。他与其他四位法官，斯蒂芬·布雷耶（Stephen Breyer）、鲁思·巴德·金斯伯格、戴维·H. 苏特（David H. Souter）和约翰·保罗·史蒂文斯（John Paul Stevens）的交情虽然没有那么深，但也在同样的社交和司法圈子里共事。

每当泰拉尼来到最高法院，在奥尔森身边就座时，他总是深有感触。法庭的内部空间很小，给人很私密的感觉，他觉得自己伸出手来几乎都能触摸到法官。泰拉尼在自己面前放着一沓子卡片，卡片上面的编号依次是从一到三十。每位律师都有半个小时的时间做法庭辩论。奥尔森代表上诉人出庭，因此他的辩论排在第一位和最后一位。奥尔森总爱留出五分钟的时间做最后辩论。法庭里挂着时钟，但是抬头看挂钟或者低头看手表都有违反礼仪之嫌。因此泰拉尼每过一分钟就亮出一张卡片，不过奥尔森对时间的感觉非常精准，他几乎不需要泰拉尼的提醒。

当天上午，法官们在法庭里听取两个案件的辩论之前，安排来自全国各地的一批律师宣誓就职，经过这次宣誓仪式后，将来他们就能够在最高法院出庭辩论。斯坦利自豪地观看着这场宣誓仪式，其中一位律师是他在里德-史密斯法律事务所的同事艾丽西亚·施米特（Alicia Schmitt）。

十点十五分，首席大法官罗伯茨说道："今天上午我们首先听取08－22号案件辩论，卡珀顿诉梅西能源公司案。奥尔森先生。"

奥尔森站在讲台上，面对着九位法官。他面临的是一项棘手又复杂的工作，但是他又必须做出简洁明了的表述，要确保自己的辩论深思熟虑，语速缓慢，不出现任何漏洞。在辩论过程中，思维要极为敏锐，不能有丝毫的踌躇不决或者注意力不集中。奥尔森用低沉洪亮的嗓音开始了辩论，他的第一句话就如同一句警句，内中包含着他今天上午全部辩论内容的精华。这句话尽管寥寥数言，但经过反复润色修改，在他看来已臻完美。

"在公正执法的特别法庭进行公正审理是宪法赋予公民的基本权利。"

奥尔森停顿了一下，让众人有时间品味这句话。然后他继续说："那就意味着不但不存在实际的偏见，而且要保证特别法庭没有不公正执法的可能性。总而言之——"

"谁说的?"他的朋友斯卡利亚插话进来。"我们赞成那样的观点吗?"

在从未踏足最高法院的人士看来，斯卡利亚可能显得极其粗鲁失礼。不过，斯卡利亚和他的同事们就喜欢考验奥尔森，并以此为乐。如果讲台上那个讲话的人来自查尔斯顿或者匹兹堡，第一次在最高法院辩论，法官们提出的问题可能还会相对缓和一些，但是对奥尔森则不会收敛其中的火药味。

斯卡利亚法官之所以做出如此快速而又激烈的反应，其中还有更为重要的原因。对于支持自由派立场的律师，他根本无法表示认同，而今天讲台上的那个大肆宣扬自由派观点的人居然就是他的保守派好朋友西奥多·奥尔森，这简直太难以置信了。奥尔森在卡珀顿案中做出支持自由立场的辩护，就如同让斯卡利亚加入民主党一样不可能发生。

斯卡利亚认为，政府应该置身于民众生活之外。他无意武断地设定标准，以决定法官何时应该或者不应该审理某个案件。斯卡利亚反对设定任何回避标准，除非法官根据个人的判断，决定是否需要回避审理。任何其他的规定都是危险的、多余的，而且会受到意外后果定律的影响。

2004年，在最高法院同意审理涉及副总统迪克·切尼（Dick Cheney）的案件后，斯卡利亚法官仍然与他的白宫朋友一道乘坐空军二号专机去打野鸭子，就算这样，他也没有自请回避这个案件的审理。

“法官大人，关于默奇森案件和众多案件你都发表过类似观点，”奥尔森回答道。

当奥尔森强调斯卡利亚“你曾经说过”时，他的意思不是说斯卡利亚法官个人曾经提出这个观点，而是说最高法院曾经提出这个观点。1955年的默奇森案涉及一位密歇根州的法官，他起诉两位证人藐视一个人大陪审团的保密能力，然后在未经公开审理的情况下就宣布他们有罪并且判了刑。法院裁定这位法官违反了宪法第十四修正案第四节的正当程序条款，而奥尔森恰好认为，本杰明坚持在卡珀顿案中投票表决也是违反了这条法规。

正当程序条款规定任何州都不得“未履行正当程序条款就剥夺任何人的生命、自由或者财产；也不得在其管辖范围内否定任何人本应享有的受到法律保护的平等权利”。奥尔森坚决认为当本杰明拒绝回避审理的时候，卡珀顿就被剥夺了受到法律保护的平等权利。

奥尔森的表述非常精简深奥，熟知法院历史和思想的律师和法官们才能够充分理解他的观点。法官们和律师们通读了与本案相关的全部答辩摘要以及其他文件，他们在法庭上用简明扼要的表达方式进行辩论。

“甚至保证不能——”斯卡利亚开始说道，他指的是偏见存在的可能性。

“是的，默奇森案正说明了这个问题，”奥尔森说道，他预见到了斯卡利亚法官的想法，并且擅自打断了他的话。“在那个案件的审理中，法庭指出：‘在一个执法公正的特别法庭进行公正的审理是正当程序条款的根本要求。我们的法律体系一直在致力于防止哪怕不公正的可能性的出现。’在那段表述中，法庭继续——”

“‘一直在致力于’，”斯卡利亚说道，他的嗓门盖过了奥尔森的嗓门，暗示说仅仅因为一个法庭寻求防止不公正现象的发生并不能说明这个法庭就总是成功的。

“什么？请再说一遍，”奥尔森说道。

“‘一直在致力于’，”斯卡利亚重复道，就好像在对一个无精打采的学生说着话。“一直在致力于。”

“是的，不过那——”不等斯卡利亚再次坚持自己的特权，在想要表达自己观点的时候就开口表达，奥尔森就又开始说道。

“而且各州都有致力于此的相关规定，”斯卡利亚说道。

斯卡利亚提出问题并非为了寻求解答。他已经读过答辩摘要，而且他还打定了主意，他坐在高高的法官席上不是来学习的，而是来发出指示的。

法官们往往会向与之持有不同观点的律师提出大量问题。奥尔森本来推测斯卡利亚会提出第一个问题，紧随其后的是不那么热衷于争辩、但是同样持有保守派观点的首席法官罗伯茨。与斯卡利亚相比，首席法官罗伯茨更有可能向奥尔森提出问题，而不是与之辩论。今天上午，他确实提出了令奥尔森陷入两难困境的问题，即你如何确定偏见存在的可能性？

“如果有百分之五十存在偏见的可能性和百分之十存在偏见的可能性，”罗伯茨问道。“那么很有可能指的就是超过百分之五十存在偏见的可能性吗？”

“是合理根据，首席大法官先生，”奥尔森说道。

奥尔森采取的策略在他看来是“打犯规球”，避开问题本身，然后返回本垒将之击飞。斯卡利亚返回身，投出了几个曲线球，他希望这些曲线球最终未被击中。从这两位法官讲话的方式，奥尔森未及开口，就知道自己已经失去了罗伯茨和斯卡利亚的投票。这是一场智力争论，不过奥尔森无暇为了这样的争论而浪费自己有限的时间。

奥尔森回答问题的时候，他看到至少有四位其他法官向他投来期待的目光，示意他们希望提出问题。他尽自己最大的努力留出足够的时间让其他法官加入对话。

奥尔森知道，在最高法院自由派法官和保守派法官各占半壁江山，关键人物是肯尼迪法官，他掌握着关键选票。谁说服他，谁就可能获胜，这样的态势似乎是不可改变的。奥尔森丝毫未曾想到三年后，最高法院就平价医疗法案做出裁决时，罗伯茨将投出关键选票支持占多数的改革派，而肯尼迪将投票支持占少数的保守派。

奥尔森的辩论进行了十四分钟后，肯尼迪法官设法插入奥尔森与斯卡利亚和罗伯茨的对话。“你知道，我们都知道，做出对你有利的裁决意味着全国各州的法律可能会发生彻底改变，”他说道。“由于持有偏见而取消［法官的］资格现在将成为审判前程序的一部分。在我看来，你提供的标准并非足够明确具体。”

在答辩摘要中，泰拉尼和奥尔森没有提议如果法官接受了一美元金额或者一个百分比的竞选经费就需要回避审理。这个问题是他们辩论会涉及的基本问题之一，不过他们还是选择将这个问题含糊不清地带过，而不是设定某个将会立即招致批评的标准。肯尼迪提出的问题表明，他在寻找某种投票方式以确保在与本杰明相类似的情况下，法官需要自请回避。因此，奥尔森的回答就将起到决定性的作用。

“哦，针对这个问题有几种答案，”奥尔森说道。“美国各州首席大法官会议针对此案提交了一份答辩摘要，表示由于接受了竞选活动的特别捐款而自请回避，我们需要一个标准。这份答辩摘要还表示——”

“他们的标准和你们一致吗？”斯卡利亚插话道，再一次加入到讨论中来。“我的意思是，坦率地说，那是这个案件中涉及的问题之一。”

对于福西特和斯坦利来说，理解辩论内容并不费什么力气，而且他们也都认为奥尔森应对这些棘手问题的方式巧妙而又高明。不过，福西特却越来越感到不安。他之所以物色奥尔森担任上诉律师，是因为他考虑到这位保守派律师有可能赢得九位法官的投票支持。现在看来，这个希望不太可能实现了，斯卡利亚和罗伯茨提出的问题就表明了他们将如何投票。福西特认为这场争端已经超越了意识形态的界限，法官们将审理变成了另外一场政治纷争，他们提出的各种观点令福西特震惊不已。

每当斯卡利亚和罗伯茨将奥尔森拉进他们的争论中，这位上诉律师总是竭力避开，将话题拉回到现实世界中来。在这个世界中，金钱压倒了司法选举，挑战整个制度的诚实和完整。

即使最高法院受理谋杀案的上诉，法庭上也不会出现血迹斑斑的证物，被看押的被告人、眼泪汪汪的受害人、令人惊骇的人性主题有时会演变为皮面装帧的抽象书籍。当金斯伯格法官开口发言的时候，她将卡珀顿案又拉回到法庭外面的世界中。

“在不间断的诉讼中，本案一直存在着一名被告。按照原告方的观点，他实际上是一名主犯，”金斯伯格说道。“此人就是布兰肯希普。他提供了所有这些捐款，因将卡珀顿逐出业界而受到起诉。因而他不仅仅是作为被告方的那家公司的首席执行官，而且他还作为犯罪者成为众矢之的。”

尽管梅西公司主席今天上午并没有出庭，他仍然是存在的中心。金斯伯格法官也承认这一点。

奥尔森结束辩论之前，他的辩论内容与西弗吉尼亚州产煤区相去甚远。“我们在这里探讨的原则对于我们西方世界的法理学来说并非新生事物，”他抬头看了看法官，说道。“在《大宪章》中，国王承诺，‘我们不会将公平正义出售给任何人。’布莱克斯通一再强调这项原则，并且重申：‘每位国民受到了伤害，都可以通过法律途径得到补救，没有金钱交易就可以自由地获得公平正义。’”

奥尔森的最后一句话——“没有金钱交易自由地获得公平正义”——同样经过了精心斟酌。他受到了所有法官的攻击，他在辩论结束时提议，卡珀顿案在法律和司法审判史上应该占据光荣的地位。

56

梅西公司的律师安德鲁·L. 弗雷（Andrew L. Frey）在最高法院进行了半个小时的辩论。在辩论过程中，自由派法官们对他提出的几乎所有主张都表示了质疑，不过，他们在这个过程中比斯卡利亚表现出了更多的尊重。

弗雷指出，最高法院没有权利干涉各州的事务。他说，个别州议会已经在处理这个问题，他们制定了旨在限制捐款的竞选法规。最高法院授权采取任何行动都将是没有必要、愚蠢和危险的。“我认为现在的情况是，”弗雷说道，“各州正在通过立法手段处理这个问题……并且法院已经认识到这个问题……应该通过立法手段或者司法道德或者法典准则得到解决。”

“你的观点是，法官选举就如同议员选举一样，而议员总是会受制于利益集团？”金斯伯格法官说道，她那些当选为州法院法官的同事们只不过是身着黑色长袍的政客，她对这样的观点表示不认同。

“哦，当然，我认为本杰明法官在本案审理中丝毫没有受制于任何人，”弗雷回答道。他也像奥尔森那样答非所问。

接着史蒂文斯法官加入辩论。

“弗雷先生，你的观点是，不当行为的表象永远不足以引发宪法纷争？”他问道。“你是说唯有表象，而没有任何实际的存有偏见的证据，永远不足以导致宪法问题？”

“我想是这样的，”弗雷说道。“我们是说正当程序条款的存在，并不是为了保护州司法制度的完整或声誉。”

“你没有回答我的问题，”史蒂文斯指出，语气中透出些许不耐烦。

“是的，我认为只有表象永远无法提出正当程序问题，”弗雷说道。“问题是，是否存在某种实际的偏见，公认据此可以取消法官的审理资格。法院已经承认——”

弗雷是纽约的资深上诉律师，曾经多次在最高法院出庭辩护，然而他却犯了新手的错误。他以过于绝对和专制的态度表明了自己的立场，相形之下，奥尔森的辩论则显得温和而又理性。

“我们之前从未遇到过如本案这么极端的案例，”史蒂文斯回答道。“已故大法官波特·斯图尔特（Potter Stewart）说，‘当我看到的时候我就懂了，’这符合他的标准。”

托尼娅与观众一道笑了起来。她知道，史蒂文斯法官指的是波特·斯图尔特法官1964年在解释色情描述时使用的著名短语。司法偏见现象也是如此，很难描述，然而却是现实存在的。史蒂文斯比他的所有同事都更接近对这个问题的解释。

时年六十九岁的苏特法官几周后就将宣布退休了，他提出的问题主要集中于法院在美国人的生活中发挥着什么样的广泛作用。他尤其喜爱已故联邦法官理查德·阿诺德（Richard Arnold）在谈论美国司法制度时说过的一句话，“必须得有一个安全的地方，我们这里就得是那个安全之地。”西弗吉尼亚州最高上诉法院已经证实它不是个安全的地方，问题在于美国最高法院能否帮助它重新成为一个安全的所在。

“根据美国律师协会的准则，我们有一个表面的标准，不过我认为很难找到一个非常有说服力的理由，来说明那个标准能够在本案的审理中发挥作用，”苏特说道。

“关于本杰明法官是否存在不当行为，我想我得承认理性的人会有这样或者那样的不同看法，”弗雷说道。这样坦诚的表述出自梅西公司的律师之口，着实令人感到意外。斯坦利和福西特都深感震惊。他们在西弗吉尼亚州所做的民意调查显示，在大多数人看来本杰明存有偏见，这样的普遍看法使得整个西弗吉尼亚州最高上诉法院投票表决的客观性存在不确定性。如果理性的人们认为本杰明存有偏见，甚至梅西公司自己的律师都有这样的看法，那么本杰明参加裁决的西弗吉尼亚州最高上诉法院的所有判定结果又有多少真实可信的成分可言？

弗雷将半个小时的辩论时间安排得满满当当，然后奥尔森站起身来用规定的最后五分钟再次发言。他援引美国的最高法律条文来佐证自己的观点。

“‘正当法律程序’这样的字眼在宪法中有迹可循，那正是我们今天在讨论的问题，”奥尔森说道。“本庭反复强调，正当法律程序意味着在公正执法的特别法庭进行的公平审理。”

奥尔森没有将这最后的宝贵的几分钟浪费在抨击弗雷或者对他的论据予以驳斥上；相反，他力图将这场辩论提升到更高的法理学的层面和过去司法判断的层面上。当奥尔森上午开始辩论的时候，他希望自己可以赢得九位法官的投票支持。不过，从法官们提出的问题可以看出，他们有着一如既往的法律倾向，四位法官倾向于左翼，四位法官倾向于右翼。如果这样的话，肯尼迪就是关键人物。

斯卡利亚和罗伯茨重新加入辩论，竭力重申他们的立场。他们已经将所有主要观点都搜罗出来，现在罗伯茨举出了一个古怪的、不可能出现的例子。“你以为保护性捐款怎么样?”他问道。“实际上你不是捐出三百万，而是几十万给某个你不想让其裁决你的案子的人。”

这个想法极其富于想象力：比方说，唐·布兰肯希普为斯塔切尔的连任法官竞选活动提供资金，目的在于使得斯塔切尔法官无法在涉及梅西公司的案件审理中投票表决。“正如本庭所宣称的那样，”奥尔森回答道。“人们不能允许某个诉讼当事人像这样将司法制度玩弄于股掌之间。”

最后，奥尔森感谢了他认为会投票支持自己的两位法官。“我想我得再次提及史蒂文斯法官和布雷耶法官的问题，”他说道。“对于这个情况需要制定某种限制性法规。我们认为应该制定某种宪法准许的限制性法规。”

“谢谢你，辩护律师，”罗伯茨说道。“本案已经提交法庭处理了。”

律师们从一扇边门进入法院大楼，一路走到这幢建筑物的最深处，不过离开的时候，他们与其他人一道从前门蜂拥而出，来到洒满阳光的寒冷的台阶上。黎明时分，哈特菲尔德正是站在那里，在黎明前的黑暗中等候。众人被一群摄影师和记者围住。

斯坦利向台阶下看去，发现托滕伯格正在采访弗雷。奥尔森站在旁边，被崇拜者包围着，无暇顾及媒体。“我们得过去一下，特德，”斯坦利催促道。“你可以以后再握手。现在你得对媒体说几句了。”

奥尔森认为一切进展得很顺利，不过关于案子的胜算不应该由他来发表声明。“这个案件非常复杂，法院要到6月初才可能发布裁决结果，”奥尔森对记者们说道。

奥尔森每次在最高法院出庭辩护，事后都会设午宴招待所有参与案件审理的人及其家人。午宴设在莫顿牛排餐厅的雅座，这家餐厅正位于奥尔森法律事务所的楼下。斯坦利的两个女儿劳拉和埃米莉，卡珀顿的女儿普雷斯顿，以及律师和当事人的配偶们布思·奥尔森夫人、凯茜·卡珀顿、凯瑟琳·福西特和黛比·斯坦利都来参加午宴了。福西特的女儿克莱尔以及宴席最年长者福西特的父亲也都来了，桑普尔乘坐火车从纽约市赶来参加了最高法院的审理和午宴。

奥尔森主办了四十多场这样的午宴，不过这次最令人动情。“布鲁斯和戴夫，你们知道，能和你们共同工作对我来说意义非凡，”奥尔森说道。“你们为当事人奋斗的精神代表了最高的职业标准。一切如此扣人心弦。我想告诉你们，我非常欣赏你们的工作，你们能来找我办理这个重要的案子我非常感谢。”

“哦，是的，下次你办理重大的诉讼案件，就把它交给我办，”福西特开玩笑地说道。“我会尽力而为。”

第八部分　一切都是幌子

2009年6月8日

多少钱算是太多的钱?

第十五章　一切都是幌子

它俨然一条防疫警戒线，一切都被阻拦在这条警戒线之外。

57

奥尔森已经开始全力以赴处理下一个案子，即联合公民诉联邦选举委员会案，法院在三周后审理该案。麦凯恩-范戈尔德竞选资金法案禁止非营利企业在2008年总统初选之前的三十天内播放触及党派纷争的纪录片《希拉里：一部电影》，奥尔森将代表联合公民出庭辩论，驳斥该法案中的条款。

与此同时，奥尔森还接手了另一个案子，奥尔森在这个案子里的主张也像在卡珀顿案中那样，与其保守派的立场背道而驰。他与改革派律师、在布什诉戈尔案中的对手戴维·博伊斯（David Boies）联手在加利福尼亚州北部美国地区法院出庭辩论，力图撤销八号提案，即加利福尼亚州选民通过的禁止同性婚姻的提案。

最高法院通常在星期二或者星期三公布裁决结果，然而2009年6月8日星期一，卡珀顿案的审理意见就出现在最高法院网站上。法院裁定本杰明没有自请回避审理卡珀顿案是错误的。肯尼迪法官代表四位与他持相同意见的同事，史蒂文斯、苏特、金斯伯格和布雷耶撰写多数意见。

“如果某人对某个特定案件有个人利益诉求，在该案悬而未决或者临近审理的时候，通过筹集资金或者左右法官竞选活动的方式，施加与自己身份不相符的过多的影响，安排法官审理该案件，”肯尼迪这样写道。“那么就会存在实际偏见的重大风险。”

最高法院的投票结果是五比四，不出所料，肯尼迪投出了支持奥尔森的关键一票。在长达十四页的不同意见中，罗伯茨列举了四十个问题，他认为法院系统已经处于前所未有的忙碌状态，而这些问题依然困扰着法院系统。“多少钱算是太多的钱？”他问道。“偏见可能会持续多久？”他预计法院将会迎来铺天盖地的“关于卡珀顿案的动议，每份动议的标题都会冠以‘最为极端的’或者‘最不相称的’字眼”。

罗伯茨笔下大量的意见读来令人感到是直接摘录自本杰明的并存意见中。这位首席法官声称：“在这次选举中，布兰肯希普独立支出的费用与他人或团体的类似费用相比，并不显得‘非常不相称’。”在普选中，为了击败民主党候选人，布兰肯希普个人捐出二百六十四万三千五百美元，并且还给名为“以孩子的名义”的组织捐款中，个人又捐出了五十一万七千七百零七美元。他还写信给医生以及其他人，为本杰明筹集资金，梅西公司的高管和经理们捐出了五万多美元。另一方面，数百名出庭辩护的律师和其他人在初选和普选中为正义消费者组织捐出大约两百万美元，以支持麦格劳。

罗伯茨又补充道：“尚不清楚布兰肯希普支出的费用是否对选举结果产生了影响。”他根本没有提及那些无处不在的广告，称阿博为强奸犯，说麦格劳释放了这个强奸犯，在泰拉尼的诉讼摘要中此事被详细记录下来。相反，罗伯茨指出：“许多观察者认为本杰明法官的对手做了个广为人知的演讲，提出了一些莫名其妙的指控，希望以此判定本杰明作为候选人难逃失败的厄运。”麦格劳在劳动节那天发表演讲的时候，选民们已经被铺天盖地的阿博广告烦扰多日，起初麦格劳的演讲并没有达到广为人知的地步，正是通过布兰肯希普出资运作的广告宣传，西弗吉尼亚州的选民才知晓了“拉辛的咆哮”。

斯卡利亚在不同意见中对罗伯茨的诸多疑虑持有相同的看法。“与判决相关的事实将必须通过法庭诉讼来决定，”法官写道。“很多的工作时间将被用来研读大量的竞选资金报告，更多的工作时间将被用来通过各种可能的方式争论是否应该做出回避审理的决定。”

没有证据表明法院做出判决后出现了任何类似情况。“虽然持不同意见者言之凿凿地预言卡珀顿将会开启诉讼的闸门，类似的诉讼将如洪水猛兽般喷涌而出，可是事实上它带来的仅仅是涓涓细流而已，”桑普尔教授说道。“法院做出判决后，事实表明那些预言防洪闸被打开，诉讼将如洪水般涌来的论断极其荒谬。结果不同意见在不经意间反而提供了一种案例研究，说明法院应该根据事实来裁决案件，而不是根据某些对于未来的愤怒的断言来裁决案件。”

卡珀顿案的胜诉令奥尔森欣喜不已，但是联合公民诉联邦选举委员会案发生了一些意外。法院要求这个案件在更为宽泛的原则基础上再次进行法庭辩论，时间被安排在2009年9月9日。投票结果是五比四，根据公司即是“人民”的主张，关于第一修正案中的自由权，法院裁定公司和协会应享有与公民个人同等的自由的权利，应该得到允许花费他们愿意花费的资金帮助候选人当选。这样的结果是美国政治史上对特殊利益资金最为严重的冲击。卡珀顿案仍然处于停滞状态，不过它俨然一条防疫警戒线，一切都被阻拦在这条警戒线之外。卡珀顿案在法庭上的讨论频率虽然不及联合公民案，不过法院就这两个案件的判决结果如同法律文档，对美国公共生活中最受关注的问题做出了精确的解释。

最高法院的判决结果并没有确认陪审团对卡珀顿案的裁决，而仅仅是将该案发回西弗吉尼亚州最高上诉法院重新审理，并且本杰明必须回避这次重审。休·卡珀顿惧怕再次面对戴维斯法官，不过经过这次惩罚，他无法想象西弗吉尼亚州法院会再次做出对自己不利的裁决。

卡珀顿对其官司前景的乐观展望与那些无意于波莉亚娜风格[①]者相比，可以说不相上下。卡珀顿已经囊中羞涩，甚至是捉襟见肘，因此手里握着最高法院的裁决意见，他开始接触另外一家对冲基金。之前那家对冲基金贷款给他一百万美元，在他得到法院裁定的赔款后将双倍偿还那笔贷款，现在这家对冲基金也想双倍收回自己的贷款。上诉律师们拥有丰富的法律常识，这家基金正是他们在运营，他们坚信卡珀顿案将会胜诉，因此他们也按照相同的条件贷款给他一百万美元。卡珀顿兑换了支票，从国家税务局（IRS）开始依次偿还了几家债权人的债务，不过随之他再次欠下联邦政府数十万美元的税款。他基本上不为这笔欠款感到忧虑，因为他确定几个月后，就能够解决所有债务，其中还包括两家对冲基金的贷款，而且在所有这些问题都得到妥善解决后，他仍然可以过着富裕的生活。

不仅金融界人士与卡珀顿一样对官司前景持乐观态度，司法界和新闻界人士也同样持有乐观的态度。“现在这个案子被发回西弗吉尼亚州法院，之前案件的审理已令其饱受诟病，很多方面有待改进，”2009 年 6 月《匹兹堡邮报》刊登的社论这样指出。

---

① Pollyannaism：波莉亚娜风格，源自美国儿童文学作家埃莉诺·霍奇曼·波特所创作的人物波莉亚娜，指盲目乐观的风格，无忧无虑的做派。——译者

福西特和斯坦利也像其他人那样，认为西弗吉尼亚州最高上诉法院的法官们会对美国最高法院的裁决意见表现出适度的尊重，重新审理卡珀顿案，做出公正的判决，以此了结这个案子。卡珀顿案使西弗吉尼亚州蒙受羞辱和难堪。几年间，关于西弗吉尼亚州的重大新闻报道都是因它而起，这些报道中大多数都是负面新闻，阿巴拉契亚高地被描述成充斥着腐败和残酷的行径之地，交易盛行，缺乏法律文明，加深了人们对这一地区的不良印象。

福西特和斯坦利盘算着西弗吉尼亚州法院的选票情况，感到局面并没有那么乐观。斯塔切尔已经退休了。2008 年 7 月，奥尔布赖特请假休息，当时他被确诊患了癌症，翌年这位古稀之年的法官就去世了。本杰明仍然在法院任职，不过此次卡珀顿案的重审他不得不自请回避。目前，西弗吉尼亚州法院的代理首席法官戴维斯是唯一参加过之前卡珀顿案审理，并且投票表决的法官。福西特和斯坦利很清楚戴维斯身上不乏政客的精明和狡诈，她明白此时最明智的处理方式就是表现得宽宏大量，在不承认自己犯了错误的前提下确认对卡珀顿案的裁决结果。不过，他们仍然很担心戴维斯为了维护自己在法院的领导地位，不惜拒绝受理卡珀顿案。

戴维斯可能会努力争取同事们的支持，再次做出对卡珀顿一方不利的判决，不过，福西特和斯坦利认为他们仍然有机会争取其他四位法官的选票。新近宣誓就职的民主党法官凯切姆在竞选中谈起卡珀顿案的审理时，对法院的处理意见表示不敢苟同。在几位法官中，他似乎是最确定无疑会投票支持卡珀顿的一位。另外一位新任法官玛格丽特·沃克曼（Margaret Workman）是温和的民主党人，矿工的女儿，之前也曾经在法院任职。她看上去也很开明，为人公正，很有可能投票支持卡珀顿。

曼希因（Manchin）州长任命退休的最高法院法官托马斯·

E. 麦克休（Thomas E. McHugh）代替无法履行法官职责的奥尔布赖特。麦克休决定 2010 年参加竞选。福西特和卡珀顿对麦克休不太了解。就在法院审理卡珀顿案的过程中，西格尔计划在他和戴维斯的家中为麦克休举办资金筹集活动，届时将筹集资金十四万六千美元。如果福西特和斯坦利了解到这个情况，他们会感到沮丧不已。代理首席法官戴维斯任命退休的巡回法官詹姆斯·O. 霍利迪（James O. Holliday）填补第五位法官的空缺，因为戴维斯选择他担任这个颇具声望、有利可图的职位，作为回报，他也会对戴维斯表现出适度的忠诚。

戴维斯宣布福西特和斯坦利不被允许提交新的诉讼状，这个决定使得他们的希望落空了。新的诉讼状可能会援引大量美国最高法院处理意见中的文字，进而更大力度地指责戴维斯对查尔斯顿法院事务的处理方式。

2009 年 9 月 8 日，福西特和斯坦利第三次出庭，梅西公司的律师 D. C. 奥法特（D. C. Offutt）对戴维斯法官两次推翻布恩县法院裁决结果的理由表示支持。他坚持主张法院应再次驳回卡珀顿案，原因之一是该案违背了既判案件原则，即两次审理同一案件；原因之二是该案违背了诉讼地选择条款，即该案选择在西弗吉尼亚州提交，而按照诉讼地选择原则这是错误的。在戴维斯十三年的法官生涯中，与她参与判决的所有案子相比，卡珀顿案会给她的荣誉和声望带来更大的影响。她已经两次撰写了该案的多数意见，不论她和她的同事们如何判决，她都决定将第三次撰写多数意见。然而，这天上午，奥法特发言的时候，戴维斯法官靠坐在高大的法官椅上，没有问任何问题。

“合同的取消被认为是整个事件的导火索，自此卡珀顿和哈曼公司开始进入下滑通道，最终破产倒闭，”奥法特说道。“如果大家看过该案在西弗吉尼亚州的审理记录，会看到福西特先生在最后辩论中对陪审团说道，‘这个案子非常简单，根本问题是契约关系的存在。’他对陪审团说卡珀顿案的实质是契约关系的问题，而卡珀顿只是那个案子的一部分。”

与戴维斯在之前的法庭辩论中所表现的一样，奥法特对布恩县法庭审理过程的描述也不够准确，不过这次福西特做好了准备予以回应。“这是我在最后辩论中讲过的一段话，我说这个案子很简单，这是关于违背商业关系的案件，”福西特对五位法官说道。“我是那么说的，在最后辩论中，我举起手来，我伸出手指，列举了梅西公司在此期间参与实施的十项干预行为，那段话在2002年7月31日庭审记录第二十四页到第二十七页中可以找到。”

福西特做出答复的时候，发现有些法官似乎对案件毫无准备，这个情况令他大吃一惊，他担心他们是否能够理解他表述中的要点。他本来以为经过美国最高法院的训诫，这些法官们多少会重新思考法院最初的处理意见，由于本杰明法官和梅纳德法官的参与，这个处理意见已经受到了污染。然而，他并不确定今天上午的法庭审理会有怎样的结果。这些新任法官会诚实地努力思考法院前两次的处理意见吗？或者只是假意听取他的发言，而他们内心已经拿定了主意？

在法院庭审过程中，戴维斯所做的最有意义的事情就是提示福西特时间不多了。那天下午，当卡珀顿及其律师们离开法庭的时候，他们对结果抱着谨慎乐观的态度，这次，凯茜·卡珀顿再次表达了不同意见。“戴维斯，我了解那个女人；我了解她，”凯茜说道。“一切都是幌子而已。几年前她就拿定了主意，没有什么能让她改变自己的主意。”

卡珀顿尊重妻子的看法，不过这次他认为她错了。六天后，他收到了神秘人物拉姆波尔发来的电子邮件，详细说明了法院的内部运作机制。“我的消息来源说最高法院最近进行的法庭辩论只不过是一场歌舞伎表演而已，闪光灯下瞬息万变的影像无非是想让大家猜测法官手中的选票将会投向何处，”2009 年 9 月 14 日拉姆波尔写道。“如果你能和解，那么就在戴维斯拿出最新的书面意见草案之前采取行动。这次法庭的处理意见可能会获得一致通过，除非沃克曼会给伯特霍尔德略施小恩小惠，持有不同意见。”

不论人们是否对拉姆波尔的电子邮件信以为真，这些信息的确证明了法院的腐败现状。这是法院内部的某个人在泄露机密信息，此举很有可能会导致法院审判成为无效审判。拉姆波尔有自己的网站，在这里他利用自己掌握的内部信息满足网络浏览者猎奇的欲望。不过，他的名字始终是个谜，外人不得而知。卡珀顿也和其他人一样，无法查出这个掌握着令人畏惧的法院内情的神秘人物的身份。福西特和斯坦利对此也是一无所知。

三天后，拉姆波尔再次发来电子邮件：“消息得到了证实。看到了一份法院‘判决会议’记录。目前，法院四比一投票表决推翻了［布恩县法院裁决］，判决意见主要集中在诉讼地选择的问题上。抱歉……拿着你们能得到的东西，跑路吧。”

2009 年 11 月 12 日，西弗吉尼亚州最高上诉法院公布了审理结果，再次驳回了卡珀顿案，这次投票结果不同于上次的三比二，而是拉姆波尔预测的四比一。在法庭陈述过程中，福西特和斯坦利对戴维斯否决卡珀顿案的多数理由予以批驳。她所撰写的法庭意见冗长而又脚注繁多，但是驳回卡珀顿案只剩下一条合法的理由，那就是诉讼地选择条款。在第一次庭审中她就拿出这项条款进行辩驳，现在她将采用这项条款再次并且永远彻底地推翻卡珀顿案。

“凯茜，他们又重施故技，”卡珀顿站在厨房里说道。他没有哭泣，也没有将桌子扔到房间另一边。法庭的判决令他深受伤害，他的内心已经麻木了。

对于福西特和斯坦利来说，四比一的投票结果不仅仅是失败，而且还是侮辱，是试图让他们从此沉默不语。他们认为戴维斯和她的同事们以傲慢的态度驳回的不只是他们的案子，还有最高法院的尊严。他们认为戴维斯为了获得选票，一定努力地游说同事们，以此警示众人，谁也休想以这样夸张的、持久的方式对她的法庭的权威和判断力发出挑战。

能够让斯坦利和福西特感到些许慰藉的只有唯一的持不同意见者沃克曼法官。在沃克曼漫长的法官生涯中，没有什么经历能令人想到她会卷入争论的漩涡中。但是，沃克曼认为她的同事们做出的判断有失偏颇，她提交的不同意见对这些每日在法院里低头不见抬头见的同事做出的判决进行了谴责。

“无论是多数意见那冗长的篇幅，还是其中引用的大量案例(不过运用存在错误)，抑或是充斥全篇的推断性陈述，都无法掩盖其缺乏坚实的法律推理以及存在结论驱动方式的问题，”她在不同意见中这样写道。

与戴维斯和本杰明不同，沃克曼在书写不同意见时不靠脚注和引证来支持自己的语言。“多数意见将西弗吉尼亚州的法院裁定置之不理，”她写道。“布恩县陪审团以事实为法律依据，做出了公平正直的判决，判给原告方数额巨大的损害赔偿金，多数意见不仅剥夺了原告方这笔巨额赔偿金，而且还使原告方失去了法律追索权，使之无法应对梅西公司大量的欺诈行为。多数意见同样使得原告方为数众多的债权人失去了翻身的机会。特别是在那些债权人中，还包括哈曼公司那些参加了工会的矿工，他们由于梅西公司的欺诈行为失去了工作；那些债权人中还包括哈曼公司数百名退休人员，哈曼公司之前在为他们支付养老金和医疗保险。”

福西特和斯坦利知道他们将不得不在弗吉尼亚州提起诉讼，

一切重新开始，这项工作如此艰巨，令人望而却步。“这就如同穿上了一件湿漉漉的游泳衣，”斯坦利说道。“一旦你跳进水里，你就好了。”那是一个很贴切的比喻，每次他使用这个比喻的时候都会收到很好的效果。不过，斯坦利比福西特要灵活机智得多，有时他也会心存疑虑。人们有时谈论民事诉讼，就如同它们是不温不火的学术事务，然而在这个过程中人们毕竟倾注了大量的情感，有时这情感几乎会将人撕裂。斯坦利是个热情洋溢的男人，无论做什么事情都会非常在意，这样的生活方式会耗费大量的精力，得不到任何缓解，令人筋疲力尽。他永远不会承认这一点，不过他确实感到自己很难在这个案子上重整旗鼓，重新开始。

第九部分　为正义而战

2010 年 4 月 5 日

矿工们应该在最安全的煤矿里工作，真相和技术是煤矿安全不可或缺的因素。今天这两个因素对于他们来说都不存在。我们需要改变这样的状况。

第十六章　又一次矿难

三条最疯狂的辩护格言：拖延、转移公众注意力以及使案情复杂化。

58

2010 年最初的几个月里，布兰肯希普的地位达到了前所未有的高度，他高高在上，无人能够撼动。他最终在西弗吉尼亚州永久性地打赢了卡珀顿案的官司，让众人看到了胆敢向他发出挑战的下场。他仍然饱受争议，不过在某些保守派区域，人们对他还是推崇备至，敬重有加。他那一度关系疏远的女儿就住在隔壁，他也会自豪地乘坐自己的旅游车去观看儿子赛车。

煤炭行业为布兰肯希普创造了巨额财富，他不能接受任何对于这个行业的批评。在西弗吉尼亚州，没有哪个当选的政客敢于冒犯他或者煤炭行业的其他重要人物，没人敢于站出来，宣称受到煤炭行业控制的经济、政治和社交领域需要进行变革。布兰肯希普谴责环境保护人士是误入歧途的狂热分子，谴责他们热衷于破坏善良的西弗吉尼亚人的工作机会。

多年来，环境保护人士始终在努力证明减少燃煤发电厂的数量是治理空气污染的最快捷有效的途径，然而最终还是经济因素推动了这场变革。在西弗吉尼亚州以外的其他地区，天然气价格大幅下降，煤炭在电力生产中所需份额由二分之一降至三分之一，而在西弗吉尼亚州，煤炭在电力生产中所需份额仍然保持在百分之九十八的水平。储量丰富、更易获取的地下煤层已经被开采殆尽，现在大约一半的煤炭开采都运用昂贵的长壁开采机，或者通过大规模的山顶移除工程完成，这两种采矿方式对矿工数量的要求都不及过去地下采煤时所需的矿工数量。

但是，布兰肯希普对于阿巴拉契亚地区煤炭行业的未来一如既往持乐观态度。作为奖赏，梅西公司董事会与这位董事会主席签署了一份新的两年合约，合约中规定的绩效奖金大幅提高了他的收入，使他的收入比之前任何时候的薪酬都要高。合约赋予了布兰肯希普希望和动力，使他再次鼓足干劲，致力于公司的大肆扩张和发展。3 月份，梅西公司斥资九亿六千万美元收购了坎伯兰资源公司，此举有助于实现布兰肯希普制定的炼焦煤销量翻一番的目标。“市场很坚挺，”布兰肯希普说，期待着梅西公司长远的发展前景。

不到两个星期后，2010 年 4 月 5 日下午三点，西弗吉尼亚州蒙特考尔地动山摇。梅西公司子公司阿普比格布兰奇煤矿发生了爆炸。在地下一千英尺深处，由矿井作业面通向入口处的供运煤车行驶的轨道完全扭曲变形，就像回行曲别针似的躺在那里。采矿机器被炸得四分五裂，无法辨识。救护车和救火车将煤矿围得水泄不通，焦虑不安的妻子以及其他亲朋好友等候在外面，祈祷着他们挚爱的亲人能够生还。

翌日下午，布兰肯希普来到灾难现场，走向守在那里、不眠不休为亲人祈祷的人群。在六七个警官的陪伴下，他向众人证实所有在地下深处的矿工全部遇难，无一幸免，那是二十九名丈夫、父亲、兄弟和儿子。

悲痛欲绝的人们怒吼着，他们直言，比起矿工的生命，布兰肯希普更在乎金钱。其他人高喊着布兰肯希普应该承担责任，他的手上沾满了矿工的鲜血。当一名矿工向布兰肯希普抛掷椅子的时候，警官们陪同他离开了那里。

阿普比格布兰奇爆炸是一场灾难。斯坦利、福西特、卡珀顿、托尼娅·哈特菲尔德、弗蕾达·哈特菲尔德以及德洛里斯·布拉格都认为，只要布兰肯希普依然将企业运营目标定位在单纯追求成本利益的基础上，这场矿难就将不可避免。1995 年以来，阿普比格布兰奇煤矿由于违反安全规程至少被传讯了三千次，其中包括爆炸发生当天的两次传讯。最近煤矿进行过几次疏散。很长时间以来，许多在那里上班的矿工都担心会发生矿难。矿工们往往不会抱怨和抗议，但是，在爆炸发生前至少两个月内，美国众议院议员就开始收到矿工选民的信件，对阿普比格布兰奇煤矿的甲烷含量表示担忧。

斯坦利迅速发现了阿普比格布兰奇煤矿爆炸和阿拉科马煤矿火灾之间的相似之处。他四处拨打电话，与记者们交流沟通，向他们提供自己在梅西公司案件审理时查阅过的备忘录和文件。“我们所担心的是，与阿拉科马煤矿同样糟糕的违规行为可能会在阿普比格布兰奇煤矿重演，”在 2010 年 4 月 22 日的一次访谈中，斯坦利先知先觉地对《纽约时报》记者这样说。“那样的话，就说明梅西公司并没有吸取阿拉科马火灾的教训。”

梅西公司管理层已经尽了最大努力来减少阿拉科马煤矿火灾负面报道的影响，但是阿普比格布兰奇则完全是另外一个重量级别的问题。于是，梅西公司不得不越过那些对他们言听计从、令布兰肯希普感到沟通顺畅的媒体，而去另觅他途。奥巴马总统亲自出席了为二十九位遇难者举办的追悼会。一天后，2010 年 4 月 26 日，梅西公司在查尔斯顿市政中心举办了媒体会议。在布兰肯希普旁边就座的是两位董事会成员，一位是前首席运营官及布恩县法院庭审的证人斯坦·萨博莱斯基，另一位是国家安全局前任负责人博比·雷·英曼将军（Bobby Ray Inman）。

布兰肯希普只是简单地对死难的矿工略表敬意，之后就开始为梅西公司的安全承诺进行辩解，并说如果有人有其他的想法，那么他就大错特错了。他说当务之急不是指手画脚地横加指责，而是“查找这次爆炸发生的原因，予以纠正，大力改进生产条件”。

媒体会议将萨博莱斯基介绍给大家时，说他不仅是已退休的高管和董事会成员，而且还是联邦矿山安全和健康评估委员会前任委员，他在乔治·W. 布什总统任期内被任命该职。如果没有煤炭行业的鼎力相助，布什当年不可能赢得选举。萨博莱斯基将所有责任都推到联邦矿山安全和健康委员会检查员身上。他说尽管梅西公司表示反对，矿山安全和健康委员会还是向梅西公司施加压力，迫使公司在矿井中安装了一套结构复杂的新的通风系统。“我只是在说明案件事实，”萨博莱斯基说道。“如果让我来说的话，结构复杂的系统比简单的系统更难管理。”

这天上午，英曼的到来就是为了攻击布兰肯希普的对手。他抱怨记者以及其他始终在传播“以安全换利润的弥天大谎的人们”。英曼的矛头所指想来就是斯坦利，他并没有点名道姓，但是强调那些指控是由“一名原告方的代理律师在一起针对梅西公司的诉讼中提出的”。

59

阿普比格布兰奇矿难发生后的一天，斯坦利正在办公室里百无聊赖地踱来踱去，他接到西弗吉尼亚州辩护律师凯文·汤普森（Kevin Thompson）的电话。在电话里汤普森告诉斯坦利，自己担任着六百五十名原告的代理律师，这些原告方的饮用水遭到梅西公司子公司的污染，他需要斯坦利协助处理这个案件。斯坦利听着对方的讲述，对案件的严重程度以及未来赔偿数额的巨大感到非常震惊，他感到这真是给予梅西公司和布兰肯希普沉重打击的天赐良机。布兰肯希普本人就住在其中一个水质受到影响的社区中，对水质受到污染的具体情况很可能有着切身的体验，这个情况使得案件影响更为深刻和尖锐。

汤普森是个讲故事的高手。他讲述了二十多年间，罗尔销售公司如何导致居住在距离布兰肯希普住宅不远处的罗尔以及周边地区的居民，以及塔格佛克河沿岸居民的生活用水遭受污染的情况。斯坦利听得着了迷。这个问题在某种程度上可以追溯到1970年的《洁净空气法案》，该法案确定了全国的空气质量标准，并强制性地要求煤炭公司生产更加洁净的燃煤。梅西公司及其竞争对手为了达到这个目标，使用包括磁铁矿石和柴油在内的化学制品和水的混合物清洗原煤。经过这样的清洗工序，原煤中最有害的污染物被清除掉了，但是却留下了饱含化学成分和重金属的污染严重的液体。

通常，梅西公司和其他公司会将这种被称为煤浆的液体倒入人工湖泊或者蓄水池中，这种了无生机的湖泊在产煤区随处可见。在布恩县法院庭审期间，被倾倒进著名的月桂湖中的液体正是这种煤浆。1972年，西弗吉尼亚州发生了一场严重的灾难，其恶性程度在该州历史上数一数二。拦阻煤浆的大坝决口了，一亿三千万加仑的污水涌入水牛湾峡谷，造成一百十八人丧生，破坏和冲毁了一千多座房屋。

汤普森解释说，早在20世纪80年代初期，也就是罗尔销售公司运营时期，梅西公司就发现将煤浆注入旧矿井中与修建人工蓄水湖相比，成本要低廉许多。从20世纪80年代布兰肯希普进入这家公司的时期开始，罗尔销售公司据说已经向旧矿井中倾倒了十四亿加仑的黑色液体，这个数量是2010年英国石油公司漏油事故中泄漏到墨西哥湾的原油总量的七倍。

汤普森向斯坦利解释了煤浆如何穿过含水层，渗透到居住在洗煤厂附近的居民饮用的井水中。随着井水变换着各种颜色，由橘红色和红色变成褐色和黑色，居民们开始生病，甚至到了病入膏肓的程度。

起初，居住在罗尔销售公司附近的人们对梅西公司将煤浆注入废弃矿井中的情况并不知情。他们知道的只是自己煮豆子的时候，锅里的豆子会变成黑色，浮垢漂浮在水面上。他们说服自己从县里派来送水的水车上获取生活用水。这些水足够用来饮用和烹调，但是洗澡和洗衣服就不够了。

布兰肯希普自己有另外的解决办法。他开辟了一条从梅特万直达自己家的运水线路，从梅特万小镇运来新鲜、清洁的生活用水供他的家庭使用，对邻居们如何应对这个难关他却从不过问。

汤普森是这个诉讼案件的舆论宣传者，多年来，甚至在他接手这个案子之前，已经有很多人参与其中。2004 年 1 月，非营利的煤炭蓄水工程组织在距离受污染社区几英里开外的德尔巴顿社区召开培训会议。许多与会者就住在罗尔附近，带来了很多瓶受到污染已经变色的水。

那之后，执教于惠灵耶稣大学的本·M. 斯托特三世（Ben M. Stout Ⅲ）教授花费数日走访了多个家庭，对他们的生活用水进行了检测。斯托特来到一处水井棚，那里有一个十几岁的少年，嘴里只有一颗牙齿，少年对自己将要安装假牙感到很自豪。“吸过甲安非他明吗?”斯托特问道，意识到毒品可能已经毁掉了这个男孩的牙齿。“没有，从来没有，”男孩说道。斯托特的检测结果表明这里的水受到了严重的锰污染，这样的水质会将任何人的牙齿腐蚀殆尽。当斯托特将检测数据拿给独立的水质专家过目时，他们都感到异常震惊。“他们说这是他们见过的世界上最糟糕的水质，”斯托特说道。

斯托特教授估计这个男孩的牙齿并非是他身上唯一受到腐蚀的部位；他可能到四十岁的时候就痴呆了。“很多次我回到酒店后就只有独自哭泣，”斯托特说道。

至此，生活在水质受污染社区的民众决定找律师受理自己的诉讼，胜诉后支付酬金。他们与几位候选人进行了会谈，其中包括来自北方城市几个大的律师事务所的律师。他们也与汤普森会谈。汤普森在威廉森登山者酒店三间毗邻的房间里独立执业，房间里到处都是文件，令人感觉进入了一个疯狂的炼金术士的研究档案室。有几位人身伤害律师的事务所也设在威廉森的主要商业街上，但是，他们中没有人考虑接手这个案子。这个案子涉及面太大，处理起来太棘手，付出的成本太昂贵，与煤炭行业对立的立场太过鲜明。除了上述原因，没有哪位律师具备足够的勇气、资金以及法律资源向梅西公司发起挑战。

根据常识判断，如果居住在罗尔附近的居民准备起诉梅西公司，他们应该选择一家财力雄厚、颇具规模的外地的律师事务所，而不是选择汤普森。汤普森银行里没有多少存款，其他的资源也少得可怜。但是，汤普森是他们中的一员，他是西弗吉尼亚小子，搬迁到新奥尔良，现在又返回家乡投入战斗。他讲起话来很有说服力，他可以用他们家乡的语言与人交流沟通，这是外来律师做不到的。

2004 年 2 月，汤普森获准担任这个案子的辩护律师，他给妻子打电话。“亲爱的，水质太差了，他们没有什么可辩护的，”他说道。“我们 6 个月就可以赚到两千万美元。”

汤普森没有任何商业名片，从未做过广告宣传，电话号码也没有列入电话簿中。他不仅缺少必要的资金聘请一流的专家证人，而且做事没有条理，自由散漫，无法充分进行极为繁重的探索研究工作，这项工作在本案诉讼中起着极为重要的作用。除此之外，他在诉讼方面也没有什么经验，而这个案子对于最有经验的辩护律师而言都不失为重大挑战。

汤普森无法对数百名想要加入到案件诉讼中来的人们逐一审查，他对每个来到登山者酒店并且在宣誓作证书上签下自己名字的人都来者不拒。梅西公司退休矿工唐纳德·K. 狄龙（Donald K. Dillon）签下了自己的名字，他的背部长出四个肿瘤，大脑里也有囊肿。残疾的梅西公司卡车司机小比利·萨蒙斯（Billy Sammons Jr.）也在宣誓作证书上签了名，他和妻子、孩子总是腹泻，而且还频发高热。另一位卡车司机詹姆斯·安德森（James Anderson），也签了名，他只有四十一岁，但是已经出现了心脏方面的问题，失去了记忆力，注意力无法集中。克里斯蒂娜·多伊尔（Christina Doyle）不仅自己签了名，而且还为她的两个孩子签了名；她的女儿出生时就没有脑垂体。家庭主妇马多娜·麦科伊（Madonna McCoy）也签了名，她的医生对她说由于水质污染，她十六岁的女儿将永远不能生育小孩。

有传言称，只要曾经呷过一小口那黑水的人，就应该去签个名。有一家人已经搬到俄亥俄州去了，有一年返回西弗吉尼亚州过感恩节，他们智障的儿子在吃火鸡和越橘调味汁的时候喝了那水。他们为他签了名。一对上了年纪的老夫妇签下了与他们共同生活的孙辈的名字，想着这样的话他们可以为那些可怜的孩子办一些好事，尽管他们自己从未经历过什么好事。这些人不认为自己做错了什么。事情的处理方式就应该如此。在他们看来，不论是谁，只要有足够的胆识到威廉森去签下名字，就能获得大笔的金钱。

汤普森不但要与布兰肯希普和梅西公司斗争，还要与梅西公司聘请的律师斗争，他们来自杰克逊-凯利事务所，这是一家实力雄厚的查尔斯顿律师事务所，业内公认其办案风格极其无情和强硬。此外，汤普森还要与明戈县的政治权力网斗争。他在这段经历中的感受极为痛苦，与托尼娅·哈特菲尔德在三十英里之外的吉尔伯特所经历的痛苦不相上下。

2009年4月，巡回法官迈克尔·索恩斯伯里（Michael Thornsbury）试图促成这桩诉讼案的和解。他将数百名原告安排在没有空调设施的体育馆里，室内温度接近八十华氏度，然后将他们分批运送到法院。法官提供给原告的赔偿数额从五千美元到三万美元不等，大多数原告只能获得较少的赔偿金。

汤普森建议他的委托人不要接受这样的和解，但是索恩斯伯里是个强势人物，有着咄咄逼人的气势；他告诫原告们“很少有谁在庭审中的收获会好过他们在和解会上的收获”。大多数原告一辈子也没有见过这么大一笔钱，当法官仅仅给他们留出五分钟或者十分钟的时间考虑一下，然后就得拿主意的时候，很多人就同意和解了。小拉里·布朗没有接受和解，他说：“感到大家像动物一样排着队，被一一推出门去。”

法院和解会议之后，汤普森这里的委托人还剩下六百五十人，他将要面临一场规模巨大的法庭审理，但是资金方面捉襟见肘，无力聘请专家证人以及支付其他方面的开支。汤普森在与斯坦利交谈时承认对方并非他首选的求助对象。他有几个关系密切的外州的律师朋友。他去找过他们，获得了一些资金援助，以便让这场诉讼可以继续进行，作为交换，说好将来他获得的收益中会分一杯羹给他们。可是这笔资金也已经耗尽了。

汤普森现在囊中羞涩，他向斯坦利明确表示除非里德-史密斯事务所加入到诉讼中来，投入大笔资金，否则自己确实无以为继。他会从最终的收益中划分适当的金额给里德-史密斯事务所，大家皆大欢喜。然而，斯坦利并不准备让里德-史密斯事务所在这场诉讼中仅仅扮演为汤普森提供资金的角色。斯坦利不喜欢处于被动的地位，如果他参与诉讼，他就要处于主导地位。

斯坦利知道，如果自己与汤普森并肩步入法庭直面梅西公司的律师们，那么他不是独立应对这场诉讼，里德-史密斯事务所全部的权威、知识、财力以及专业技能等都将成为他的后盾。梅西公司的律师们将不能再在法庭里横行霸道，随意摆布汤普森。那样的话，斯坦利将即刻予以还击。

“我不知道我们能否出手相助，”斯坦利说道。“不过你何不过来一趟。我们坐下来好好谈谈。”

汤普森赶到里德-史密斯事务所位于匹兹堡的办公室时，事务所的四位年轻的助理律师与斯坦利一道坐在那里等候会谈，这样的安排表明了斯坦利非常重视这个潜在案件。这家事务所在世界各地拥有大约一千五百名因循守旧的公司律师。斯坦利属于他们中的另类，尽管如此，许多年轻的助理律师希望与他共同工作，协助他去处理一些符合他的口味的、不同寻常而又令人兴奋的案件。

斯坦利一眼就能看出汤普森已经“智穷计尽，囊中羞涩，走到了无计可施的地步”。不过办公室里参加会谈的人们一致认为这是个大案子。如果原告能够证明死亡和疾病都是源于受到污染的生活用水，那么最终的和解金额或者陪审团的裁决金额可能达到上亿美元。然而，为了先发制人地防止这样的结果成为现实，被告方律师践行着三条最疯狂的辩护格言：拖延、转移公众注意力以及使案情复杂化。“他们是邪恶的家伙，”斯坦利说道。“他们与你纠缠搏斗，年复一年地把你困在泥沼里，以此获得报酬。”好消息是这个案子即将开庭审理，这样斯坦利就能花费有限的时间来参与该案诉讼，而里德-史密斯事务所当然只能从最终的和解金额中获取小部分酬劳。

对于这个案子，汤普森已经倾其所有，他将自己的财富、情感以及全部心血都投入其中。这就很容易理解他为什么会害怕像里德-史密斯这样的庞然大物，这个据估计为世界第十五大律师事务所，可能会参与进来，从气势上压倒他，夺走本应他独占的功劳。对于斯坦利来说，他无法袖手旁观，坐视这个案子由于操作手法笨拙或者汤普森已经消耗殆尽、无以为继而最终落得败诉的结果。

斯坦利需要准备一份长篇申请书。直到2010年7月，斯坦利才找到执行合伙人格雷戈里·乔丹（Gregory Jordan），取得他的同意，获准里德-史密斯事务所在胜诉获得酬金的条件下参与该案诉讼。而到那个时候，斯坦利和汤普森之间的关系已经不可避免，而又自然而然地紧张起来。

60

2010年8月，斯坦利与汤普森一道首次提起诉讼，不过直到接下来的那个月他才驱车三百英里前往罗尔与大约一百名原告会面。他在威廉森接上汤普森，然后他们一道驶往位于罗尔山谷上方的教堂。

五十五岁的教堂牧师拉里·布朗（Larry Brown）已经在那里任职三十多年了。他年轻的时候在煤矿采煤，但是血压和关节炎不断恶化，于是在1989年他辞了职。那之后他一直接受福利救济，到1996年他开始接受全额的残疾人救济。而这一切并没有阻止他布道。

布朗的家是单间组合式移动住房，位于教堂旁边。1989年，梅西公司在他家上方的山顶露天采煤。矿工们不了解山上埋藏着几处沼气池，因此他们引爆了一处炸药，想将地下的煤炭裸露出来，没想到整个山顶都被炸飞了。顺着山谷建造的住房都遭到了破坏。爆炸的气浪震碎了教堂的玻璃，教堂的墙壁也发生了断裂。几天之内，布朗家深井中的井水变成了红色，随之又变成了黑色。

许多人家的水质都变坏了，他们想要起诉梅西公司，于是他们来到布朗这里，因为他的教堂相对来说宽敞一些，可以召开会议。他是上帝的人，不是政界的人，他不知道该怎么办。在一个酷热的夏日里，他双膝跪下。“主啊，”他祈祷着，“您想要我怎样对待这座教堂？您想要我怎样对待这场官司？”

然后，布朗说他听到了主对他祈祷的回应：“与人民站在一起。”当他抬头仰望时，目光所及之处只有鲜血，他感到很害怕。但是主说话了。

布朗骑着他的四轮摩托车来到了所剩无几的山顶。他坐在那里，凝望着山下的世界，然后闭上双眼开始祈祷。山坡上覆盖着浓密的绿色枝叶，可是当他睁开双眼时，眼前却是另外的幻影。他看到的是一片白色。他理解了自己聆听的教诲，心想，“哦，主啊，现在我看到了，我必须与人民站在一起。”布朗向山谷对面看过去，布兰肯希普的豪宅坐落在那里，高高在上俯瞰着芸芸众生的棚屋。他自言自语道：“国王将要走下山来。他将要走下来是因为只有一个王，那就是耶稣基督。”

当布朗从山上下来的时候，他对聚在那里的民众说他们可以在教堂开会，并且自己也将加入其中。大约一百二十个家庭在他的教堂听他布道，不过在他开始反对梅西公司后，他的信众就开始离他而去。有些人之所以离开，是因为他们为梅西公司工作，他们认为自己最好不要冒着风险得罪老板。有些人无法忍受水质受到污染后弥漫在教堂里的气味。其他人不想让自己的孩子每天接触化学制品，来参加主日学校的孩子少得可怜，布朗只好终止了主日课程。还有其他一些人只是认为一个牧师只要布道就行了，应该把政治上的事情留给政客们去做。这样很快听他布道的家庭就只有五十户了，接着只有三十户，等到那天晚上斯坦利和汤普森赶到的时候，只有二十个家庭留在教堂里听他布道。

在会议开始之前，斯坦利对前来参加会议的很多人说道。“我来自布雷登，”他说道。

“哦，我的天哪!”一个男人从人群中挤出来向他致意。“哎呀，你来自那个穷地方。”布雷登让人们更加感到斯坦利可以信赖，其作用远胜过哈佛大学的法律专业学位。

“让我们祈祷吧，”布朗说道，宣布会议开始。“让我们把自己的信仰交给上帝。主啊，祝福今晚来到这里的人们吧，他们处于困境中。主啊，感谢你将这两位律师，布鲁斯和凯文带到我们身边。也祝福他们；祝福我们所有人。阿门。”

斯坦利知道他面前的这些人已经多次遭受愚弄、误导、欺骗和侮辱，对于律师的承诺他们只能将信将疑。“你们看，伙计们，我打算这样做，”斯坦利说道，语气平静，嗓音低沉，就如同在法庭里讲话那样。“我不打算通过庭审裁决来处理这个案子。你们明白吗？我想通过和解的方式为你们争取到应得的赔偿金。但是要想与梅西公司就这个案子达成和解，唯一的办法就是要让他们知道你们打算将他们告上法庭，要让他们出庭受审。你们不要以为虚张声势一下，唬唬他们就行了。你们得做好充分的准备。只有那样他们才会坐下来与你们达成和解。”

斯坦利讲完这番话，就慢慢地顺着通道向前走去，人们将他团团围住，纷纷地把自己的遭遇讲给他听，感谢他来到这里。他尽可能地鼓舞大家，显然，他的话语令他们感到安心，而汤普森却无力做到这些。

在驱车返回威廉森的路上，斯坦利不时地看一眼汤普森，心里想着对方是如何将自己内心的沮丧情绪传递给数百名原告。“你们是原告方，看在上帝的分上，”斯坦利说道，“我们得开始向梅西公司发起进攻，而不是一再让这些混蛋侵犯你们。”

斯坦利原本希望法院将这桩拥有众多原告的案件按照集体诉讼办理，快速拿出解决方案。但是，西弗吉尼亚州最高上诉法院否决了他的观点，转而任命三位巡回法官——詹姆斯·马佐尼（James Mazzone）、约翰·哈钦森（John Hutchinson）和杰伊·霍克——来监督处理这为数众多的诉讼工作。

霍克在布恩县法院审理卡珀顿案的过程和方式都令斯坦利对他敬佩有加，然而他允许梅西公司律师将陪审团的裁决拖延了四年之久，斯坦利对这样的做派很是不以为然。他很想知道霍克和其他法官这次是否还会安然高坐，任由这起情节复杂得堪比电影剧本的诉讼案如泥牛入海般陷入更加绵绵无期的拖延之中。霍克相当清楚这起诉讼案的错综复杂，也明白由此可能会导致的芥蒂和不快，他之所以仍然同意参与其中，完全是出于与州最高法院某些老同事的特殊交情。

法官们决定这个案子要经过一系列的庭审，然后才能做出判决。每次庭审由七名原告参加，他们分别代表七种不同类型的疾病："癌症和肾衰竭；认知缺损，例如注意力缺失紊乱症；结肠或者肾脏疾病；白血病、脊柱裂或者胰腺炎；囊肿、皮下脓肿或者体内溃疡；胆囊疾病；慢性腹泻、皮疹或者其他由于暴露在遭受污染的水中后所谓的'应激症状'。"在每次庭审中，如果陪审团确定原告的症状是源于水质受到污染，而这污染正是梅西公司造成的，那么将会再次进行庭审以确定赔偿金额。这样的多次庭审将会使案件办理持续数年之久。

法官们问汤普森和斯坦利，应该首先审理哪些原告的案子。斯坦利知道福西特一定能对这样的时刻应对自如。他擅长应对这样的场合，就是当律师需要与自己安排好的诉讼当事人提前做好准备工作，然后让他们出庭来到三位法官面前，他做出的安排会令诉讼当事人提出的请求既显得合情合理又有其必然性。但是这不是汤普森所擅长应对的场面，他不但没有提出合理的建议，反而找出种种借口。

"我们的当事人中有些人在坐牢，"汤普森叫喊起来。"他们中的很多人现在住在俄亥俄州和其他地方，因此要把他们都聚拢到一处真是太难了。”

其中一位法官继续强调不论这些原告现在在哪里，他们所有人都要参加在查尔斯顿市政中心举办的调解听证会。即使听证会一无所获，至少可以减少原告的数量。

有些诉讼当事人已经年过八十，有些人坐在轮椅里，有些人实际上已经卧床不起，有些人平生从未到过查尔斯顿，有些人住在数百英里开外的地区。差不多所有这些人都需要亲自赶到那里，否则，对于他们的诉讼申请法院十有八九会不予受理。

斯坦利租了四辆旅游车。2010 年 11 月 15 日清晨，数百名原告乘车前往西弗吉尼亚州首府，而大部分人自行前往查尔斯顿。当斯坦利步入市政中心时，他吃惊地看到礼堂里已经座无虚席。在斯坦利看来，在这样乱哄哄的热闹场合经过调停达成和解的可能性显然是微乎其微的。不过，法官们提出了挑战，而斯坦利和汤普森成功地应对了这个挑战，他们设法将几乎所有人都运送到了听证会现场。斯坦利放眼望着一排又一排经过长途颠簸赶来的人们，他知道自己不必再对原告们的决心和信念心存疑虑。

斯坦利与尽可能多的原告交谈，其中包括原告方领导者之一唐纳德·狄龙。狄龙身患各种疾病，包括身体损伤、前列腺肥大以及便血。他相信他的妻子就是死于受到污染的水质。今天，他身穿一件 T 恤，上面印着他妻子的照片，还写着这样的一句话：“全家人都很悲伤，都在怀念你。”

在这漫长的一天里，斯坦利见到了他最不想见到的人，那就是西弗吉尼亚州最高上诉法院法官，尊敬的罗宾·J. 戴维斯，这令他很是烦闷。由于戴维斯参与了三人法官小组的提名，因此她有合法权利来到这里，公开向原告们致意。她站起身来，简短地向人群打了个招呼，语气单调低沉。据报道，她正在考虑竞选美国参议院参议员，不过即使她并不打算参加议员竞选，她对煤浆事件诉讼当事人的讲话也会对她 2012 年的竞选法官连任有所帮助。

斯坦利和汤普森已经通知当地媒体即将召开这场规模浩大的调解听证会，届时来自全城各处的摄影人员和记者们都来到了会场。那天晚上，对这次会议的报道成为当地新闻的热点。第二天，这件事成为《查尔斯顿公报》和《查尔斯顿每日邮报》头版头条的重大新闻，还配有诉讼当事人手拿着不同颜色的瓶装自来水的照片。当斯坦利看着这些新闻报道的时候，他想到："那些杰克逊-凯利事务所的伙伴们想要去战斗。现在他们就面临着一场战斗。"

第十七章　大厦将倾

坚持下去，继续为正义而战，让这个世界更好、更安全！

61

阿普比格布兰奇矿难过后，布兰肯希普和梅西公司面临着严重的公共关系危机，这次危机不同于以往任何一次他们经历过的危机。布兰肯希普最终被迫采取和解的姿态以求化解这场危机，而这并非他的风格。2010 年 7 月 22 日，他在华盛顿的国家记者俱乐部发表了具有政治家风格的演讲，在演讲中他谴责了对煤矿死亡事故做出的“本能的政治反应”。他还经常在推特上发表言论（如“国家媒体的新闻报道如此不准确，我们对此深表遗憾”）。

接着，2010 年 11 月 19 日，布兰肯希普在梅西公司位于西弗吉尼亚州朱利安的地区总部召开了新闻发布会，邀请了一些精选出来的全国和州媒体的主要记者，其中还包括那些他一贯嗤之以鼻的记者。布兰肯希普对记者们予以谴责，当他这样做的时候，从来不会提高嗓门。他认为记者们试图将问题归咎于梅西公司，却不去关注联邦监管机构的失职之责。他说，关注的焦点不应集中在“处于劣势的”煤炭公司身上，而应“集中在物理学、化学、数学和科学上，应该去探究爆炸发生的根源，而不是竭力地指手画脚，推卸责任”。

在长达两个半小时的马拉松式的新闻发布会上，布兰肯希普表现出凌驾于众人和其他高管之上的架势，表现出不可战胜的气势。布兰肯希普唯一的策略就是以咄咄逼人的气势继续前进。布兰肯希普唯一宣布禁止涉及的话题就是出售梅西公司。他对自己的同僚们做了个简单易懂的类比，就是当你的卡车出故障的时候，你不会卖掉它。每次当公司的股价下行，媒体又对他口诛笔伐的时候，他就想要再去收购一家公司，让公司规模更加壮大。

新闻发布会后，梅西公司董事会随即准备在西弗吉尼亚州白硫黄泉镇的绿蔷薇度假酒店召开会议。《华尔街日报》报道说董事会成员“可能会与长期担任总裁的唐·布兰肯希普产生重大分歧，因为他们要讨论出售煤炭公司的可能性，或者还有其他某些会导致领导层发生变化的选择”。他们似乎希望通过摆脱布兰肯希普以达到为自身开脱罪责的目的。

阿普比格布兰奇煤矿二十九名矿工遇难八个月后，布兰肯希普离开了梅西公司。2010 年 12 月初，在这家公司工作了三十年后，他宣布退休。他离开公司时，获得了一千零九十万美元的薪酬以及各类津贴，三千九百万美元的一揽子退休收益，外加一千四百四十万美元的累积津贴和离职金。梅西公司还给他安排了使用期为五年的办公室，配备一名秘书；给他安排了已居住大半生的公司住房，负责支付二十六万七千一百一十一美元的财产税。他还拥有对隔壁土地的购买权，两年间每个月价值为五千美元的咨询合同以及一辆雪佛兰卡车。

布兰肯希普的退休没有在梅西公司五千八百名员工中引起普遍的悲痛和惋惜，媒体也没有发表任何社论赞扬他取得的成就。最热烈的反应来自华尔街，梅西公司的股票每股上涨了百分之二点四，即一点二一美元。

布兰肯希普从公众视野中消失了。不过，斯坦利和福西特掌握的关于此人的全部情况表明他并未永远离去。在某个地方，以某种方式，他很可能会重新介入这个他唯一熟悉的行业，很可能还会在煤炭行业担任其他重要角色。

福西特和斯坦利清楚，在弗吉尼亚州重新开始就卡珀顿案提起诉讼不仅是对他们自己决心和信念的考验，也会让他们各自的公司承担重负，两家公司需要确定是否情愿继续为该案提供资金。何去何从，他们内心纠结不已。最终，布坎南-英格索尔事务所认为他们已经为卡珀顿案的诉讼投入了太多的金钱和时间，他们决定离开，不再继续参与这场诉讼了。里德-史密斯事务所没有这样做，而是采取了非同凡响的行动，决定接手这个案子。于是，2010 年 11 月斯坦利在弗吉尼亚州就卡珀顿案提起诉讼。

接下来的一个月，布坎南-英格索尔事务所之所以拒绝继续参与卡珀顿案诉讼，其背后的重要原因终于浮出水面，明朗起来。原来这家律师事务所在煤炭行业的重要委托人、阿尔法自然能源公司，宣布同意以七十一亿美元的现金和 2011 年 6 月的股票收盘价收购梅西公司。公司扩张会产生大量的法律问题，布坎南-英格索尔事务所预期这些以小时计费的法律业务将会大幅提升他们的收益，远远超出福西特与梅西公司打官司获得的收益。

作为合伙人，福西特受到高度评价。不过，如果任由他肆意抨击阿尔法公司，对于事务所来说就不但缺乏职业道德，而且对工作也会造成不利的影响。如果他遵循父亲的处世哲学，那么他可能并不会太在乎这起诉讼，只消从梅西公司的官司里走开，一切顺其自然就好，也许甚至可以运用他的专业技能在一起或者两起诉讼中担任阿尔法公司的辩护律师。但是，那不是福西特的处事风格。

福西特原本期望自己的整个职业生涯都能在布坎南-英格索尔事务所度过，但是在 2010 年 12 月，他成为里德-史密斯事务所的合伙人，迪瓦恩作为他的法律助手一直跟随着他。斯坦利帮助福西特进入了他所在的这家事务所，他自己的职业生涯是从这里开始的，很有可能他也会在这里工作一辈子。现在，他的办公室距离这位老朋友和协理律师的办公室只有几步之遥。里德-史密斯事务所签约聘用福西特的部分条件就是接管福西特的整个财务负担，为他在哈曼公司的企业诉讼提供资金，而斯坦利则继续在卡珀顿的个人诉讼中担任他的律师。这场官司的总成本已经超过四百万美元，里德-史密斯事务所对此没有顾虑和不满。

62

2011 年 5 月，斯坦利在办公室里处理煤浆诉讼案。沿着走廊前行，不远处的办公室里，福西特正忙于惠灵-匹兹堡钢铁公司的二次诉讼事宜。两位律师始终紧密团结，致力于击败布兰肯希普。斯坦利很重视在伯克利城外的落叶松艺术中心举行的新闻发布会，届时曼希因州长委派的负责调查阿普比格布兰奇煤矿爆炸事故的特别工作小组将做情况汇报，斯坦利认为自己应该前往发布会现场助阵。

州长委派矿山安全和健康管理局前任劳动部长助理 J. 达维特·麦卡蒂尔（J. Davitt McAteer）领导这次调查工作。斯坦利与参与撰写调查报告的许多人都很熟悉，他相信他们大家一定群策群力，都参与了调查工作和调查报告写作工作。

布拉格和哈特菲尔德在阿拉科马煤矿火灾事故中遇难后，有三份报告详细地叙述了当时的情况，其中一份报告是受州长委托完成，一份报告受州监管部门委托完成，另外一份是受联邦政府委托完成。阿普比格布兰奇煤矿的悲剧表明阿拉科马煤矿火灾发生后，一切都没有改变——梅西公司的行为一如既往，这个地区的煤炭文化一如既往，政治和司法权力结构也仍然一如既往，正是这些一如既往确保了那些应该为矿工的死亡承担全部责任的个人和部门最终得以逃脱惩罚。

斯坦利担心最近提交的这份报告对局面也不会产生任何影响。他不但是麦卡蒂尔的朋友，而且还与这份报告的另一位撰写者帕特里克·C. 麦金利（Patrick C. McGinley）交情匪浅，后者曾经是他在法学院的老师。斯坦利曾经与麦金利畅谈数小时，他认为这场悲剧是梅西公司种种不当行为导致的必然结果，阐释了悲剧发生的根源及经过。十多年间，他和福西特一直在记录和控诉着梅西公司的种种不当行径。斯坦利与麦金利谈及阿拉科马煤矿火灾事故及其与阿普比格布兰奇矿难的相似之处。他还谈到了自己和福西特如何在法庭中揭露梅西公司及其设计师唐·布兰肯希普所倡导的企业文化。

斯坦利得知发布会当天自己得去参加在惠灵举行的煤浆诉讼案的听证会，如此一来他将无法参加新闻发布会，这样的安排令他很是失望。于是，他请卡珀顿代替自己前往新闻发布会。卡珀顿考虑到自己去参加这场新闻发布会，撇开其他不谈，至少可以让他从家庭办公室走出去，他呆在办公室里所能做的就是发出一份份个人履历，然后为在弗吉尼亚州重新提起的诉讼备感忧虑。他驾车很快到达了艺术中心，这个艺术中心是他的堂兄加斯顿·卡珀顿担任州长时修建的。

卡珀顿本来准备好了一份声明，假使有记者过来采访他，好派上用场。不过，当他看到那二十九名遇难矿工的配偶和亲属结束秘密会议走出来时，他就把那张纸放回到口袋里去了。他暗自决定如果有记者过来与他交谈，他会表示自己无话可说，然后转身走开。他认识到，今天自己在这里的角色应该与布恩县法院庭审那天西尔维斯特的女人们所扮演的角色相仿，与他自己在阿拉科马案庭审那天扮演的角色相仿，也就是坐在那里以示支持，表明他和那些受害者们将团结一致，对抗布兰肯希普。

当卡珀顿坐在那里等候时，他禁不住想到了自己的处境。债权人就好像在紧紧地扼住他的咽喉，令他几乎喘不过气来。他欠着美国国家税务局数十万美元的债务。格兰迪国家银行正在竭力做出不利于他的资产强制评估，州税务机构也是紧追不舍。即使他的案子能够和解解决，他首先必须做的也是给两家对冲基金支付四百万美元。

卡珀顿感到他的生活宛如地狱，他遭遇到的绝对的不公待遇足以令人崩溃。他一直都在斗争，直至国家的法律法规都因此得以修正，直至他的名字都与美国最高法院具有历史意义的观点永久地联系在了一起，可是他又得到了什么呢？梅西公司与众多其他的受害者都适时地达成了和解。福西特和斯坦利获得了很高的声誉，并且有了新的委托人。而他却一无所获，前途未卜，看不到摆脱困境的出路。

卡珀顿感到，在为公平正义斗争的过程中，他几乎牺牲了自己的一切。事实上，他从两家对冲基金那里获得了两百万美元，如果只是用来维持生活的假象，让外界觉得他们的生活仍然一如既往，那么这笔钱就足够了。然而，如果需要偿还他背负的巨额债务的话，那么这笔钱还远远不够。

在挑战布兰肯希普的这些年中，卡珀顿表现出非凡的勇气和决心。如果没有他，这场对抗梅西公司主席的斗争可能根本不会开始，也根本不会达到这样强有力的水平。他内心强烈的自尊使他不肯轻言退却，支撑着他在这场看不到尽头的司法战斗中坚持下去，也导致他拒绝前往其他地方去寻找新的生活。卡珀顿无法偿还债权人的债务，这些债务已经拖延了数年之久，而他尚未做出艰难的抉择。现在既然手中的资金消耗殆尽，他可能很快就得做出决定。

在新闻发布会之前，卡珀顿读了一份报告。其中有一页上列出了十八位梅西公司雇员的姓名和头衔，排在首位的是布兰肯希普。他们以第五修正案为由，拒绝就阿普比格布兰奇矿难向政府委派的三组调查人员提供证词。

卡珀顿参加了一天阿拉科马案的庭审。他非常了解导致布拉格和哈特菲尔德丧生的火灾发生的根源。当翻阅这份报告时，他意识到这两起事故是何其相似。就像阿拉科马煤矿火灾发生前那样，在阿普比格布兰奇煤矿爆炸事故发生前的几天里，也有矿工说："他们怕得要死，觉得可怕的事情就要发生了。"读着这份报告，他了解到阿普比格布兰奇煤矿也是运用长壁开采法采矿，实行资金密集型运营方式。在这里，矿工们遭受着无情的盘剥，顶着巨大的压力开采煤炭。这两处煤矿存在着同样的弊端，诸如颠倒的通风设备、不配套的水泵、深及脖颈的积水以及肮脏的传送带等。

阿普比格布兰奇煤矿事故报告指出，州检察官和联邦检察官如同在阿拉科马煤矿中那样，也存在着玩忽职守的问题。在矿井里，采取喷撒岩粉的方法可以防止爆炸，可是矿井岩粉准备不足，这种情况并没有引起检查人员的关注。甲烷积聚的现象也没有得到重视，甚至一度燃起火球，火球从矿井中呼啸着飞过，直至两英里开外。

"最终，在20世纪前十年从人员遭受严重伤亡的矿难中所吸取的沉痛历史教训，显然已经被阿普比格布兰奇煤矿管理层完全忘却或者置之脑后。"报告中这样写道。

卡珀顿完全被这份报告吸引住了。他读道："梅西能源公司主席和首席执行官唐·布兰肯希普长期以来都在对州政府的席位施加或者试图施加影响。"接着，卡珀顿继续读这份报告，他吃惊地看到自己的名字也出现在报告中，读到了哈曼公司被迫宣布破产的经过。报告还列出了德洛里斯·布拉格和弗蕾达·哈特菲尔德的名字，援引联邦当局的话指责梅西公司"完全无视"安全规定，最终导致埃尔维斯和里兹尔的死亡。

这份报告描述了一家受到州里最有权势人物帮助和支持的非法公司。

“如果我们想要发展采矿业，我们必须改革行业经营方式，否则我们的同胞们会提议我们根本不应涉足这个行业，”麦卡蒂尔对参加新闻发布会的记者们说道。“我们不能在完全无视矿工安全的前提下继续采矿了。”

福西特在匹兹堡的办公室里读了这份报告，调查报告所展现出的非同寻常的勇气和魄力，给他留下了深刻的印象。这份文件不同于以往任何官方或者半官方的煤矿事故报告，可能是受到斯坦利那充满激情的公开鼓动或者私下游说的影响，或者受到他们共同战斗所激发的媒体兴趣的激励，文件没有仅仅拘泥于当前的爆炸事故，而是着眼于更深层次的问题。它探讨的是梅西公司所奉行的企业文化。在福西特看来，正是其奉行的企业文化导致了哈曼和惠灵-匹兹堡钢铁等公司的破产，给环境带来了毁灭性的影响，也给梅西自己的员工以及邻居们带来了灭顶之灾。报告还批评了西弗吉尼亚州的政治气候，详细阐述了这样的政治气候如何对梅西公司的不当行为发挥了支持作用，以及两者如何串通一气，最终酿成了阿普比格布兰奇的矿难悲剧。

当麦卡蒂尔问大家还有什么问题时，一位记者喊道，“梅西公司已经发布了一份声明。”这位记者大声地读出了梅西公司发布的新闻稿。这份声明没有向二十九位死难矿工的家人表达同情和慰问，而是开篇就坚称这次爆炸是一次不幸的、无法预料的自然现象。“我们认为这次爆炸是由于甲烷含量丰富的天然气大量溢出造成的，”声明这样写道。“我们的专家们确信煤尘并未起到重要作用。”

那天，卡珀顿离开的时候，他很高兴自己来参加了这次新闻发布会。每当他接近矿区民众的时候，他内心总是充满了感伤的情绪，为自己不再属于那个世界而悲伤。尽管经历了所有这些遭遇和变故，他仍然热爱着这片产煤区，如果能让他一切重新开始，没有任何债务，经营一家煤矿，他情愿放弃任何财务好转的预期。

卡珀顿知道他会采取正确的方式经营煤矿，不同于梅西公司和布兰肯希普。听到那篇新闻稿，了解到梅西公司和布兰肯希普奉行的企业文化仍然在大行其道，甚至他们对待批评者的态度都是那样傲慢和冷漠，这些都令卡珀顿感到愤怒。他们从没有表示抱歉，他们从没有接受过任何的指责。他们昂首挺胸、无所畏惧地走着他们的路，而他则独自一人走着自己的路，努力想去探明自己的未来。

63

2011 年年初，煤浆诉讼案的进程让斯坦利感受到莫大的挫败。在他的职业生涯中，他从没有因为签字受理一个案子而后悔过，可是现在他有时确实很后悔。他认为汤普森为案件审理所做的前期准备工作非常不尽如人意，这让他感到很沮丧。除此之外，有些原告开始对共同诉讼人表示不满。他们认为有些诉讼人并没有真正受到损害，这样的情况会让真正的受害者获得的损害赔偿金额大幅减少。这种局面会在公众中产生爆炸性的影响，从而破坏案件的审理。斯坦利担心的是这个案子办理得如此混乱不堪，法官们甚至可能不会允许将之交由陪审团审理。

尽管煤浆诉讼案审理前的准备工作需要付出极大的努力，汤普森仍然独立提交了一项集体诉讼，指控梅西公司一处煤炭储藏仓库靠近一所小学，将学生们暴露在煤尘中，对环境造成了危害。这个案子处理起来很麻烦，汤普森无暇顾及煤浆诉讼案了，此举引起了诉讼当事人喋喋不休地谈论。2011 年 3 月，陪审团宣布了对梅西公司有利的裁决，斯坦利对此并不感到吃惊。

在煤浆诉讼案庭审中，许多相同的专家证人将会出庭作证。斯坦利介入这个案子太晚了，已经来不及更改证人名单或者聘请新的专家证人，因此他只能继续让这些证人出庭作证。即使他们靠着这些证人的证词打赢了官司，这个案子也只能每次允许七名原告出庭，斯坦利意识到他们可能得将这场官司无休止地打下去了。有些原告年老多病，可能等不到自己走上法庭的那一天就撒手人寰了。斯坦利认为这就是在西弗吉尼亚州寻求公正要付出的代价。

斯坦利计划于2011年6月2日就水质污染案向布兰肯希普提取证词，地点设在查尔斯顿的大使套房酒店。自从阿普比格布兰奇矿难发生后，媒体加强了对布兰肯希普的攻击力度。达纳·米尔班克（Dana Milbank）在《华盛顿邮报》上写道："如果唐·布兰肯希普还有些许羞耻之心，他就应该爬进矿井里面躲起来。"在离开梅西公司之后的半年中，布兰肯希普确实消失得无影无踪。他不再生活在斯普里格，几乎没有人知道他在哪里。这次提取证词将是布兰肯希普退休后首次公开露面。

提取证词的地点设在这家酒店，布兰肯希普就得从他的律师杰克逊·凯利（Jackson Kelly）的事务所走出来，横穿街道，进入大使套房酒店，然后走进提取证词的房间。斯坦利和汤普森想通过这样的安排，让布兰肯希普在公众面前"游街示众"。汤普森预先将消息告知了美国广播公司设在当地的附属机构WCHS电视台，他们派出的两个摄制组将对布兰肯希普跟踪拍摄。

差十分一点钟的时候，布兰肯希普和他的律师一道从律师事务所所在的大楼里走了出来。他看上去体重减轻了二十磅，显得体格健壮，保养得当，近十年来他一贯如此。一组摄影记者走上前去，布兰肯希普拒绝接受采访，不过摄影记者仍然紧跟在后面，随着他和他的律师横穿马路。当他们走到马路边上的时候，另一组摄影记者突然冒了出来，挡住了去路。布兰肯希普吸取了上次在贝尔弗里和美国广播公司发生冲突的教训，他礼貌地让开道路，然后继续向前走去。

正当布兰肯希普沿着大使套房酒店的车道向前走着的时候，一个原本在路边长凳上假装打盹的传票送达员猛地把手中的文件向他抛去。布兰肯希普双手紧贴着身体的两侧，任由这些传票散落到地上。这个小插曲被捕捉到了镜头中。这位前首席执行官一言不发，只是用舌头舔了舔嘴唇。

布兰肯希普乘坐酒店的电梯上楼，来到录取证言的会议室。他可以俯瞰酒店中厅，在那里，由本州的出庭辩护律师们组成的西弗吉尼亚州司法协会正在举办年度会议。

律师们正在开会，欢迎显要人物的到来，其中就包括那天下午的发言者之一，戴维斯法官。戴维斯参加这次集会也像她七个月前参加煤浆案原告方调解听证会时那样，很是用了些心思，是有备而来的。她曾经一度在某个富有同情心的记者笔下被描述成像个八年级女教师。而这次出现在大家面前的戴维斯一改往日风格。她身穿黑色无袖连衣裙，脚上是时髦的名牌鞋子，耳边的钻石耳钉熠熠生辉。大多数辩护律师都巴不得抓住机会和这位令人敬畏的法官交谈几分钟，有一天他们可能会来到她面前为自己的案子辩论。

如果戴维斯能抬头看上一眼，她就能够看到布兰肯希普了。她和她的同事们为他的公司驳回了法院的赔偿裁决，从而为他们节省了连本带息高达七千六百万美元的赔偿金额。她曾经三次试图永久性地终结卡珀顿案，直到第三次才告成功。尽管如此，有一天，福西特，或者斯坦利，或者他们两人一道仍然很有可能带着其他的涉及梅西公司或者布兰肯希普的诉讼，来到西弗吉尼亚州最高上诉法院，再次出现在她的面前碰碰运气。

当布兰肯希普走进会议室的时候，三位原告已经坐在那里了，其中包括狄龙，他身上的疾病列出清单来需要两页纸。布兰肯希普看了看这些人，对他们说：“祝好运。”

“言外之意更像是说，有本事就来打败我，”狄龙说道。“他的话给我的感觉就是这样的。”这位退休的矿工在梅西公司多个岗位上工作过，他很了解梅西公司向废弃的矿井中倾倒煤浆的情况。他说他曾经拒绝了梅西公司选矿厂的一份工作，“原因就是他们在那里倾倒煤浆”。他在罗尔销售公司工作了十二年半。当他再继续工作六个月就可以享有全额养老金计划的时候，公司却让他走人。“在我看来，梅西公司很贪婪，”狄龙说道。“梅西公司毁掉了很多家庭。”

正是由于这起诉讼和汤普森的大声疾呼，明戈县才着手安装输水管道，从而使民众能够喝上干净的水。虽然他们饮用这样的水每个月要花费六十美元，而饮用井水则是免费的，民众选择的仍然是前者。

狄龙已经七十三岁了，他知道自己时日无多了。他的妻子死得很惨，他相信妻子的死因是由于被污染的水质。他的女儿病恹恹的，儿子也存在健康问题。狄龙想要在某种程度上讨回公道，获得一些金钱上的补偿，从而让他的孩子们和孙辈过上更好的生活。

2002年，在布恩县法院庭审中，布兰肯希普就承认他采用成本收益分析法来评估和判断自己做出的每个决定。今天，将近十年后，他在录取证词时发表了与十年前惊人相似的言论。他承认“向地下注入煤浆可能会节约成本”，他也承认自己没有指示公司相关部门对向矿井中注入煤浆造成的环境污染的后果进行调查研究。

20世纪80年代初期，罗尔销售公司在没有环境许可证的情况下开始向地下注入煤浆，当时布兰肯希普刚刚进入罗尔销售公司。随着布兰肯希普不断晋升，直至进入公司高层，罗尔销售公司仍在继续向地下注入煤浆。布兰肯希普表示对此知之甚少。当录取证词进入尾声时，斯坦利向对方提出了一个问题，以此表明梅西公司的员工们如何被灌输接受这样的观念，即不论布兰肯希普告诉他们做什么，他们只要去做就是了。

“我听说了这样的故事，”斯坦利说道，“说一位先生进入梅西公司的第一天，发现自己站在桌边，桌上放着一个带有DAD标识的咖啡杯，上面贴着‘DAD’的根啤酒标识。他问道，‘这是谁的？爸爸的咖啡吗？’他们说，‘DAD[①]的意思是照着唐说的去做。’这件事是真的吗？”

“这个故事在某种程度上是真的，”布兰肯希普说道，脸上表情很严肃。“在发出众多指示却没有人执行的时候，通常情况下会产生不好的结果，这时你会要求大家照着你发布的指示去做。这个办法有点滑稽，如果你愿意的话，可以理解成杯子放在那里起到提醒的作用。只要记住DAD的杯子就可以了。”

“在罗尔或者斯普里格地区，你曾经拜访过当地的普通百姓吗？与他们讨论过他们遇到的难题吗？”斯坦利接着问道。这些人的家离布兰肯希普的住宅不远，最近的只有几百码。

“没有，我没有去拜访过他们，”布兰肯希普说道。“在街上遇到的时候，我和其中一两个人说过话。”

“你和这些人讨论过他们的健康问题吗？你和他们讨论过由于暴露在煤浆造成的污染中他们内心的忧虑吗？”斯坦利问道。

“我看不出这样做有什么用，”布兰肯希普说道，五位原告坐在那里注视着他。“我和他们讨论这些事不合适，而且这样做也超出了我的法律顾问建议我在这种情况下言行的范畴。”

---

① DAD英文中有爸爸的意思，而这里应该是do as Don says，意思是“照着唐说的去做”。——译者

斯坦利知道布兰肯希普完全是按照律师的要求说出的这些话，而且他在表达上也没有出现闪失。斯坦利还知道，当杰克逊·凯利的律师团队为被告方辩护时，他们可能会提交相应的医学证明，表明不只是在罗尔，整个地区民众的健康状况都很令人震惊。被告方的辩护律师将会辩称没有什么证据表明煤浆已经渗入了地下含水层，流入了相距很远的井水中，而这些地区的井水长期以来都处于匮乏的状态。那天下午，当斯坦利走出大使套房酒店的时候，他知道自己即将面临的是一场艰难的战斗。在这场战斗中，自己这一方要想取得胜利或者争取到完全的公平正义几乎是不可能的。

64

2011 年 7 月中旬，罗尔煤浆案确定开庭审理的两周前，三人法官小组又请来了两位法官，居中调停，谋求双方和解。汤普森和斯坦利参加了调解会，与梅西公司的律师们进行了一整天的谈判，一直持续到夜晚。午夜时分，被告方辩护律师首次拿出了真正的报价，双方谈判直至凌晨四点。他们确定和解金额为三千五百万美元，外加五百万医学监测费用，这笔钱将会根据六百五十名原告身体状况的严重程度进行分配。

汤普森原本想要为原告和他自己谋求更多的赔偿金额。在未来很多年间，受害者们将遭受多重病痛的困扰。他希望梅西公司和整个煤炭行业能够清楚地认识到，如果他们污染了西弗吉尼亚州民众的生活环境，他们将会为此付出沉重的代价。

斯坦利认为如果原告方能够在庭审中证明自己的情况属实，他们原本可能会赢得数亿美元的赔偿金额。但是，他接手介入这个案子时为时已晚，他不可能像迪瓦恩、福西特和他自己曾经做过的那样，再花费几年的时间去挖掘搜集说明被告有罪的文件。

律师们的酬金占总金额的百分之三十三，受到伤害最严重的原告每人可能净得数十万美元，而受到伤害最轻的原告每人可能净得数千美元。斯坦利认为三千五百万美元对于严重刑事犯罪来说无异于轻罪罚金。但是，就像在德洛里斯和弗蕾达案子中谋求和解时那样，他得现实一些。多达一百名原告可能没有合法请求权。被告方律师可能会对他们提起诉讼，让他们一败涂地，从而引起人们对正当冤情的质疑。并且，杰克逊-凯利的律师们会像他们在几个月前曾经做过的那样，让汤普森聘请的专家证人极为不快。

最终，原告方同意和解。斯坦利和他的团队在处理这个案子上花费的工作时间远远超出了他的预定计划，然而根据与汤普森签订的合约，他的事务所得到的报酬甚至低于某些专家证人。他坚信如果没有他，根本就不会有这次和解。原告们可能永远不会了解这个情况，不过这对他来说已经无关紧要了。

65

2011 年夏季，在阿尔法自然资源公司完成收购梅西能源公司不久之后，卡珀顿给阿尔法公司主席迈克尔·J. 奎林（Michael J. Quillen）打电话，问他是否愿意坐下来谈谈，努力想通过和解的方式解决卡珀顿案。卡珀顿很欣赏他的律师们的工作，不过当斯坦利用咄咄逼人的语气说阿尔法只不过是梅西公司的另一个名字时，他内心很是气恼。卡珀顿认识奎林。他于 2002 年创办了阿尔法公司，并在公司的发展过程中发挥了重要的作用。阿尔法公司迅速发展，直至成长为行业内颇具实力的主要竞争对手。

与休一样，奎林也是从开煤矿起家。卡珀顿认为奎林可能已经准备进行谈判，通过和解解决问题，如果自己这边却还自顾自地信口开河，那可真是愚蠢至极。如果奎林确实想要和解，卡珀顿认为自己得是谈判中那个打头阵的人，需要与奎林进行一场煤矿人对煤矿人的谈判，届时可能还得聘请一组对煤炭行业不持反对态度的不那么令人恼火的律师。

卡珀顿抱有这样的想法并非只是他过于强烈的乐观主义使然。当阿尔法的管理部门就收购价格进行谈判时，他们知道梅西公司还有大量正在审理中的诉讼案件需要处理，因此他们报出的收购价格已经将自己可能需要为这些诉讼案支付的赔偿金额计算在内。卡珀顿认为公司的新老板肯定希望将手头的诉讼案尽量都处理停当，因此会很高兴就卡珀顿案达成和解。

奎林与卡珀顿聊天时极尽热情友好之能事，他们互相交流行业内的各种小道消息，几乎无所不谈。后来，奎林说梅西公司遗留的法律案件令阿尔法公司真是应接不暇，他们将尽快处理卡珀顿案。然而，几个月过去了，阿尔法仍然没有表示要和解，于是卡珀顿再次拨通了电话，这次奎林又给出了同样的解释。几个月后，卡珀顿再次打电话，依然得到了同样的答复。

卡珀顿仍然没有找到工作。他来到匹兹堡，与一家大型建筑公司面谈，他还给南非和澳大利亚的煤炭公司打电话。煤炭公司的确需要销售人员，他也有这方面的能力成为优秀的销售人员。但是，在与本地区规模最大的煤炭公司打官司期间，他无法将煤炭销售给这家公司。他发出去数百份简历，参加了大量的面试。所有人都彬彬有礼，所有人都在称赞他，可是没有人愿意聘用他。

2011 年 10 月，斯坦利和迪瓦恩驱车前往弗吉尼亚州的克林伍德，参加州法院对卡珀顿案的首次审理。他们在那里见到了卡珀顿夫妇。卡珀顿已经五十六岁了，却仍然非常英俊，只是头发开始变得灰白了。尽管历经坎坷和波折，他仍然是煤炭行业忠诚的信徒，一如当年，作为令人骄傲的哈曼煤矿持有人时那样，他的信念和态度从未改变过。即使阿尔法拒绝与他谈判，也没有令他有丝毫动摇。

卡珀顿夫妇根据多年经验，知道福西特和斯坦利合作得多么出色。这次福西特正在忙着处理其他案子，没有与斯坦利一同前来，这令卡珀顿夫妇内心很是不安。而斯坦利则很高兴他的朋友没有驱车同来。福西特每次只能做一件重要的工作，当他为一个案件的庭审做准备的时候，无法同时准备另一个案子的庭审辩论。戴夫的工作方式就是如此，斯坦利这样想着，如果福西特无法集中精力去为这个案子做准备，他会感到心神不安，只能妨碍卡珀顿案的办理。

斯坦利在原告席上落座，他旁边是当地律师托马斯·L. 普鲁伊特（Thomas L. Pruitt）和卡珀顿。在他对面落座的是对方的律师团队，他们来自凯洛格，休伯，汉森，托德，埃文斯和菲吉尔律师事务所，这是一些在行业内令人生畏的人物，他们的事务所在华盛顿口碑不俗、颇有建树。这个法律团队的领导者，一位是四十岁的毕业于哥伦比亚法学院的凯文·B. 赫夫（Kevin B. Huff），他曾经为斯卡利亚法官工作；另一位是三十一岁的耶鲁法学院毕业生丹尼尔·G. 伯德（Daniel G. Bird），他曾经担任《耶鲁法律杂志》的编辑。凯茜·卡珀顿感觉年轻的赫夫看上去很像当年的福西特，而她初次见到福西特已经是将近十五年前的事了。

亨利·范奥弗（Henry Vanover）法官长着银白的胡须，身材健壮。他脸色阴沉地俯瞰着法庭内外，指挥着律师们开始法庭辩论。

卡珀顿案已经成为一桩孤案。戴维斯法官三次否决了该案，认为该案不应在她的州里审理。现在原告方来到弗吉尼亚州，他们担心弗吉尼亚州也会拒绝受理其诉讼。

赫夫开始辩论，语调乏味沉闷，指出根据既判案件原则，既然这个案子早就得到了解决，卡珀顿没有权利要求弗吉尼亚州法院再次审理其案件。斯坦利听着他的发言，感受到了其中蕴含的法律素养，他知道这个年轻的律师所做的陈述精确而又严密。他估计这家华盛顿法律事务所每小时会收取一千美元，其中还包括准备工作阶段，他估算自己听取的这场法庭辩论将会花费足足四十万美元。这个胜诉后付薪酬的案子几经上诉，控辩双方已经多次较量，斯坦利希望有一天能够拿到自己应得的一小时五百美元的酬劳，不过由于到了该给他最小的女儿支付大学教育费用的时候了，他也并不指望这笔钱能安然握在自己手里。

斯坦利知道这些华盛顿律师将会尽其所能地阻止卡珀顿案交由陪审团审理，因为一旦出现那样的情况，陪审团将很可能就像弗吉尼亚州和西弗吉尼亚州陪审团曾经做出的裁决那样，甚至就像西弗吉尼亚州最高上诉法院首次撤销对该案的裁决时那样，认定梅西公司行为极端恶劣，认定其有罪。

被告方的辩护律师们用精准、克制的语言对法官表达自己的观点，而斯坦利的辩论则更加富于激情，有时听起来就像在对陪审团讲话那样。法官们有时会很反感这样的表达方式，不过如果强烈的情感是裁定这个案子不可或缺的因素，那么显然斯坦利就是赢家。

斯坦利离开法庭的时候，对官司的前景感到忧虑。他认为在起诉中可能存在某种错误，需要他们进行修正。这在任何法律程序中都是很严重的问题，不过，他耸了耸肩膀，不再考虑这件事了。卡珀顿当然认为一切进展顺利。现在，一如往常，他们得等待法官的决定。

2011 年 11 月，卡珀顿终于找到了工作。他受聘于一家名为矿井定位科技公司的澳大利亚公司，这家公司致力于地下矿井无线通信技术的改革和创新，他担任这家公司东部地区的销售总监。当他奔波于广袤的土地上，有时他会想到斯坦利和福西特的职业生涯已经更上一层楼，登上了新的高峰，而他却得在许多人考虑退休问题的年龄时重新开始创业。他不能沉溺于无休止的悔恨之中或者喋喋不休地自问“要是……会怎么样呢”或者“为什么我会……”。在这个竞争严酷的行业中，他的竞争对手要年轻二十多岁。他的财务状况仍然充满了不确定性，每次当他回顾往昔，破产的阴影仍然历历在目。

桑普尔教授谈到卡珀顿夫妇的“力量和信念，这些很有可能从来不会、也永远不会令他们个人受益，而是在未来的数十年间将会与以他们的名字命名的案件中具有里程碑意义的原则产生共鸣。休和凯茜努力维系着他们的婚姻，哪怕当最为隐秘的个人情况，比如健康、财务状况和受到的羞辱等展示在他人面前时，他们也坚持进行着积极的长期的奋斗”。

休勇敢地面对着对手的攻击，多数男人在这样的攻击面前都会一蹶不振。不过，他还是认为这场诉讼“给我和我的家人带来了难以言表的痛苦和折磨”。他不知道这场磨难和煎熬什么时候才能完结。

时隔多年，这场斗争中绝对的不公正早已令卡珀顿的情感处于崩溃的边缘。他想要对那些不公正地对待过他或者令他大失所望的人予以还击，但是他可能会没头没脑地乱打一气，最终受到伤害的只是自己。

66

2011 年 12 月，弗吉尼亚州巡回法院的范奥弗法官签署的决议送达里德-史密斯律师事务所在匹兹堡的办公室。这项决议根据既判案件原则驳回了卡珀顿案，指出原告方没有权利在弗吉尼亚州再次提起诉讼。

福西特和斯坦利打电话给卡珀顿，解释说他们将向弗吉尼亚州最高法院提起上诉。两位律师认为范奥弗的论证存在多处瑕疵，如果弗吉尼亚州最高法院受理他们的上诉，卡珀顿案就可能再次进行庭审。不过，里士满法院与西弗吉尼亚州法院相比要更加保守。这起诉讼案已经在阿巴拉契亚地区辗转多地起诉审理，历时将近十五年，里士满法院的法官们可能不会欣然接受这起纸页已经泛黄的诉讼案。而即使他们确实决定卡珀顿案可以进入诉讼程序，这个富有传奇色彩的长篇故事最终结束也是在多年以后了。

在福西特和斯坦利看来，是应该放弃这个案子还是应该坚持下去，继续上诉，他们根本不需要为此争论。这个案子中，里德-史密斯事务所可收取的未支付金额已经达到将近五百万美元，布坎南-英格索尔事务所的未支付金额也已达到三百万美元。福西特和斯坦利即刻着手准备上诉。这项工作对他们不论从情感上还是从智力上都是极为严峻的考验。到现在他们办理这个案子已经十三年了，他们从未有过片刻的放松。这一次，卡珀顿在与他们打交道时内心多了几分顾虑，担心两位律师不再密切关注自己的案子，担心他们会转而投入到更加令人兴奋、酬劳更加丰厚的案子上去。在事务所内部，他们也得表现出高度的乐观态度，言行中不能流露出丝毫的疑虑和不自信。

这些乐观的情绪起到的只是加油鼓劲的作用。当他们坐下来开始准备上诉材料时，他们意识到自己的对手都是华盛顿青年律师中的精英人物，因此他们必须保持最佳的专业水准来与之对决。他们对将要提交给弗吉尼亚州最高法院的文件中的每处细节都反复斟酌，力求精准，表现出要据理力争、绝不轻言退却的劲头。

与此同时，政府对阿普比格布兰奇煤矿爆炸事故展开了调查，这次调查声势远胜于导致布拉格和哈特菲尔德死亡的阿拉科马矿难后政府所做的调查。一名矿工伪造领班的证件，对调查人员说谎，认罪后被判处十个月监禁。安全主管被判有罪，判处三年监禁。煤矿负责人认罪后被判处最高五年监禁，并且由于“阴谋欺骗美国”被处罚款二十五万美元。他的申诉表明他可能会提出对其上级，甚至可能包括其最高领导唐纳德·布兰肯希普不利的证词。

福西特就惠灵-匹兹堡钢铁公司案再次提起诉讼。有人指责他简直成了起诉梅西公司的专业户，说他最近办理的案子由于不自量力从而导致贪功致败，这令他很愤怒。在福西特看来，布兰肯希普的所作所为才是不自量力，贪功致败。他在公司运营中实施的策略骇人听闻，令人无法容忍，第一次诉讼已经做出了梅西公司赔偿两亿两千万美元赔偿的裁决，而他居然毫无悔意，一如既往地实施着同样的策略。此外，那些指责他不自量力的人们并未看过梅西公司披露的调查取证材料①。福西特最担心的并不是会在法庭败诉，而是陪审团做出的巨额赔偿的裁决会在随后的上诉中被撤销。

6月，福西特乘飞机前往华盛顿，在里德-史密斯事务所的办公室里录取布兰肯希普的证词。布兰肯希普头戴棒球帽，在一众律师的前呼后拥下，来到办公室。他恢复了原来的体重，看上去绝望而又无助。他可能会由于阿普比格布兰奇煤矿二十九名矿工的死亡而面临刑事起诉，除了阿尔法公司的律师团队之外，他还带着自己的私人律师。

这场战斗已经持续了多年。当福西特在挤满了律师和摄影记者的会议室里开始录取布兰肯希普的证词时，一度充溢内心的私人恩怨已然荡然无存。这些年来，这一切都是那么令人悲哀和徒

① Discovery material：调查取证材料，民事诉讼中，一方当事人通过调查取证程序从对方当事人处获得与案件有关的事实与信息，以有助于庭审。——译者

劳无益，生命无谓的流逝和损耗令人不寒而栗。然而，当布兰肯希普开始回答问题时，福西特能看出这位前梅西公司主席这些年并没有反思，也没有吸取什么教训。他与将近十四年前福西特初次在里士满与他见面录取证词时相比没有什么不同，还是那样温和的语调，但话语中蕴含着十足的好斗和挑衅意味。

8月，原定在惠灵开庭审理的前一天，阿尔法公司向福西特提出以和解的方式解决惠灵-匹兹堡钢铁公司二次诉讼案。福西特要求对方支付三千两百万美元的损害赔偿金，外加高达一亿美元甚至更多的惩罚性的损害赔偿金。具体的和解金额属于秘密信息，不过，足以维持残存的处于困境中的公司运转下去，并且还能确保大量加入工会组织的工人获得工作机会。

这个案子得到了解决，福西特如释重负。他让自己休息了一个星期，和妻子呆在一起，享受着她的陪伴。十四岁的丹尼尔是唯一还留在家里的孩子。他出生那年，福西特起诉梅西公司的斗争刚刚开始。父子俩一起去跑步，背着背包去远足野营。周六上午，福西特像往常一样，开车送这位富有才华的小音乐家去迪尤肯大学上大提琴课。福西特的心态渐趋平和安宁，这是他以前从未有过的状态，他感到自己真是个幸运的男人。

年岁渐长，戴夫·福西特进入了乐观自信的人生阶段。若是早些年，他断不会以如此乐观的心态看待生活。他努力奋斗了十四年，希望给休·卡珀顿争取到公平正义。而现在休怎么样了呢？他日日驾车独自行驶在狭窄的山路上，从一家煤矿赶往另一家煤矿，投身于他喜欢去做的工作中。法律纠纷和争斗留给他的只有无尽的痛苦和烦恼。布兰肯希普正在田纳西州他的新家里过着舒适的幸福生活，而托尼·阿博则在赫顿斯维尔教养中心服满了刑期。前惠灵-匹兹堡钢铁公司下属的钢铁厂大部分都已经关门倒闭了，曾经在那里工作过的工会工人们生活无着，不知所终。

没有人敢于将这样的结果称之为公平正义。若是在从前，福西特将会找出种种理由责备自己。年轻的福西特曾经希望能够改变世界。如果说他早年的理想中蕴含着某种高尚的德行，那么在没有获得他认为的公平的结果后，他总会将责任归咎于自己，这样的反省方式恰恰流露出他内心的骄傲态度。现在，他看待生活的方式与之前有所不同，在某种程度上他接受了父亲看待生活的方式。他明白了一个人只要尽了自己最大的努力，对结果就不要过于强求了，而他已经尽了自己最大的努力，并且他自己也付出了极高的代价。由于他全身心地投入到卡珀顿案的办理中，甚至到了痴迷的程度，尽管离婚时争取到了一半的时间可以与孩子们生活在一起的权利，在两年中他却失去了这个权利。他不仅失去了可以让自己获得丰厚利润的委托人，而且还不得不离开就职多年的律师事务所。多年来，他尽了一个律师的本分，付出了最大的努力来打这场官司，而现在到了该干点别的事的时候了，他应该投身到另外的诉讼斗争中去了。

回顾往事，福西特尤其感到骄傲自豪的是陪审团做出的裁决。他曾经在三个相距数百英里的美国小镇——弗吉尼亚州的格兰迪、西弗吉尼亚州的麦迪逊以及西弗吉尼亚州的韦尔斯堡——参与卡珀顿案的审理，向那些思想保守、工作勤奋并且喜欢独立思考的陪审团成员陈述复杂的案情，这些陪审团成员对事物不妄下定论，愿意听取别人的意见，做出正确的决定。

在每起诉讼中，梅西公司都从多家律师事务所聘请了富有才能、生性凶猛好斗的律师来为其辩护。在每起诉讼中，梅西公司的辩护律师都竭力拖延和阻挠案件的审理进程，全力为梅西公司辩护。他们声称这些都是复杂的商业纠纷，他们的委托人不应因此受到谴责。他们发表长篇大论的辩护词，辩称对其委托人处以金钱赔偿是不恰当的，然而陪审团已经看透了他们的把戏。

在每次最后辩论中，福西特都会将他认为正确的观点告诉陪审团："你们现在完全有能力对这个案子做出裁决。"多年来，他的父亲在法庭上对许多陪审团都说过下面这段话，他也会补充道，"我们所寻求的，所有到法院起诉的人们能够寻求的，就是你们按照法律规定做出正确公平的裁决。"

在过去几年中，福西特逐渐认识到自己不愧是父亲的儿子。他感激父亲从小教育他要遵守高尚的行为标准。作为福西特家族的男人和他父亲的儿子，他以此为荣。父亲不会仅仅为了给世界留下深刻印象而去刻意关注生活中的道德和伦理规范。现在，不再年少轻狂的福西特终于理解了父亲之所以不去刻意关注，是因为他认为这些是男人本就应该做到的。

在福西特的一生中，不论他做过什么事，不论他达到了多高的目标，也不论他获得的荣誉多么非同凡响，他父亲关注的只是他是否以诚实正直的态度付出了努力。福西特一度对此很是恼火。小戴夫·福西特于 2012 年 5 月去世。在他人生的最后几个月里，父子两人坦诚地表示为对方感到骄傲。他们逐渐认识到之前一直耿耿于怀的分歧已经无足轻重了，而彼此的思想越发地趋于一致，彼此之间无法割舍的亲情也越发地重要起来。

福西特仍然是个不折不扣的"事业型家伙"，他的父亲多年前就这样称呼他。经过斗争纠正错误，平反昭雪，戴夫可以从中获得莫大的满足。而当他手头没有这样的案子去处理时，戴夫就感到空虚和茫然。他参与办理了清白计划①中的一个案子，提供免费法律服务。一个年轻人由于一起致使三名匹兹堡消防队员丧生的纵火案被定罪，判处三年徒刑，福西特认为这个年轻人被错误定罪，他要施以援手，帮助这个年轻人获得自由。这个案子虽

① Innocence Project：清白计划，非营利性法律组织，成立于 1992 年，致力于通过 DNA 检测和刑事司法体制的改革为那些错误定罪的人们免除罪责，从而防止出现更多的不公正现象。——译者

然没有像卡珀顿案那样令他沉迷其中，投入全部的精神和能力，但是它能使得追求正义的火焰在福西特的心底一直燃烧下去。

2012 年 4 月，就在诉讼时效到达最后期限之前，斯坦利代表阿普比格布兰奇矿难中二十九名受害者之一爱德华·迪安·琼斯（Edward Dean Jones）的母亲和兄弟姐妹对布兰肯希普和其他梅西公司高管提起诉讼。灾难发生后，除尚在的配偶和孩子外其他家庭成员很少能够由于他们的损失获得赔偿。斯坦利相信只要自己能够获许在陪审团面前做出陈述，他们一定能理解母亲的丧子之痛，同胞兄弟的悲伤，姐妹的无法化解的忧愁同样应该得到关注。这项带有浓重堂吉诃德色彩的诉求极其想入非非，没有其他律师为另外二十八名受害者的家人提起同样的诉讼。

斯坦利估计这起诉讼将成为他职业生涯中最重大的挑战之一。他知道梅西和阿尔法公司的律师将会在每个关键时刻用尽他们的精明和才智来打这场官司。不过梅西和阿尔法公司也不无痛苦地了解到斯坦利其人既不会虚张声势地唬人，也不会被他们律师团队的能力吓倒。2012 年 8 月，他们找到斯坦利，就这起诉讼达成了和解。和解金额是保密的，不过不论多少，这都是非凡的、开创先例的胜利。

“布鲁斯，真的不知道怎样说才足以表达对你的感谢，”琼斯的妹妹，朱迪·琼斯·彼得森，在给斯坦利发来的电子邮件中这样写道。“你信任我们。你以法律的名义确认了我们的痛苦和损失。你为我的哥哥伸张正义，你还在继续进行这场战斗，与一个行业对抗，这需要英雄们站出来要求他们承担责任。我之前从未想过和某位律师接触过后会让我成为一个更好的人，不过你确实做到了这件了不起的事情。坚持下去，继续为正义而战，让这个世界更好、更安全。”

斯坦利同时还就矿山安全和健康管理局检查员的失职执著地对联邦政府提起诉讼。由于他们没有很好地履行职责，阿拉科马煤矿的里兹尔和埃尔维斯没有得到有效保护。这起诉讼将会发挥重要作用，其原因在于，正如斯坦利所预见到的那样，在西弗吉尼亚州，为阿普比格布兰奇矿难受害者辩护的律师中还没有人提起同样的诉讼。如果最终斯坦利胜诉了，西弗吉尼亚州矿工就能够针对政府的渎职对其提起诉讼，以前他们从来没有采取过这样的行动，因此这个案子意义深远。于是，斯坦利孜孜不倦地开始了这个案子的准备工作。

2012 年 5 月，在里士满的美国第四巡回上诉法院三法官合议庭，斯坦利提出由于矿山安全和健康管理局的安全检查员在阿拉科马煤矿的不法渎职行为，布拉格和哈特菲尔德应该起诉联邦政府。斯坦利希望巡回法院将这个案子发回西弗吉尼亚州最高上诉法院进行充分听证。

7 月，第四巡回法院将这个案子发回查尔斯顿法院。联邦法院实际上已经立案起诉，这样西弗吉尼亚州法院将会进一步审理这个案子，要求矿山安全和健康管理局对阿拉科马煤矿火灾事故承担部分责任。2012 年 10 月，斯坦利在西弗吉尼亚州首府做了同样的辩论。他担心查尔斯顿法院不仅可能背弃美国上诉法院，而且可能会背弃西弗吉尼亚州矿工。

2013 年 2 月，西弗吉尼亚州法院以五比零的投票结果做出裁决，戴维斯在其书写的多数意见中指出“安全检查员对煤矿员工负有安全责任，检查部门应该保证矿工的安全”。她在多数意见中的观点可能是不言而喻的，不过这观点仍然能够证明他们多年来与梅西公司打官司中最重要的一个结果。

对于这个进展，另外某个人的心境可能会非常得意和欢喜。此人并非布鲁斯·斯坦利。有时，凌晨三点钟他还坐在电脑前面，对他所做的一切都深感绝望，认为这一切都是无尽的徒劳，天大的笑话而已。

斯坦利年轻时随处可见的山脉已经面目全非了；许多西弗吉尼亚人，包括他自己的父母，都已经被迫离开家园。这个地区，尽管曾经是工业革命的支柱，仍然是全国最贫困的地区之一。然后还有布兰肯希普。关于唐·布兰肯希普，一直令斯坦利耿耿于怀、无法释然的，是唐是明戈县走出来的西弗吉尼亚小子，他如何能够对自己家乡的民众做出这些事情。西弗吉尼亚州总是遭到外来者的攻击，这种情况已经糟糕透顶，但是如果来自西弗吉尼亚州的某个人，本来应该做些好事，可是却带来了重大伤害，这种情况很难让人理解和接受。

时光荏苒，布兰肯希普依然在世间自由行走，享有巨额财富，而里兹尔、埃尔维斯、阿普比格布兰奇矿难中二十九名遇难者以及布兰肯希普的一些邻居则离开了人世，长眠于地下。斯坦利不断地听到传闻，称这位前梅西公司主席仍然会因为其对矿难不可推卸的责任而受到刑事指控。阿拉科马火灾悲剧发生后，联邦政府的调查工作极其不负责任，使得布兰肯希普和其他梅西高管免受刑事检控，这样的调查结果令斯坦利大为震惊。斯坦利将责任大都归咎于查尔斯顿的代理美国检察官身上。不过，西弗吉尼亚州新任美国检察官 R. 布思·古德温二世（R. Booth Goodwin Ⅱ）追查了一个又一个布兰肯希普的下属，让这个充斥着阴谋的案件逐渐清晰起来，而责任的根源似乎都在指向前任梅西公司主席。

布兰肯希普表现得似乎那一切都已成为过往云烟。他开设了一个网站，自称为“唐·布兰肯希普：竞争主义者”，着手领导一场改变美国的运动。“我鼓励那些志同道合的美国人，与我一道踏上拯救国家的征程，寻求那些会对美国的繁荣昌盛造成威胁的问题的真正的解决方案，而这些问题是华盛顿特区的政客们不能也不愿意去解决的，”他这样写道，要求人们给他发邮件。他在推特中写道："矿工们应该在最安全的煤矿里工作，真理和技术是煤矿安全不可或缺的因素。今天这两个因素对于他们来说都不存在。我们需要改变这样的境况。"

当斯坦利目睹这一切的时候，他真希望自己能像福西特那样有成就感，并且感到骄傲和自豪。可是那些无辜者死亡的阴影和布兰肯希普仍然在阳光下自由行走的身影每时每刻都萦绕在他的心头，无法释怀。斯坦利沉浸在失败的痛苦中，他痛恨自己的优柔寡断，这令他很不舒服。

随后，斯坦利安慰自己说布兰肯希普已经被迫离开了梅西公司，若不是由于斯坦利在阿拉科马火灾后提交的动议，布兰肯希普对梅西公司的掌管可能在那二十九名矿工遇难后仍然不可撼动。接着，他又思忖着卡珀顿案曾经上诉到美国最高法院，使得富有的个人和权势组织无法通过竞选捐款轻易买通相关人士，从而做出对自己有利的裁决。当 2012 年 10 月了解到弗吉尼亚州最高法院同意审理卡珀顿案后，他就知道十四年的奋斗尚未结束，他们还要继续斗争。他和福西特将再次表明卡珀顿案不能在墨守法规者接二连三的批评和抱怨声中彻底沉寂，而要在继续斗争中保持活力，直至正义得以伸张。

斯坦利又想到了这些年间在与布兰肯希普的斗争中，曾经与他共同工作的人们。休·卡珀顿不仅在努力要求布兰肯希普和梅西公司承担责任，而且要求国家的整个法院系统为之承担责任。阿拉科马的寡妇们不仅敢于与梅西公司和布兰肯希普对抗，而且还在努力地要求联邦煤矿监管体系为其大量的渎职问题承担责任。唐·狄龙和其他煤浆案诉讼当事人没有轻易同意和解，直到那些给环境造成污染的企业切实了解了他们的想法，认识到即使在最偏远的产煤区污染环境，也难逃法律的制裁，他们才同意和解。斯坦利知道他和福西特仍然恪守着年轻时的理想和信念，不论薪酬高低，都会对委托人以诚相待，在这方面他知道自己做得很对，问心无愧。

在斗争过程中，斯坦利一度陷入绝望的深渊，茫然无措。有一年假期，十九岁的劳拉·斯坦利从西弗吉尼亚大学返回家中，将自己写的一首关于斯坦利奋斗历程的诗送给父亲。其后，他经常想到女儿的这首诗。这首诗表达了他内心的想法，激励着他永不放弃，直至他和福西特最终将布兰肯希普绳之以法：

魔鬼钻出了裂缝，
从法庭地板上，从书本律法中，
以他们攫走的生命为证，
填充那贪婪的欲壑。

汗水和鲜血酿成了假日的美酒，
流淌着汗水和鲜血的人们，他们不会再去关注，
呷着这庆祝胜利的鸡尾酒，
因为他们是人，而我们是鼠。

但是，审判的形式多种多样，
有时温和或者含糊不清，
他们居然没有想到是鼠导致瘟疫横行，
这真令人羞愧难当。

致　谢

在《正义的代价》这本书研究和写作过程中，我曾经以各种形式、从各方人士那里获得过帮助。本书中所有的缺点和不足都因我而起，与别人无关。

若是没有戴夫·福西特和布鲁斯·斯坦利始终如一的支持，这本书可能根本无法完成。休·卡珀顿忍受着我提出的各种问题，有时甚至是很不客气的问题。当我来到西弗吉尼亚州和肯塔基州托尼娅·哈特菲尔德生活的地区时，她给我做向导，非常出色，我住在他们那里时，她和她的丈夫罗杰极尽地主之谊热情地接待我。我还要特别向小托尼·阿博表达谢意。在我的书中，他是个被人遗忘的受害者。他正在赫顿斯维尔教养中心服刑，我到那里去看他，我认为他并不属于那里。

我的新闻界的同事们给予我大力支持，他们支持的力度远远超出了职业礼仪的范畴。《查尔斯顿公报》的保罗·尼登（Paul Nyden）、《纽约时报》的伊恩·厄尔比纳（Ina Urbina）以及《名利场》的迈克尔·什内耶尔森（Michael Shnayerson）将他们的信息资源清单和电话号码清单提供给我，这可是他们作为记者专属掌握的最有价值的信息。《查尔斯顿公报》的小肯·沃德（Ken Ward Jr.）、《匹兹堡邮报》的莱恩·博斯洛维克（Len Boselovic）、《纽约时报》的多萝西·塞缪尔斯（Dorothy Samuels）和亚当·利普塔克（Adam Liptak）、《华尔街日报》的希拉·奥维德

(Shira Ovide)、美国广播公司的布赖恩·罗斯（Brian Ross)、《西弗吉尼亚州记录》的克里斯·迪克森（Chris Dickerson)、前美国广播公司记者阿萨·埃斯洛克（Asa Eslocker）和马德琳·索尔(Madeleine Sauer)、哈珀出版社的杰里米·基恩（Jeremy Keehn）以及美国全国广播公司（NBC）的安娜·谢克特（Anna Schecter）都给予我大量帮助。报道集团犯罪的记者丹·莫尔迪亚（Dan Moldea）也一如既往地支持我。

这本书是报道真实事件的纪实文学。我有幸采访很多人，与他们对话。同时，我也有幸获得了五六个人给我提供的关键材料，但是他们选择不透漏自己的姓名。这些人中还包括与唐·布兰肯希普关系密切的两个人。

我努力想要与布兰肯希普面谈。我曾经多次要求对他进行专访。有一次，在查尔斯顿的大使套房酒店，我亲自请求他接受我的采访。他非常谦和，彬彬有礼，但却拒绝了我。

同一天，在查尔斯顿酒店，当我想要接近西弗吉尼亚州最高上诉法院的罗宾·戴维斯法官时，她却转身走开了。我还试图采访布兰特·本杰明，但我的几次请求他都没有答复。我必须向拉里·斯塔切尔法官表达特殊的谢意。他不仅在摩根敦几次接受了我的采访，而且还把他的私人日记提供给我在本书的写作中使用。我还努力采访梅西公司的辩护律师们。安西尔·雷米是他们中唯一与我进行广泛交谈的人，而杰夫·伍兹则只允许我进行了有限的采访。我对他们两人都表示感谢，同时还要感谢斯科特·西格尔与我交流想法。

那些接受过我的采访或者给我提供过其他援助的人们还包括本·M. 斯托特三世教授（Ben M. Stout Ⅲ)、帕特·麦金利教授(Pat McGinley)、詹姆斯·桑普尔教授（James Sample)、托尼娅·哈特菲尔德、罗杰·哈特菲尔德、詹姆斯·布拉德利、休·卡珀顿、希拉·克赖德、史蒂夫·坎特伯雷、查伦·圣克莱尔

(Charlene St. Clair)、埃拉·沃克曼（Ella Workman)、德布·斯坦迈耶（Deb Steinmeyer)、德洛里斯·布拉格、凯瑟琳·福西特、芭芭拉·朱伊特（Barbara Jewett)、罗德尼·蒂尔（Rodney Teal)、约翰尼·布朗、罗德·李、小托尼·阿博、锡德·扬、黛比·斯坦利、劳拉·斯坦利、埃米莉·斯坦利、格雷戈里·乔丹(Gregory Jordan)、托马斯·罗德（Thomas Rodd)、戴维·凯斯勒（David Kessler)、朗尼·欧文斯（Lonnie Owens)、迈克·普兰特（Mike Plante)、帕特·康德伦（Pat Condron)、多萝西·塞缪尔斯、阿萨·埃斯洛克、阿特·克恩斯（Art Kerns)、加里·麦克丹尼尔（Gary McDaniel)、杰弗里·科尔曼（Jeffrey Coleman)、维维安·斯托克曼（Vivian Stockman)、西奥多·奥尔森、特里·西格利（Terry Sigley)、罗德·迪瓦恩、塔雷克·阿布达拉、杰伊·霍克法官、保罗·尼登、罗布·迪瓦恩、杰弗里·罗思（Jeffrey Roth)、罗宾·克罗夫（Robin Croaff)、埃迪·克罗夫（Eddie Croaff)、拉里·克罗夫（Larry Croaff)、安西尔·雷米、马特·奥布赖恩（Matt O'Brien)、已故的小戴夫·福西特、凯茜·卡珀顿、沃伦·麦格劳法官、莱恩·博斯洛维克(Len Boselovic)、阿米尔·泰拉尼、艾丽西亚·施米特（Alicia Schmitt)、达雷尔·拉特利夫（Darrell Ratliff)、乔·斯坦利（Joe Stanley)、卡罗琳·范赞特（Carolyn VanZant)、拉里·布朗、潘乔·莫里斯、托德·J. 考夫曼法官（Judge Tod J. Kaufman)、拉里·加勒特（Lary Garrett)、克里斯·迪克森（Chris Dickerson)、唐·狄龙以及凯文·汤普森（Kevin Thompson)。

在本书的每个写作阶段，鲍勃·伊克斯（Bob Ickes）都是我的第一个读者。他总是能够给出深刻而又尖锐的评价，他洞悉细节的眼光和发现宏大画面的能力都非常宝贵，我对他感激不尽。在棕榈海滩国际机场，我正在伊甸园商店签名售书，不想遇上了我的编辑塞雷娜·琼斯（Serena Jones)。她走到我身边，我们开始谈论起书籍出版事宜。她问起我下一本书的写作情况，完全了解了我的计划。她对这个写作计划始终充满热情和信心，为本书的最终完成做出了重要贡献。同时，由霍尔特的莱斯利·布兰登（Leslie Brandon）负责本书的宣传工作，我对此感到荣幸之至。

在我的大部分写作生涯中，乔伊·哈里斯（Joy Harris）一直担任我的代理人，我所有的工作中他都发挥着不可或缺的作用。唐·斯潘塞（Don Spencer）负责记录我的访谈，我们都记不清他为我做了多长时间的访谈记录，他的工作完成得很出色。几十年来，精明干练的肯·诺威克（Ken Norwick）一直都是我的个人律师。

许多人都读过本书的手稿，包括我那做律师的哥哥罗伯特（Robert），他有着独特的视角；我那当教授的哥哥爱德华（Edward），他总在支持我；还有我的作者同事奈杰尔·汉密尔顿（Nigel Hamilton）和伯顿·赫什（Burton Hersh）。我的朋友和切磋文化问题的对手希思·金博士（Dr. Heath King）阅读了我的手稿以及关于布兰肯希普的其他材料，从心理分析角度对其进行了大量深入的剖析。我的洛杉矶朋友、同样爱好读书的罗利·鲁滨逊（Raleigh Robinson）对早期的手稿做出了直接敏锐的评价，而后在写作过程中再次读了后来的书稿，不断地提出更有价值的批评意见。我的最后一稿的读者是我的老朋友、调查记者克里斯蒂娜·里贝洛（Kristina Rebelo），她阅读我的手稿时非常投入和专注，如同面对的是她自己的工作。

我的妻子维斯娜·李默尔（Vesna Leamer）一如既往地阅读着我的不断修改的手稿，给予我极大的支持。她打理着我们生活中的一切其他事务，使我得以全身心地投入到这本书的写作中。

一些图书馆和研究机构提供了非常宝贵的信息。西弗吉尼亚州立档案馆是查询西弗吉尼亚人方方面面情况的绝佳的资料来源。我在那里度过了一周的时间。国会图书馆、哥伦比亚地区公共图书馆、西棕榈海滩的曼德尔公共图书馆以及棕榈海滩县立图书馆也都提供了很多帮助。

布恩县法院庭审中，有一天一场雷雨导致法庭书记员的录音机发生故障，无法录音。除了那一部分缺失的内容外，《正义的代价》一书中庭审的整个场景和过程都是基于大量的法庭记录。当我组织编辑篇幅冗长的法庭对话时，我总是力求真实地再现庭审中的原话和各方的心理活动。

在本书研究写作过程中，我最珍贵的记忆之一是在匹兹堡的迪尤肯俱乐部与戴夫·福西特的父亲、已故的小戴夫·福西特共进午餐。能够将《正义的代价》这本书献给他作为对他的纪念，我感到非常自豪和幸福。

图书在版编目(CIP)数据

正义的代价/(美)李默尔(Leamer, L.)著;张晓林 乔雁译. —上海:上海译文出版社,2016.7 (2020.11重印)
(译文纪实)
书名原文:The Price of Justice: A True Story of Greed and Corruption
ISBN 978-7-5327-7235-3

Ⅰ.①正… Ⅱ.①李… ②张… ③乔… Ⅲ.①纪实文学—美国—现代 Ⅳ.①I712.55

中国版本图书馆CIP数据核字(2016)第051755号

正义的代价
[美]劳伦斯·李默尔 著 张晓林 乔 雁 译
责任编辑/王巧贞 装帧设计/邵旻

上海译文出版社有限公司出版、发行
网址:www.yiwen.com.cn
200001 上海福建中路193号
上海景条印刷有限公司印刷

开本 890×1240 1/32 印张 14.75 插页 2 字数 288,000
2016年7月第1版 2020年11月第3次印刷
印数:14,001—16,500册

ISBN 978-7-5327-7235-3/I·4404
定价:59.00元